MORT
SOUS CAPE

DANS LA MÊME COLLECTION

Les Anges de pierre
par Stuart Archer Cohen

Une femme en danger
par James Elliott

Adieu Eddie !
par James Elliott

Un crime bien maquillé
par Robert Ellis

Un meurtrier idéal
par Robert Ellis

Sang bleu
par Caroline Graham

Un corbeau au presbytère
par Caroline Graham

Ange de la mort
par Caroline Graham

Kill me tender
par Daniel Klein

L'Oiseau de nuit
par Nigel McCrery

La Toile d'araignée
par Nigel McCrery

Les Ténèbres du crime
par Michael Prescott

Le Tueur des bois
par Michael Prescott

L'Arracheur de visages
par Michael Prescott

L'Etrangleur masqué
par Michael Prescott

La Prochaine Victime
par Michael Prescott

Le Col du serpent
par Danuta Reah

Toujours la nuit
par Danuta Reah

L'Assassin du parc
par Danuta Reah

L'Ombre de Janus
par Laurent Scalese

Le Samouraï qui pleure
par Laurent Scalese

CAROLINE GRAHAM

MORT SOUS CAPE

Traduit de l'anglais
par Véronique David-Marescot

Pygmalion

Titre original : Death In Disguise

Sur simple demande adressée à
Pygmalion, 70 avenue de Breteuil, 75007 Paris
vous recevrez gratuitement notre catalogue
qui vous tiendra au courant de nos dernières publications.

L'édition originale est parue en Grande-Bretagne chez Headline Book Publishing.

ISBN 2-85704-914.5

À mon fils David

Croire que les moines puissent sauver le monde,
Ou l'aient jamais pu,
Que les anachorètes et les fakirs soient bénéfiques
Serait ramener Bouddha devant nos yeux.
Les hommes ne mangent plus le lotus, de nos jours.

Juvénal, *Satire 3*
(trad. Thorold-Roper)

Prologue

La nouvelle du meurtre perpétré au Manoir n'étonna personne, à Compton Dando. C'étaient de drôles d'oiseaux, là-bas. Une bande d'olibrius. Bizarres.

Les seules personnes du coin, à peu près, qui aient un contact ténu avec la communauté (soi-disant) spirituelle de la grande maison étaient les Bulstrode : madame glissait résolument le journal paroissial dans leur boîte aux lettres une fois par mois ; monsieur livrait quotidiennement un demi-litre de lait. La minceur de ces relations n'ébranlait en aucune façon la position du couple, source de potins instructifs et savoureux. Aujourd'hui, bien entendu, ils étaient plus que jamais recherchés et Mme Bulstrode se retrouvait face à un auditoire au grand complet à chaque fois qu'elle mettait le pied dehors. D'abord saisie de scrupules : « Je ne sais rien de plus qu'hier, madame Oxtoby... », elle avait fini par céder à la tentation irrésistible de broder et de développer. Au soir du troisième jour, le village aurait vu sans étonnement, quoique sans optimisme excessif, les membres de la « Loge du Cheval Ailé » franchir leur mur tout décrépi à califourchon sur des manches à balai.

Chez le boucher, tout en achetant son foie d'agneau et un os pour Ponting, Mme Bulstrode secouait la tête en délivrant avec réticence ses saines révélations. Elle l'avait bien senti venir, allez! disait-elle au commandant Palfrey (deux rognons et un paquet de graisse) d'une voix qui portait. C'est qu'il s'en passait de drôles, dans cette maison, à ne pas croire! Plus que prête à relever le défi, la queue la suivit jusqu'à la poste.

Là, Mlle Tombe, dont les joues rembourrées prenaient littéralement l'empreinte de la grille du guichet, passa les timbres à Mme Bulstrode dans un chuchotement théâtral.

– Vous n'allez pas vous en remettre de sitôt, ma chère. Votre Derek qui découvre un cadavre! Ça ne se rencontre pas tous les jours!

– Oh... (Vaincue, Mme Bulstrode, dont le mari n'avait même pas vu le corps, se cramponna au bord du comptoir.) Tout me revient en force, Myrtle...

– J'aurais mieux fait d'avaler ma langue! s'écria Mlle Tombe en suivant des yeux ses clients qui s'en allaient, agglutinés en nébuleuse autour de leur guide.

Au bazar de Bob, Mme Bulstrode dit que rien qu'à leur façon de s'habiller... Son public sembla trouver le commentaire un tantinet parcimonieux. On attendit une minute puis on commença à se déporter vers des pyramides de boîtes pour chat et des sacs de carottes.

– La plupart du temps, on sait même pas si c'est un homme ou une femme. (Puis, pour requinquer un peu:) Ce qu'il en a vu par les fenêtres, mon Derek, des fois... Eh bien... je ne le dévoilerais pas devant les dames.

– Vous voulez dire...

Une femme en foulard, avec un museau de marsouin demanda, haletante:

– ... *des sacrifices*?

– Disons simplement des «cérémonies», n'est-ce pas, mademoiselle Oughtred. Vaut mieux s'en tenir là.

Des cérémonies! On se regroupa en vitesse, la mine solennelle. Dans les têtes, se mirent à grouiller des images mélodramatiques, horrifiantes et éculées. Des tombes bâillaient sur des morts vivants qui se ruaient sur des passants insouciants. Un Lucifer cornu, aux yeux jaunes et sulfureux, claquait des sabots à la limite du pentagone magique. Du sable brûlant et une fille, belle comme un mamelouk, était attachée à un pieu pour être dévorée toute crue par un régiment de fourmis. (Le commandant Palfrey avait servi dans les Rats du Désert.)

L'arrêt suivant, c'était le salon de thé Crinoline pour quelques langues-de-chat. Pendant que la vendeuse fourrait les biscuits dans un sac avec des pincettes d'argent, Mme Bulstrode jeta un coup d'œil alentour dans l'espoir d'augmenter son indice d'écoute.

Mais manque de pot : il n'y avait que deux clientes qui se tapaient la cloche avec café et gâteaux, Ann Cosins et son amie de Causton, Mme Barnaby. Pas la peine de chercher à leur parler. Ann avait des manières des plus sèches et indifférentes, elle avait l'air de se moquer sous cape, ce qui la rendait fort impopulaire. Et puis elle avait trahi le village, une fois, en allant jusqu'à faire un stage au Manoir. On les avait vues toutes les deux remonter l'allée, l'allure effrontée, un vendredi après-midi, pour ne ressortir que le dimanche. Pour combler la mesure, Ann avait refusé de dire à quoi l'endroit et les gens ressemblaient.

Alors, Mme Bulstrode se contenta de les saluer d'un petit signe de tête froid et d'un reniflement, feignant superbement d'ignorer les gloussements qui accompagnèrent sa sortie. Enfin, sur le chemin du retour, elle fit une halte pour échanger quelques mots avec le pasteur qui, appuyé au portail de « Benisons », était en train de fumer sa pipe. Il l'accueillit avec une profonde satisfaction, car la Loge était depuis longtemps la bête noire de l'ecclésiastique. Il n'avait guère été gêné par sa méconnaissance de la philosophie du Cheval Ailé quand il s'était agi de tirer sur la communauté à boulets rouges dans la page du courrier de *L'Écho de Causton*, mettant en garde les lecteurs contre la nouvelle théologie idolâtre qui se tapissait au cœur de la saine campagne anglaise, comme le ver au cœur de la rose.

Toute religion, écrivait le pasteur, forgée par l'homme, par opposition à celle qui, de toute évidence, émane du

Tout-Puissant, aboutit nécessairement au mal. Et en voilà bien la preuve ! On ne se moque pas impunément de Dieu, et le révérend Phipps plus l'assemblée miniature de ses ouailles s'étaient réunis pour célébrer l'événement avec un sentiment accru de leur vertu et non sans une certaine surprise. À présent, il levait un sourcil grisonnant, compatissant, et s'enquérait des derniers développements de l'affaire.

Flattée qu'on sous-entende que Derek et la PJ, c'était tout comme, Mme Bulstrode ne put cependant se résoudre à proférer même le plus pieux des mensonges à un membre du clergé. Elle dut admettre que de développements, il n'y en avait point, en ajoutant :

– Mais le verdict du coroner est rendu mardi, mon père. À onze heures.

Ce qu'il savait, bien entendu. Tout le monde le savait, et ils se rendraient tous au tribunal, certains même prendraient sur leur temps de travail. Il y avait bon espoir que l'audience dure toute la journée et toutes les tables du *Soft Shoe Café* de Causton étaient réservées depuis longtemps pour le déjeuner. Compton Dando n'avait pas connu pareil émoi depuis que trois gamins de la cité avaient mis le feu à l'Abribus et l'on croyait en toute confiance que le facteur incendiaire, dans ce dernier drame, serait infiniment plus élevé.

*

Le lieu de ces dramatiques événements était un bel exemple sans prétention d'architecture du début de l'époque élisabéthaine. Le bâtiment à deux étages, en pierre grise avec une bande horizontale en silex et en galets lisses, était d'une asymétrie pleine de charme. L'encadrement de la porte, légèrement décentré, était orné de colonnes ioniques, d'une petite marquise et de fenêtres à meneaux. Les cheminées se serraient les unes contre les autres en trois groupes, torsadées comme des bâtons de sucre d'orge ou ornées d'appliques de feuilles de vigne et de liseron. La plupart étaient dotées de chapeaux en forme d'étoile d'où émanaient, durant les mois d'hiver, des bouffées de fumée étoilées.

Une énorme masse de métal, supposée être une météorite ou, moins romantique, un fragment de boulet de canon, pesait au bord du toit de tuiles rosées et moussues.

La demeure était un cadeau d'Elizabeth Ire à un favori exilé, Gervais Huyton-Corbett. La reine accompagnée de sa cour lui avait rendu fréquemment visite durant les cinq premières années de son exil et cet honneur encombrant l'avait amené, ainsi que plusieurs voisins proches contraints d'absorber le surplus de population, au bord de la ruine. Les descendants de sir Gervais (ainsi fut-il gracieusement adoubé une fois mis sur la paille) avaient vécu au Manoir de Compton durant les quatre siècles suivants mais les coffres de la famille ne s'étaient jamais vraiment renfloués. Chaque année, les frais d'entretien de la maison dépassaient de beaucoup le coût de sa construction mais les Huyton-Corbett y étaient si attachés qu'ils continuaient de lutter, en empruntant bien au-dessus de leurs moyens, ne pouvant se résoudre à se séparer du manoir de famille. Alors, en 1939, Ashley s'engagea dans l'armée de l'Air. Dernier rejeton de la famille, il fut tué à la bataille de River Plate. Son père âgé, sans héritier direct, vendit la propriété, et le village subit alors le premier d'une longue série de chocs culturels et de revers.

Il n'était plus possible, le jour de la fête du village, d'envahir les jardins du Manoir, de se divertir de la vue de lady Huyton-Corbett, aimablement pompette, en crêpe Georgette et en capeline, qui tirait le cochonnet (et le touchait souvent). Le seigneur n'offrait plus de coupe d'argent récompensant les petits pois les plus fins ni de cocardes pour les autres gagnants.

En 1980, la propriété fut revendue et la maison transformée en centre de conférences. La profonde méfiance des villageois envers tout changement et la rancune des nouveaux venus furent grandement amendées par la création d'une trentaine d'emplois, encore que de nature plutôt servile. Cinq ans plus tard, une gestion mal emmanchée et inefficace ayant entraîné une nouvelle fois la mise sur le marché de la propriété, un des concepteurs gladiateurs de Mme Thatcher prit la relève. Il acquit en sus un demi-hectare de terres voisines avec l'intention (voilée) de créer un parc à thème Tudor. Horrifiés, les Dandoniens de tout poil et de toute opinion politique joignirent leurs forces contre cette abominable spoliation de la verdure anglaise. Les villages voisins, imaginant les embouteillages et les klaxons devant leurs portes et, qui sait ? jusque dans leurs cours, se rallièrent et, après qu'on eut remis des pétitions et déployé solennellement une bannière dans la galerie de la Chambre des Communes, l'autorisation fut refusée, l'entrepreneur prit la mouche et s'en fut sévir ailleurs.

Aussi soulagés qu'ils aient été de lui voir les talons, les gens du coin avaient fini par comprendre, sinon apprécier, sa logique simpliste de rentabilité. La situation présente dépassait quelque peu leur compréhension. Pour commencer, les nouveaux venus restaient rigoureusement entre eux. Fort offusqué par la moindre manifestation de familiarité seigneuriale de la part des parvenus qui s'étaient succédé, le village était doublement offusqué quand ces manifestations se faisaient attendre. Il n'était pas accoutumé à ce qu'on l'ignore. Même la poignée de visiteurs du week-end qui arrivaient de Londres au premier vendredi un peu clément, les coffres bourrés de bouteilles de vin et de pâtes au froment moulu à la pierre, faisaient des efforts d'intégration au bar du Cygne, et essuyaient en retour des avanies faussement joviales.

Mais le second point en défaveur du contingent du Cheval Ailé était beaucoup plus sérieux. *Ils ne dépensaient pas.* Pas une seule fois, un membre de la communauté n'était entré au bazar de Bob ni même à la poste, encore moins au sympathique bistrot du coin. Les villageois avaient fini par accepter à contrecœur cet état de fait quand ils avaient cru que la communauté, labourant et sarclant ses quelques arpents de terre, vivait en autarcie. Mais le jour où l'on repéra l'un de ses membres descendant du bus avec deux sacs de chez Sainsbury's, on prit définitivement ombrage. En conséquence, ce fut avec une aigreur amplement justifiée, et une joyeuse impatience, qu'une grande foule se rassembla à l'audience du coroner pour assister au déroulement du drame et voir justice rendue.

La victime, âgée de cinquante-trois ans au moment du décès, s'appelait James Carter. Les débats s'ouvrirent sur la déposition écrite d'un ambulancier qui, arrivé au Manoir à la suite d'un appel téléphonique urgent, avait trouvé le corps de M. Carter gisant au pied d'une volée de marches.

«J'ai examiné brièvement le défunt, lut tout haut le greffier, et j'ai contacté mon service qui a envoyé un médecin sur place et prévenu la police.»

Le Dr Lessiter déposa ensuite. C'était un petit homme pompeux qui se refusait à employer un mot quand il pouvait en sortir cinq. Le public se lassa vite de l'écouter et reporta son attention sur les membres de la communauté.

Ils étaient au nombre de huit, et quelque peu décevants. Chauffée à blanc par Mme Bulstrode, la salle s'attendait à des spécimens rares et exotiques, se démarquant de manière piquante du *vulgum pecus*. Il est vrai, une fille portait de vaporeux pantalons en mousseline et un point rouge sur le front, mais on voyait ça tous les jours à Slough ou à Uxbridge. Plutôt malcontent, le public se rebrancha sur le médecin juste à temps pour entendre les mots substantiels: «forte odeur de cognac».

Ensuite, le constable confirma qu'il avait demandé à l'ambulancier s'il croyait possible qu'il y ait eu meurtre, car lui-même n'en avait vu aucun signe flagrant. Puis le premier témoin du Cheval Ailé vint à la barre. Une grande femme fortement charpentée, à l'allure splendide, vêtue d'un ensemble de soie aux couleurs vives. Après avoir convenu qu'elle était bien Mlle May Cuttle, elle relata par le menu ses faits et gestes durant la journée en question. Le tout ponctué de voyelles sonores et assurées qui n'auraient pas déparé la chaire de l'antenne locale du *Women Institute*.

Elle avait rendez-vous chez le dentiste, à Causton – une molaire récalcitrante –, et avait quitté la maison juste après onze heures avec trois compagnons qu'elle devait déposer au bois de Spinnakers où ils désiraient s'exercer à la radiesthésie en repérant au pendule des voies d'animaux.

– J'ai dû attendre au cabinet dentaire. Un enfant pas commode. Canards, nounours, promesses de glace... pas moyen de le convaincre. Moi, je l'ai persuadé de penser à une image orange, ça a été terminé en un clin d'œil. D'où le dicton «sage comme une image», bien sûr... Où en étais-je?

– À la molaire, dit le coroner.

– Ah oui! Ceci ficelé, je suis allée à *Hi Notes* chercher une partition de musique. La *Sonate* – la G-5 – de Boccherini et un morceau d'Offenbach. Je trouve que c'est le Liszt du violoncelle, pas vous? (Elle adressa un sourire radieux au coroner incrédule dont les demi-lunes dansaient sur le nez.) J'ai acheté un concombre et une brioche à la crème que j'ai mangés au bord de la rivière et je suis rentrée vers deux heures moins le quart pour trouver le pauvre Jim. Vous connaissez le reste.

Avait-elle touché le corps? Mlle Cuttle répondit par la négative.

– J'ai bien vu qu'il s'était déjà transmuté dans l'astral.

– Tout à fait! répondit le coroner qui regretta, en avalant une gorgée d'eau, que son verre ne contînt pas un breuvage plus corsé.

Mlle Cuttle expliqua qu'à sa connaissance, il n'y avait personne dans la maison. Les autres n'avaient commencé à rentrer qu'à l'heure du thé. Voyait-elle quelque chose à ajouter?

– Une chose bizarre. Quelqu'un a demandé Jim au téléphone juste après que je suis rentrée. Très étrange. Il n'avait presque aucun contact avec l'extérieur. Il était plutôt du genre reclus, ce garçon.

Après autorisation, elle regagna sa place, dans l'ignorance bienheureuse que le concombre et les voies d'animaux avaient bien failli – il s'en était fallu d'un cheveu – saper l'excellent terrain préparé par la soie naturelle et le carillon de ses voyelles autoritaires.

Après la première personne à avoir vu James Carter mort vinrent les deux dernières à l'avoir vu vivant. Se présenta Arno Gibbs, un petit homme, avec une petite bêche rouge de barbe qui plongeait avec respect. Il expliqua qu'il avait quitté le Manoir à onze heures et demie pour conduire le Maître...

– Pourriez-vous employer le nom exact, je vous prie? interrompit le greffier.

– Excusez-moi, dit le barbu, M. Craigie et M. Riley à Causton, dans la camionnette. Quand nous sommes partis, Jim arrosait les plantes sur la terrasse. Il paraissait de bonne humeur. Il a dit qu'il allait chercher des tomates dans la serre et préparer de la soupe pour le déjeuner. C'était à son tour de traire Calypso et il avait manqué le petit déjeuner, vous comprenez.

Un bourdonnement s'éleva – le public se perdait en conjectures sur l'identité de Calypso – qui fut promptement étouffé. Interrogé sur le penchant à la boisson du défunt, M. Gibbs dit que la communauté observait l'abstinence, quoiqu'on gardât une bouteille de cognac dans la pharmacie en cas d'urgence. M. Carter n'avait certainement pas bu quand ils l'avaient quitté.

Ensuite, le coroner appela Timothy Riley mais le greffier le raya rapidement de sa liste en murmurant quelque chose à l'oreille du coroner qui fronça les sourcils, hocha la tête, remua ses papiers et appela M. Craig.

À présent, l'air dans la salle était étouffant. Les visages ruisselaient de sueur, les chemises et les robes s'auréolaient de taches sombres. Les pales de l'antique ventilateur au plafond grinçaient et brassaient mollement la chaleur. De grosses mouches bleues jouaient aux V1 sur les fenêtres. Mais l'homme qui s'avança à la barre paraissait très frais. Il portait un costume clair soyeux et ses cheveux d'un blanc pur (sans trace de gris ni de jaune) étaient attachés avec un élastique. Sa queue-de-cheval lui arrivait sous les omoplates. On entendit Mme Bulstrode marmonner que les cheveux blancs pouvaient être très trompeurs; c'était un fait que les yeux de l'homme, loin d'être chassieux, brillaient d'un bleu céruléen et sa peau claire était à peine ridée. Quand il se mit à parler, la qualité d'attention du public changea. Bien que douce, sa voix avait un timbre étrange, quasiment prophétique, et donnait l'impression qu'elle allait révéler les nouvelles les plus extraordinaires à ceux qui avaient des oreilles pour entendre. Tout le monde se pencha en avant comme si manquer ne fût-ce qu'une syllabe les eût privés d'une chose précieuse.

Néanmoins, il n'avait pas grand-chose de nouveau à ajouter, s'accordant avec le précédent témoin pour dire que le défunt s'était comporté comme d'habitude, gai et optimiste le matin de sa mort. Il précisa que M. Carter était un membre fondateur de la communauté, qu'il était très aimé et qu'il serait vivement regretté. Les autres membres du groupe qui se succédèrent à la barre ne firent que confirmer leur absence générale. Alors le coroner reprit les faits.

Le jury, qui se liquéfiait sur son long banc dur, s'efforçait de prendre un air impartial, intelligent et raisonnablement éveillé. Il ne semblait guère y avoir matière, leur dit-on, à soupçonner un meurtre dans cette affaire. Tous les occupants du Manoir se trouvaient ailleurs au moment de la mort regrettable de M. Carter. Le chemin d'escalier chiffonné, sur le palier, et la petite dose d'alcool absorbée à jeun par quelqu'un qui, apparemment, n'y était pas accoutumé, tout cela s'était probablement combiné pour provoquer la chute fatale. Le coroner fit remarquer qu'il serait opportun de fixer des bandes de caoutchouc entre les tapis et le parquet ciré, et présenta ses condoléances aux amis du défunt. Puis il prononça le verdict de mort accidentelle.

Le coroner se leva, le ventilateur exhala un ultime gémissement et une mouche bleue tomba raide morte sur la tête de l'huissier. Le groupe du Cheval Ailé resta assis tandis que le public se dirigeait lentement vers la sortie. La déception était à couper au couteau. On leur avait pour ainsi dire promis un meurtre. Les gens cherchaient quelqu'un à blâmer mais les Bulstrode – prophètes sans honneur – s'étaient déjà éclipsés. La foule avança, en piétinant et en marmonnant, descendit les marches et se dirigea vers le parking ou vers le *Soft Shoe Café*.

Dans la salle d'audience, la porteuse du pantalon de mousseline pleurait et se faisait consoler. Ses compagnons s'étaient groupés autour d'elle, l'embrassaient et lui tapotaient l'épaule. Le barbu les quitta pour revenir un instant plus tard les informer que, tout le monde étant parti, ils pouvaient peut-être rentrer chez eux, à présent.

En ceci, il n'avait pas tout à fait raison. Alors que le petit groupe se dirigeait sagement vers les portes, un jeune homme se leva, qui avait réussi à se cacher derrière un pilier, dans la galerie. Parfaitement immobile, il contemplait la chaise vide du coroner. Puis de la poche de son jean il tira un bout de papier qu'il lut et relut maintes fois, à en juger par le temps qu'il y passa. Enfin, il rangea son papier et s'appuya de tout son poids à la balustrade, manifestement en proie à une forte émotion. Il se tint là quelques minutes avant de coiffer une casquette à visière sur ses cheveux blonds et de se retourner pour s'en aller. Mais dire qu'il s'était ressaisi eût été exagéré. Car il dévala l'escalier les poings serrés de colère. Et son visage était blanc de rage.

*

Cinq jours plus tard, les cendres de Jim Carter étaient dispersées autour du fût d'un cèdre géant sous lequel il avait aimé à s'asseoir. On dit une prière pour sa réincarnation en Chohan du Premier Rayon et on présenta au soleil un cadre en bois où étaient accrochées de menues clochettes et de fines torsades de verre. Il y eut quelques douces psalmodies puis on servit une infusion de citronnelle et le gâteau à la carotte de Mlle Cuttle ; après quoi chacun s'en fut vaquer à ses affaires.

PREMIÈRE PARTIE

DEUX MORTS

1

Le petit déjeuner était presque terminé. Le Maître, qui commençait sa méditation et ses oraisons au lever du soleil, n'assistait jamais à ce repas ; il s'installait pour boire sa tisane et manger un biscuit au cumin dans le Solarium, une fois que ses chakras étaient purifiés et rechargés. Et, aussi aimé fût-il – et même vénéré, le cas échéant (bien qu'il eût été le premier à blâmer pareilles outrances) –, il ne faisait aucun doute que son absence engendrait un certain relâchement. Le petit groupe à la longue table de réfectoire était au moment de folichonner.

– Qu'avez-vous l'intention de faire cet après-midi, vous deux, Heather ? demanda Arno, en essuyant une goutte de yaourt de sa barbe avec une serviette tissée à la main.

Il faisait allusion au seul temps libre que leur laissaient leurs tâches et leurs dévotions.

– Nous allons à Morrigan's Ridge. (Heather Beavers s'exprimait comme une petite fille essoufflée et impatiente, malgré ses longs cheveux gris.) Il y a là-bas un monolithe qui émet des vibrations extraordinaires. Nous espérons libérer l'énergie cosmique.

– Faites attention, s'empressa de répondre Arno. N'oubliez pas de prendre une amulette.

– Bien sûr.

Ken et Heather effleurèrent les cristaux de pyrite, suspendus à une lanière de cuir, qui reposaient, tel un troisième œil, au milieu de leur front.

– La dernière fois que nous avons libéré de l'énergie, Hilarion nous a communiqué des informations archi-puissantes. Il en était tout... efflorescent. N'est-ce pas, Ken ?

– Mmm, répondit Ken, la bouche pleine de compote au son. Il a décrit nos prochaines mille vies et les plans de Mars pour une guerre intergalactique. Ça va barder, au prochain millénaire.

– Et toi, Janet, tu as des projets ?

– Il fait si beau. Je pensais prendre le bus pour aller à Causton. May a besoin d'aiguilles à tapisserie. Tu ne veux pas venir, Trixie ? (Elle s'adressait à une jeune fille assise à côté d'Arno, qui ne répondit pas. Janet reprit, hésitante :) On pourrait aller au parc manger une glace.

Un long visage osseux, émacié, tantôt morne, tantôt enflammé d'émotion, qui paraissait inapte à exprimer l'ambiguïté. Des cheveux rêches comme le poil d'un lévrier d'Irlande, des yeux clairs aux pupilles presque décolorées qui brûlaient d'un désir tel qu'Arno se détourna. Réduit lui-même en esclavage par la grandiose poitrine et le regard liquéfiant de Mlle Cuttle, il évaluait avec précision le degré d'asservissement chez les autres et la pauvre Janet offrait le parfait exemple de la soumission poussée jusqu'à la servilité.

Comme elle n'obtenait pas de réponse, elle se leva et se mit à empiler les bols à céréales, rebondis et tachetés, fâcheux résultat du stage utilitaire de poterie qu'elle avait dû suivre à son arrivée. Elle les avait en abomination et les manipulait sans douceur, espérant en réduire le nombre, mais ils s'obstinaient à rester indestructibles. Même Christopher, qui faisait des ravages dans la porcelaine à guirlande de marguerites de May, même lui les lavait sans les casser.

– C'est l'anniversaire de Suhami, tu lui réserves sans doute une petite surprise.

Arno sourit timidement au jeune homme en face de lui, car tout le monde savait qu'il y avait roucoulade dans l'air, de ce côté-là.

– Eh bien... (Aimable et faisant bonne figure en général, Christopher parut mal à l'aise.) Il y a pas mal de choses en train, on dirait.

– Mais tu vas l'emmener quelque part? Peut-être sur la rivière?

Christopher ne répondit pas et Janet se mit à rire, d'un rire âpre et forcé, avec un soupçon de méchanceté, en roulant dans ses doigts osseux une petite boulette de pain bis.

– Alors, tu ne crois pas aux histoires d'amour, Jan?

Trixie se mit à rire, elle aussi, mais gaiement, en secouant sa tignasse blonde et bouclée. Des lèvres roses et brillantes et d'épais cils noirs de suie lui donnaient l'air d'une précieuse poupée de porcelaine.

Janet se leva et ratissa des grains de muesli vers le bord de la table si ancienne que ses deux parties commençaient à gauchir et à s'écarter. Quelques noix disparurent dans la fente et s'éparpillèrent sur le parquet. Elle décida de se montrer «maladroite» (terme usité dans la communauté pour qualifier un comportement susceptible de porter atteinte à l'ordre public) et de les y laisser. Trixie se renversa sur sa chaise, baissa sournoisement les yeux et émit un bruit désapprobateur en arrondissant sa bouche en bouton de rose.

Janet emporta les bols, revint avec pelle et balayette, s'accroupit sous la table, à genoux sur le plancher nu. Dix pieds. Masculins: deux chaussettes à losanges, feutrées par de nombreux lavages et fleurant vaguement l'huile de camphre; deux en coton blanc; deux beiges en tissu éponge et six robustes sandales. Féminins: des bottines violettes lacées, brodées de signes cabalistiques; des baskets de Mickey sur des socquettes si courtes qu'elles atteignaient à peine des chevilles mutines et délicates. Le jean était roulé juste sous le genou et, sur les mollets récemment rasés, le duvet chatoyait comme du fil d'or.

À cette vue, le cœur de Janet se mit à battre à grands coups ; elle détourna rapidement le regard des jambes d'un blanc laiteux et des attaches fines des chevilles, aussi fragiles que la cage thoracique d'un oiseau. La balayette glissa dans une main devenue subitement moite. Elle effleura la peau translucide avant d'écarter les Mickey.

– Attention à vos pieds, tout le monde !

Le ton qu'elle aurait voulu détaché et affairé n'était que bourru.

– Et toi, Arno ? demanda Christopher.

– Je vais continuer avec Tim. (Il se leva, ramassa les salières en pierre carrées et les cuillers en corne.) Nous travaillons à un nouveau couvercle de paille pour la ruche.

Tous les membres de la communauté étaient de vertueux artisans.

– Tu te donnes tellement de mal, dit Heather d'une voix d'écolière, perçante comme un petit pipeau.

– Oh... tu sais..., fit Arno, l'air gêné.

– Nous avons fait une petite cérémonie astro pour lui hier soir, n'est-ce pas, Heather ? dit Ken.

– Mmm. Nous l'avons tenu dans la lumière pendant une éternité.

– Puis nous avons offert le centre aurique de son être à Dame Portia, maîtresse d'or de la sérénité.

C'étaient des irréductibles de l'esprit positif. Arno se trouva court et dit « merci ». Ni les Beavers, avec toute leur fervente assurance, ni la Dame Portia ne pouvaient venir en aide à Tim. Personne ne pouvait lui venir en aide. Personne ne devait essayer. L'aimer, oui, mais c'était tout. C'était beaucoup, bien sûr, mais ce n'était pas suffisant pour le faire sortir du royaume des ombres.

Mais il eût été inutile d'en faire la remarque. C'eût été indélicat, aussi, car Ken et Heather avaient poussé la pratique de la pensée positive jusqu'à son apogée. Pour eux, point de vilaines, de ténébreuses incertitudes. Si un doute pointait le bout de son nez, il était illico presto poussé sous le tapis. Ce refus de reconnaître le côté gris – et moins encore le côté noir ! – de la vie les rendait suprêmement suffisants. À peine évoquait-on un problème que la solution était déjà avancée. Postulat. Simplification. Solution. Chaque étape généreusement additionnée de Compassion. De l'eau de rose, on enrobe de miel, et hop, voilà le travail !

Trixie tira sa chaise en arrière en disant : « Je suis contente que ce ne soit pas mon tour à la cuisine pour le grand dîner de ce soir. Je pourrai me taper un bon petit verre au *Black Horse*. M'est avis qu'on va tous en avoir grand besoin. »

Ken et Heather Beavers sourirent avec indulgence à cette malicieuse fantaisie. Personne, dans la communauté, n'était jamais allé au pub du village. Janet émergea de sous la table en se frottant les genoux.

– Que veux-tu dire ? demanda Arno. Besoin d'un verre ?

– M. Gamelin. Ne me dis pas que tu as oublié sa visite.

– Bien sûr que non.

Arno ramassa la bassine de plastique qui contenait le muesli. C'était une des règles de la communauté : Ne Jamais Quitter La Table Les Mains Vides, et même si parfois cela impliquait qu'on fasse disparaître quelque chose avant que tout le monde ait eu le temps de se servir, en général, le système fonctionnait à merveille.

– Tu vas faire ton soufflé au fromage blanc, Heather ?

– Je ne pense pas, s'il est en retard... Tu sais comment ils sont, les hommes d'affaires.

Elle parlait avec une sinistre autorité, comme si elle rentrait ventre à terre de la Bourse.

– On pensait faire des lasagnes aux trois haricots, dit Ken en lissant sa moustache de comanchero.

– C'est bien bourratif, c'est sûr.

– Comme ça, on servirait le fromage blanc avec des poires pochées. Mélangé au yaourt de Calypso, s'il est trop compact.

– Excellent, dit Arno avec un sourire radieux, comme si en effet il n'en doutait pas, tout en pensant : « De toute façon, il y a le gâteau d'anniversaire. »

– Je parie qu'il va lui offrir un cadeau étonnant, dit Trixie.

– Ce qu'ils aiment par-dessus tout, ces impitoyables magnats de la finance, c'est déchirer à belles dents un gros steak bien saignant, dit Janet.

– Tu t'es choisi un sacré beau-père, Christopher, fit Ken, et son cristal étincela.

– Ne perdons pas notre temps, dit Christopher en ramassant les couverts.

– Eh bien, ce n'est pas ici qu'il l'aura, son steak, fit Heather en frissonnant. Et d'abord, comment sais-tu qu'il est impitoyable, Jan ?

Janet avait horreur qu'on l'appelle «Jan». Sauf si c'était Trixie.

– Je l'ai vu à la télé, il y a une éternité. À un débat. Le Programme Financier, je crois. Il les a tous dévorés en cinq minutes puis il s'en est pris à la table.

– Allons, allons, dit Arno, d'un ton réprobateur.

Il n'avait pas vu l'émission. Il n'y avait pas de télévision au Manoir, à cause des vibrations négatives. Mais Janet s'en souvenait bien. Ce personnage puissant et carré, crépitant d'agressivité, qui se mettait en avant comme pour crever l'écran. Tête basse et de côté, immobile tel un taureau qui va charger.

– S'il pouvait ne pas venir.

– Restons sereins, dit Ken en agitant les mains de haut en bas, *diminuendo*. N'oublions pas. Non seulement il est seul et nous sommes dix, mais nous baignons dans la lumière de l'océan de la divine conscience. Nous savons que là, la colère n'existe pas.

– Il n'aurait pas été invité, tu sais, dit Arno devant l'inquiétude de Janet, si le Maître en avait jugé autrement.

– Le Maître est très détaché de ce monde.

– Gamelin ne mesure pas la gageure qu'il a à soutenir, gloussa Ken. C'est l'occasion en or de modifier son karma. Et s'il est l'homme que tu dis, Janet, il va sauter dessus.

– Ce que je ne comprends pas, dit Trixie, c'est pourquoi Suhami ne nous a pas dit avant qui elle était vraiment.

– Ah bon ? dit Janet avec un nouveau rire sans joie. Moi, je comprends.

– Heureusement que Christopher s'est déjà déclaré, poursuivit Trixie. Sans quoi elle aurait pu penser qu'il en avait uniquement après son argent.

Un grand silence accueillit cette remarque intempestive, puis Christopher, lèvres pincées, ramassa fourchettes et couteaux, dit « Excusez-moi », et quitta la pièce.

– Vraiment, Trixie...

– Mais je plaisantais. Je ne sais pas... (Elle s'en alla en tapant des pieds, chargée tout au plus d'une petite cuiller.) Aucun sens de l'humour dans cette maison.

Ken se levait à présent, et à grand-peine. Il avait sa « jambe » qui l'empêchait de travailler autant qu'il l'aurait voulu dans la maison et le jardin. Certains jours (surtout quand on prévoyait de la pluie), c'était pire. Ce matin, il boitait à peine. Il prit la planche à pain en disant : « Il n'y a point de paix pour les méchants. »

– Ils ne sauraient pas quoi en faire, de toute façon, rétorqua Janet, et Heather adopta sa tête patiente de Griselda[1].

Janet était la croix de Heather et son grand défi. Elle avait un cerveau gauche tellement développé, elle était tellement intellectuelle ! Au début, Heather avait eu du mal à se débrouiller. Jusqu'au jour où le guide spirituel de Ken, Hilarion, avait expliqué que Janet était la manifestation physique de l'animus de Heather. Quel bonheur d'apprendre cette nouvelle ! Voilà qui était absolument logique et, du coup, elle se sentit investie d'un sens accru de sa responsabilité. Sur un ton exagérément calme, elle déclara :

– Je crois qu'on ferait mieux de s'y mettre.

Laissé seul avec Janet, Arno la regarda avec une certaine inquiétude. Il craignait de deviner une sorte de prière dans la pâleur de son visage et dans la rigidité de ses mains cramponnées à la pelle. Il aurait voulu faire ce qu'il fallait. Tout le monde à la Loge était censé être à la disposition des autres à toute heure du jour et de la nuit et Arno, bien que par nature peu enclin aux épanchements, s'efforçait d'être ouvert et réceptif aux besoins d'autrui. Néanmoins, il percevait chez Janet des résonances qui le

---

1. Héroïne du *Décaméron* de Boccace, symbole de la soumission et de la fidélité à l'époux.

perturbaient profondément et qu'il ne comprenait pas. Malgré tout...

– Il y a quelque chose qui te tracasse, Janet? Tu voudrais en faire part?

– Que veux-tu dire? répondit-elle, aussitôt sur la défensive, comme si on l'avait piquée. Il n'y a rien. Rien du tout.

Elle était agacée par l'expression «en faire part», qui impliquait un empressement automatique à recevoir.

– Excuse-moi.

Sans se vexer, Arno battit en retraite et, tout soulagé, il prit l'air absent.

– Si on n'a pas en permanence un grand sourire plaqué sur la figure, les gens n'arrêtent pas de vous demander quel est votre problème.

– Je croyais bien faire...

Mais Janet s'en allait, irritée, les omoplates raidies. Arno lui emboîta le pas lentement et se dirigea vers le grand vestibule, qui semblait désert. Il regarda autour de lui. «Tim?... » Il attendit, appela de nouveau, sans résultat. Le garçon s'était trouvé dernièrement une retraite inexpugnable et Arno, qui connaissait son besoin d'être en sécurité et de se cacher, ne tenta pas de le débusquer. Lorsque le Maître émergerait de ses dévotions, Tim se montrerait aussi, car il suivait son bienfaiteur chéri comme son ombre, s'accroupissant à ses pieds comme un chien fidèle.

En conséquence, Arno remit la fabrication du couvercle de la ruche à un autre jour. Il se dirigea vers le long corridor où l'on rangeait les bottes en caoutchouc, les sabots et les parapluies, prit sa vieille veste, son panama, et disparut pour travailler au jardin.

★

Quand tout le monde fut parti et que la maison fut silencieuse, Tim se faufila dans le vestibule.

Là, au centre du plafond, un magnifique dôme octogonal en verre colorié s'élançait vers le ciel. Les jours de soleil, des rayons multicolores ruisselaient à travers le verre, badigeonnaient le plancher de rose vif et d'ambre, de pourpre, d'indigo et de vert doux. Quand les nuages voilaient le soleil, les couleurs rutilaient avec plus ou moins d'intensité, donnant l'illusion d'une vie mouvante, ondoyante. Cet endroit lumineux, quasiment magique, fascinait Tim. Il se tenait au centre, baigné de cet éclat coloré, tournait lentement sur lui-même et souriait de ravissement devant le jeu des combinaisons kaléidoscopiques sur sa peau et ses vêtements. À présent, il se tenait en équilibre sous une brume poudreuse de particules en suspension dans les rayons. Il les voyait, ces grains de poussière, comme un nuage d'insectes minuscules : de petits êtres inoffensifs aux ailes scintillantes.

Parfois, il rêvait du dôme. Dans ces rêves, il était toujours en mouvement, il nageait vers le haut, il fendait la flaque de lumière brillante avec des doigts palmés, la pressait derrière lui, donnait des jambes. Mais, le plus souvent, il volait. Alors, en état d'apesanteur dans un monde impondérable, son corps s'élevait, tourbillonnait, plongeait, s'enroulait autour de l'arc-en-ciel. Une fois, il avait été accompagné d'une nuée d'oiseaux aux vives couleurs, aux yeux doux et aux becs inoffensifs. Quand il se réveillait après ces rêves-là, il était parfois saisi d'un effroi et d'un chagrin terribles. Alors, il se levait d'un bond et se précipitait sur le palier pour vérifier que la lanterne était toujours là.

Quand on avait amené Tim au Manoir la première fois, il avait été impossible de le persuader d'avaler quoi que ce fût. Alors, le Maître, qui s'était aperçu de l'effet que produisaient sur lui les couleurs dansantes, avait fait placer deux coussins sur le sol du vestibule. Puis il s'était assis avec le garçon et l'avait encouragé à manger à force de cajoleries, comme on fait avec un enfant, une cuillerée à la fois, « une pour Tim, une pour le Maître ». Il avait continué ainsi pendant près de deux semaines. Bien sûr, Tim allait mieux aujourd'hui. Il assistait aux repas avec les autres et remplissait son rôle dans la communauté dans la mesure de ses moyens, s'efforçant d'accomplir les tâches simples qui lui étaient assignées.

Mais il continuait d'avoir peur. Et en entendant une porte s'ouvrir sur le palier, même si ce n'était que Trixie qui allait à la salle de bains, il fila comme le vent se terrer dans le trou le plus proche.

★

Dans le Solarium, le Maître était assis, une tasse d'infusion fraîche de menthe et de citronnelle à la main. Suhami, qui avait insisté pour le voir, ne paraissait plus si pressée de parler, maintenant qu'elle était là. La présence du Maître produisait fréquemment cet effet sur les gens. Quel que soit le trouble physique ou moral qui les conduisait à le consulter, à peine se trouvaient-ils devant lui que, réflexion faite, l'affaire ne leur semblait plus si urgente.

De toute façon, pensait Suhami assise sur son coussin, l'échine souple et droite, dans une posture élégante, il était trop tard pour les mots. Le mal était fait. Elle regarda son maître. Ses mains fines, ses traits extasiés, ses frêles épaules. Il était impossible de se fâcher contre lui ; et stupide de s'attendre qu'il comprenne. Il était si candide, occupé seulement de questions spirituelles. Il était amoureux, avait un jour dit Janet, d'un idéal de pureté et, en conséquence, il voyait le bien partout. Suhami pensa à son père, qui serait bientôt là, avec son redoutable pouvoir de destruction, et le désarroi revint, plus intense que jamais.

Guy Gamelin avait la spiritualité d'un rhinocéros à la charge et il était connu pour faire des dégâts équivalents sur son passage. Instable, effrayant quand il était contrarié, dévoré par une monstrueuse avidité. Un être de ce genre était inimaginable pour le Maître, car il pensait que chacun recelait une parcelle de Dieu, et que pour la découvrir, il fallait patience et amour.

– Je n'aurais pas proposé cette visite (elle était habituée à ce que le Maître lise dans ses pensées) si je n'avais pas jugé le moment opportun. (Il poursuivit, devant le silence de Suhami :) Il est temps de guérir, mon enfant. Laisse aller ton amertume. Elle ne peut que te faire du mal.

– J'essaye, dit-elle, comme elle l'avait répété des dizaines de fois depuis la semaine précédente. Mais je ne vois pas pourquoi il faut qu'il vienne ici. Je ne changerai pas d'avis pour l'argent, si c'est ce que vous avez derrière la tête.

– Oh, ne recommençons pas, dit-il en souriant. Je sais reconnaître une impasse.

– Si vous n'en voulez pas, la somme ira à une œuvre de charité. Vous ne savez pas quel effet l'argent a sur les gens, s'empressa-t-elle d'ajouter. Ils vous regardent, vous voient différemment. Déjà…

Son visage s'altéra, devint craintif, mou et flou ; ses lèvres se mirent à trembler.

– Déjà ?

– Vous… n'en avez parlé à personne ? Du legs ?

– Bien sûr que non, puisque tu ne voulais pas. Mais ne crois-tu pas que tes parents…

– Ma mère ne viendra pas. Il a écrit qu'elle était malade.

– C'est peut-être vrai.

– Non, protesta-t-elle en secouant violemment la tête. Elle n'a pas voulu venir. Elle ne jouerait même pas la comédie.

– Une visite dans ces conditions ne vaudrait pas la peine. Sois courageuse, Suhami, ne cherche pas de fausses satisfactions, ne demande pas aux autres de t'encourager et de te soutenir. Ce n'est juste ni pour toi ni pour eux. Tu as tout ce qu'il te faut ici, à portée de main…, dit-il en posant les doigts sur son cœur. Combien de fois faudra-t-il te le répéter ?

– C'est facile pour vous.

– Cela n'est jamais facile.

Là, il avait raison. Une seule et unique fois, durant une méditation, elle avait failli comprendre ce que signifiaient réellement ces mots « tout ce qu'il te faut ». Elle méditait depuis plus d'une heure et avait connu d'abord une amplification du silence puis une augmentation extraordinaire de la concentration qu'elle avait ressentie comme une puissante vibration d'énergie. Ensuite, il y avait eu un instant de lumineuse sérénité, si sublime que toute son humanité, le chaos, la souffrance, l'espoir, le chagrin dont son être était constitué, tout cela avait semblé s'évanouir, subsumé au cœur même de la lumière. Un clin d'œil, et tout avait disparu. Elle n'en avait parlé qu'au Maître qui l'avait simplement mise en garde contre une quête trop zélée d'expériences analogues. Naturellement, elle avait été incapable de résister à l'envie de recommencer mais le moment d'illumination ne s'était jamais reproduit.

Un an auparavant, elle ignorait jusqu'à l'existence du Maître et, de temps à autre, elle sentait des frissons d'angoisse en repensant au caractère fortuit de leur rencontre. Si elle avait tourné à gauche plutôt qu'à droite...

Elle se trouvait avec quelques camarades dans un bar à vin, sur la place du Lion Rouge. C'était en début de soirée, à l'heure creuse où les solitaires, les mal-aimés et les dépossédés peuvent écluser à moitié prix. Ils étaient tous bourrés comme des coings, envoyaient voler partout de la sauce d'aubergine avec leurs croûtons de pain. Qu'on les ait priés de s'en aller, qu'ils aient refusé, qu'on les ait menacés d'appeler la police, tout ça n'était pas nouveau. Ils sortirent en faisant du boucan, bras dessus bras dessous, en criant, en poussant les passants du trottoir dans Theobald Road.

C'est Perry qui avait vu l'affiche placardée sur une porte miteuse. Les mots *AMOUR, LUMIÈRE ET PAIX* se détachaient, ainsi que la grande photo d'un homme d'âge mûr aux longs cheveux blancs. Sans raison, ils trouvèrent l'affiche follement drôle. En raillant et en se moquant avec des rires méprisants, ils montèrent au pas de charge les marches usées, mouchetées de mica, et poussèrent des portes battantes.

Ils se retrouvèrent dans une petite salle, avec une estrade à l'autre bout. L'assistance, peu nombreuse, était surtout composée de femmes d'un certain âge. Quelques hommes à l'air sérieux avec des sacs à dos ou à provisions. L'un d'eux portait une casquette recouverte de plastique transparent. Il n'arrêtait pas de faire des moues entendues et de secouer la tête, pour faire bien comprendre qu'il n'était pas homme à se laisser facilement impressionner. Tout le monde se retourna à leur entrée intempestive et plusieurs personnes firent des « chut » désapprobateurs.

Les nouveaux venus se glissèrent bruyamment dans la rangée de sièges rabattables et s'assirent, pieds en l'air. Ils se tinrent relativement tranquilles pendant cinq minutes ; puis Perry loucha en guise de signal et retroussa les lèvres pour imiter le bruit d'un pet, long et savoureux. Les autres poussèrent des cris aigus et gloussèrent, en se fourrant les poings dans la bouche, comme de vilains garnements. Ils prirent l'air pincé quand les gens les regardèrent et Perry cria : « C'est lui, là, avec son chapeau dans un sac ! »

Dix minutes plus tard, lassés du jeu, ils se levèrent et s'en allèrent, en se moquant de l'homme sur l'estrade, et en donnant des coups de pied dans les sièges en passant. Près des portes, l'un d'eux – c'était Sylvie – se retourna. À un pas du chaos (comme elle devait le reconnaître plus tard), quelque chose l'avait forcée à regarder en arrière. Elle retourna tranquillement s'asseoir, sans prêter attention aux braillements qui l'appelaient depuis la cage d'escalier.

L'allocution l'avait pénétrée, chaude et apaisante comme un baume au miel. Après coup, elle avait été étonnée d'avoir tant de mal à se rappeler les détails de cette soirée qui avait si radicalement transformé sa vie. La seule phrase entière dont elle se souvenait était : « Nous sommes tous dans notre propre lumière. » Bien qu'elle n'eût pas la moindre idée de la signification de ces paroles, elle les trouva (et les trouvait toujours) immensément profondes et consolantes. Dès ces premiers moments, elle avait pris conscience du désir ardent qu'elle ressentait de troquer les oripeaux de son ancien moi. De briser la carapace d'un passé laid, dénué d'amour. Ces journées de beuverie pleines de haine et ces nuits privées d'amour.

Son discours achevé, l'orateur passa un manteau sur sa longue robe bleue, aidé par un petit homme barbu. Puis il but un peu d'eau en regardant, par-dessus la rangée de sièges, en direction de la fille. Il sourit, elle se leva et s'avança vers lui, se sentant attirée par une bonté pure et désintéressée, bien qu'à ce moment-là, elle n'eût su l'expliquer en ces termes. Il lui semblait deviner dans la mince silhouette une immense compassion à son égard. Émue au-delà du supportable par la totale étrangeté de la situation, elle se mit à pleurer.

Le Maître la regardait approcher. Il vit une grande fille mince habillée de façon indécente : une collerette à gâteau argentée en guise de jupe et un bain de soleil pas plus large que deux rubans. Elle avait des cheveux blonds frisottés coiffés à la diable, les yeux cernés de khôl et une bouche barbouillée d'écarlate. Elle sentait le gin, le parfum capiteux et les rêves suris. Tandis qu'elle avançait en titubant, ses sanglots se firent plus rauques et lorsqu'elle atteignit l'estrade, elle criait ; de terribles lamentations de chagrin et de malheur. « Ahhh... ahhh... » En équilibre précaire sur de hauts talons pailletés, les bras serrés sur ses seins à peine cachés, elle hurlait.

C'était si loin, tout cela, qu'elle avait peine à se rappeler aujourd'hui l'intensité de son désespoir. Elle tendit la main et prit le verre de son compagnon.

– Vous voulez encore de la tisane, Maître ?

– Non, merci.

Il avait entre les sourcils une ride profonde. Il paraissait fatigué. Pire : Suhami remarqua ses poches sous les yeux, il faisait vieux. Elle ne pouvait supporter l'idée qu'il était vulnérable au temps qui passe. Car n'était-il pas rempli de sagesse, n'était-il pas la source intarissable de toutes les bénédictions ? Il était là pour les aimer et les protéger tous. Si quelque chose lui arrivait...

Alors qu'elle se dirigeait vers la porte, Suhami se rendit compte que savoir qu'on est mortel et le comprendre vraiment, ce sont deux choses différentes. Elle s'était persuadée qu'il serait là pour eux, toujours. Elle pensa à Tim. Que ferait-il sans son protecteur et compagnon bien-aimé ? Que feraient-ils, tous ? Elle fut saisie d'effroi, se précipita vers lui et pressa la main du Maître sur sa joue.

– Que se passe-t-il donc ?

– Je ne veux pas que vous mouriez.

Elle crut qu'il allait sourire ou dissiper ses craintes en la taquinant, mais il déclara simplement :

– Mais nous devons mourir. Tous, autant que nous sommes.

– Vous n'avez pas peur ?

– Non, plus maintenant, répondit-il en retirant sa main. Avant, j'aurais eu peur… mais plus maintenant.

Moi, j'ai peur, pensa Suhami. Et elle s'en fut, profondément troublée.

★

Par une fenêtre ouverte du rez-de-chaussée, s'échappait un torrent de grandiose musique. Assise à son violoncelle, les jambes résolument écartées, ses grands pieds plantés fermement sur un paillasson de jonc de mer, May jouait la sonate de Boccherini. Elle promenait son archet avec une impétueuse ardeur, les sourcils froncés, les yeux fermés. Elle agitait la tête avec une ferveur si passionnée que des perles de sueur volaient dans l'air chaud et qu'une tresse auburn, enroulée autour de l'oreille comme une soucoupe, s'était détachée et se balançait vigoureusement d'avant en arrière en battant la mesure à trois temps.

Elle portait une tunique ample, jaune et marron, imprimée de pyramides et d'un cortège funèbre. Au-dessus de l'encolure bateau s'élevait le splendide profil de May. Gravé au burin, serein, noble, attestant sans ambiguïté qu'elle était vouée à prodiguer bonheur et santé, il était aussi particulièrement pittoresque car May ornait son visage comme elle décorait sa chambre, sa personne et tous les objets qu'elle possédait, c'est-à-dire avec profusion. Sa palette était aussi complète que généreux son pinceau. Les joues s'épanouissaient sous un rose corail luxuriant ; les lèvres pleines brillaient d'un rouge grenat. Les paupières, ombrées de vert vif qui se fondait en un dégradé de bleu ciel et de prune, étaient semées çà et là de paillettes argentées. Son teint rose thé prenait un éclat parfois assez consistant car, distraite à l'occasion par des rêveries d'outre-monde, elle oubliait qu'elle s'était déjà mis du fond de teint et replâtrait une autre couche qu'elle complétait par un copieux saupoudrage de poudre de soleil.

Après un dernier coup d'archet plein d'allégresse, elle posa une main sur les cordes pour faire cesser leurs vibrations. Existait-il un autre instrument, une autre créature capable de grogner avec cette élégance ? Elle posa brièvement la joue sur le bois luisant, y laissant une empreinte poudreuse couleur pêche, puis appuya le violoncelle contre la chaise et, dans une majesté bigarrée, s'avança toutes voiles dehors vers la fenêtre.

Elle contempla le cèdre en s'efforçant de conserver cette sensation de calme joyeux qui la possédait quand elle jouait. Mais à peine en eut-elle pris conscience que la joie se transforma en simple contentement et le plaisir en malaise terne. Elle soupira et, pour se réconforter, elle s'arracha à ces pensées et songea à son atelier de couleur, « Un Arc-en-ciel Autour De Votre Épaule », auquel on s'était inscrit en nombre et qui avait été très bien accueilli. Mais même ce stratagème n'eut pas le succès escompté. Les images des participants exaltés en pensant aigue-marine pâlirent malgré tous ses efforts, et l'ombre de l'anxiété réapparut. Elle se rendit compte qu'elle n'avait même pas hâte de vivre sa prochaine régression, alors que d'habitude, ces séances étaient des plus fascinantes.

May en fut extrêmement contrariée. Elle n'avait guère de patience à l'égard des gens qui « se morfondent », comme elle disait. Qui se tracassent pour un rien, qui se refusent à empoigner les problèmes, et encore moins à les résoudre. Apitoiement sur soi-même, pensait-elle. Et voilà qu'elle s'y mettait ! Et sans excuse valable, car ce n'était pas faute de gens à qui parler. Malheureusement, l'un d'eux (elle ignorait lequel) était cause de son inquiétude. Elle aurait aimé se tourner vers le Maître, même si d'ordinaire on évitait de le déranger pour des affaires temporelles. Mais en l'occurrence c'était impossible, ce qui l'affligeait profondément.

Elle avait l'impression qu'une source constante de chaleur et de lumière s'était soudain méchamment éteinte. Elle se sentait non seulement complètement seule mais aussi rejetée, sentiment qu'elle reconnaissait comme exagéré. Le problème, c'était que son gourou bien-aimé était – en toute innocence et involontairement, elle n'en doutait pas – partiellement responsable de ce malaise.

Voici ce qui s'était passé. Deux jours après la mort de Jim, May passait devant la chambre du Maître pour se rendre à la lingerie. La porte était entrouverte mais le beau paravent avec le zodiaque était placé de façon à dissimuler les occupants. On marmottait à voix basse, on s'interrompait, on recommençait et May supposa qu'une séance de purification des chakras était en cours. Puis, soudain, une voix s'écria : « Oh, mon Dieu, pourquoi a-t-il fallu que tu t'en mêles ? S'ils font une autops... » Un chut vigoureux coupa la phrase net.

Le silence qui s'ensuivit parut à May, clouée sur place, plutôt suffocant. D'une qualité particulière, comme enrobé, emmitouflé. Puis elle comprit au bruissement d'une robe plus qu'au bruit de pas qu'on contournait le paravent. Elle bondit juste à temps et s'aplatit contre le mur du couloir. On referma la porte.

Tremblant de désarroi et de surprise, May demeura là quelques instants. Elle avait à peine reconnu la voix du Maître, étranglée qu'elle était par l'émotion. Était-ce colère ou peur, c'était difficile à dire. L'une et l'autre, peut-être. Elle chercha à se persuader qu'elle avait mal compris ou que les mots, sortis de leur contexte (et elle n'avait rien saisi du contexte), revêtaient un sens tout à fait différent. Mais à quoi pouvait s'appliquer le mot « autopsie » si ce n'était à la mort de Jim ? La déduction était inévitable.

Dans la lingerie, tout en versant sa lessive vert pâle sainement écologique sans enzymes, May fulmina contre l'esprit malveillant qui avait guidé ses pas ce matin-là. Car, à l'instar de la plupart des membres de la communauté, elle croyait fermement que ses journées étaient ordonnées par les astres. Elle ne pouvait pas prétendre qu'elle n'avait pas été prévenue: Zurba, la lune de Mars, avait dérapé çà et là jusqu'au petit déjeuner, pendant toute la semaine.

Quand le moment fut venu de sortir de la machine les piles de linge trempé et multicolore, May ne put s'empêcher de méditer sur le contraste entre sa pureté fraîche et immaculée et ses propres pensées obscures et souillées.

Un mois environ après cet incident, un autre incident presque aussi troublant était survenu. Elle avait été réveillée au milieu de la nuit par un bruit sourd dans la chambre de Jim, voisine de la sienne. Rapidement suivi de deux autres, comme si l'on avait ouvert et refermé doucement les tiroirs d'une commode. May avait déjà entendu quelqu'un se déplacer dans cette pièce durant la journée mais elle n'y avait pas accordé d'importance, pensant qu'on devait trier les affaires de Jim avant leur enlèvement. Mais ce rôdeur nocturne, c'était autre chose. Supposant qu'il s'agissait de cambrioleurs, elle avait pris son livre le plus lourd (*Les Nouvelles Cartes de l'Atlantide et de ses Logoï Intergalactiques)*, s'était faufilée dans le couloir et, retenant son souffle, doigts serrés autour de la poignée, elle avait doucement poussé la porte de Jim. Fermée à clé.

Son geste avait beau avoir été silencieux, May entendit qu'on s'affolait. Inquiète, elle se campa néanmoins fermement en brandissant *Les Nouvelles Cartes* au-dessus de sa tête. Mais la porte resta fermée. May hésita, tendit l'oreille, perçut un grincement métallique et comprit qu'il s'agissait du loquet de la fenêtre. Elle se précipita dans sa chambre mais le temps qu'elle repose le livre et qu'elle atteigne sa fenêtre, c'était déjà trop tard. Celle de la chambre voisine était grande ouverte, May fut certaine d'avoir aperçu une ombre, un remous obscur à l'extrémité de la terrasse.

Cet incident la fit regarder à deux fois avant de se décider à donner l'alarme. Car, qui que ce fût, l'intrus ne s'était pas dirigé vers le village, ce qui eût été facile car, comme beaucoup de grandes maisons élisabéthaines, le Manoir ne se trouvait qu'à courte distance de la rue principale. Quelques mois auparavant, on avait commis quelques actes de vandalisme sans grande conviction (on avait déterré des bulbes, et jeté des ordures dans la mare), et la Loge avait fait l'acquisition d'une lampe halogène qui s'allumait automatiquement au crépuscule si un être humain ou un véhicule apparaissait dans l'allée ou à proximité. Mais tout à l'heure la lampe ne s'était pas allumée.

Doublement troublée, May s'assit près de la fenêtre et scruta la nuit embaumée sans trouver aucun réconfort dans les senteurs puissantes et composites du jardin ni dans la brillante perfection des étoiles basses sur l'horizon. Ce fut pour elle un moment d'isolement total. Il ne s'agissait pas de ce sentiment lugubre, exacerbé de solitude, qu'on éprouve à quatre heures du matin en s'interrogeant sur sa propre mort (quand et comment ?) et qui vous serre les tempes comme un bandeau. Ce qu'elle ressentait était de nature plus humble mais non moins terrible. Dans son paradis – car elle était si heureuse au Cheval Ailé que « paradis » était le seul mot approprié – elle avait découvert qu'un serpent se tapissait. Un serpent à double face, à double cœur et à double langage.

De qui s'agissait-il, elle n'en avait pour l'heure aucune idée mais elle croyait – ou plutôt, elle *savait* – que la personne qui s'était échappée de la chambre de Jim était rentrée dans la maison. Elle revint sur cette bribe de conversation troublante. Tout en se reprochant de dramatiser, elle demeurait convaincue que les deux incidents étaient liés. Elle fut tentée de les écarter l'un et l'autre. De continuer comme avant, dans l'espoir que rien d'autre ne surviendrait et que tout finirait par s'oublier, avec le temps. La phrase : « Occupe-toi de tes oignons » n'était peut-être pas complètement inadéquate, en l'occurrence. Mais ce genre d'attitude allait à l'encontre de la philosophie de la communauté. C'était justement là tout l'intérêt de cette vie en commun : chacun s'occupait constamment des oignons des autres. L'altruisme ne voulait pas dire autre chose.

C'est pourquoi les pensées de May revenaient sans cesse aux énigmes rebattues du rôdeur et de la voix.

Tracassée et distraite, elle avait fait des plis à sa robe. À présent, les chameaux libérés de leurs entraves bondirent en avant, donnant joliment l'impression d'une caravane en marche.

Si seulement elle avait pu connaître le sexe de l'interlocuteur du Maître. Elle se serait alors tout simplement confiée à une personne du sexe opposé.

Elle se leva d'un bond en ronchonnant car elle trouvait insupportable de ne pouvoir redresser ce qui allait de travers. Elle se mit à faire les cent pas en appelant tacitement, mais avec force, Kwan-Yin, la dame couleur pêche sous la férule de qui elle avait été placée durant une charmante cérémonie qui avait exigé une corbeille de fruits, du lin blanc et un chèque tout à fait substantiel. Mais bien que jusque-là Kwan-Yin n'eût jamais rechigné à prodiguer ses conseils ni à la bombarder de rayons nacrés pour la rafraîchir et la réconforter, aujourd'hui elle se montra on ne peut plus sur la réserve.

★

Arno était en train de sarcler les haricots et de se décarcasser pour résoudre son koän. C'était un koän très difficile, inventé à l'origine par le maître zen Bac An. « Quel est le bruit, avait demandé le grand sage, d'une main qui applaudit ? »

Réfléchir rationnellement, degré par degré, ne lui servirait de rien, Arno le savait. Selon *Apprenez seul le Satori* des étagères de la bibliothèque (Théol/Psych/Myth, subdivision orientale : 4 ; 17), l'illumination, soudaine et aveuglante, ne lui serait accordée qu'après des mois, des années peut-être, de méditation et de réflexion harassantes. Et c'est pas tout ! Le disciple doit prêter attention à chaque moment de la journée, vivre dans une conscience totale et s'engager physiquement, moralement et spirituellement à cent pour cent dans l'accomplissement de ses tâches, aussi humbles soient-elles. Arno avait des tas de petites ruses pour se rappeler à l'ordre quand son attention était distraite, c'est-à-dire tout le temps. Maintenant, il se pinçait le bras pour chasser les rêveries et se concentra une fois de plus sur les mauvaises herbes. Il saisit le manche, perçut en sa totalité le bois chaud et satiné, scruta intensément la lame rouillée et les minuscules fleurs blanches du mouron. Il remarqua même les étamines à extrémité foncée.

Arno faisait tout cela sans plaisir. L'idée de Descartes selon laquelle l'homme est maître et propriétaire de la Nature ne faisait vibrer aucune corde en lui. Le jardinage, il n'aimait pas, et n'y comprenait goutte. Le jardin paraissait tramer des pièges, il était plein de ronces tenaces, d'endroits mous et secrets dissimulés sournoisement sous de l'herbe innocente. Plein d'insectes, aussi : des larves de hannetons et de tipules ; des thrips du pois et des anguillules. Tous très motivés et s'engraissant des légumes d'Arno qui, pour dire le vrai, n'étaient déjà pas terribles. N'ayant aucune notion d'agronomie, il plantait les carottes en terre argileuse, les haricots en sol détrempé et les pommes de terre toujours au même emplacement.

Il se rendait compte évidemment qu'il y avait moyen de remédier à cette ignorance jardinière et il avait même acheté, un jour, un livre à cet effet. Ouvrage très épais et farci de dessins en noir et blanc, dont beaucoup illustraient à la perfection les fruits de la terre d'Arno : galeux, fourchus, poilus. L'ennui l'accabla au premier coup d'œil qu'il jeta sur les paragraphes bourrés d'ordres comminatoires et le livre se perdit bientôt derrière des pelotes de ficelle et de vieux paquets de graines, au fin fond de la cabane de jardin.

Naturellement, il avait protesté, quand on lui avait assigné le rôle de jardinier, en assurant au comité de nomination qu'il n'avait aucun talent dans ce domaine. Mais, lui avait-on patiemment expliqué, c'était justement ce qui motivait cette affectation. Ses souhaits ne devaient pas venir en seconde position ni même en dernière : ils ne devaient avoir aucune espèce d'importance. Pas de basse complaisance envers l'ego (cette bête féroce, baveuse et vorace). On ne faisait pas la fine bouche. Grandir en grâce signifiait mourir à soi-même, pas de raccourcis qui tiennent. Arno soupira et extirpa encore un peu de séneçon.

Mais bientôt toute irritation s'envola car, bourdonnant sur les pelouses, la mare et l'allée de rhododendrons, lui parvint un flot de sons mélodieux. Il abandonna sa binette pour se consacrer tout entier à l'écoute de la musique jouée par l'élue de son cœur. Il redoutait au plus haut point que, si par miracle son ego s'atrophiait pour de bon, affamé qu'il était en permanence puisqu'on n'accédait pas à ses désirs, son amour pour May ne disparaisse de même, emportant avec lui toute source de joie future.

Petit à petit, l'idée s'était implantée dans son esprit qu'il ne parlerait jamais de sa merveilleuse obsession. Ce n'avait pas toujours été le cas. Quand il était arrivé, il n'avait pas saisi dans toute sa splendeur la généreuse personnalité de May et ses remarquables dons musicaux ; assoiffé d'attention, il avait eu la présomption, dans son ingénuité, de lui conter fleurette. Sa cour assidue consistait en avances si discrètes, subtiles et personnelles que personne ne les avait remarquées, May encore moins que les autres, en dépit de son inclination pour la divination.

Mais il s'était rapidement rendu compte que son ambition était follement démesurée et que sa bien-aimée faisait partie de ces êtres dépêchés sur terre non pour rendre la vie douce à une âme solitaire mais pour redonner courage à toute l'humanité. Alors, Arno s'était replié et avait décidé d'accepter, presque satisfait, toute une vie de service dévoué.

Il avait bien failli passer à côté d'elle, sans la connaître, car il était arrivé à la Loge du Cheval Ailé par le plus grand des hasards et par des chemins détournés. Il était seul au monde, il venait de perdre sa mère avec laquelle il avait vécu depuis que son père était parti, trente ans auparavant. Sa longue et injuste agonie, car elle était la douceur faite femme, l'avait laissé amer, solitaire et désespéré. Après les funérailles, il s'était cloîtré dans une petite maison à Eltham, comme une bête blessée. Il se nourrissait et se soignait le minimum requis pour rester en vie et était à peu près présentable quand il sortait faire ses courses. Excepté les vendeurs des magasins, il ne voyait personne durant des semaines entières car il avait abandonné son travail au Service des Eaux pour soigner sa mère dans les derniers moments de sa maladie.

La plupart du temps, il était recroquevillé sur son lit, boule de souffrance obscure et dure comme l'acier, les joues trempées de larmes. L'eau salée lui entrait dans les oreilles, lui bouchait le nez et irritait sa gorge. Les amis de sa mère, et elle en avait beaucoup, frappaient au carreau et, de temps en temps, quand ils le rencontraient dehors, l'invitaient. Parfois, il trouvait sur le pas de sa porte de petits cartons remplis de boîtes de soupe et de crèmes instantanées. Des semaines passaient sans qu'il se levât, ou quasiment. Les stores étaient toujours baissés, les jours succédaient aux nuits et seul un limbe de clarté autour de la fenêtre indiquait qu'il faisait jour. Une fois, il s'était retrouvé à faire frire du bacon pour le petit déjeuner, pour découvrir qu'il était trois heures du matin.

Puis, un après-midi, il se remit à lire. Il s'était préparé du café ; mais au lieu de s'affaler sur son lit comme d'habitude pour le boire, il s'était assis à la table de la cuisine, avait ouvert un paquet de biscuits provenant d'un des cartons-cadeaux, et pris *La petite Dorrit.* Sa mère et lui adoraient les romanciers victoriens, même si sa préférence à elle allait à Trollope.

Plus tard ce même jour, ayant terminé ses achats, il était entré dans une librairie d'occasion et avait passé quelque temps à flâner dans le rayon de philosophie. Il supposait aujourd'hui, avec le recul, qu'il avait agi dans l'espoir d'obtenir un éclaircissement sur le pourquoi de la longue agonie de sa mère. Éclaircissement qu'il n'obtint pas, bien entendu. Il emporta chez lui cinq ou six livres qui se révélèrent soit abscons et sans queue ni tête, soit si spécieux et ineptes qu'il en aurait ri s'il en avait été capable.

Peu de temps après, il assista à plusieurs séances spirites qui, même si sa mère n'avait pas « communiqué », le consolèrent un peu, paradoxalement, en lui dévoilant la souffrance des autres. Plusieurs personnes avaient perdu de jeunes enfants et, à la vue de leur chagrin et des petits jouets qu'elles apportaient parfois pour encourager leurs ombres à se manifester, Arno put relativiser son propre deuil. Sa mère avait quatre-vingts ans, après tout, et de son propre aveu, elle était lasse de vivre.

C'est ainsi que, peu à peu, le chagrin déchirant d'Arno se transforma en une douleur sourde et supportable. Mais sa solitude demeurait, inapaisée par les échanges superficiels quotidiens qui étaient son lot. Il aspirait timidement à élargir le cercle de ses connaissances tout en ne sachant comment s'y prendre. Son seul passe-temps étant la lecture, il ne pouvait guère suivre le sempiternel conseil en entrant dans un club dont les adhérents partageraient ses intérêts. Néanmoins, il sentait la nécessité d'encourager la vague et prudente bienveillance qu'il commençait à éprouver envers le monde extérieur, et il s'inscrivit à des cours d'explication de texte au collège le plus proche.

C'est alors qu'en rentrant de sa première soirée il était passé au magasin pour acheter du miel et avait aperçu une carte sur le tableau d'affichage annonçant un week-end psychique « Des Nouvelles De L'Être Cher ». Étaient-ce les mots berceurs « être cher », ou simplement l'idée de passer un week-end loin de la triste coquille qu'était devenue sa maison, Arno décida d'y aller. C'était plutôt chéro (il se fit la remarque, devant la vitrine d'une agence de voyages, qu'il aurait pu s'offrir une semaine en Espagne pour le même prix) mais il sentait que cela en valait la peine s'il avait ainsi l'occasion de rencontrer des gens nouveaux.

Il s'avéra que le « médium de haut niveau » (un Indien hopi) annoncé sur la carte était terrassé par une grippe de bas niveau mais « L'Homme, L'Oignon Cosmique ! » se révéla être un thème de remplacement non dénué d'intérêt pour occuper un esprit curieux.

L'allocution d'ouverture fut prononcée par Ian Craigie, fondateur émérite de la communauté. Arno fut impressionné, et modérément réjoui, par l'idée qu'il était constitué de multiples couches au cœur desquelles se trouvait le «moi divin». Il apprécia la compagnie des autres participants et fut intrigué par la variété des stages thérapeutiques : Thérapie par la Couleur, Accords des Harmoniques, Déchirez Votre Copie Négative, Soins et Purification de Votre Corps Astral. Une consultation préalable était incluse dans le prix du week-end et il s'était presque décidé pour l'accord de ses harmoniques quand la porte du Solarium s'était ouverte et, dans un fascinant froufrou de taffetas iridescent, Mlle May Cuttle avait fait une entrée majestueuse.

Jamais il n'oublierait cette première image d'elle. Si grande, avec des cheveux auburn, brillants, qui cascadaient dans son dos. La structure du visage était organisée avec un rare degré de symétrie. Le bout du grand nez légèrement crochu se dessinait nettement sur le fond poudré d'une peau olivâtre ornée d'une très fine moustache soyeuse. Les pommettes larges et plates et les yeux aux pupilles translucides, ambrées, vous avaient un petit air magyar.

Après le dîner, elle avait joué du violoncelle. Transporté par la fluidité de son coup d'archet et la musique d'une flamboyante sentimentalité qui s'élevait jusqu'aux poutres, Arno comprit que non seulement il l'aimait mais aussi que, d'une certaine façon, mystérieuse, inconcevable, il l'avait toujours aimée. Son sujet à elle étant Thérapie par la Couleur, il s'inscrivit à un atelier et s'enivra de sa nature enthousiaste, chaleureuse, humaine et généreuse. En un clin d'œil, elle lui régla son aura, sa garde-robe, son sommeil, son régime et son attitude envers le cosmos. Arno participa à trois autres retraites puis vendit sa maison et s'installa pour de bon au Manoir.

Tout ceci avait eu lieu dix-huit mois auparavant et le bonheur qu'il avait éprouvé à son arrivée s'était révélé cumulatif. Peu à peu, il s'était dépouillé de sa solitude, après l'avoir portée un certain temps sans conviction – petit paquet hérissé de barbillons –, puis, un beau jour, il l'avait posée, simplement, une fois pour toutes.

De tous les membres présents à son arrivée, il ne restait aujourd'hui que May et le Maître. Les autres, comme dans les vases communicants, s'étaient affiliés à d'autres groupes ou convertis au nucléaire. Mais des remplaçants s'étaient présentés et, aujourd'hui, la Loge prospérait. En effet, le bilan était si satisfaisant qu'on était en mesure d'offrir une bourse pour aider les impécunieux. La plupart du temps, il restait même un petit quelque chose qu'on envoyait en Érythrée ou dans d'autres contrées nécessiteuses.

Arno fit un «ouh» agacé et se pinça fort le bras. Voilà, il avait recommencé! Il s'était laissé emporter. Et s'il avait commis une erreur en choisissant le Zen comme discipline? Il avait été tellement attiré par son côté pratique et quotidien – si résolument anti-farfelu – mais c'était bigrement ardu. Même sans le koän. En serrant les dents, il s'appliqua avec détermination à sa tâche, en essayant de suivre la suggestion du Maître: verbaliser le moment à voix haute et de façon positive.

– C'est merveilleux! C'est magique! s'écria-t-il en fouissant la terre de sa binette. Je sarcle les radis et maintenant les haricots. Quelle joie!

Mais peine perdue. L'instant d'après, il s'imaginait May et brûlait de se trouver en sa présence. Pour la servir, l'adorer. Pour tourner les pages de sa partition, lui préparer de la citronnelle sur son petit réchaud à alcool. Ou simplement baigner, au comble du bonheur, dans le charme de sa compagnie sous l'éclatante protection de son œil radieux.

*

Tous les jours en milieu de matinée, endossant son rôle de Zadkiel, l'ouvrier de la lumière planétaire, Ken passait aux choses sérieuses: il captait. Assis droit dans la posture du lotus, les narines frémissant d'une verve extra-sensorielle, les yeux biglant humblement, lui et son esprit supraconscient tentaient de pénétrer l'Écran Extérieur de la Vie et de se brancher sur la Matrice Intérieure de la Réalité. Pour l'aider dans ses tribulations Zadkiel portait un récepteur nucléaire. C'était un petit médaillon plaqué or couvert de menues pyramides qui piégeait toutes les énergies toxiques (des micro-ondes, des pluies acides, des radiations carcinogéniques, de la négativité de Janet, etc.), puis manipulait les vibrations de l'ADN jusqu'à ce que toute toxicité soit désamorcée et harmonisée.

Assise à côté de son mari, Heather (ou Téthys, de son nom astral) respirait bruyamment du nez, en vaquant à ses propres affaires cosmiques qui allaient du rechargement basique de ses énergies jusqu'au voyage de grande envergure vers Vénus, en passant par les grands Dévas de la Grille de Cristal, pour requinquer ses amitiés avec d'autres âmes ascendantes qui, comme elle, avaient échappé à l'engloutissement de l'Atlantide.

Parfois, Ken recevait Hilarion, son contact outre-terre, cinq sur cinq, immédiatement (un seul abracadabra), d'autres fois l'Hilarion en question aimait à le taquiner un brin, il flottait, mécheux, en faisant de sinistres allusions en lettres capitales à de prochaines révélations. Aujourd'hui, il parla avant même que Ken ait pu respirer une bouffée de l'air pur du Royaume du Maître Ascendant.

– Je suis là, Terrien. Acceptes-tu la Flamme Concentrée de la Présence du Feu Sacré ?

– Salut à toi, ô bien-aimé Hilarion. J'accepte l'Autorité de la Flamme et promets de perfectionner, de protéger et d'embellir la Cause Cosmique et d'œuvrer sans relâche à faire régner l'Esprit d'Amour parmi les hommes.

– C'est bien. Sache que, dans le Haut Royaume, les Lumineux et les Invincibles, désireux d'aider à l'incarnation de la Perfection de Dieu dans le Monde des Formes, Bénissent tes Efforts Sincères.

– Je t'en prie, transmets ma sincère gratitude à ces autorités suprêmes et toutes-puissantes, grand Hilarion.

Ça continua encore comme ça un bon bout de temps avec, en sus, des instructions sur la manière de maintenir « l'énergie-vortex tourbillonnante de notre douce planète terre » en harmonie consciente et magnétiquement purifiée. La voix d'Hilarion était très similaire à celle de Ken et il avait tendance à glousser. Quand ces ricanements s'étaient pour la première fois échappés de ses lèvres en cul de poule, Ken avait été très surpris : il était loin de s'attendre qu'un des Seigneurs du Karma possédât un attribut aussi terre à terre que le sens de l'humour. Le contenu de ces séances variait et, pour dire le vrai, ce matin-là, il était plutôt quelconque. Il s'agissait principalement de la façon dont on devait se débarrasser des Accumulations Discordantes dans la Matrice Interplanétaire de la Lumière Violette.

Ce que Ken appréciait vraiment, c'étaient les rares fois où le vieux magicien proposait de faire un petit tour plein d'imagination qui conduisait Zadkiel et Téthys à porter un nouveau regard sur la glorieuse Pulsation Cosmique. Par exemple, pas plus tard que la semaine dernière, il avait condescendu à leur dire que, sous réserve qu'ils soient dans une correcte disposition d'esprit, s'ils voulaient remonter jusqu'à la source toutes les lignes de chemin de fer abandonnées en Angleterre, ils obtiendraient alors la preuve positive que Jésus, le Christ Cosmique, avait visité leur pays dans la dernière moitié du XIIe siècle.

– J'ai une prophétie, Zadkiel. (Ken se redressa et Heather, qui était à présent sur le chemin du retour, s'assit toute droite, elle aussi.) Fortuitement, ce soir, au lever de la lune montante, la déesse Astarté revêtira un habit de chair pour se mêler aux hôtes de ces plans inférieurs et diffuser sa sagesse lunaire.

– Ça alors ! dit Heather avec pertinence.

– Je suggère que vous vous avisiez d'établir un cercle de lumière autour de vous afin de vous y préparer. Invoquez aussi les innombrables légions d'Élohim violets pour vous soutenir. Visualisez-vous à l'intérieur de la structure des électrons. N'interrompez à aucun prix le rythme de l'invocation. Et ne lui proposez aucun rafraîchissement.

– Bien sûr que non, grand Hilarion. (Comme s'ils étaient grossiers à ce point !) As-tu une idée de l'exacte...

Mais il avait filé. Il était parti vers les éons dans la galaxie de son choix. De nouveau avec les étoiles incandescentes et le feu solaire de la divine alchimie. Les mots « JE SUIS » embrasèrent les cieux puis ils disparurent à leur tour et Ken poussa un grand soupir tandis qu'il se débarrassait de sa persona éthérée et retournait au vieux monde hérissé d'épines et à la vie de tous les jours. Il regarda Heather.

– Comment c'était, pour toi ?

– Ohhh… L'Unité de la Vie, Lumière dans la Communauté des Anges. Un nouveau message fondamental de Manifestation. L'Ego de Dieu égale la Vierge Vestale. Un peu rengaine, à dire vrai. Mais Hilarion…

Heather était vexée comme un pou mais tâcha de ne pas le montrer :

– Il t'a donné une prédiction… (Ken rougit, haussa les épaules et contempla la plante de son pied gauche retourné.) Tu crois qu'on devrait le dire aux autres ?

– Certainement, répondit Ken. Ce serait injuste de le leur cacher. Imagine leur surprise, sinon. Et nous devons penser au Maître. Il est vieux et fragile. Un choc de cette magnitude, il pourrait ne pas le supporter.

⋆

Suhami était en train de traire Calypso : la joue posée sur les flancs crème et chocolat de la chèvre, elle pressait doucement les pis sombres et ridés. Le lait jaillissait dans un seau en plastique.

Quand elle n'était pas attachée à la longe, Calypso logeait dans une cabane, propre et badigeonnée à la chaux, munie d'une porte d'étable à deux vantaux. Sur les fruitiers étaient étalées des pommes en rang. Bien que moches, les fruits sentaient la chair saine, comme la paille de Calypso qu'on changeait tous les jours.

Suhami adorait cet endroit. La tranquillité. La chaleur dorée du soleil matinal qui rebondissait sur les murs d'un blanc de neige. Cela lui rappelait le Solarium où ils se rassemblaient pour méditer, l'endroit avait la même luminosité bénéfique. Elle sourit à la comparaison. Rien de très spirituel dans une vieille étable habitée par une chèvre. Mais le Maître disait que Dieu est présent partout si le cœur est humble et ouvert, alors pourquoi pas ici ?

– Pourquoi pas, hein, Cally… ?

Suhami fit tomber d'une secousse les dernières gouttes de lait et caressa la mamelle mouchetée et tiède de la chèvre. Celle-ci tourna la tête, retroussa une babine caoutchouteuse et scruta intensément sa bergère de ses pupilles jaunes, fendues à l'horizontale ; elle avait une barbichette duveteuse. Son expression ne changeait jamais. L'air content de soi, elle ruminait, comme si elle détenait un important secret. Un sabot antérieur remua légèrement et Suhami tira le seau hors de portée. La cloche de Calypso rendait un son excédé, comme un cornement de klaxon. Elle n'aimait rien tant que de renverser le seau d'un revers de sabot.

D'ici peu, Christopher allait venir pour la faire paître. D'habitude, on la déplaçait sur la vaste pelouse où elle broutait et produisait un duvet comme du velours. Cette idée d'établir le droit de pâture pour la chèvre avait été votée à la quasi-unanimité après qu'on avait jugé la tondeuse à essence nuisible à l'environnement. Seul Ken, allergique au lait, s'était abstenu.

Suhami attacha le collier de cuir au cou de Calypso, lui donna une pomme et en fourra une seconde dans le ravissant sac en tapisserie, cadeau d'anniversaire de May, posé près du tabouret de traite. La broderie de flamboyants tournesols et d'iris violet foncé sur un fond de terre et de feuilles rousses était presque identique au motif du propre sac de May que Suhami admirait depuis longtemps. Seuls les tournesols étaient différents. D'une nuance plus pâle, car la boutique à Causton manquait de laine œillet d'Inde et ne proposait plus qu'une teinte ambre légèrement moins chaude. Suhami avait été très touchée, elle s'était imaginé May brodant en secret dans sa chambre, mue seulement par le désir de faire plaisir, cachant son ouvrage quand Suhami entrait. Celle-ci avait été l'objet de tant de gentillesse depuis qu'elle s'était installée au Manoir, gentillesse qui était venue s'ajouter à la suprême bonté de l'enseignement du Maître. Tant de dons de compassion discrète, de véritable écoute, tant de gestes de réconfort, de tâches partagées. Maintenant qu'ils savaient tous qui elle était vraiment, les choses allaient changer. Oh ! Ils s'efforceraient de faire comme avant. De la traiter de la même façon mais ce serait impossible. L'argent finirait par creuser un fossé entre eux. Comme toujours.

Avec une moue ironique, elle se rappela son émotion et ses espoirs quand elle s'était choisi un nouveau nom pour laisser son vieux moi derrière elle, à Londres. Un moyen puéril et naïf de continuer car, comment peut-on se débarrasser de vingt années de souffrance et devenir autre grâce à un subterfuge aussi ingénu ? Pourtant, cela l'avait aidée. Sous le nom de « Sheila Gray », elle avait présenté un visage neuf à de nouveaux amis afin qu'ils y inscrivent leur affection. Puis son intérêt croissant et sa pratique assidue du Vedanta, doublés d'un engagement de plus en plus profond dans la voie du changement, avaient inspiré son nom actuel. Aujourd'hui, ses journées étaient remplies de calme et de gratitude qu'elle prenait pour du bonheur, car elle n'avait jamais connu mieux.

C'est alors que Christopher était entré dans la communauté. Ils avaient versé presque aussitôt dans une amitié blagueuse. Il la taquinait – sans méchanceté, il n'était jamais méchant –, les mains croisées sur le cœur parodiant les langueurs de l'amour, jurant qu'il dépérirait si elle ne voulait pas de lui. Ceci, devant les autres. Mais quand ils étaient seuls, il se comportait tout autrement. Il parlait alors de son passé, de ses espoirs, il disait qu'il voulait passer derrière la caméra, écrire et réaliser. De temps à autre, il l'embrassait, des baisers doux et graves, rien à voir avec les patins brutaux et sans tendresse qu'elle avait subis jusque-là.

Quand elle pensait au départ inévitable de Christopher, Suhami s'efforçait de se répéter la maxime du Maître : tout ce qu'il lui fallait n'était pas quelque part dans les espaces célestes, non plus que dans l'âme d'autrui, mais se trouvait dans son cœur à elle. La formule lui paraissait aride, elle impliquait l'isolement, – et la solitude, elle connaissait déjà suffisamment. Tandis qu'elle réfléchissait, elle entendit des pas sur le gravier et ses doigts se mirent à trembler sur le tabouret de bois.

Christopher se pencha par le vantail de la porte de l'étable.

– Comment va ma fille ?

– Elle a encore mangé des pommes.

Comme à chaque fois qu'elle le voyait, Suhami était à la fois ravie et troublée. Elle était émue par les soyeux cheveux noirs, le teint pâle et les yeux étincelants, gris-vert, légèrement bridés. Et elle attendit qu'il dise : « Et comment va mon autre fille ? » car c'était entre eux une plaisanterie éculée. Mais il poussa la porte, s'avança vers Calypso et la prit par le collier.

– Allez, viens, ma vieille grosse poilue.

Il avait à peine souri et bientôt, ils auraient disparu tous les deux.

– Tu ne me souhaites pas un bon anniversaire ? demanda Suhami.

– Excuse-moi, bien sûr, ma chérie.

Il enroula la longe autour de son poignet.

– Bon anniversaire !

– Et cela fait presque une semaine que tu ne m'as pas déclaré ta passion immortelle. C'est inadmissible.

Elle s'efforçait de prendre un ton léger, de plaisanter, mais elle entendit l'écho de centaines de questions analogues dans autant de scènes. Tu ne veux pas entrer une minute ? Te reverrai-je ? Veux-tu rester cette nuit ? Tu vas m'appeler ? Tu dois vraiment t'en aller déjà ? Est-ce que tu m'aimes ? Est-ce que tu m'aimes… *Est-ce que tu m'aimes ?* Et elle pensa : « Oh, mon Dieu, je n'ai absolument pas changé. Et je dois changer. Il le faut. Je ne peux pas continuer comme ça. »

– Je sais bien que tu dis ça pour rire…

Elle perçut dans sa propre voix une note implorante qui lui fit horreur.

– Ce n'était pas pour rire, dit-il sur un ton brutal, en tirant sur la chaîne de Calypso. Viens, je t'ai dit...

– Pas pour...

Suhami fut prise de vertige, elle se sentait légère comme l'air. Elle fixait sur lui un regard incrédule.

– Pas pour rire ? Alors quoi ?

– Qu'importe ?

– Christopher !

Elle courut vers lui, tremblante d'émotion, et lui barra le passage.

– Que veux-tu dire ? Tu dois me le dire.

– À quoi bon ?

– Ce que tu disais...

Presque exaltée, elle lui prit le menton et lui tourna la tête, le forçant à croiser son regard.

– C'était *vrai* ?

– Tu n'aurais pas dû me cacher qui tu étais.

– Mais voilà qui je suis.

Elle tendit les bras d'un geste suppliant.

– La même qu'hier.

– Tu ne comprends pas. Je suis tombé amoureux d'une femme et voilà que je découvre qu'elle est une autre. Je ne te reproche rien, Suze – Sylvie...

– Ne m'appelle pas comme ça !

– Mais je me sens complètement désavoué. Tu connais ma situation. Je n'ai rien. Enfin, rien comparé à ce que les Gamelin...

– Oh, mon Dieu ! s'écria Suhami, en rejetant la tête en arrière comme si elle avait reçu un coup. Cela va donc durer toute ma vie ? *Gamelin Gamelin Gamelin*... Je déteste ce nom. Si je pouvais, je l'extirperais de moi, par le fer ou le feu. Tu sais ce qu'il signifie pour moi ? La froideur, le rejet, le manque d'amour. Tu ne connais pas mes parents mais ils sont odieux, c'est moi qui te le dis. Ils ne s'intéressent qu'à l'argent. En gagner, le dépenser. Ils ne vivent, ne respirent que pour l'argent, ne rêvent que d'argent. Leur maison est à soulever le cœur. Mon père est un monstre, ma mère, une marionnette pomponnée qui se bourre de pilules et d'alcool pour tenir le coup. Oui! Je m'appelle Sylvie Gamelin et c'est ça qui me tuera…

Elle éclata en sanglots désespérés.

Christopher parut un instant incapable de répondre. Puis il fit un pas en avant et la prit dans ses bras. Au bout d'un long moment, il sécha ses larmes et lui dit :

– Tu ne dois plus jamais, jamais pleurer comme ça.

2

GUY et Felicity Gamelin se tenaient sur le seuil de leur maison photographiée de multiples fois, près d'Eaton Square. D'un rouge vif criard, la porte était ouverte sous l'imposte de style géorgien. Le perron dallé de blanc et noir s'ornait d'élégants lauriers en pot.

Guy et Felicity se disaient au revoir. C'est-à-dire que Felicity bougonnait à son reflet dans le miroir mexicain tarasbicoté du vestibule alors que Guy donnait des noms d'oiseaux à Furneaux – coincé à l'heure qu'il était dans les encombrements de Chester Row. Ils ne s'adressaient pas l'un à l'autre. Voici longtemps que l'essentiel était dit. Crié, hurlé. Maintenant, Felicity était prudente et Guy indifférent. Il s'était demandé une fois, à l'une des rares occasions où il lui prêtait attention, pourquoi elle se donnait la peine d'accomplir ce rituel de baisers en l'air et de salut de la main tous les matins, sans songer jamais que son départ pouvait être le seul moment certain de satisfaction de toute une journée problématique et aléatoire.

Felicity secoua sa crinière argentée nuancée d'abricot et l'imagina brièvement ramassée dans une résille de fil d'or et de perles, à la Botticelli. Les invectives de Guy atteignirent leur paroxysme. Il jurait comme un charretier et avait un langage blessant, ordurier et inventif. Enfin, la voiture arriva et Furneaux, en casquette et costume gris, volontairement sourd comme un pot, se gara et descendit pour ouvrir la portière. Aussitôt se forma une file de véhicules qui se mirent à klaxonner. Guy eut un sourire satisfait du genre « Gnia-gnia-gnia ! » et s'appuya à la portière matelassée de la Rolls. Il ne lui vint pas à l'idée, à lui qui s'engraissait dans les étroites forteresses aux yeux vides de la City, là où le respect est indexé, que la queue puisse être défavorablement impressionnée par la splendeur de son équipage. Cette petite victoire, la première de la journée (car il avait depuis longtemps cessé de considérer sa femme comme un ennemi de quelque envergure), le ragaillardit considérablement, tandis qu'il s'installait sur le cuir ivoire et allumait le premier de ses cigarillos interdits.

Restée seule, Felicity traîna vers le salon. Ce moment, les premières minutes qui suivaient le départ de son mari, déciderait du dessin et de la saveur des heures à venir. Et aussi – elle repensa au nécessaire de voyage – de la soirée. Elle espérait de tout cœur une bonne journée. Pas le bonheur, non, ça jamais. Simplement une succession insipide de rendez-vous enclos des convenances habituelles. Où les « Comment allez-vous, madame Gamelin ? » et « Ravi de vous revoir » ne sortaient jamais du cœur et, par conséquent, Dieu merci, n'exigeaient pas de réponse sincère. Elle avait des tas de petites combines, des mécanismes de défense infaillibles qui la mettaient sur la bonne voie. Ou, en tout cas, qui lui évitaient de se fourvoyer.

Des déjeuners de charité, des projections privées, des défilés de mode, des dégustations de cuisine exotique et de vins fins. Les invitations ne manquaient pas. Venez comme vous êtes, et n'oubliez pas votre carnet de chèques. Aujourd'hui, il y avait une vente aux enchères d'icônes russes et une vente de yearlings à Newmarket. Autrement, elle pouvait téléphoner à une commère de ses connaissances et s'enquérir de gens pour lesquels elle n'éprouvait pas le moindre intérêt. Elle se forcerait à prendre une voix enjouée, éliminerait le sinistre, comme une actrice/ménagère toute frétillante qui vante une lessive.

Ses gestes se faisaient imprécis; mauvais signe. Il fallait s'occuper, lui avait-on dit à la clinique, c'était essentiel. Elle supposait qu'on entendait par là s'occuper physiquement car, mentalement, elle ne tenait pas en place. Quand elle était rentrée chez elle, des tas de gens lui avaient donné des conseils qui se concluaient fréquemment par: «Quoi qu'il arrive, vous ne devez pas retourner là-bas.» Felicity trouvait impoli de contredire et imaginait facilement l'étonnement de tous ces gens si elle leur disait la vérité, à savoir qu'elle n'avait jamais été aussi près, de toute sa vie d'adulte, de connaître le contentement, dans la chaleur et le confort hermétiques de Sedgewick Place.

D'abord droguée puis amenée progressivement à une dépendance plus subtile, elle savourait chaque jour qui passait comme un long délice. On lui apportait des fleurs, des plateaux arrangés avec goût chargés de mets délicats. Des gens souriants lui donnaient le bain, la coiffaient avec des gestes langoureux. Des médecins écoutaient ses malheurs, et la cruauté du monde extérieur martelait en vain les murs de la clinique. Rien n'était réel. Elle avait l'impression d'être une princesse retenue prisonnière dans une haute et mystérieuse tour. Le prix exorbitant n'avait même pas égratigné la surface de sa fortune.

On appelait ça une dépression nerveuse. Une expression bien définie qui expliquait nombre d'actes antisociaux, à savoir éclater en sanglots au milieu de Harrod's et se griffer le visage dans un accès de dégoût de soi. Elle avait fait les deux, et ce dans la même journée. Une montée rapide, affolante du sentiment d'abandon et de désespoir. Mais tout ça, c'était du passé. Du passé, Felicity.

Elle prononçait très souvent son nom à voix haute, ce qui l'aidait à neutraliser la sensation qu'elle avait d'être constituée d'éléments si vagues qu'ils formaient à peine un être complet. D'un pas faussement alerte, elle descendit au sous-sol, sa lourde robe de chambre en satin crème lui battant les mollets.

Dans l'immense cuisine high-tech au design italien, l'odeur de brioche au chocolat flottait et fondait dans l'air. *Verboten* si elle voulait conserver son 38. Guy en avait mangé quatre. L'embonpoint, ça allait bien aux hommes.

Quand ils s'étaient rencontrés, il était maigre et affamé; furtif, le ventre creux, comme un corniaud. Elle n'avait eu qu'à se baisser, tendre sa paume douce et blanche d'oisive, lui montrer les noms «McFadden et Latymer», et sourire. À cette époque, il avait la tête vive et un air de risque-tout dans la moue de ses lèvres un peu tombantes. Il lui faisait penser à un beau crapaud. Edward G. Robinson[1] en plus jeune.

Felicity prit un gâteau encore tiède qu'elle fourra dans sa bouche, en poussant du poing jusqu'à s'en faire mal aux lèvres. Elle mâchait, mâchait, et suçait, et mâchait, en tirant voracement de la brioche toute sa substance vanillée et chocolatée, puis elle recracha la bouillie dans le broyeur qu'elle actionna. Elle alluma une cigarette et regarda fixement, à travers les barreaux du sous-sol, les pauvres platanes étêtés. Elle les imagina qui poussaient haut et droit, défroissant leurs feuilles tendres bien au-dessus de la fange et des fumées de Londres. Mais ces pauvres choses n'avaient que quelques rameaux, qui drageonnaient de plaies écailleuses. Quelqu'un passa en jetant un coup d'œil. Felicity s'écarta vivement et se hâta de remonter.

Sa chambre se trouvait au premier étage. Elle ferma la porte à clé et s'effondra, haletante, sur le lit de Guy, comme si elle avait eu quelqu'un à ses trousses. Ils faisaient toujours chambre commune, était-ce esprit de contradiction ou pure malveillance de la part de son mari, elle n'avait jamais pu éclaircir le mystère. Mais la situation n'était pas des plus agréables: Guy était agité et son visage sur l'oreiller exprimait souvent une émotion extrême. Parfois, il riait dans son sommeil et Felicity était certaine qu'il se moquait d'elle. Sur sa table de chevet, il y avait une photographie

1. Acteur de cinéma américain, spécialisé dans les rôles de gangster dans les films noirs des années quarante (par ex. *Key Largo*).

de leur fille dans un cadre de nacre. Felicity ne la regardait jamais. Elle la connaissait par cœur. Ou l'aurait connue par cœur si elle avait eu un cœur. Cette réflexion mélodramatique lui fit venir aux yeux les larmes d'apitoiement sur elle-même et elle serra les paupières.

Bêtement, elle prit le cadre et glissa plus avant sur la pente fâcheuse de l'introspection. Comme elle contemplait fixement les larges yeux noisette, le visage parut se dissoudre, régresser en un flot d'images jusqu'à la petite enfance. Les premiers efforts maladroits de Sylvie au cours de ballet, ses larmes de désarroi quand elle avait été envoyée à l'école pour la première fois et le terrible déchirement à la mort de Kezzie, son poney adoré. Felicity lança la photo par terre, le verre se brisa, puis pensa : « Bon Dieu, j'ai besoin d'un verre. »

Un verre et deux bonbons d'optimisme. Une petite défonce. Voilà qui devrait faire l'affaire. Strictement en cas d'urgence, lui avait-on dit à la clinique, mais se retrouver seule, désespérée à neuf heures du matin, un jour de terrible soleil au fin fond de Belgravia, si c'était pas une urgence, ça, alors merde, c'était quoi ? Et un bain. Ça devrait rudement faire avancer les choses, un bain. Felicity tourna les robinets dorés d'où jaillit une eau parfumée.

Tout en tirant sur sa cigarette, elle vit dans le miroir ses joues caves comme celles d'un cadavre. Un réseau de ridules s'étendait au coin de ses yeux. Voilà ce qu'il valait, le sérum d'embryons pour lequel tant de petits agneaux avaient renoncé à leurs chances de gambader sur le gazon ! Elle écrasa son mégot dans le pot de gel couleur miel. Cent cinquante livres, et pour quoi ? Un réseau de ridules. Elle en suivit le contour du bout de ses index, planta violemment ses ongles dans la peau délicate, en y laissant de cruelles marques en forme de demi-lunes. Puis elle prit les tranquillisants et revint dans la chambre.

Elle sortit de l'armoire en écaille et ébène, que Guy avait convertie en glacière pour ses derniers godets du soir, une demi-bouteille de champagne, déposa les cachets sur sa langue et renversa la bouteille en laissant couler le vin pétillant sur son visage et le long de sa gorge. Dans la salle de bains, l'eau parfumée débordait, trempait le tapis, s'infiltrait sous la porte.

Après avoir vidé deux autres bouteilles, Felicity, la bouche sèche, se mit en boule, se ratatina dans un fauteuil de brocart. Elle essayait d'éviter le contact du tissu qui avait pris l'aspect d'un mystérieux paysage : des treillages hérissés de pointes, des lacs d'amour qui se dissolvaient dans des étangs écarlates ; des nuages comme des poings serrés. Le tout animé d'une vie sinistre qui la remplit de mauvais pressentiments.

La marée qui montait, le glou-glou de la baignoire finirent par attirer son attention. Elle voulut se lever. Ses membres étaient lourds, elle avait mal à la tête. Elle cligna des yeux à la vue de l'eau qui paraissait gagner énergiquement du terrain. Se sentant tout à coup abandonnée et effrayée, elle commença à pleurer.

Dehors, dans la rue, un marteau-piqueur se mit en marche. Drrrr..rrr... Felicity s'enfonça les doigts dans les oreilles mais le bruit continuait, lui vrillait le cerveau. Drrrr...

Elle se précipita vers la fenêtre, l'ouvrit à toute volée et hurla, sa voix claquant comme un drap mouillé dans le vent. « Fermez-la, espèces de salauds... Fermez-la ! »

Le marteau-piqueur se tut, de son propre chef. Elle allait se retirer quand une voix juste en dessous d'elle se fit entendre : « Madame Gamelin ? »

Felicity se dévissa le cou pour voir qui parlait. Sur les marches blanc et noir, la tête levée vers la maison avec un air de respect empreint de convoitise, se tenait un jeune homme parfaitement inconnu. Elle descendit en courant et ouvrit la porte rouge coquelicot. Le jeune homme fit un bond en arrière, se rappelant sans doute les cris hystériques à la fenêtre d'en haut. Derrière lui, stationnée au bord du trottoir, une camionnette marquée « Au Printemps : Teinturerie de luxe et réparations invisibles. » Il tendit une feuille de papier.

– Du bureau de M. Gamelin, madame Gamelin.

Felicity eut un rire graillonnant devant tant de solennité mais elle prit le papier, une liste de vêtements, et lut à haute voix :

« Un costume rayé bleu marine, un à rayures blanches, une veste de smoking en lin crème. À prendre à domicile. » Et une signature : « Gina Lombardi. » Attendez.

Elle le laissa sur le perron, sachant qu'il entrerait dans le vestibule dès qu'elle aurait le dos tourné, et remonta à l'étage. Dans le dressing de Guy, elle sortit les vêtements en remarquant, comme il se devait, la trace de rouge à lèvres au revers du smoking. Indication inutile. Pour ce qui concernait Felicity, Gina pouvait se le garder, son Guy, non seulement encadré mais empaillé.

Elle revint sur le palier et baissa les yeux. L'homme de « Au Printemps » examinait son teint bourgeonnant au miroir-soleil mexicain. Felicity lui cria : « Attrapez ! » et lui jeta les costumes, en suivant des yeux leur descente en ballon.

Le jeune homme rougit. Il s'avança en silence, s'agenouilla et plia les vêtements un par un avec une précision exagérée. Felicity regretta son impolitesse. On lui avait appris qu'il fallait toujours se montrer poli avec les inférieurs, c'est-à-dire, comme ses parents le lui avaient fait comprendre, tout le monde, sauf la Reine, l'héritier du trône et, le dimanche, Dieu tout-puissant.

Il ne répondit pas. Il vérifiait le contenu des poches, tirait sur les doublures. Il n'était pas vraiment déconcerté par son comportement. Tout le monde sait que les riches, c'est comme les vieux, ils disent et font carrément ce qui leur botte. Et pour la même raison. Rien à perdre. Celle-là, elle avait du vent dans les voiles. Il reconnaissait le champagne à l'odeur. Il aurait quelque chose à raconter à Hazel quand il rentrerait. Tout en espérant presque une nouvelle bordée d'injures bien savoureuses pour pouvoir corser son histoire, il tâtonna et sortit une enveloppe vert pâle qu'il déposa soigneusement sur la table du vestibule. Elle émit un bruit qui pouvait passer pour une interrogation.

– On doit vérifier toutes les poches, madame.

– Je disais, cria Felicity, penchée par-dessus la rampe, c'est une longue course ?

Quand il eut disparu en claquant la porte, elle descendit et prit l'enveloppe. Cela ne ressemblait pas à Guy d'être négligent. Il avait une déchiqueteuse à la maison et au bureau. C'est vrai, il était très distrait depuis quelques jours, mais tout de même...

L'enveloppe était en papier recyclé. Felicity la retourna : elle était adressée aux deux, Monsieur et Madame. Chose curieuse, cette perfide dissimulation déclencha une réaction beaucoup plus violente que s'il s'était agi d'une infidélité sexuelle ou sociale. Elle décacheta l'enveloppe, les doigts tremblants. Ça, c'est ce qui s'appelle se foutre du monde ! Sa lettre, *sa lettre* ! Elle lut et relut le billet, d'abord en tremblant de colère, sans en saisir vraiment le sens. Lorsqu'elle eut finalement compris de quoi il retournait, elle s'assit un long moment, comme en transe. Puis elle alla dans le salon, décrocha le téléphone et se mit à composer un numéro en cognant sur les touches.

– Danton ? Il faut que vous veniez... immédiatement. Non, tout de suite ! À la minute. Il est arrivé une chose incroyable.

*

Dans la Corniche décapotable qui contournait Ludgate Circus à une allure de tortue, un bruit assourdissant : secousse-embardée-vacillement-secousse, c'était le cœur de Guy Gamelin.

Il avait eu recours, hâtivement et sommairement, à la technique apaisante de respiration aussi bien qu'aux exercices de relaxation suggérés par son toubib. Mais sans beaucoup d'effet. Guy exécutait cette gymnastique de routine de fort mauvaise grâce, simplement parce qu'il trouvait impensable de ne pas suivre un conseil pour lequel il avait payé. En fait, il se refusait à admettre que ces exercices préventifs servaient à quelque chose. Il était aussi robuste que jamais. À quarante-cinq ans, il en remontrait aux jeunes.

Dans sa poitrine, il sentit un battement irrégulier. Une oscillation ténue, comme la vibration d'une plume. Guy posa les doigts sur sa poche intérieure et tâta le contour d'un flacon de verre brun sans lequel, lui avait-on dit, il ne devait jamais se déplacer, même pour aller de sa chambre aux toilettes. Il ouvrit le petit bar en noyer, se versa une généreuse rasade de Tom Collins glacé et mit un cachet sur sa langue. Bientôt, l'arythmie cessa, et si Guy ne se détendit pas – il ne se détendait jamais –, il se sentit plus à l'aise sur les coussins moelleux. Puis il débrancha le téléphone et laissa aller ses pensées. Aussitôt, il se mit à imaginer divers scénarios de la confrontation à venir, d'ici quelques heures.

D'ordinaire, quand il se préparait à affronter un adversaire, Guy se sentait pétiller d'exaltation. Car, plus que tout, il aimait le combat. L'agressivité, c'était sa norme. Il se réveillait le matin avec des rêves de conquête sanglante, prêt à charger dans les conseils d'administration, en laissant dans son sillage une traînée d'entreprises encornées. Caparaçonné par Savile Row, baigné et rasé par Trumpers, il se voyait comme un prince marchand du XXe siècle. En vérité, il était un baron pillard, mais ses avocats auraient crucifié le premier qui aurait eu la témérité de l'affirmer.

Guy ne pouvait supporter de perdre. Il fallait qu'il soit le meilleur en tout : acheter, revendre, dévaster. Ses chevaux devaient être les plus rapides, son yacht devait être le plus splendide. Et que les voitures de course qu'il sponsorisait ne s'avisent pas d'arriver à la seconde place. « Les bons perdants, braillait-il au pauvre pilote suant et barbouillé d'essence, ça n'existe pas ! »

Mais bien qu'il vendît et achetât des hommes comme autant de cacahuètes et pliât des compagnies entières et d'innombrables femmes à sa volonté, il y avait un domaine dans lequel, jusqu'à présent, il n'avait pas triomphé. Même dans ce cas, pourtant, le mot « échec » n'avait jamais été prononcé. Pour Guy, l'amour de sa vie, et son plus grand tourment, c'était sa fille Sylvie.

Naturellement, quand Felicity tomba enceinte, Guy voulait un garçon. Il était si habitué, déjà à cette époque, à ce que tout se déroulât selon ses désirs que la naissance d'une fille l'accabla, comme un affront fait à sa virilité. L'ampleur de sa déception inquiéta sa femme, ses beaux-parents, le personnel de l'hôpital et quiconque se risquait à l'approcher. D'après ce qu'il avait appris (trop tard, trop tard), cela avait même inquiété le bébé.

Passé les premières semaines, il retrouva son sang-froid mais la résignation était étrangère à sa nature. Il dépêcha quelqu'un qui devait glaner pour lui les dernières informations sur la recherche génétique dans les publications scientifiques et médicales ; il consulta les plus hautes sommités. D'après ce qu'il avait lu, il semblait qu'on en était presque à pouvoir programmer le sexe de son enfant, et il n'avait pas l'intention de se laisser avoir une deuxième fois par la nature. Mais, en fin de compte, la moisson de renseignements, les dépenses, les confrontations orageuses avec les spécialistes, tout cela fut en pure perte, car Felicity ne conçut plus d'autre enfant.

Guy avait pris sa première maîtresse durant la grossesse de sa femme, et il suspectait le refus obstiné de Felicity d'enfanter de nouveau de n'être qu'une vengeance délibérée. Plus tard, quand ce point de vue devint médicalement indéfendable, il fut confronté à ce qui, pour quelqu'un comme lui, était un dilemme épouvantable. Soit il acceptait son sort, il était père d'une fille, soit il recommençait avec une autre partenaire, rendant ainsi public l'échec de son couple.

Pour comprendre l'impossibilité absolue d'un tel aveu, il fallait d'abord comprendre quel triomphe étonnant, époustouflant, avait constitué la capture de Felicity.

La belle-famille l'avait pris, bien sûr, pour ce qu'il était. Les beaux-parents avaient fait une enquête sur son passé et avaient été épouvantés. Elle, fraîche émoulue d'une école de Genève, avait trouvé tous les jeunes et moins jeunes gens qu'on lui avait présentés insipides en comparaison de Guy, qui l'avait ravie et alarmée tout à la fois. Conscient de cela, il avait habilement maintenu la dose d'inquiétude à un juste niveau. Suffisamment élevé pour entretenir le mystère, suffisamment bas pour qu'elle le crût apprivoisable, pris en main par la fille qu'il fallait. Elle s'était trompée et il l'avait détruite.

Mais leur vie commune, si l'on pouvait ainsi qualifier ce grand spectacle baroque et vide, devait continuer aux yeux de tous. On ne se débarrasserait pas de lui en l'achetant, et ce n'était pas faute d'avoir essayé. Personne ne pourrait dire qu'il ne savait pas garder ce qu'il avait emporté de haute lutte.

Il n'éprouva aucun intérêt pour sa fille dans son enfance. Il la remarquait à peine. Il y avait eu des nurses (une ou deux délicieuses qui ne laissaient rien à désirer) et, de temps en temps, d'autres enfants dans la maison. Une fois, Guy trouva en rentrant chez lui des hordes de bambins avec des ballons et des chapeaux de carnaval et un homme en costume d'Arlequin monté sur un cycle à une roue. Sylvie l'avait remercié gravement à cette occasion pour une poupée somptueusement vêtue d'un mètre vingt qu'il n'avait jamais vue. Mais, en général, elle n'affectait guère sa vie quotidienne. Comment Guy, dénué d'imagination, aurait-il pu percevoir le désir passionné d'amour et de louange ou tout simplement d'attention qui obsédait sa fille ?

C'est alors que, juste après le douzième anniversaire de Sylvie, tout avait changé. Il se rappelait le jour et l'heure à la minute près. Elle avait été priée de jouer quelque chose au piano. La musique était au programme de sa pension extrêmement coûteuse, il fallait donc qu'elle apprît la musique. Sylvie n'y montrait aucun don mais, obligée de suivre les leçons et de pratiquer durant le trimestre, elle avait évidemment acquis une technique rudimentaire. Elle avait choisi « Le Retour de Robin », une mélodie désuète plutôt sentimentale. Appuyé au manteau de la cheminée, Guy s'interrogeait sur son flair dans l'affaire des Blue Chips Trusts, quand il jeta un coup d'œil vers le Steinway blanc et vit, comme si c'était la première fois, le visage de sa fille.

Pâle, tendu, rigide et anxieux. Elle fronçait les sourcils et se mordait les lèvres dans son effort de concentration. Les bras minces s'arquaient haut sur le clavier ; ses cheveux de petite fille, bruns et brillants comme de la soie, étaient retenus par une barrette de velours. Elle portait une robe rayée bleu et blanc à grand col blanc et un nœud à pans bleu foncé. Tout ceci sauta aux yeux de Guy avec une netteté si précise et aveuglante que ce fut comme si, à cette seconde, il avait été gratifié du don de la vue. Alors, avant qu'il ait pu se familiariser un tant soit peu avec ce spectacle presque hallucinatoire, une deuxième chose plus étrange encore se produisit.

Il fut submergé par un torrent d'extraordinaire émotion. Noyé, balayé, il s'agrippa à la cheminée, profondément inquiet. Il se crut malade, tant son corps réagissait avec violence. Il sentit son cœur se serrer, son estomac se contracter et se nouer. Et plus, et pire. Car, quand la vague d'émotion se retira, elle laissa un terrible débris : le don de compréhension.

Il reçut de plein fouet, compressé dans un laps de temps des plus brefs, tout le désespoir de sa fille ; il prit la mesure de sa solitude, de sa soif éperdue d'amour. Il en conçut alors pour elle une douloureuse tendresse protectrice. La nouveauté, la violence de cette souffrance – n'importe quel père aurait pu lui dire qu'elle allait de soi – le poignarda. Il dévorait des yeux son visage sérieux, penché en avant, et se rendit compte qu'il l'avait rarement vue sourire. (Comment se faisait-il qu'il ne l'eût pas remarqué ?) Il se sentit ému jusqu'à l'intolérable en découvrant sa tristesse et brûlé du désir désespéré de réparer. De lui offrir tout son amour.

Oui, il reconnut cette émotion quoique d'amour il n'en eût jamais reçu lui-même. Il jura de tout lui donner. De trouver le temps de faire des tas de choses, de rattraper les années perdues. Quand, après quelques balbutiements et notes hésitantes, la musique se tut tout à fait, il applaudit trop fort. Felicity le regarda, les yeux ronds, amusée et incrédule.

– C'était très bien, Sylvie. Merveilleux, ma chérie ! Tu fais vraiment des progrès.

Il fut surpris de constater que les mots avaient jailli spontanément. Lui, qui jamais ne félicitait âme qui vive. Il attendit sa réaction, il se complut à imaginer le plaisir de la fillette devant l'enthousiasme paternel. Elle referma doucement le couvercle du piano, se leva et quitta la pièce. Felicity riait.

De ce moment, Guy se mit à traquer sa fille. Il la retira de sa pension pour pouvoir la voir tous les jours. Le week-end, il inventait des sorties qu'il croyait pouvoir lui plaire ou la distraire. Il la couvrait de cadeaux, en cachait dans sa chambre ou en glissait dans sa serviette, près de son assiette, malade d'appréhension à l'idée qu'ils ne trouvent pas grâce à ses yeux. Elle repoussait toutes ses avances, sans brutalité ni véhémence – auquel cas il aurait su s'y prendre, faire fond sur une base solide –, mais en s'en détournant simplement avec un air de résignation polie et silencieuse. Parfois, elle le regardait et ses yeux bleu clair étaient durs comme des pierres.

Une seule fois, elle manifesta une certaine émotion quand, pris d'une nouvelle crise de remords devant sa négligence passée, Guy s'était efforcé, durant une sortie au zoo, de mettre en mots sa honte et son regret. De se décharger peut-être, même si c'était injuste, d'une part de son sentiment de culpabilité. Il avait à peine commencé à parler qu'elle s'était tournée vers lui en criant: «Arrête! Arrête! Ça m'est égal!»

Il avait renoncé, bien sûr, et ils avaient passé le reste de l'après-midi en silence et à l'écart l'un de l'autre, quoique, pensa-t-il douloureusement, pas plus que d'habitude. Où qu'il posât les yeux, ce jour-là, il lui semblait voir des pères tenant leurs enfants par la main ou portant des bébés sur leurs épaules. Un gamin qui ne paraissait pas plus de seize ans trimbalait dans un porte-bébé en toile un nourrisson endormi, et son profil tout fripé et écarlate reposait sur la poitrine creuse du garçon. J'aurais pu faire ça, pensait Guy, en baissant les yeux sur la raie des cheveux de sa fille. Bon Dieu, je ne me rappelle même pas l'avoir prise dans mes bras.

Il ne tenta plus jamais d'accabler Sylvie de ses déclarations, mais il avait une fois tâché de les mettre par écrit. Évidemment, il ne lui avait pas donné la lettre qu'il avait enfermée dans un tiroir de son bureau, avec une mèche de ses cheveux, quelques photos et ses bulletins scolaires. Au fil des mois et des années, son amer regret s'atténua et s'émoussa inévitablement devant l'indifférence persistante de sa fille. Pourtant, il ne pouvait se détendre. Il lui parlait, obstinément, jusqu'à en avoir mal à la gorge, posait des questions, donnait des conseils, commentait les événements de tous les jours. Il lui était venu à l'idée que l'attitude contrainte de son enfant était due à la présence de Felicity. Il croyait qu'en vivant seuls tous les deux, Sylvie et lui s'insuffleraient par quelque heureux miracle d'osmose familiale de la chaleur dans leur vie et dans leur cœur. Il lui avait soumis son idée, sans plus se soucier à ce stade de trahir aux yeux du monde l'échec de son couple. Elle avait paru perplexe, avait froncé les sourcils, réfléchi un moment et avait fini par déclarer: «Mais pourquoi aurais-je envie de vivre avec toi?»

Puis, il y avait aujourd'hui cinq ans de cela, les choses avaient de nouveau changé. Le matin de son seizième anniversaire, Sylvie avait disparu. Elle était sortie de chez elle comme pour aller à l'école où elle n'arriva jamais, et ne revint pas à la maison. Fou de terreur, Guy fut persuadé qu'on l'avait kidnappée. Puis, aucune demande de rançon ne venant, il conclut qu'elle avait été victime d'un accident ou d'une agression. Il avait contacté la police qui, en apprenant l'âge de Sylvie, ne s'alarma pas outre mesure: elle était probablement chez des amis ou elle voulait prendre un peu de distance.

Sachant que c'était improbable, Guy s'était rendu à son école et avait demandé à s'entretenir avec quelqu'un qui ait été proche de sa fille. Il ne put nommer personne, car Sylvie ne parlait pas de ses amis, pas plus qu'elle ne les amenait à la maison.

Une grande fille aux yeux étroits et arrogants fut convoquée dans le bureau du proviseur. D'après elle, Sylvie avait déclaré être impatiente d'avoir seize ans pour pouvoir partir de chez elle. «Elle disait, conclut la fille avec une feinte réticence, qu'elle détestait ses parents.»

Cette nuit-là, rentrée de sa troisième cure, Felicity avait déjà son plumet. Elle écouta la révélation désolée de son mari et commenta: «Mon Dieu, tu es tellement bouché, sauf quand il s'agit de gagner de l'argent. Ça fait des années qu'elle nous hait.»

Guy avait retrouvé assez rapidement sa trace. Elle vivait dans un squat à Islington. Pas si mal, pour un squat. Eau, électricité, chutes de moquette sur le sol. Il était venu avec le pedigree du cheval de course de trois ans qui était son cadeau d'anniversaire. Elle était apparue sur le seuil et s'était immédiatement mise à hurler, à crier au secours, et lui avait presque craché à la figure. Après toutes ces années où elle s'était renfermée sur elle-même, insensible et indifférente, sa réaction lui fit l'effet d'un choc électrique. Il avait reculé, alarmé, stupéfié et – oui, il fallait bien l'admettre – euphorique. Puis elle avait lancé les papiers par-dessus la rampe du sous-sol et claqué la porte. On avait dû tout de même les ramasser plus tard, car le cheval fut vendu le mois suivant aux deux tiers de son prix.

Chose curieuse, alors qu'il s'était presque résigné à cette non-relation, l'entrevue orageuse avait réveillé en Guy tous ses désirs passés. Il était persuadé que les troglodytes parasites qui ricanaient derrière elle sur le seuil se foutaient complètement d'elle.

Durant les années qui suivirent, elle bougea beaucoup Guy employait des détectives privés et savait toujours où elle se trouvait. Elle ne vivait jamais seule: soit avec des colocataires, soit avec un homme seul. Ces liaisons, si c'en étaient, ne duraient pas. Guy lui écrivait régulièrement, en lui demandant de rentrer à la maison, et il joignait un chèque. Un très gros chèque à Noël et aux anniversaires Elle ne répondait pas aux lettres mais elle encaissait les chèques, preuve selon lui qu'il était au moins bon à quelque chose. Dès qu'elle aurait vingt et un ans et qu'elle entrerait en possession de son legs, il ne lui serait plus d'aucune utilité.

Elle prenait sa revanche, naturellement. Elle avait attendu son heure. Elle avait attendu, attendu jusqu'à ce qu'elle fût en mesure de l'humilier et de le rejeter, comme il l'avait humiliée et rejetée pendant des années. Fou de joie, il se reconnaissait en elle : *Elle est comme moi.* Puis il faisait marche arrière : *Et moi, je ne pardonnerais jamais.*

Il se demandait parfois, pour se consoler, si elle n'avait pas imaginé froidement une revanche symétrique. Avait-elle l'intention de le punir, de le bannir pendant douze ans, exactement comme lui l'avait fait ? Elle aurait alors vingt-huit ans. Mariée, peut-être, avec des enfants à elle. Vivant n'importe où. À l'étranger, même. Il lui venait alors en tête l'idée indigne, perfide qu'il aurait préféré la savoir morte.

Il se mit à rôder près de son appartement, discret et timide, comme un soupirant évincé. Une fois, en montant dans un taxi, elle l'avait repéré, qui se cachait dans un coin de porte. Elle avait fait des gestes grossiers et obscènes. Une autre fois – et cela avait été bien pire – il l'avait vue sortir de l'immeuble cramponnée au bras d'un homme en veste de tweed, qui avait l'air de s'ennuyer ferme. Elle bavardait avec animation, riait aux éclats, toute son attitude trahissait son désir désespéré de plaire. Au milieu de la rue, l'homme l'avait envoyée balader et Guy, bien que goûtant l'ironie de la situation, avait eu envie de le tuer.

Enfin, elle disparut une dernière fois et tout à fait. À cette nouvelle troublante, le directeur de l'agence de détectives se chargea lui-même de retrouver sa trace. Endossant le rôle d'un créancier, il s'était rendu à sa dernière résidence pour être flanqué à la porte par un domestique amazonien. Guy avait eu alors recours à un détective femme qui au début n'avait pas eu plus de succès.

Il touchait au fond du désespoir. Tant qu'il savait où était sa fille, il ne s'était pas rendu compte de la paix dont il jouissait. Elle avait beau être farouchement brouillée avec lui, il savait au moins qu'elle « allait bien », dans le sens le plus basique du terme. Lorsqu'elle s'évapora, il prit conscience, le jour, la nuit – et surtout dans ses rêves –, d'une grande obscurité béante qui menaçait de l'engloutir, au moindre moment d'inattention.

Quand il eut l'impression que ses peurs allaient le dévorer vivant, il songea alors à s'adresser à la presse. Eux, ils la trouveraient. L'HÉRITIÈRE GAMELIN A DISPARU ! Ils avaient pléthore de photos dans leurs dossiers, ils la traqueraient et la feraient sortir de son trou. Quelqu'un, quelque part, savait où elle se trouvait. Mais quoique cet acte pût difficilement empirer les relations père-fille, il risquait cependant d'anéantir toute chance de réconciliation future. Éventualité à laquelle Guy croyait encore, contre toute raison, l'espoir l'emportant follement sur l'expérience.

Sylvie avait disparu depuis trois semaines quand la branche féminine à l'agence recueillit une bribe de renseignement. L'enquêteuse avait eu la brillante idée de prendre rendez-vous avec le coiffeur de Sylvie. Assise dans le salon, l'œil grand ouvert et se répandant en compliments sur Felix et ses bigoudis – il était sûrement au courant de presque tous les secrets de la haute société de Londres –, elle flatta le coiffeur et lui délia la langue. Une fois établie l'impossibilité qu'une femme affublée de cet horrible cardigan tricoté et coiffée par un figaro de banlieue pût être journaliste, il lâcha volontiers le nom et le potin croustillant pour qu'elle en régale ses barbants petits copains de je-ne-sais-où. Deux faits avaient un rapport avec Sylvie Gamelin. Apparemment, elle en avait eu marre de Hammersmith (« Et qui n'en aurait pas marre, mon chou ? ») et elle déménageait dans un endroit plus discret, propre et paisible. Interrogé sur l'endroit présumé, Félix avait répondu : « Elle a seulement dit "à la campagne". C'est plutôt vaste, non ? Elle voulait peut-être même dire au-delà des Comtés. » Et les ciseaux mollirent devant l'énormité de la perspective. « Elle a tout de même expliqué qu'elle avait rencontré un homme merveilleux, mais est-ce que ça a un rapport ? Ça... »

Bien que ces bribes d'information n'aient rien de rassurant, Guy, affamé, se jeta dessus et donna l'ordre au détective de déployer ses agents et de redoubler d'efforts. Mais on ne découvrit pas d'autre piste et six mois stériles se traînèrent encore, qui affectèrent Guy considérablement. Le plaisir brutal qu'il trouvait jadis à frapper de taille et d'estoc, à écraser dans la foire d'empoigne des marchés financiers, se transforma en désir sourd, vague, d'infliger la souffrance. Ce qui obscurcit la clarté de son jugement. Il se mit à acheter et à vendre sans discernement et, pour la première fois en vingt ans, commença à perdre de l'argent. C'est alors que, quelques jours auparavant, la lettre était arrivée.

Après la première violente secousse d'incrédulité, qu'on ressent inévitablement quand une chose longtemps convoitée vous tombe du ciel, Guy avait été au comble de l'exaltation. Le billet n'était pas de l'écriture de Sylvie (il ne venait pas d'elle du tout, en fait), il la concernait et, mieux encore, il contenait une invitation. Guy fit un geste pour toucher la lettre à laquelle il en était venu à attribuer un pouvoir talismanique. Mais elle ne se trouvait pas à l'endroit escompté. Il fouilla dans les autres poches, tira sur ses vêtements comme un fou avant de se rappeler qu'il avait changé de costume. Peu importait. Il connaissait l'adresse et le contenu par cœur.

Chère Madame, cher Monsieur,

Votre fille séjourne parmi nous depuis quelque temps, maintenant. Nous allons fêter son anniversaire le dix-sept août et serions heureux de votre présence à tous les deux. Peut-être pourriez-vous arriver vers sept heures et demie ? Nous dînons à huit heures.

Avec mes meilleures salutations,

Ian Craigie.

Guy était resté éveillé toute la nuit précédente, fébrile et intrigué, ressassant chaque phrase, tirant du bref billet la consolation qu'il pouvait. Le « nous » le réconfortait grandement. D'abord, il ne semblait pas que Craigie soit cet homme merveilleux pour lequel Sylvie avait quitté Londres. Le pronom impliquait un pluriel, c'est-à-dire au moins une femme, peut-être même des enfants. Et il y avait quelque chose d'un peu formel, de vieux jeu dans le « votre fille ».

Naturellement, Guy n'avait pas parlé de l'invitation à Felicity. L'aversion qu'elle ressentait à l'égard de Sylvie, le soulagement qu'elle ne s'était pas souciée de cacher quand l'enfant avait quitté la maison, l'indifférence qu'elle montrait à son sujet – elle ne prononçait jamais son nom –, tout ceci excluait qu'elle l'accompagnât. Guy décida de dire qu'elle était malade. C'était le plus simple. Personne n'en saurait rien.

*

Danton Morel était un des secrets les mieux gardés de Londres. Ceux qui avaient recours à ses services ne le disaient jamais à âme qui vive, tant ils protégeaient jalousement les avantages que ses soins leur procuraient. En dépit de cela, où que se rassemblent pour faire la fête les gens riches et célèbres, les fameux et les moins fameux, il y avait au moins une personne dans l'assistance qui coupait le souffle à tout le monde, un exemple de la sorcellerie de Danton.

Sa carte de visite le désignait modestement comme *Coiffeur et Visagiste*, mais la métamorphose éblouissante que son art achevait dépassait, et de loin, les techniques simplistes de «transformation» exposées dans les magazines ou à la télévision. Comme par enchantement Danton métamorphosait de manière spectaculaire non seulement l'apparence physique mais aussi la personnalité.

En sus de ses talents de fée-marraine, Danton était doté d'une voix melliflue et veloutée. Et quand il ne parlait pas, son silence avait une qualité chaleureuse, encourageante, réceptive. En conséquence de quoi les gens se sentaient obligés de lui confier leurs secrets. Toutes sortes de secrets. Danton écoutait, souriait, hochait la tête et continuait son petit bonhomme de chemin.

Il avait débuté, quelque vingt ans auparavant, comme fabricant de masques et marionnettiste, et il songeait souvent avec ironie que sa profession actuelle n'était pas si différente, bien que ses adeptes eussent été mortifiés du rapprochement. Sa vie privée était d'une extrême simplicité. Il vivait par procuration, nourri de confus épanchements sentimentaux, confidences et confessions, de voluptueux récits d'événements mondains plus grands que nature, et son cœur brûlait d'une envie fiévreuse. Parce qu'il ne cancanait jamais, on le tenait pour discret et, à cet égard, on ne se trompait pas. Mais il notait tout depuis dix ans dans son journal qui, il l'espérait, lui vaudrait un jour une fortune peu honorable. Il était en train de cueillir des feuilles de laurier quand Felicity ouvrit la porte. Elle avait l'air d'une folle. Les cheveux hérissés comme si elle avait tiré dessus, et le regard si vide qu'elle parut ne pas le reconnaître.

Une fois en haut, elle se mit à faire les cent pas en se lamentant ; de longues jambes bronzées à grands frais apparaissaient par intermittence dans la fente de sa robe de chambre comme des ciseaux bruns. Elle lui avait fourré la lettre dans la main dès qu'il avait franchi le seuil. Après l'avoir lue, Danton s'assit et attendit.

– Oh, la tromperie, Danton... *La tromperie...* Ma propre fille ! Comme si je ne voulais pas la voir...

Felicity hoquetait. Ses épaules tressaillaient ; elle se frottait les bras comme assaillie par un essaim d'insectes. Elle répétait : « Ma propre fille ! » sur un ton accusateur comme si Danton était en quelque façon coupable. Elle l'avait attendu dans les affres, en proie à diverses émotions. Étonnement devant l'invitation, furie de n'avoir pas été mise au courant, malaise croissant devant la décision qu'elle se sentait obligée de prendre, maintenant qu'elle avait découvert l'enveloppe. Elle allait et venait, en ébullition, complètement déboussolée, tout en ayant la perspicacité de s'étonner du pouvoir de la lettre. Elle avait été tout à fait certaine que son amour pour sa fille était mort depuis longtemps. Elle s'était forcée à l'ensevelir dans l'oubli, l'avait déprécié pendant des années jusqu'à ce qu'il n'eût plus aucune valeur.

Sylvie n'avait jamais voulu de sa mère. Tout bébé, elle se débattait quand Felicity cherchait à la câliner ou même à la prendre dans ses bras. Quand elle avait commencé à marcher, elle dirigeait ses pas vers sa nounou, la fille au pair ou des visiteurs occasionnels. Elle allait vers tout le monde – du moins était-ce l'impression de Felicity – sauf vers celle qui l'aimait le plus. Plus tard, quand il devint évident que

Sylvie non seulement n'aimait pas sa mère mais qu'elle la rejetait, Felicity commença à réduire en miettes, lentement, sa propre tendresse. Ce qui l'avait fait beaucoup souffrir, car elle avait déjà entrevu le paysage aride que seraient ses relations avec son mari et avait considéré son enfant comme un antidote, une source de consolation et de joie. Aujourd'hui, après tant d'années, comment pouvait-elle encore espérer? Elle s'en défendait.

– C'est sûrement une farce.

– Pourquoi dites-vous cela, madame G.?

Les clients pressaient Danton de les appeler par leur prénom mais il s'y refusait invariablement. Quant à Felicity, il lui donnait du «madame G.» et ne pousserait pas plus loin la familiarité. Ce qui déplaisait souverainement à cette dernière: elle trouvait que ça faisait bonniche de mauvais vaudeville mais n'en disait rien de crainte de le froisser.

– Voilà cinq ans qu'on n'a plus de nouvelles d'elle.

– N'avez-vous pas dit une fois qu'elle hériterait d'une certaine somme d'argent à ses vingt et un ans? Peut-être s'agit-il d'un notaire qui veut vous faire signer tous les deux un papier.

– Non. C'est tout ce qu'il y a de plus simple, réglé par mes parents quand elle était petite. En tout cas, on est invités à dîner.

– C'est important? L'héritage.

– Cinq cents.

Danton ajouta mentalement les zéros manquants et frissonna d'envie. Felicity interrompit ses allées et venues, s'effondra sur un tabouret bien rembourré, en s'enveloppant les genoux de satin glacé. Elle lâcha: «Je vais y aller», et aperçut l'énormité de la chose. Comme si elle s'était jetée du haut d'un précipice.

– Naturellement, dit Danton. Mais le problème, c'est dans quelle tenue?

D'abord ahurie, elle sursauta. La vérité était qu'elle avait appelé Danton machinalement, simplement parce qu'elle avait besoin de son oreille attentive, sans penser plus loin.

– Vous ne pouvez pas vous amener comme ça, simplement, madame G.

– Ah bon ?

Il semblait à Felicity qu'avoir pris une décision, c'était déjà amplement suffisant. Elle n'avait pas songé une minute à sa tenue ni à son apparence. Néanmoins, maintenant que le problème était soulevé, elle constatait à quel point il était important. Nerveuse et vulnérable comme elle l'était, elle avait déjà distribué aux convives éventuels du dîner des rôles hostiles. Et si ses suppositions étaient justes, il fallait qu'elle soit non seulement protégée, mais cuirassée contre une troupe de formidables adversaires. D'un autre côté...

– Rien d'exagéré, Danton...

– Vous pouvez tout de même me faire confiance là-dessus.

Elle l'avait vexé. Elle se hâta de s'excuser. Danton se leva.

– Eh bien... allons-y. Un esprit sain dans un corps sain, c'est ça ?

C'était cruel, si c'était délibéré, ce qui n'était pas le cas, bien entendu. Le client ne paie pas cent livres de l'heure pour se faire insulter. Felicity le suivit sur le palier et dans son boudoir. Elle aurait bien aimé prendre un autre verre mais craignait de faire sale impression. Danton ne buvait jamais d'alcool et rien qui contînt de la caféine. Parfois, il s'autorisait un peu d'eau de source. Ses dents et le blanc de ses yeux brun clair étaient d'une pureté éblouissante.

La garde-robe de Felicity occupait trois pièces. L'une pour le soir, l'autre pour le jour et la troisième pour d'autres vêtements plus difficiles à classer : les tenues de croisière ; les bikinis et les bains de soleil ; les tenues de sport rarement portées. Des raquettes de tennis, des skis, des clubs de golf. (Elle s'était mise au golf et s'en était lassée en une seule matinée.) Dans chaque pièce, le mur face à la porte était en miroir et des barres de métal, fixées au plafond à un mètre vingt du sol, accueillaient les vêtements.

Danton et Felicity passèrent les penderies en revue, poussant et tirant les cintres rembourrés, faisant bruire le taffetas et la soie, remuant le silencieux velours. Sous une dizaine d'ampoules « lumière du jour » encastrées, ils sortirent et examinèrent minutieusement Muir et Miyake, Lagerfeld et Bellville Sassoon, Chanel et Saint Laurent.

On décrochait, on débattait, on rejetait. Une robe orange de flamenco : jupe de danse à volants, pas de dos, à peine un devant. « Pas ça. Il peut faire frisquet après huit heures. » Un fourreau de velours noir avec une petite traîne et une bande blanche au col. « Vous êtes sa mère, pas son confesseur. » Une tunique en soie sauvage raide beige avec des perles et du fil d'or. « Trop luxe, trop fade. » Du crêpe georgette framboise et des plumes. « Trop Fred et Ginger. »

Et ainsi de suite jusqu'à ce que, ayant atteint l'extrémité du secteur et s'apprêtant à refaire le trajet en sens inverse, Felicity se rappelât la Karélie. Elle revint avec une housse transparente qui contenait une volumineuse enveloppe de coton blanc. « C'était pour une première au Garden. » Elle tira sur les boutons-pression pendant que Danton tenait le fond du sac, prêt à en extirper la robe. « Les gens qui m'accompagnent d'habitude, poursuivit Felicity, ont toujours une loge mais allez savoir pourquoi, cette fois-là, nous étions à la corbeille. Pas question de me faufiler dans une rangée de fauteuils avec ça, alors je ne l'ai jamais mise. (Elle écarta l'emballage d'un coup de pied.) C'était Pavarotti.

– Vous devez absolument la porter.

– Oh ! Vous ne trouvez pas que c'est un peu...

– Il s'agit d'un dîner d'anniversaire dans un manoir de campagne. Tout le monde est censé être habillé. Qu'est-ce qui leur resterait, sinon, à ces pauvres bougres, dans leur cambrousse ?

En réalité, Danton trouvait la robe « un peu », sinon tout à fait, « trop », mais elle était aussi extraordinairement inspirante. Rien qu'à la regarder, il en avait des fourmis dans les doigts. Une robe de rêve faite pour descendre en ondoyant un escalier à la Busby Berkeley[1] entre des rangs d'admirateurs en gibus.

Des couches et des couches de mousseline de soie de toutes les nuances possibles et imaginables de gris, depuis la simple traînée de fumée jusqu'à l'anthracite le plus foncé,

1. Busby Berkeley (1895-1976), célèbre chorégraphe américain qui a mis en scène de nombreux numéros de danse dans les films des années 1930.

moussant sur des jupons couleur argent terni. Le corsage en satin et les manches étroites en pointe étaient enrobés de rubans fixés par des perles sombres.

– Passez-la.

Sans fausse pudeur, Felicity ôta sa robe de chambre.

– Attachez-moi dans le dos… Eh bien, qu'en pensez-vous ?

– Oh, mon…

Il recula, bouillant d'impatience.

– À quelle heure devez-vous partir ?

– Je pense… l'heure de pointe… à six heures et demie.

– Vous allez déjeuner ?

– Je ne pourrai rien avaler.

– Très bien. Alors, on s'y met.

3

PEU après le déjeuner, Suhami et Christopher sortirent pour déplacer Calypso. Ce qui devait être fait à de fréquents intervalles car elle broutait à toute vitesse, avec un robuste appétit.

Comme elle aimait l'herbe, Calypso ! Les désherbants étant proscrits, il y avait à foison quintefeuille, sanguisorbe et succulent pissenlit. Elle n'avait pas l'impression d'avoir épuisé toutes les ressources de son territoire quand Christopher dégagea son piton en acier, et il dut faire quelques tours de chaîne supplémentaires autour de son bras pour la tirer plus loin.

Calypso avait le coup d'œil pour évaluer la musculature de son gardien et elle avait tendance à déguerpir si elle l'estimait un peu maigrichonne. Pas plus tard que l'autre jour, elle s'était enfuie à fond la caisse dans l'allée, avait franchi les grilles et la voilà dans High Street où on l'avait retrouvée, dix minutes plus tard, faisant patiemment la queue chez le poissonnier.

– Petite sotte ! avait grondé May en la ramenant. Tu n'aimes même pas le poisson.

– Tu veux la tenir ou la conduire ?

– La tenir, dit Suhami en prenant le collier.

– Alors, fais attention aux baies d'if.

Christopher donnait des coups de marteau tandis que Calypso donnait des coups de tête en l'air et des coups de pied dans un accès de rage. Mais une fois attachée, elle se calma rapidement et se mit à mâchonner, en levant de temps à autre la tête pour gratifier le monde d'un de ses énigmatiques regards.

– Il faut qu'on parle, Suze. Tu ne crois pas ? dit Christopher.

– Je ne sais pas, fit-elle en se détournant.

– Je t'aime.

Il vint se placer devant elle, surprit l'ombre sur son visage.

– Eh bien… c'est toujours agréable d'être de trop.

– Mais non, tu n'es pas de trop. C'est seulement…

Mais elle ne poursuivit pas. Christopher la prit par le bras et l'entraîna vers le cèdre géant.

– Asseyons-nous et je vais…

– Pas ici, dit-elle en résistant.

– D'accord.

L'air perplexe, il se tourna et ils se mirent à marcher vers la mare.

– Je sais que c'est bête… et ça fait longtemps qu'elles ont disparu, mais les cendres de Jim ont été dispersées là. Je ne peux pas m'empêcher de considérer l'endroit comme une espèce de tombe.

– Arno m'a raconté. Cela a dû être très triste.

– Sur le moment, oui. Et pourtant – c'est un peu désolant, vraiment – mais on oublie si vite.

– C'est normal, je crois. À moins qu'il ne s'agisse de quelqu'un de très proche.

– Il était si gentil. Tranquille et fervent. Quand il avait fini ses corvées, il allait dans sa chambre pour lire ou méditer. Il ne s'était pas vraiment intégré dans la communauté. Parfois, je me disais qu'il aurait été plus heureux dans un monastère.

– Il ne buvait pas en cachette ? Il me semble que quelqu'un a parlé de…

– Oh non ! Il ne buvait pas du tout. C'est pour ça que c'est si bizarre. En fait…

– Ohé… ohé !

On appelait depuis la terrasse. May faisait des signes de la main et s'avançait vers eux.

Elle venait avec un cœur apaisé. Presque comme si ses soucis s'étaient envolés. Car Kwan Yin avait tout de même sauvé la situation. Et la solution, une fois offerte, était tellement évidente que May se serait battue pour n'y avoir pas pensé. Celui à qui il fallait parler, c'était Christopher, bien sûr. Il était arrivé peu de temps après la mort de Jim et n'était donc pas partie prenante. Mais bien que soulagée, May s'inquiétait tout de même de sa réaction. Par exemple, il pouvait lui conseiller d'aller trouver la police, auquel cas elle se sentirait aussi coupable que si la décision était venue d'elle.

Elle espérait le trouver seul mais ce fut Suhami qui lui répondit :

– Tu voulais quelque chose, May ?

May fit un geste vague impliquant que, même si c'était le cas, elle avait déjà oublié. Le geste fut gauche car May, d'une candeur de chaton, ne savait pas faire semblant.

– C'était toi que je voulais, Christopher.

– Alors, me voilà.

– Oui… hum… eh bien… On va faire le miel ce week-end et le stérilisateur débloque, bafouilla-t-elle en fermant les yeux.

Le mensonge la gênait autant qu'une dent branlante.

– Il marchait très bien la dernière fois qu'on s'en est servi.

Ils se dirigeaient tous les trois vers la maison, à présent.

– Remarque, ça fait un bout de temps.

En rentrant, May se demandait toujours comment elle pourrait séparer le jeune couple. Des prétextes divers, sans imagination, lui vinrent à l'esprit mais elle les présenterait avec un tel manque de conviction qu'ils éveilleraient sûrement les soupçons de Suhami.

– Je ferai ça après le thé.

– Faire quoi ? demanda May en regardant Christopher, ahurie.

– Ce que tu m'as demandé, il y a dix secondes. Jeter un œil au stérilisateur… après le thé… d'accord ?

– Mais bien sûr ! s'écria May. Le thé ! Suhami, il faut que je prenne mon ginseng, je l'ai laissé sur ma table de nuit. Sois un amour, épargne mes jambes…

Suhami fila comme une flèche et May saisit son compagnon par le bras, l'attira dans le vestibule, juste sous le dôme.

– Christopher, il faut que je te parle, murmura-t-elle.

Christopher jeta autour de lui un regard de bête prise au piège et chuchota :

– Ze crois qu'ils zont au courant de nos plans.

– Non, sérieusement.

Christopher se mit à rire.

– Excuse. Si tu veux, je vais m'occuper du stérilisateur maintenant et nous parlerons dans la cuisine.

– Le stérilisateur marche très bien. Sur le moment, je n'ai trouvé que ça. Il fallait que je te voie seul. Je me fais beaucoup de souci. Il se passe des choses ici… il y a quelque chose qui cloche. Et je suis sûre que ça a un rapport avec la mort de Jim…

Elle s'interrompit et leva la tête vers la galerie, qui semblait déserte.

– Qu'est-ce que c'était ?

– Je n'ai rien entendu, dit-il en suivant son regard.

– Un déclic. Comme si on fermait une porte.

– Peut-être. De quoi s'agit-il, May ?

– Il vaut mieux qu'on aille dehors.

Christopher se laissa entraîner le long du couloir vers la cuisine.

– Ça fait un peu service secret. Tu ne serais pas agent recruteur, par hasard ?

Ils avaient atteint l'entrée de service, une porte vitrée qui ouvrait sur la terrasse.

– Je ne vais pas avaler de microfilms, May, poursuivit-il. Même pour toi.

Ils sortirent, Christopher se retourna pour tirer la porte. May se tenait à quelques pas de lui, sur des dalles irrégulières ourlées d'orpin jaune. Il allait la rejoindre quand il perçut comme un roulement sourd. Le tonnerre? Le ciel ne s'était pas assombri. Puis il y eut un choc et un gros objet rond et noir oscilla au bord de la gouttière.

Christopher hurla. May bondit en avant, trébucha sur l'ourlet de sa robe et s'en vint atterrir au beau milieu d'une plate-bande. Christopher, lui, sauta en arrière vers la porte. L'objet tomba entre eux en pulvérisant une dalle. Une araignée sortit à toutes jambes du point d'impact; des éclats de pierre jaillirent.

La chute avait été si rapide, le choc si violent que durant un instant ils restèrent paralysés. Christopher se rendit compte vaguement qu'on l'appelait par son nom. C'était Suhami.

– Pourquoi criais-tu? Qu'est-ce que c'était? Qu'est-ce que... May!

Le visage écorché par les tiges ligneuses du buisson de lavande, May se remettait péniblement sur pied. Suhami se précipita pour l'aider tandis que Christopher se coulait dans la maison. L'escalier et la galerie étaient toujours déserts. Tout était calme.

Il monta en courant, parcourut la galerie, frappa aux portes, les ouvrit et regarda à l'intérieur quand il n'y avait pas de réponse. Toutes les chambres étaient vides.

À l'extrémité de l'aile droite, dissimulée derrière un rideau de velours, une voûte dont la clef s'élevait à une hauteur exagérée. Directement derrière, une dizaine de marches en colimaçon menaient au toit. On voyait des traces d'un récent passage. Des marques dans la poussière et des éclats de vieille peinture verte provenant du châssis métallique de la lucarne. Christopher se rappela qu'Arno était monté là-haut, récemment, pour nettoyer les fientes d'oiseau sur le dôme vitré. Il s'accroupit sur la dernière marche, tout près de la vitre, poussa un battant de la lucarne qu'il fixa à un crochet rouillé. Puis il passa prudemment la tête par l'ouverture et regarda autour de lui.

L'endroit semblait désert. En grimpant l'escalier en spirale, il avait aussitôt perdu le sens de l'orientation. Pour avoir un repère, il tourna lentement sur lui-même. Voilà le potager, donc la partie du toit donnant directement au-dessus de l'entrée de service devait être à l'autre bout.

Comme il hésitait, un nuage voila le soleil et goba les couleurs de la brique et de l'ardoise. Une brise s'éleva qui le fit frissonner bien qu'il n'eût pas froid. *Quelqu'un marche sur ma tombe.* Il se demanda d'où venait ce dicton, car les morts, confinés dans leur cocon de bois, étaient les derniers à se soucier qu'on marchât, sautât ou même dansât la gigue au-dessus de leurs crânes en décomposition.

Le toit paraissait hérissé de cheminées alors qu'en réalité, il n'y avait que trois souches d'où sortaient quatre tuyaux. Il se sentit troublé par leur proximité. Inanimées, elles donnaient cependant une impression de connivence. Elles étaient encapuchonnées et leurs champignons métalliques se balançaient en grinçant dans sa direction. Son malaise s'accrut et il fut saisi par la conviction irrationnelle que les champignons cachaient des êtres vivants qui l'observaient.

Il se reprocha sa stupidité et se prépara à passer de l'autre côté. Mais il ne prit pas le plus court chemin. Le toit était divisé en trois sections fortement pentues séparées par d'étroites bandes entre lesquelles se dressait la grande cage en fer du dôme vitré.

La seule façon d'avancer, étant donné l'étroitesse des passages, était de mettre un pied devant l'autre sur les feuilles de plomb bleu-noir, et c'est ainsi qu'il procéda. Quand il eut franchi l'espace, il regarda autour de lui, en s'alignant précisément sur les dalles brisées. Il constata, en voyant la brèche dans la gouttière, d'où était tombé l'objet métallique. Et une tache claire, circulaire, indiquait l'emplacement qu'il avait occupé depuis si longtemps. À un mètre environ du bord, sur une surface parfaitement plane. Pas moyen qu'une masse de cette dimension et de ce poids ait pu rouler d'elle-même. Un homme aurait déjà eu du mal, à lui tout seul, à la pousser jusqu'au bord, sans parler même de la soulever. Pourtant, c'était bien ce qui était arrivé.

Mais alors, dans ce cas – Christopher sursauta et se retourna –, comment ce quelqu'un avait-il pu disparaître si vite ? Qui était assez agile pour ramper sur le toit, refermer la lucarne, descendre les marches en colimaçon et se retrouver en bas, dans le bref laps de temps entre la chute de l'objet et l'irruption de Christopher dans le vestibule ? Cela paraissait carrément impossible.

Les champignons grinçaient et il repensa à l'impression qu'il avait eue d'être observé. Peut-être tenait-il son explication : si le meurtrier – car comment appeler autrement quelqu'un qui vise un crâne avec une grosse masse de fer ? – n'avait pas quitté le toit et était resté caché là… *Il y était peut-être encore.*

Il perçut l'espace béant dans son dos. De l'air. De l'oxygène, du nitrogène, du gaz carbonique, extrêmement peu porteur. Bon seulement à traverser, quand on y songeait. Juste au moment où il avait le plus besoin de ses jambes, il les sentit flageoler.

Il gagna rapidement la souche la plus proche. Personne. Derrière la seconde, non plus. Silencieusement, le cœur battant, il s'approcha de la troisième. Quatre tortillons en sucre d'orge couverts de suie. À pas de loup, il commença à tourner autour. Il fut tout à coup saisi d'une folle envie de rire, en se rappelant une scène de comédie où l'acteur fait le tour d'un arbre sur la pointe des pieds suivi par un homme habillé en gorille. Mais il n'y avait personne. Le quelqu'un avait dû se faufiler par la lucarne, pendant que Christopher inspectait la gouttière.

Il se tournait pour s'en aller quand il remarqua quelque chose qui pointait dans l'espace entre les pots de cheminée. Comme une barre métallique. Il la tira à lui lentement. C'était un pied-de-biche.

*

Le temps qu'il descende du toit et se dirige vers la chambre de May, toute la maisonnée s'était rassemblée.

Il fut témoin d'une scène des plus dramatiques. On aurait

dit de ces tableaux anecdotiques de l'époque victorienne, de ces allégories sur l'approche de la mort qui montraient un vieux patriarche rendant le dernier soupir, entouré de sa famille et de ses serviteurs éplorés, ainsi que du chien à l'air mélancolique.

May était étendue sur une chaise longue, toute pâle (autant qu'elle pouvait l'être), les genoux enveloppés d'un châle à franges en soie bleu paon. Derrière elle, le Maître, ses cheveux blancs étincelant au soleil, avait la main posée légèrement sur son front. Suhami était agenouillée près d'elle. Tim était ramassé sur un tabouret. Arno tournait autour en se tordant les mains (il se les tordait vraiment, comme s'il essorait du linge). Janet et Trixie regardaient, un peu à l'écart du groupe.

Les Beavers étaient au pied de la chaise longue. Heather avait apporté sa guitare et raclait quelques accords larmoyants. Ken disait: «Il va falloir employer les grands moyens», en effleurant d'abord son cristal magnétique puis la plante des pieds de May avec une grande solennité.

– Je vais bien, dit May. Ce sont des choses qui arrivent. Ne vous en faites pas.

Heather se mit à gratter sa guitare avec un peu plus d'énergie et entonna un couplet d'une voix suraiguë qui les fit tous sursauter:

Ô rayon de puissance cosmique
Déverse de ta charmille céleste
Une radieuse pluie d'or
Pour sustenter ici notre fleur née d'une étoile.

Ken caressa son cristal, regarda les autres un à un d'un air sévère, puis la cantonnière des rideaux, comme s'il l'accusait de dissimuler une information de la plus haute importance. Enfin, il se retourna vers la forme alanguie et déclara:

– Tu es enveloppée des plis de la robe-psi de Jupiter et baignée de sa miraculeuse puissance curative.

– Ça, je sais, dit May qui tortilla le châle de soie. Nous sommes en permanence enveloppés de rayons miraculeux, quelle qu'en soit la source. Maintenant, j'ai besoin de mon remède de secours et d'arnica pour les contusions. C'est dans ma petite boîte en coquillages. Est-ce que quelqu'un pourrait… ?

Arno fut le premier à bouger, en disant qu'il s'en chargeait.

– Peut-être voudrais-tu un peu d'oxymel aussi, May ?

– Pourquoi pas ? Le miel ne peut pas faire de mal. Merci, Arno.

Enchanté de se conformer aux ordres de sa reine de cœur, Arno se hâta de s'exécuter. Il allait utiliser le miel le plus parfumé – n'en restait-il pas du mont Hymette ? – et le vinaigre le plus frais, le plus léger, le tout dans une belle tasse. Il devait bien y avoir une belle tasse quelque part. Allait-il cueillir quelques fleurs ? Dans de pareilles circonstances, on pouvait sans doute assouplir le règlement de la maison.

Il allait entrer dans la cuisine quand il s'arrêta. La porte de service était entrouverte. Il franchit le seuil et s'approcha de la dalle en éclats et de l'énorme masse de fer. Il regarda le buisson de lavande, aplati et cassé net par la chute de May. Se rendant compte qu'il s'en était fallu de peu, Arno fut secoué par un violent frisson d'effroi. Il imagina soudain le monde sans elle. Dépourvu de couleur, de chaleur, de lumière, dénué de sens, de musique, d'harmonie…

– Mais ce n'est pas arrivé, dit-il avec fermeté.

May serait extrêmement fâchée si elle le surprenait à penser de façon aussi pessimiste et à larmoyer, elle qui voyait toujours le bon côté des choses. La frange argentée, pas le nuage. L'arc-en-ciel, pas la pluie.

Arno revint avec son oxymel, n'ayant pas trouvé de récipient plus raffiné qu'une grosse chope épaisse. May s'était redressée et semblait à nouveau sereine et infaillible. Elle avait secoué son flacon de secours d'un bleu indigo et se frottait les poignets, embaumant la pièce d'une odeur boisée. Il s'avança avec son offrande et, en lui transmettant la chope, leurs doigts s'effleurèrent. Les joues tavelées de taches de rousseur d'Arno rougirent et il espéra que personne ne le regardait.

– Je n'ai couru aucun danger, assurait-elle maintenant. Mon ange gardien était là, comme toujours. Qui à votre avis avait placé Christopher si près derrière moi ?

Christopher eut droit à des sourires pleins de gratitude. Il se sentait toujours mal à l'aise en repensant à la décision qu'il avait prise sur le toit. Une fois passé le choc de la découverte, il avait eu à décider de ce qu'il allait faire du pied-de-biche. Devait-il le remettre en place ? L'agresseur ignorerait qu'il était grillé et pouvait recommencer sans crainte. D'un autre côté, s'il ne trouvait plus sa barre de fer, l'homme se tiendrait sur ses gardes et serait peut-être alors doublement dangereux. Christopher avait finalement opté pour la dernière solution. L'outil était maintenant enveloppé dans une couverture et caché sous son lit. Plus tard, il avait l'intention de le transporter dans l'étable de Calypso.

La conversation avait dévié sur la masse de fer et la circonstance singulière qui l'avait fait atterrir sur le toit. Heather, la seule qui avait pris connaissance de l'histoire du Manoir grâce à une brochure dans le tiroir de la cuisine, dit qu'on la mentionnait pour la première fois à l'époque de la guerre civile, on croyait qu'il s'agissait d'un gros éclat de boulet de canon des Têtes Rondes. Plus tard, grâce à une connaissance scientifique et astronomique plus étendue, on diagnostiqua un fragment de météore. Mais, quelle que fût son origine, il était resté là-haut sans bouger d'un pouce, en dépit de toutes les attaques de la nature, sans compter les bombardements de la Seconde Guerre mondiale. Alors, c'était bien étrange, conclut Heather, qu'il soit tombé aujourd'hui.

Un long silence suivit cette remarque. Toute protégée qu'elle soit par son ange, May semblait encore un peu troublée. Trixie roulait des yeux derrière le dos de tout le monde. Ken paraissait tout émoustillé par le mystère et Heather devina qu'il avait hâte de capter l'opinion d'Hilarion sur le sujet. Devant l'inexplicable, Tim se recroquevilla encore davantage.

Le silence s'éternisait. Alors, un par un, ils se tournèrent vers le Maître. Toute la pièce semblait remplie d'une attente grave et suppliante. Lui, il allait expliquer les harmoniques discordantes, exprimaient tous les visages avec confiance. Lui, il saurait. Le Maître eut un de ses sourires obliques. Il se pencha pour caresser la tête dorée de Tim car le garçon s'était mis à trembler, puis il prit la parole.

– Beaucoup de choses agitent le champ d'énergie du vide. La strate inférieure de la force dynamique est loin d'être stable. Des particules subatomiques sont en mouvement constant. N'oubliez jamais : l'électron immobile n'existe pas.

Donc, c'était ça. L'objet tombé n'était rien d'autre que la concrétisation de l'animation générale de la matière. Ils hochèrent la tête et se mirent à sourire en reconnaissant leur lenteur d'esprit. Ken se frappa le front et dit : « Quel idiot je fais ! » Personne ne protesta.

Peu de temps après, le Maître ajouta qu'on devait laisser May se reposer. « Et remercier comme il convient son ange gardien. » Puis il s'éloigna, suivi de Tim, qui faillit marcher sur la tunique bleue de crainte d'être laissé derrière. Arrivé à la porte, le Maître se retourna.

– Je suis inquiet pour votre séance de régression, ce soir, May. Ces voyages peuvent être pénibles. Cela vous ennuierait-il de la reporter à un autre jour ?

– Certainement pas, Maître, dit May énergiquement. C'est la nouvelle lune et, d'après Hilarion, la période la plus propice. Et si Astarté se manifestait et que je n'aie pas profité de cette énergie extra-dynamique ? D'ailleurs, ajouta-t-elle en se redressant, en buvant une gorgée d'oxymel et en adressant à tous un sourire radieux, je me sens déjà tout à fait bien.

4

Il était cinq heures et demie. Les Craigie seraient présents au dîner. Après, il n'aurait peut-être pas l'occasion de voir Sylvie seul à seule. C'est pourquoi Guy était arrivé tôt à Compton Dando. Sa légère anxiété avait été facilement noyée sous une vague d'impatience fébrile.

En fait, pendant le trajet, il était parvenu à se convaincre que, s'il lisait entre les lignes, Sylvie annonçait dans sa lettre sa décision de lui pardonner. Guy comprenait bien qu'elle n'avait pas pu écrire elle-même. Elle avait été profondément blessée et ne se mettrait jamais dans la position vulnérable du demandeur. D'ailleurs, il ne l'aurait pas souhaité non plus. Mais il ne doutait plus, à présent, que ce fût avec sa permission et même à son instigation qu'il avait été invité. Ses années de solitude et de chagrin touchaient bientôt à leur terme. Devant la porte du Manoir, un bouquet de fleurs délicieusement parfumées accompagné d'une carte «Avec tout mon amour» à la main, Guy fut submergé par le bonheur. Il en fut inondé, comme de transpiration.

Il chercha des yeux un quelconque signe de vie. Une grosse clé gothique était engagée dans la serrure et une tige de fer était fixée à la verticale au mur, attachée à une cloche rouillée. Il tira. La cloche tinta assez fort mais personne ne vint. Il attendit un peu, serrant gauchement ses fleurs. Deux sièges de bois étaient encastrés dans le mur, sous la marquise, usés et lisses comme ceux qu'on voit dans les vieilles églises de campagne. Guy y déposa son bouquet et recula de quelques pas pour avoir une vue d'ensemble de la belle et imposante demeure.

Il ne lui était même pas venu à l'esprit que Sylvie pourrait être absente. Devait-il aller à son hôtel et revenir? Gina avait réservé une chambre à Chartwell Grange, le seul endroit décent à mi-chemin, à des kilomètres à la ronde. Guy avait décidé que, quelle que soit la façon dont se déroulerait la soirée, il n'aurait pas envie de rentrer chez lui après. Il voulait être seul pour absorber, digérer, revivre et, sûrement, fêter. Et bien que Felicity ne sût rien de l'invitation et que, de toute façon, elle serait défoncée quand il reviendrait, il se sentait vaguement inquiet à l'idée de se retrouver en sa présence tout de suite après avoir quitté leur fille.

Peu désireux de renoncer, il contourna la maison. Quelle pagaille, cette plate-bande! Les fleurs avaient le nez dans la poussière. Une immense chose bleue, avec plein de tiges, était complètement affaissée et étalée sur le gravier. Il atteignit une haie d'ifs hirsutes qui longeait le mur d'angle droit. On y avait taillé des branches pour ménager une ouverture par laquelle Guy se faufila.

Il se retrouva sur une vaste pelouse tout étoilée de pâquerettes et de trèfle, où broutait une chèvre replète. Au centre, un grand cèdre du Liban qui paraissait aussi ancien que la maison. À son pied, une mare rectangulaire remplie de poissons filants, les uns rayés comme des tigres, les autres plus petits avec des dos épineux et des cornes transparentes comme celles des escargots. À l'autre bout de la pelouse, des wigwams en bambou et une absence de feuilles, un air de nudité qui indiquait une manière de potager. Et, enfin, un signe de vie: un bruit de râteau ou de binette. Peut-être Ian Craigie?

Guy n'avait pas fait trois pas que l'homme interrompit son travail, rejeta la tête en arrière et se mit à déclamer. Des vers blancs, à voix très forte. Il gesticulait aussi, lançait les bras en l'air et regardait le soleil. Guy battit en retraite, très troublé.

De retour sous le porche, il décida de sonner encore une fois puis se ravisa et tourna impulsivement l'anneau de fer. La porte s'ouvrit et il pénétra à l'intérieur.

Il se trouvait dans un immense vestibule avec, tout en haut, un dôme ponctué de bosses aux vives couleurs. Un escalier majestueux à pilastres et à rampe finement sculptés menait à une galerie à trois côtés, telle une tribune de musiciens. L'endroit était chichement et simplement meublé : deux grands coffres en bois dont l'un au couvercle abîmé, quelques chaises de paille, une table ronde quelconque d'époque indéterminée, un placard. Le seul objet attirant était un grand Bouddha en pierre, d'un mètre cinquante environ, sur un socle. La tête était ornée de petites boucles très serrées, comme des boutons. Sur le socle, un bouquet de lupins et une petite pyramide de fruits.

Il flottait dans l'air une odeur désagréable d'encaustique, de mauvaise cuisine et de vêtements humides. Une odeur d'institution. Que trop familière. Le tout dominé par une senteur âcre et écœurante que Guy craignit de reconnaître : l'encens.

Sur la table, deux bols en bois avec deux cartes joliment calligraphiées. Sur l'une « Coupable ? » et sur l'autre « Offrandes d'amour ». Dans le bol coupable, cinq pence. Il y avait aussi un tas de prospectus manuscrits, remplis de points d'exclamation, d'italiques inutiles et de guillemets bizarrement placés. Guy prit *La Romance du Lavement*, de Kenneth Beavers : clairaudient : diagnosticien intuitif. Derrière la porte, un grand panneau de feutre vert. Guy s'avança pour y jeter un coup d'œil, en faisant sonner exagérément ses pas.

Les documents affichés n'étaient guère inspirants. Des tableaux de service, principalement. Cuisine. Ménage. Nourrir et traire Calypso. Il parcourut la liste des noms sans y trouver celui de Sylvie. Était-ce encourageant ou frustrant? Il y avait aussi une grande affiche: *Mars et Vénus: Désirent Aider Mais Sommes-Nous Prêts?* Causerie: le 27 août, bibliothèque de Causton. Réservations à l'avance et prévenir si désistement.

S'agissait-il alors d'une organisation pseudo-religieuse d'allumés? Le tableau de service énumérait femmes et hommes, donc ça excluait le couvent. Et le monastère, par conséquent. Peut-être était-ce une sorte de retraite. Sylvie dans un endroit pareil? C'était franchement risible. Et que venait faire Craigie là-dedans? «Venez dîner avec nous.» Alors, toute cette bande, c'était «nous»? Guy n'aimait pas du tout cette idée. Il n'avait pas l'intention de partager sa réconciliation avec ce tas de fanatiques. Il regarda autour de lui en quête d'autres indices.

Deux couloirs à partir du vestibule, et une porte marquée «Bureau». Guy l'ouvrit, y jeta un coup d'œil: la pièce sans fenêtre était remplie de dossiers et de papiers, empilés par terre et sur des étagères. Un duplicateur sur une table de jeu et, dans un fauteuil à grand dossier en cuir, enfin un signe de vie.

De longues jambes en blue-jean, une splendide cascade de cheveux ambrés et des frisottis dorés autour d'un front pâle. Une lame de parquet grinça sous le pied de Guy et la forme se retourna. Il entrevit son visage avant qu'elle se lève et se précipite vers une tapisserie poussiéreuse qui pendait au mur, dont elle s'enveloppa comme si elle avait été nue.

C'était une des plus belles créatures qu'il eût jamais vues. La perfection. Guy resta bouche bée, comme un idiot. Il lui fallut trente secondes pour se ressaisir et pour comprendre qu'elle avait très peur de lui. Elle se collait contre le mur, le souffle haletant comme un animal aux abois. Guy bafouilla des excuses.

– Excusez-moi... Je ne voulais pas... Tout va bien. Je suis un visiteur. Je suis venu voir ma fille...

Cela ne changea rien. Elle était pantelante, maintenant, et sentait la peur. Guy recula, cherchant à grand renfort de sourires et de haussements d'épaules à montrer qu'il était inoffensif. Mais elle continuait à s'agiter et le rideau glissa. Il aperçut alors son visage et fut saisi. Son estomac se serra, son front devint glacé et moite. Il détourna le regard, déçu et dégoûté, car la fille était folle.

Elle roulait des yeux fous, d'un bleu profond; ses lèvres exquises bavaient, grimaçaient dans un rictus sinistre. Alors, pour la première fois, Guy remarqua la mâchoire, la grande main brune écartée sur le mur et comprit qu'il ne s'agissait pas d'une femme mais d'un jeune homme. Son dégoût s'accrut et il sortit presque en courant de la pièce, en claquant la porte derrière lui.

Mais c'est quoi, cet endroit, bordel? Guy avait bien voulu accorder le bénéfice du doute au type qui parlait tout seul à ses choux mais pour le second cinglé, il n'y avait pas d'erreur! Il se sentit très inquiet en pensant que sa fille vivait ici.

Il regagna le vestibule où il semblait qu'enfin on eût remarqué sa présence. Un bruit d'anneaux de rideaux, et une fille était apparue dans la galerie, se dirigeait vers l'escalier.

Elle avait de longs cheveux bruns tressés et portait des pantalons amples en mousseline qui ondulaient quand elle bougeait comme de grandes ailes de papillon blanc. La mousseline était serrée dans des bracelets de cheville où étaient accrochées de minuscules clochettes qui tintinnabulaient délicatement. Elle courait pieds nus et semblait à peine toucher le sol; elle descendait l'escalier comme un duvet de chardon. Quand elle fut plus près, il remarqua que sa tresse était entrelacée de petites fleurs blanches et qu'elle avait un rond rouge au milieu du front. Elle joignit les mains devant lui comme pour une prière et le salua: «Bienvenue au Cheval Ailé», puis elle s'inclina.

Sous le coup de son troisième choc en quelques minutes, Guy eut pourtant conscience du danger: le moment pouvait avoir de funestes conséquences mais il était riche de promesses. La raie qui séparait les cheveux de la jeune femme était aussi poudrée de rouge. Il tendit la main et lui effleura très doucement l'épaule.

– Bonjour, Sylvie, dit-il.

– Je m'appelle Suhami, maintenant. (Même sa voix avait changé. Douce, incolore, et bizarrement assourdie comme si elle traversait des couches de coton.) Ce qui signifie petit vent dansant.

Guy envisagea plusieurs répliques qui toutes lui parurent susceptibles de provoquer un malentendu, aussi garda-t-il le silence. Il se contenta de hocher la tête et de sourire d'un air contraint. Sa réaction était-elle trop audacieuse ? La tête baissée aux cheveux bruns ne laissa rien paraître.

– Tu es en avance, dit-elle.

– Oui. J'espérais que nous pourrions parler un peu avant le dîner.

– Malheureusement, ce ne sera pas possible.

Elle parut troublée rien qu'à cette idée. Le point rouge se plissa. Mal à l'aise, hésitant, Guy la regardait d'un air d'impuissance. Seule Sylvie avait le pouvoir de le mettre dans cet état et, pour la première fois, il en éprouva une pointe de ressentiment.

Elle s'en allait sans ajouter un mot. Elle traversa le vestibule en voletant, disparut dans un couloir. Elle voulait certainement qu'il la suive. Il lui emboîta le pas, pesamment, tout en se sentant extrêmement grossier à côté de tout ce duvet et ces voiles arachnéens. Le couloir s'arrêtait à une porte vitrée qui donnait sur une terrasse. Sur la gauche, s'alignaient des crochets en bois où pendaient un vieil imperméable et un sac. Dessous, des bottes en caoutchouc et un réchaud à paraffine. En face, trois marches de pierre menaient à une autre porte derrière laquelle on entendait des bruits de vaisselle et des cliquetis de cuillers.

Guy tourna la poignée, pénétra dans une cuisine carrée, basse de plafond. Le carrelage et l'évier ébréchés semblaient anciens ; il y avait un grand fourneau en fonte et une cuisinière à gaz, plus moderne. Sylvie préparait du thé. Elle prit quelques brins de menthe sur un plat en raphia qu'elle mit dans une petite théière où elle versa de l'eau bouillante. Guy espéra que ce n'était pas pour lui puis espéra le contraire.

Elle alla vers un casier, prit un couteau et se mit à découper un gros morceau d'un truc luisant et poisseux, qui avait l'air dur. Son père, qui avait vu récemment une émission sur les drogues, trouva que cela ressemblait à de la résine de cannabis.

– Qu'est-ce que c'est ?

– Du croquant au ramboutan.

– Ah.

Maintenant, elle dressait un plateau. Manifestement le thé n'était destiné ni à l'un ni à l'autre. Elle allait emporter le tout et disparaître, peut-être à jamais. Guy scruta le profil compassé, cherchant à y lire une réaction quelconque. Comment pouvait-elle rester aussi calme ? Ne comprenait-elle pas l'importance de ce moment ? Il ne s'était attendu à rien de pareil. Elle était comme une étrangère. Sa fille, sans être sa fille.

Peut-être avait-elle subi un lavage de cerveau ? Peut-être était-ce le quartier général de quelque culte bizarre, ce qui expliquerait le costume vaporeux, les clochettes absurdes et cette ridicule tache rouge ? Sans point de référence historique, Guy était irrité, comme il s'irritait de tout changement dans le quotidien qui se produisait sans son aval.

Il remarqua qu'elle tenait le plateau de façon exagérément affectée. Trop précise, anormalement concentrée, inclinant la tête entre chaque mouvement de manière solennelle et pleine de déférence. Comme tous les rituels, cette attitude avait pour effet d'exclure le simple spectateur. Toute cette sérénité commençait à taper sur les nerfs de Guy. Il mourait d'envie de la secouer pour provoquer une réaction naturelle, tout en sachant que le geste pouvait se révéler extrêmement imprudent. Il ne songea pas que tout simplement elle redoutait sa présence.

– Une belle maison, Syl… euh… Suzz… hum…

– Oui. Je suis très heureuse ici.

– J'en suis content… oh ! Je suis content que tu sois heureuse, Sylvie.

Il la vit se contracter à cette volubilité débordante. Modérant sa voix, il ajouta :

– Pourquoi cela ? Qu'est-ce que c'est, ici ?

– J'y ai trouvé la paix.

Un gracieux geste de la main engloba le vieux foyer, les placards et les étagères.

– Et des gens qui ont de l'affection pour moi.

Guy accusa le coup, sourcilla à peine.

Il voyait bien qu'elle était sincère. Ou qu'elle se croyait sincère, ce qui revenait au même. Voilà à quoi étaient dus, sans doute, ce visage dénué d'émotion, ces gestes pâmés et traînants, et l'humble salut. Guy avait l'humilité en horreur. L'humilité, on pouvait se la coller au troufignon. Elle parlait de nouveau, de cette voix asexuée, murmure soyeux.

– ... alors, quand le Maître a proposé de t'inviter, nous en avons tous discuté et nous avons pensé que mon anniversaire serait une bonne occasion.

Le second coup, délivré si légèrement, frappa Guy beaucoup plus durement que le premier. Pour parler franc, il le laissa sur le flanc. Ainsi, ce n'était pas elle qui avait eu l'idée de l'inviter. La proposition venait d'un tas de barjos altruistes, dispensateurs de paix et fanas de Vénus. Il n'était là que par tolérance. Cela le rendait malade, il se sentait blessé dans son amour-propre. Et jaloux. C'était impensable mais il eut envie d'être méchant. De la blesser pour l'avoir amené à ce point-là.

– J'espère que ça va te passer.

– Quoi ?

– Tout ce truc de paix, là.

– Non.

– Tu es très jeune, Sylvie.

– Je suis plus âgée que je n'en ai l'air.

Les mots débordaient d'amertume. Il la regarda et l'écart entre eux se réduisit. L'honnêteté s'épanouit enfin et la pièce se remplit soudain d'une agitation pénible. Les occasions manquées, les gestes inaccomplis, les chansons ravalées. Guy s'approcha et elle s'écarta d'un bond.

– Je suis désolé, Sylvie. Je t'en prie... crois-moi... Je suis tellement désolé.

– Oh, pourquoi es-tu venu ?

Son calme plein de dignité s'était évanoui. Ses yeux brillaient de larmes.

– J'ai reçu une lettre...

– Je veux dire, pourquoi es-tu venu maintenant? Pourquoi n'es-tu pas arrivé à sept heures et demie, comme on te l'avait demandé?

– Je te l'ai dit. Je voulais...

– Tu voulais, tu voulais. Tu ne peux pas, une fois dans ta vie, faire ce que les autres veulent? Ça t'est impossible?

Elle éclata en sanglots et se détourna en se couvrant le visage.

Il y eut un long silence. Profondément bouleversé par cette brusque et inquiétante explosion d'animosité, Guy baissa la tête. Il reconnut que tout était entièrement sa faute. Qu'importait que cette occasion de revoir sa fille ait été ménagée par d'autres? On lui avait donné cette chance, c'était ce qui comptait. Se trouvant dans un milieu étranger, il avait adopté une attitude hostile et s'était emparé des rênes. Il pensa: *J'ai tout gâché*, puis étouffa aussitôt cette idée. Un faux pas ne signifiait pas le désastre.

Il regarda Sylvie, qui lui tournait toujours le dos. La tresse épaisse et fleurie était passée par-dessus l'épaule, dégageant le creux vulnérable de sa nuque. Ça, au moins, ça n'avait pas changé. Aussi tendre et fragile que dans l'enfance. La ligne du bourreau, il l'avait un jour entendu appeler ainsi, et il en avait eu froid dans le dos comme s'il avait fait partie du métier. Il bredouilla:

– Je regrette, j'ai fait une bêtise mais j'avais tellement envie de te voir. Et maintenant, apparemment, je ne suis pas capable...

Sa gorge se serra; un désir désespéré et plein de remords l'étouffait.

Le dos rigide de sa fille se relâcha. Suhami ressentait déjà une certaine honte d'avoir perdu son sang-froid. Elle n'aurait pas dû réagir ainsi. À quoi lui servaient alors toutes ses méditations, tous ses efforts pour cheminer dans la lumière et irradier de l'amour vers tous les êtres vivants si elle n'était même pas capable d'en accueillir un seul avec courtoisie ? Son père était haïssable mais elle ne devait pas le haïr. Il l'avait infiniment meurtrie mais elle ne devait pas chercher vengeance. Le Maître le lui avait bien dit et elle savait qu'il avait raison. Nourrir la rancune ne nuisait qu'à soi-même. Elle devait avoir pitié de son père. Y avait-il une seule personne au monde qui l'aimât ? Alors que moi – Suhami prit une longue respiration qui la réconforta – moi, j'ai connu l'amour. Du Maître, des amis, de Christopher. J'ai été nourrie, consolée. Ne devrais-je pas me montrer gentille, en retour ? Elle pivota et lui fit face. Il avait toujours l'air d'un taureau, mais d'un taureau post-picador, le menton sur la poitrine.

– Moi aussi, je suis désolée. Ne crois pas que...

Elle chercha des mots qui soient sincères.

– Tout le monde est curieux de te voir.

– Et moi, j'ai hâte de faire la connaissance des Craigie, s'empressa-t-il de répondre.

– Les... ?

Suhami parut perplexe puis éclata de rire comme s'il venait de dire quelque chose de très spirituel.

– Oh... mais ce n'est pas ça !

Elle souleva sa natte qu'elle rejeta dans le dos.

– Ce n'est pas ça du tout.

Puis elle prit le plateau.

– Je dois apporter ça au Maître.

– Mais ça a refroidi, non ?

– Je ne crois pas.

Guy se rendit compte alors qu'il ne s'était écoulé que quelques minutes. À peine dix depuis leur rencontre dans le vestibule. Dix minutes de montagnes russes, pour une entrevue qui l'avait obsédé à chaque instant, depuis des jours.

Sur les marches, elle se retourna en montrant la porte vitrée près des bottes en caoutchouc.

– Tu peux sortir par là. Tu veux peut-être voir les jardins ? Sinon, il y a la bibliothèque.

– Je crois que je vais aller poser mon sac et prendre une douche. J'ai réservé à l'hôtel.

– À l'hôtel ?

– J'ai décidé de passer la nuit. Je pensais qu'ici ce ne serait pas commode. Je ne veux pas déranger.

Suhami le regarda, les yeux ronds, puis sourit. Le sourire n'était dû qu'à une surprise amusée à l'idée que son père ne veuille pas déranger, mais Guy l'interpréta comme une marque unique et transparente d'affection. Son assurance, vaincue par la colère et la peine, lui revint avec force. Tout allait s'arranger. Il n'avait qu'à jouer le jeu. Il pouvait y arriver. Il serait d'accord avec tout, il aimerait tout le monde, sinon il ferait comme si. En regardant sa fille s'éloigner, Guy se sentit très fier, comme s'il avait déjà accompli cet impossible exploit.

Sylvie verrait qu'il pouvait changer et peut-être finirait-elle par reconnaître qu'il l'aimait réellement. Éperdu d'espoir, il passa devant le vieux fourneau et les bottes et sortit dans le soleil.

5

– Il y a quelqu'un sur la terrasse. (Trixie traîna la joue sur la vitre en la faisant grincer mais l'homme ne leva pas les yeux.) C'est le père de Suhami, je suppose.

Janet s'approcha, posa une main légère sur son épaule et regarda à son tour. L'autre s'écarta en disant :

– On dirait un gangster.

Un peu, en effet. Assez trapu, vu de front en raccourci, Guy était pratiquement cuboïde. Ses bajoues, gris-mauve après le rasage, avaient pris une teinte vineuse.

– Et son costume, quelle horreur !

Et Janet, désireuse de se concilier Trixie, de récuser le costume à veston croisé en mohair et soie. Elle scruta la tête bien formée et puissante aux boucles brunes tombant sur des épaules larges et charnues. On aurait dit qu'il n'avait pas de cou du tout.

– Je parie qu'il porte une moumoute.

– Mais non, voyons !

Trixie se laissa tomber dans un grand fauteuil vert en bourre de laine et lança les jambes par-dessus l'accoudoir. Elle portait une robe d'intérieur en fin nylon, c'était à peu près tout.

– Moi, je le trouve plutôt viril, en fait. Un peu comme cet homme bizarre, dans ton bouquin. Le minator.

– Minotaure.

Trop tard. Janet se serait mordu la langue.

– Tu aurais dû être prof.

Des points de méchanceté surfilaient la remarque. Tableau noir poussiéreux, élèves indifférents ou méprisants, nuits solitaires passées à corriger des devoirs bâclés, longues préparations de cours incompris pour le lendemain.

– Tu es toujours en train de reprendre les gens.

– Excuse-moi.

– Et d'abord, qu'est-ce que tu veux?

– J'étais venue t'emprunter du coton.

La vérité, c'était que Janet adorait se trouver dans cette chambre, même en l'absence de Trixie. Parfois, elle se disait qu'elle préférait y être seule. Elle pouvait alors être elle-même. Se détendre. Humer l'atmosphère grisante: la poudre, le parfum, la laque bon marché, un vase de roses. Une fois, elle avait même senti de la fumée de cigarette. Ce mélange d'odeurs évoquait l'ambiance alanguie d'avant-guerre avec une délicieuse note de décadence. Les roses étaient illicites. Les fleurs du jardin ne devaient être cueillies qu'en de rares occasions et disposées dans les pièces communes où chacun pouvait en profiter. Mais Trixie n'en faisait toujours qu'à sa tête, tablant à juste titre sur le fait que les autres répugnaient à la critique.

Janet ouvrit un tiroir et feignit d'y chercher le coton. Elle dérangea un slip en satin pêche, des collants arachnéens et des sous-vêtements en satin gris perle qu'elle avait appelés une fois «combinaison-culotte», archaïsme qu'elle n'était pas près de réitérer. Le deuxième tiroir contenait deux boîtes de Tampax et plusieurs soutiens-gorge en dentelle à armature et balconnet.

– Tu ne le trouveras pas là-dedans.

– Non... que je suis bête.

Le long visage osseux de Janet s'empourpra et elle lâcha la babiole transparente comme s'il s'agissait d'un charbon ardent.

– Je voulais l'ajouter sur la liste d'Arno.

Un jour, quand je viendrai pour un pansement ou un cachet d'aspirine, un mouchoir en papier ou une épingle de sûreté, elle va me provoquer, me dire qu'elle sait bien que je n'ai besoin de rien de tout ça. Que je suis là simplement pour respirer l'air qu'elle exhale. Ou toucher les choses qui ont effleuré sa peau.

– Je n'en reviens pas de ces épaules super musclées.

Il y avait toujours dans la voix de Trixie une pointe d'impatience quand elle mijotait une vacherie. Janet la perçut et se raidit.

– Je me demande comment il est, au lit.

Qu'attend-elle que je lui réponde ? Que puis-je répondre ? En rire ? Lâcher une plaisanterie du genre nous-sommes-entre-filles ? Du style : « Il n'y a qu'un moyen de le savoir » ? Mais, bien sûr, si j'en étais capable, elle n'aurait jamais posé la question.

Des images fusèrent dans la tête de Janet. Des membres blancs et délicats mêlés à une virilité en rut, basanée et hirsute. Des mains gantées de poil noir, baladeuses, tâtonnantes. Des doigts épais, brutaux, qui écrasaient des seins tendres, se nouaient à des boucles couleur miel. Nauséeuse, au bord des larmes, elle jeta un coup d'œil vers le fauteuil et reçut de plein fouet le sourire frondeur.

– Ça me dirait vraiment de me taper un millionnaire. Tout le monde dit que le pouvoir, c'est aphrodisiaque, pas vrai ?

– Qui ça, « tout le monde » ?

Trixie était comme Cléopâtre, elle cherchait de l'or avec sa baguette de radiesthésiste.

– Je parie que c'est vrai. Celui-là, il a tout à fait une carrure de démolisseur.

C'était l'occasion rêvée pour répliquer vertement. En effet, quand Trixie avait intégré la communauté, elle venait à l'évidence de se faire démolir. Les bras et le cou salement amochés, la lèvre fendue, les cheveux arrachés par endroits. Mais, en dépit des tentatives réitérées de Heather qui voulait la coincer pour la faire profiter de sa sollicitude thérapeutique, Trixie n'avait jamais fait allusion à ces coups, encore moins les avait-elle expliqués. Janet allait-elle oser en parler maintenant ? Elle fit un timide essai.

– Ne me dis pas que tu fais partie de ces femmes qui aiment être battues.

Trixie se mit à rire : un accès spontané de gaieté, comme si l'autre venait de dire quelque chose de parfaitement ridicule. Puis elle lança en l'air ses jambes d'un blanc laiteux et se leva.

– Si tu savais…

– Si je savais quoi ?

Janet se saisit avidement de cette allusion prometteuse. Peut-être Trixie allait-elle expliquer la provenance des lettres qui arrivaient parfois dans des enveloppes bleues bon marché, ou les coups de téléphone qu'elle interrompait en raccrochant si quiconque survenait dans la pièce. Mais elle haussa les épaules et sautilla jusqu'à la fenêtre. Guy était toujours là, aussi trapu, à regarder autour de lui. Il se tenait sur les marches de la terrasse et contemplait la pelouse. Trixie leva le loquet.

– Qu'est-ce que tu fais ?

– À ton avis ?

– Mais tu n'es pas… au moins, mets-toi quelque chose…

Janet, impuissante, regarda Trixie se percher sur le rebord de la fenêtre, retrousser son peignoir jusqu'à la taille tandis que le tissu glissait de son épaule. Elle jeta un coup d'œil au profil plein d'audace et d'excitation.

– Hého… (Puis, après une pause :) Là-haut.

– Hého !

Il avait souri mais sa voix était dure, vulgaire et impersonnelle.

Le peignoir glissa de nouveau alors que Trixie se penchait davantage.

– Personne ne s'occupe de vous ?

Janet ouvrit le tiroir des pulls, ne distingua qu'une vague tache de couleur. Elle se mit à fouiller comme une forcenée.

⋆

– Alors, qu'est-ce que vous dites de ce temps ?

Trixie indiqua d'un hochement de tête les fleurs affaissées

et les buissons aux feuilles tombantes. En parlant, elle agitait le cordon lâche du col de sa blouse qui révélait puis cachait la naissance crémeuse, semée de taches de rousseur, de délices rebondies.

– Trop chaud pour moi.

Il y avait dans la prononciation du dernier mot comme une note interrogative.

Trixie éclata d'un rire rauque, insolent.

– Avec ce costume, ça ne m'étonne pas.

Elle se tenait sur la terrasse, un tantinet plus près de lui que ne l'exigeaient les convenances, les pieds plantés fermement sur le sol et légèrement écartés. L'attitude de défi d'un Chérubin de pantomime.

– Un verre ne serait pas de refus, poursuivit Guy.

– Il y a de la citronnelle dans le frigo.

– Je parlais d'un vrai verre. Je vais à mon hôtel. On pourrait prendre quelque chose là-bas.

– Ohhh...

Tout ceci est si soudain, disaient le souffle accéléré et le battement de cils de poupée.

– Je ne sais pas.

La confusion de Trixie, que Guy catalogua aussitôt offensive de coquette, n'était pas entièrement feinte. En enfilant à la hâte des vêtements, en courant vers la terrasse, elle n'avait été poussée que par le désir puéril de voir un personnage riche et célèbre. Mais, peu après s'être présentée – et ils bavardaient maintenant depuis près de dix minutes, surtout de Suhami –, elle prit conscience d'une nervosité qui ne lui était pas inconnue. La remarque sur les propriétés sexy de l'argent qu'elle avait faite un peu pour rire et un peu pour provoquer Janet, s'était révélée parfaitement exacte.

Trixie ignorait l'aphorisme qui dit que les riches sont différents de nous en cela seulement qu'ils ont plus d'argent, sans quoi elle n'aurait pas du tout été de cet avis. Guy lui paraissait le plus mystérieux des êtres. La personnification d'un héros super-puissant de feuilleton télévisé. Qui brasse des affaires, fait et défait des vies, étincelle au faîte d'une prestigieuse dynastie, dans une splendeur de sultan.

Ils se dirigèrent vers la voiture. Trixie écarquilla les yeux devant la perfection rutilante et les courbes majestueuses de la carrosserie fuchsia, devant les phares énormes, les pneus éblouissants à flanc blanc et la capote, comme une voile ferlée de yacht. Il ne lui vint pas à l'idée de jouer les blasées.

– C'est absolument magnifique ! Vous devez être très riche.

À quoi Guy répondit avec simplicité : « Je suis aussi riche que Dieu. »

En les voyant approcher, Furneaux reposa son *Evening Standard*, coiffa sa casquette en daim et bondit pour ouvrir la portière arrière. Trixie grimpa et se percha avec une grande délicatesse au bord du siège comme s'il était en verre filé. Mais, dès qu'ils eurent démarré, elle se recula petit à petit et, quand ils arrivèrent à Causton, elle était nichée dans le coin, un bras négligemment posé sur le dossier, prête à saluer de la main au cas où elle repérerait quelqu'un de sa connaissance.

Appliquant son principe de toujours faire plusieurs choses à la fois, Guy rapprochait progressivement la main du genou de Trixie, la regardait dans les yeux et l'interrogeait sur la communauté.

– Alors, il est comment, ce guide ?

– Le Maître ? Très bien. C'est-à-dire gentil et... vous voyez... eh bien, il est *bon*.

Trixie fut elle-même surprise, maintenant qu'on l'interrogeait, de trouver si peu à dire. Guy paraissait en attendre davantage. Elle eut le plus grand mal à rajouter un petit quelque chose.

– C'est merveilleux de parler avec lui.

Tout le monde le disait, donc cela devait être vrai, bien qu'après ses rares tête-à-tête avec le mage, Trixie se fût sentie plus vulnérable et intimidée que réconfortée.

– Il passe beaucoup de temps en méditation.

Guy renifla avec dédain. Il méprisait profondément les gens qui ne s'engageaient pas totalement dans le monde belliqueux et impitoyable du travail. Lui-même, comme il aimait à le faire remarquer, travaillait quarante-huit heures par jour. Felicity disait qu'à l'entendre il trimait comme un cantonnier.

Trixie préférait de loin que Guy lui parle de sa vie ; mais avant qu'elle ait pu changer de conversation, il déclara :

– Vous devez en savoir plus que ça sur lui.

– Non, franchement.

– Allez ! Vous êtes une fille intelligente. (Guy sourit au visage inexpressif et un peu flou.) Par exemple, c'est lui, le propriétaire du Manoir ?

– Je ne sais pas. Il y a un comité directeur. (La main de Guy lui caressa le genou.) May, Arno. Les gens qui sont là depuis longtemps. Arrêtez.

– Arrêter quoi ?

L'agressivité vulgaire qui perçait dans sa voix était presque déconcertante. Sa puissante carcasse exhalait de multiples odeurs : tabac et alcool, huile capillaire, eau de Cologne citronnée masquant imparfaitement sa sueur de mâle. Il réduisit l'écart qui les séparait et lui murmura quelque chose à l'oreille. Trixie en eut le souffle coupé.

– C'est affreux ce que vous dites là.

– Je suis un homme affreux.

La main baladeuse de Guy remonta un peu plus haut, résolument. Il ne partageait pas la superstition des soldats et des athlètes qui établissait un lien entre le rapport sexuel et la diminution des forces physiques. Faire l'amour lui éclaircissait les idées, le déchargeait des humeurs troubles et le ravigotait. Il en aurait bien besoin s'il voulait que la soirée se passe aussi bien que prévu et il considérait l'apparition de Trixie comme extrêmement propice. Il lui prit la main, la retourna et lui gratta la paume.

Quand à grand-peine Trixie parvint à détacher son regard du regard libidineux de son partenaire, elle le posa sur Furneaux. Malgré son dos droit comme un i et ses yeux, dans le rétroviseur, fixés sur la route devant lui, elle eut la forte impression qu'il riait.

Guy pressa ses lèvres rouges, pleines et brûlantes contre

l'oreille de Trixie, glissa le médium de sa main droite entre le médium et l'annulaire de sa compagne et le poussa, de plus en plus vite, d'avant en arrière. Elle essaya, sans trop de conviction, de s'écarter.

La voiture vira dans l'allée sinueuse de Chartwell Grange et Trixie se lissa les cheveux. Furneaux gara le véhicule et déchargea les sacs. La réception était immense, avec force canapés en chintz, fauteuils profonds et petites tables. Deux magnifiques bouquets étaient perchés sur des colonnes de style corinthien.

La réceptionniste tendit les clés à Guy et un petit page d'opérette en épaulettes et gants blancs les précéda avec le bagage.

– Et maintenant, le verre… hein?

Il se tourna vers sa compagne, tout en lui serrant la taille. Trixie hocha la tête et le regarda avec un air de possession, de fascination un peu craintive. Tout le monde à l'hôtel savait certainement qui il était et, en conséquence, elle se voyait élevée à un statut supérieur. Mais les hommes d'affaires d'âge mûr emmenaient régulièrement à Chartwell Grange leurs secrétaires, leurs collaboratrices ou simplement leurs compagnes d'une nuit. Ces jeunes accessoires étaient qualifiés par le personnel d'« excédent de bagages » et méprisés de tous, non pour des raisons morales mais parce qu'ils ne laissaient jamais de pourboire.

– Du scotch… gin. Glace. Soda.

– Quand voulez-vous…

– Tout de suite.

– On vous sert dans le salon Tally Ho, monsieur? demanda la réceptionniste.

– Si vous voulez qu'on l'avale en dix secondes. (L'employée rougit.) Sinon, ce sera à ma porte.

– Mais la glace va fondre, gloussa Trixie quand ils pénétrèrent dans l'ascenseur, sans soupçonner le moins du monde qu'étant donné la rapacité brutale et foudroyante de Guy, un seul glaçon n'aurait pas le temps de transpirer.

Avant même que les portes de l'ascenseur se soient refermées, elle sentit des mains sous sa jupe, un entrejambe aux tribunes qui lui frottait la cuisse. Une fois dans la chambre, il se jeta sur elle comme un loup. Déchirant, pinçant, mordillant, mordant. Déversant un flot d'obscénités. Tout habillé mais la braguette ouverte, il la pénétra avec une satisfaction laborieuse. À la dernière minute, il lui fit baisser la tête.

– Non, couina-t-elle. Je ne fais pas ça…

– Vas-y… (Il la saisit aux cheveux et elle cria de douleur.) Vas-y, espèce de garce…

Quand il en eut fini, elle se précipita dans la salle de bains, prit le tube de dentifrice, la brosse à dents de secours et se frotta les dents et les gencives, la langue et même les lèvres. Puis elle se gargarisa plusieurs fois avec le rince-bouche et but un gobelet d'eau. Mais le goût persistait.

Elle se regarda dans le miroir. Elle examina ses seins meurtris et mordus, les traces rouges sur ses bras. Elle revint, toute raide, dans la chambre, ramassa son slip déchiré, sa blouse en lambeaux et chercha des yeux sa jupe.

Elle s'assit au bord du lit, prise d'une crampe atroce dans les muscles du dos. Évitant de regarder Guy, elle se concentra sur une coupe de fruits. Sur la carte on lisait : « C'est merveilleux ? Génial. Dites-le à vos amis. Sinon, dites-le-nous. Meilleurs Vœux, Ian et Fiona. »

Guy avait apporté les verres et se préparait un grand scotch. Il avala une longue gorgée puis retira de sa poche intérieure un portefeuille, en sortit un billet et le lança sur le lit en disant : « Voilà pour toi. »

Il payait toujours, pour l'amour occasionnel. Comme ça, pas de revenez-y. On ne se devait rien. Pas de débilités genre on se revoit, on reste en contact ou on se téléphone. Et pas de monologues-rengaines sur l'enfance malheureuse. Bonjour, bonsoir. Un point c'est tout.

Trixie regarda l'argent, les yeux ronds. Guy ôta sa veste, la suspendit au dossier d'une chaise et se mit à tirer sur sa cravate. Il prit une autre lampée de scotch et indiqua le plateau du doigt.

– Sers-toi. (Comme il n'obtenait pas de réponse, il ajouta :) Qu'est-ce qu'il y a ?

– Qu'est-ce qu'il y a ? Qu'est-ce qu'il y a ?

– Cinquante, c'est tout ce que tu auras, si c'est pour ça que tu brailles.

– Je n'en veux pas. (Trixie s'agenouilla, se voûta et se mit à frissonner.) Je ne veux pas un sou.

– Alors, qu'est-ce que tu as ? (Il fit un grand sourire, en étirant des lèvres de grenouille.) Une baise gratuite pour la semaine des millionnaires ? Vas-y, prends. Rachète-toi un haut. Il n'en reste pas lourd, de celui-là.

– Vous êtes... vous êtes... (Elle croisa ses bras meurtris sur la poitrine, comme pour se protéger.) Odieux... vous êtes odieux.

Guy écarquilla les yeux, sincèrement perplexe.

– Je pige pas. (Il ôta sa cravate et commença à déboutonner sa chemise.) Mais tu commences sérieusement à me pomper l'air. Alors, ou tu te sers à boire et tu te conduis normalement, ou tu te casses. Tu fais comme tu veux, j'en ai rien à cirer.

Il disparut dans la salle de bains, tourna le robinet de la douche et revint pour retirer son pantalon et son caleçon. Trixie le regardait, folle de rage et de dégoût contre elle-même. Comment avait-elle pu tolérer qu'il la touche ? Il était répugnant. Il luisait de sueur, il était couvert de longs poils noirs tout aplatis ; même sa queue, remarqua-t-elle avec aigreur, est poilue ; noire et luisante comme un pelage de rat. Il se débarrassait de ses chaussettes.

Flouée, vaincue, Trixie ferma les yeux et se réfugia dans le rêve. Elle prenait la bouteille de scotch, la fracassait sur les boucles serrées puis lui enfonçait les éclats de verre dans les yeux et la bouche. Possédée d'une force surhumaine, elle sautait sur lui dans la baignoire, l'empoignait par ses épaules savonneuses et glissantes, lui plongeait la tête sous l'eau jusqu'à ce qu'il n'y ait plus de bulles. Puis elle eut une inspiration et cria :

– J'ai oublié de vous dire : j'ai le sida.

Guy lui jeta un coup d'œil perçant puis se mit à rire.

– Oh ! là ! là ! C'te blague ! J'en faisais de meilleures avant ma naissance.

– C’est vrai.

Mais ils perçurent tous deux l’intonation faible, presque implorante. Guy secoua la tête avec mépris.

Alors de splendides et sanglantes scènes de destruction remplirent la tête de Trixie. Elle tomba par hasard sur l’arme fatale par excellence. Sur le moment, le fait avait paru anodin. Elle se rappela leur conversation sur la terrasse et l’ombre qui était passée sur le visage de Guy quand il avait parlé de sa fille. Elle s’assit toute droite.

– C’est drôle que Suhami se retrouve au Cheval Ailé, non? Avec son passé... Et tout cet argent... À croire qu’elle n’avait pas tout ce qu’elle voulait chez elle.

L’expression de Guy l’effraya mais le désir de lui rendre la monnaie de sa pièce la poussa à continuer.

– Bien sûr, elle voue au Maître une admiration sans bornes. Il doit représenter une sorte d’image du père. C’est un peu bizarre, non? Comme si elle n’en avait pas déjà un, de père.

Elle trébucha sur les derniers mots, car Guy s’avançait vers elle. Elle se força à ne pas se recroqueviller sur les oreillers. Il vint se placer tout près de sa figure. Elle distinguait les pores ouverts, les veines et les poils de son nez.

– Je vais prendre une douche. Quand j’en sors, je veux que tu sois partie. Cinq minutes, d’accord?

Il chuchotait mais les mots étaient si gorgés de haine que son haleine la brûla.

Quand la porte de la salle de bains se referma, Trixie sentit disparaître le peu de courage qui lui restait. Les jambes tremblantes, elle se leva, se cogna à la coiffeuse. Dans le miroir, elle vit que ses joues étaient humides. Elle ne s’était pas rendu compte qu’elle pleurait. Était-il possible de pleurer sans le savoir? Elle laissa échapper un gémissement de pitié pour elle-même, qu’elle étouffa aussitôt.

Elle l’écouta qui se savonnait et s’aspergeait. Il y avait des mouchoirs en papier dans une boîte tapissée de velours. Elle en prit quelques-uns et se frotta la figure. Elle était beaucoup trop maquillée, résultat d’une remise en beauté frénétique avant de descendre en courant. Elle tressaillit en y repensant, et tenta de réparer les dégâts qu’avaient produits les larmes et la transpiration. Ce qui n'était pas facile, car elle n'avait pas pris son sac et, du coup, elle était sans argent.

Comment allait-elle rentrer? À l'idée de demander au chauffeur, et d'abord de l'appeler à la réception, elle eut de nouveau la tremblote. De toute façon, il ne la conduirait nulle part sans l'assentiment de Gamelin. Elle se rappela sa première impression: l'homme s'était moqué d'elle. Il pensait probablement qu'elle était une espèce de prostituée. Si ça se trouvait, c'était ce que tout le monde pensait! Trixie fut submergée de honte.

Elle entendait toujours le bruit de l'eau. Deux minutes s'étaient déjà écoulées. Que ferait-il s'il revenait et la découvrait encore ici? Il la flanquerait à la porte, voilà. Il se fichait pas mal de causer de l'esclandre. Quand on a de l'argent, on n'est pas obligé de s'excuser.

Elle regarda fixement le billet de cinquante livres sur les draps et, écœurée, elle faillit céder à la tentation. En compensation pour les seins meurtris, le dos et les membres douloureux. D'un mouvement impulsif, peut-être pour se protéger de ce geste déshonorant, elle prit le billet et le déchira en deux, puis en quatre, puis en mille morceaux. Elle allait les lancer en l'air avec mépris quand elle remarqua un portefeuille qui dépassait de la poche de la veste. Elle le tira et y fourra les morceaux. Cette occupation puérile fit jaillir en elle une brève étincelle de satisfaction. Elle se l'imagina, dans un restaurant chic, qui cherchait sa carte de crédit et laissait échapper une nuée de confetti.

En replaçant le portefeuille, elle sentit quelque chose qui faisait une bosse. Elle extirpa un flacon de verre brun très épais, dévissa le bouchon doublé d'aluminium. Même sans l'étiquette, elle en aurait reconnu le contenu. *Trinitrine.* Son père avait porté le même sur lui, pour tenir la mort en échec. Il ne l'aurait jamais laissé dans la chambre pendant qu'il prenait sa douche. Trixie versa les cachets dans sa main, revissa le bouchon et remit le flacon en place. L'eau s'arrêta de couler.

Elle regarda fixement la porte peinte en blanc. Derrière, un claquement puis un coup sec. Un cintre qui heurtait le mur. Il passait un peignoir. Il allait sortir. Elle était toujours là, avec son système de réanimation, une petite boule de gravier blanc, dans sa main moite. Puis un intense bourdonnement. Un rasoir. Elle avait un sursis. Elle éprouva un regain d'énergie et, en même temps, une terrible appréhension devant la gravité de l'acte qu'elle venait de commettre. Un acte peut-être criminel. Elle devait remettre les cachets. Son geste lui apparaissait maintenant comme pure folie.

Elle fit un pas quand retentit la sonnerie du téléphone. Guy éteignit son rasoir. Et Trixie fila.

★

Dans le bois de bouleaux, en lisière des champs à l'arrière de la maison, une Janet en furie faisait les cent pas, donnait des coups de pied dans le terreau de feuilles, piétinait les brindilles sèches. Le bois obscur, avec son dais de branches qui faisait écran à la lumière, correspondait parfaitement à son humeur. Les larmes s'écrasaient sur ses chaussures de marche et son souffle était laborieux et haché. De temps à autre, elle laissait échapper un bruit singulier, entre la toux et le gémissement.

Avec quelle hâte elle était partie, Trixie ! Mon Dieu, comme elle s'était précipitée ! Elle s'était mis du rouge à lèvres, s'était aspergée de parfum, partout, même jusque sur son slip. Elle avait fait un clin d'œil à Janet. Elle avait chanté : « L'argent fait tourner le monde... tourner le monde... le monde... » Partie en roulant des hanches, comme une houri de sérail.

C'était horrible. Pitoyable et dégradant ; autant que la vue de pauvres rampant pour ramasser du pain. Janet eut conscience d'exagérer mais le principe était le même. J'aurais pu lui en donner, de l'argent. Je lui donnerais volontiers tout ce que j'ai. Janet se frotta les joues avec un bout de dentelle dérobé.

Il avait tellement l'air d'un bandit. En y repensant, elle s'arrêta net et s'assit sur un vieux tronc mort. Une carrure de démolisseur, avait dit Trixie. Que pouvait-il démolir? Elle était si vulnérable. Elle essayait toujours de paraître si... quel était le mot?... délurée? Mais en fait, elle n'était pas plus délurée qu'un enfant. C'est pour cela que Janet se sentait le besoin de la protéger.

C'était tout, bien entendu. Elle n'était absolument pas, en aucune manière, amoureuse de Trixie. Jamais, pour rien au monde. Parce que cela ferait d'elle une espèce de... eh bien... de lesbienne. Et Janet aurait été bouleversée, horrifiée qu'on la qualifiât ainsi. Parce qu'elle ne ferait jamais rien. Elle ne pouvait pas l'imaginer, jamais, en aucune circonstance. En fait, l'idée même la révoltait. Sur la défensive, elle considérait que ses amitiés les plus sentimentales (et la véritable amitié n'est-elle pas sentimentale?) étaient de même nature que les toquades idolâtres des collégiennes.

Machinalement, elle arrachait l'écorce pourrie en tâchant de recouvrer un semblant d'équilibre. Qu'elle était bête de se mettre dans des états pareils! Ils étaient probablement allés prendre un verre. Et il n'était dans les parages que pour une heure ou deux. Après le dîner, il s'en irait et ce serait tout. Vraiment?

Elle avait dérangé des cloportes qui tombaient sur le sol par dizaines et détalaient dans tous les sens. L'un d'eux, atterri sur le dos, battait des pattes. Elle le retourna avec l'ongle du pouce et regarda sa montre. Trixie était partie depuis bientôt une heure. Elle pouvait revenir à tout moment. Peut-être même était-elle déjà rentrée.

Janet bondit et se hâta de regagner la lisière du bois puis d'escalader l'échalier. Elle franchit la vieille porte qui ouvrait sur le verger. Ce faisant, elle fut frappée par une puissante impression d'urgence. Quelque chose clochait. Trixie avait besoin d'elle. Elle appelait au secours. Janet se mit à courir en trébuchant sur la pelouse, en butant sur des mottes d'herbe, se servant de ses bras comme de pistons, coudes collés au corps, comme si elle disputait une course.

Alors qu'elle déboulait par le trou de la haie d'ifs, un

taxi s'arrêta devant la porte d'entrée et Trixie en descendit. Janet l'appela, courut et vint s'appuyer, hors d'haleine, au capot de la voiture. Trixie avait l'air calme mais elle était pâle et se cramponnait à sa blouse d'une façon plutôt bizarre.

– Règle le taxi pour moi, tu veux, Jan? (Elle s'engouffra dans la maison en criant par-dessus son épaule:) Je te rembourserai.

Janet demanda au chauffeur d'attendre pendant qu'elle allait chercher de l'argent puis, quand il eut disparu, elle monta et frappa doucement plusieurs coups à la porte de Trixie. Mais elle n'obtint pas de réponse. Elle finit par renoncer et descendit pour aider à préparer le dîner d'anniversaire.

6

COMPLÈTEMENT transformée, Felicity se contemplait, immobile, dans le miroir de son dressing. Danton et elle étaient enfermés dans un fer à cheval en *faux marbre* noir supporté par un groupe de caryatides aux visages graves. La surface disparaissait sous une couche de verre étincelant – pots, flacons, bouteilles – et de métal – étuis de rouge à lèvres, aérosols, boîtes métalliques. Dans cet espace exigu, voué au culte exagéré de la frivolité, les images étaient multipliées à l'infini par la disposition judicieuse des miroirs fixés en angle dans les murs.

Tandis que sa cliente se redressait, Danton se recula, les mains curieusement levées à la manière d'un acteur de kabuki. Le geste englobait à la fois incrédulité et orgueil, comme s'il avait peine à appréhender la perfection de son art. Le teint de Felicity, très pâle, était rehaussé de rose perlé sur les pommettes. Les yeux étaient immenses, ombrés de violet et d'argent; les épaules miroitaient sous une écharpe de soie iridescente comme une coquille de moule. Les lèvres entrouvertes couleur lie-de-vin exprimaient le désarroi.

– On dirait l'ange de la mort.

– Madame G. ... Madame G. ...

Tout de même, quel compliment ! pensa Danton. Depuis le début, la robe lui avait dit « pense *cérémental* » et s'était révélée ô combien inspirante.

– Ce qu'il vous faut, c'est un coup de champ'.

– Non. (Felicity secoua la tête mais la lourde crinière de boucles cendrées bougea à peine.) J'en ai déjà trop bu.

– Alors, une ligne.

Danton avait toujours avec lui une trousse de secours, en réserve pour ses clients.

– J'ai arrêté depuis un petit moment, dit-elle en hésitant. (Elle regarda Danton qui dévissait une boîte mince en écaille.) De toute façon, même si j'en prends, le temps que j'arrive là-bas...

– Emportez-la. (Il glissa prestement la boîte et la fistule en verre dans le sac de Felicity.) Si ça se trouve, il vous suffira de la savoir là pour vous sentir OK.

– Oui.

Felicity savait déjà qu'elle serait tout sauf OK. Elle se contemplait avec une incrédulité pleine d'appréhension. Comment diable en était-on arrivé là ? Elle n'avait fait que passer un coup de fil. Mais ce simple geste, associé à la décision de se rendre à l'invitation, avait entraîné cette bizarre et fantasque métamorphose. Elle avait l'impression d'être tombée dans un guet-apens. Pourtant, il avait bien dû y avoir un moment où elle aurait pu demander l'arrêt de jeu ? Refuser la robe, par exemple – totalement inadéquate, elle le voyait maintenant. Ou lorsque Danton, après avoir examiné sous tous les angles les cheveux fraîchement lavés, avait fini par s'écrier : « Cendres froides ! »

Mais ce point était depuis longtemps dépassé. La voiture allait arriver dans un quart d'heure. Elle était ligotée par une terrible inertie. Ensevelie dans un lugubre fatalisme. Elle n'avait plus de volonté propre. Lancée comme une fusée, elle devait continuer. Elle s'imagina à la table du dîner. Un spectre au souper de fête, comme le fantôme de Banquo. Guy se moquerait d'elle comme il le faisait dans son sommeil. Sylvie serait bouleversée, elle aurait honte. Quand ce serait fini, Felicity se hâterait de partir, encapuchonnée, comme chassée.

– Le parfum.

Ce n'était pas une question. Les doigts experts de Danton voltigèrent au-dessus des flacons ornés de cabochons. *L'Égypte.*

Tout à fait indiqué, pensa Felicity. Entêtant, oppressant. Des tombes scellées, des momies desséchées, un air humide et froid, sans vie. Il vaporisa généreusement puis remmaillota les cheveux dans l'écharpe vaporeuse.

– Je vous descends votre sac.

Elle avait acquiescé quand il avait suggéré qu'elle emporte un sac avec des vêtements de rechange, trop pénible de protester. Mais elle savait qu'elle ne resterait pas et prévoyait de garder la voiture louée à la porte pour faciliter sa fuite.

Danton revint se placer derrière sa cliente. Une dernière touche aux boucles d'oreilles, une mèche remise en place. Felicity inclina la tête comme pour le *coup de grâce*[1].

– Ne faites pas cette tête-là, madame G., dit Danton. Ça va être d'enfer ! J'aurais bien aimé en être. (Dans la rue, on entendit un coup de klaxon.) C'est pour nous.

Il ramassa son chèque et la drapa dans sa cape de velours comme un matador.

– Appelez-moi dès que vous êtes rentrée pour me raconter votre merveilleuse soirée. Je serai dans les transes en attendant.

*

À six heures cinquante-cinq précises, la Corniche s'arrêta une nouvelle fois devant le Manoir et une nouvelle fois Guy tira sur la barre de fer. Désormais, il ne commettrait plus de bourde. Sylvie – non, Suhami, il devait se rappeler son

1. En français dans le texte.

nom d'enfant des fées – avait appelé à Chartwell Grange pour dire que le Maître lui accorderait un bref entretien à sept heures, avant le dîner.

Guy avait été transporté de joie au son de sa voix. Il brûlait déjà de la revoir, avide de réparer les dégâts causés dans l'après-midi. Mais doucement, doucement… Il fallait y aller sur la pointe des pieds. Faire attention à ne pas heurter. Garder pour soi ses réflexions. Ce serait foutrement difficile mais il y arriverait car il l'avait retrouvée et ne devait plus la perdre.

À ce moment-là, une colonne de feu tourna le coin. Des draperies orange et écarlates flottaient, flamboyaient, vacillaient, s'enflammaient, cerclées d'une ceinture enchâssée de pierres brasillantes. La chose chatoyante s'arrêta et se mit à parler.

– Vous ne portez pas d'indigo.

– Je ne porte jamais d'indigo, dit Guy. Qu'est-ce que c'est, l'indigo ?

– Vous devriez. Vous êtes hyperagressif. Trop de rouge.

– Je ne porte jamais de rouge non plus.

Guy pensa : fais gaffe à qui tu parles, et se sentit quelque peu troublé, comme si la conversation lui avait déjà échappé.

– Votre aura, vieux. Elle bouillonne littéralement. En plus, il y a un trou gros comme un melon.

– C'est… c'est là ?

– La fuite éthérique, c'est pas de la blague, dit May d'un air sévère en ouvrant la porte. Il y a aussi plein de taches sombres. Vous ne seriez pas grippe-sou, par hasard ?

– Certainement pas, répliqua Guy avec humeur, en la suivant dans le vestibule.

Comment pourrait-on traiter de grippe-sou quelqu'un qui s'est offert une Corniche Rolls-Royce ?

– Eh bien, je vois un grave déséquilibre, monsieur Gamelin. Trop d'une seule activité, je crois. Je ne voudrais pas me montrer indiscrète. Mais si vous êtes avide de réussite matérielle…

– J'ai la réussite matérielle. Je ne suis avide de rien. (Sauf de ma fille. *Ah, Sylvie... mon grave déséquilibre. Ma vie.*) Je suis venu voir...

– Je suis au courant. Je vous conduis. Par ici, je vous prie.

Et elle démarra en trombe, avec Guy à ses trousses. Ils passaient devant la porte de la pièce où il avait surpris le garçon fou quand elle reprit la parole.

– Vous restez dormir?

Guy marmonna quelque chose à propos d'un hôtel.

– Parfait. Demain, il faut que vous veniez choisir quelques flacons et je vous mets à un régime correctif.

Quant à ça, Guy en doutait fort. Les mots «irrigation du côlon» lui vinrent à l'esprit. Il se demanda en quoi consistait la consultation.

– Je commence avec les chakras. Je les rince bien, je nettoie le nadis. Puis j'essaie d'entrer en contact avec un grand Maître. Le mien est inappréciable. Elle est première chohan du septième rayon, vous comprenez.

– Mais vous avez déjà un maître ici, dit Guy, qui s'efforçait de garder un visage impassible. On ne peut pas lui demander à lui, tout simplement?

Il fut intrigué par la réaction de May: elle parut troublée et le rythme de sa splendide démarche en fut temporairement rompu.

– Oh, non, je ne pourrais pas. Il est... fatigué en ce moment. Il a été souffrant.

– Ma fille n'en a rien dit.

– Vraiment?

May s'était arrêtée devant une porte sculptée. Elle frappa et attendit. Puis, après une réponse que Guy n'entendit pas, elle ouvrit la porte et dit:

– M. Gamelin est là, Maître.

Et elle le poussa à l'intérieur.

*

À première vue, si la pièce paraissait plutôt vaste, c'était parce qu'elle était quasiment vide, comme Guy ne tarda pas à le constater. Il songea à un intérieur japonais, clair et dépouillé. Une négation de pièce. Il y avait deux coussins sur le sol, un paravent près de la fenêtre et un cadre en bois sur lequel était tendu un morceau de soie teint dans de fabuleuses couleurs d'oiseau de paradis.

Un homme se leva du coussin avec une souplesse enviable, et s'avança pour l'accueillir. Guy plongea son regard dans des yeux si envoûtants qu'il fut un moment avant de remarquer quoi que ce soit d'autre de la physionomie. Ce faisant, il fut aussitôt réconforté. De longs cheveux blancs, une tunique bleue, des sandales, un grand effort visible et pathétique pour présenter une apparence de spiritualité. Une mauvaise caricature. Astroth : Maître de l'Univers. Guy lui serra la main avec force et sourit largement.

Invité à s'asseoir, il se baissa avec quelque difficulté sur un coussin, resta droit comme un i, les mains à plat sur le sol derrière lui, les jambes pointées en avant. Tout en déplorant la posture inconfortable, il apprécia la tactique à sa juste valeur. Craigie disposait évidemment de sièges plus orthodoxes (on ne vit pas dans une coquille vide à ce point) mais les avait délibérément enlevés pour mettre son visiteur en position de faiblesse. Une version fakir de la manœuvre « Regarde qui préside ». Il en faudra plus que ça, Craigie. Guy regarda son compagnon avec un air féroce d'encouragement et de défi, *mano-a-mano*. Celui-ci eut un faible sourire mais ne dit rien.

Le silence se prolongea. Au début, Guy était agité – dans sa tête comme toujours il allongeait des bottes, parait des coups, machinait l'anéantissement des hordes ennemies – mais au fil des secondes, des minutes qui s'écoulaient, tout le tourbillon de ses soucis s'assagit puis se déplaça. Il entendait encore les vociférations de sa voix intérieure mais assourdies, comme le fracas lointain d'une bataille au-delà des collines.

D'ordinaire, le silence le mettait mal à l'aise. Guy aimait à sentir autour de lui « un peu de vie », comme il disait, ce qui signifiait un peu de bruit. Mais aujourd'hui, le silence produisait sur lui un effet singulier. Il avait l'impression de s'y blottir comme au sein d'une vaste étreinte réconfortante. Il était tenté de lâcher prise. De se reposer, bien au chaud. Il lui semblait qu'on l'avait soulagé d'un fardeau et qu'il était au point mort. Il aurait sans doute dû commenter cet état de choses extraordinaire mais les mots lui manquaient pour exprimer pareils sentiments, et il demeura assis. Rien ne pressait apparemment et il ne se sentait plus mal à l'aise.

Le soleil couchant illuminait la pièce et la bande de soie s'enflamma. Les couleurs vibrantes s'intensifièrent, rougeoyèrent, quasiment vivantes et palpitantes d'énergie. Guy se trouva incapable de quitter des yeux cette métamorphose lumineuse et commença à se demander si on n'était pas en train de l'hypnotiser. Alors, l'homme se mit à parler.

– Je suis si heureux que vous ayez pu venir nous voir.

Guy se ressaisit, chercha à rassembler son attention diffuse. Ce n'était pas commode.

– C'est moi qui vous remercie. Pour votre gentillesse envers ma fille.

– C'est une enfant délicieuse. Nous avons tous beaucoup d'affection pour Suhami.

– J'ai été très inquiet quand elle a disparu. (Règle numéro un: ne jamais reconnaître une faiblesse.) Nous n'étions pas très proches. (Règle numéro deux: ne pas avouer un échec.)

Mais qu'est-ce qu'il lui prenait? C'était l'adversaire. L'image du père à laquelle Sylvie vouait une admiration sans bornes. Guy tenta de rallumer en lui jalousie et vengeance, sans lesquelles il se sentait nu. Il scruta les yeux bleu vif, le visage impassible et calme. La peau était distendue aux ailes du nez pointu, un nez de vieillard. Tiens bon. Il est décrépit. Il a déjà un pied dans la tombe. Mais, et cette mâchoire? Une mâchoire de soldat. Une mâchoire de soldat dans une figure de moine. Ça voulait dire quoi? Guy se sentait complètement désorienté.

– Les jeunes doivent rompre les amarres, même dans les familles les plus unies; c'est toujours douloureux.

Quelque chose en Craigie, son intense concentration peut-être, exigeait une réaction.

– Douloureux, c'est le moins qu'on puisse dire, déclara Guy.

– Ces désaccords peuvent être aplanis.

– Vous croyez? Vous croyez vraiment que c'est possible?

Il se pencha en avant, mains croisées. Et il se mit à parler. Des flots de souvenirs pleins de rancœur s'échappèrent de ses lèvres. Des torrents de remords. Des cascades de justifications. À jet continu. Guy s'entendait parler et n'en croyait pas ses oreilles. Il était dégoûté par sa loquacité violente, odieuse. Et pourtant, les mots sortaient, et avec quelle facilité! Comme s'ils avaient attendu toutes ces années sous sa langue, prêts à jaillir.

Quand enfin il eut tout dévidé, il se sentit épuisé. Il regarda Craigie qui regardait ses mains. Il chercha à déchiffrer son expression qu'il définit comme un détachement plein de sollicitude inquiète. Mais on ne peut pas à la fois être détaché et plein de sollicitude. Guy attendit quelques instants puis le désir de provoquer une réaction fut plus fort que lui. Il chercha à rassembler ses esprits et conclut par une coda vengeresse.

– Je lui ai tout donné.

Ian Craigie hocha la tête avec sympathie.

– C'est compréhensible. Mais ça ne marche pas, évidemment.

– L'amour ne s'achète pas, c'est ce que vous voulez dire? C'est sûr. Sans quoi, il n'y aurait pas de millionnaires solitaires.

– Ce que je voulais dire, monsieur Gamelin, c'est qu'au bout du compte, on n'est jamais satisfait par les objets. Ils n'ont pas de vie, vous comprenez.

– Ah.

Non, Guy ne comprenait pas. Les objets qu'on acquérait, dont on se servait, dont on faisait étalage, c'était bien ça, le principal. Autrement, comment les gens sauraient-ils qui vous êtes? Et, sur le plan le plus élémentaire, on a bien besoin de se loger, de se nourrir, de se chauffer, de se vêtir.

– Bien sûr, c'est vrai. Mais il y a un autre grand besoin que nous ignorons, à nos risques et périls. Et c'est le besoin de s'intoxiquer. (Il sourit, en devinant l'interprétation de Guy.) Je veux parler de l'intoxication affective et spirituelle. On la discerne dans les jeux, parfois. On l'entend dans la musique...

– Je comprends. (Guy repensa aux canyons de verre de la City. Aux rites de passage théâtraux, aux salles de conférences enfumées, au fracas des armes dégainées. C'était sacrément grisant, d'accord.) Mais je ne vois pas comment, ici...

Et il fit un geste vague qui englobait tout.

– Ici, nous sommes amoureux de la prière. Et nous sommes en quête de bonté.

Une ironie sous-entendue et troublante. Guy n'aimait pas l'ironie qu'il considérait comme l'arme du faible qui la ramène.

– On dirait que vous ne prenez pas tout ça au sérieux.

– Je prends la quête très au sérieux. Mais pas les gens. Du moins, rarement.

Guy se sentit soudain glacé, comme privé brusquement d'une source de chaleur. Alors, l'impression qu'il avait eue d'être écouté par une intelligence compatissante et réceptive, tout cela n'avait été qu'illusion ? Il se sentit contrarié. Floué, même.

– La quête de bonté ? Je ne comprends pas très bien.

– Non. Les abstractions sont toujours difficiles à saisir. Et dangereuses. Disons plus simplement : si on sait que la chose existe... qu'on peut l'atteindre, l'éprouver, alors on n'a de cesse qu'on la trouve.

Guy pensa à son amour dévorant et comprit parfaitement.

– Nous passons le plus clair de notre temps ici à quitter le droit chemin, comme tout le monde.

– Et c'est cette... quête que Sylvie veut entreprendre, vous croyez ?

– Pour le moment, elle en est persuadée. Ses méditations lui ont apporté une certaine satisfaction. Mais elle est très jeune. Nous changeons souvent de masques au cours de notre vie. En fin de compte, nous trouvons celui qui nous va si bien que nous ne voulons plus le retirer.

– Je n'ai jamais porté de masque.

– Vous croyez ? (Il y eut un coup frappé à la porte.) Une minute, May, dit-il en se tournant vers Guy. Nous n'avons même pas abordé le problème de l'héritage de votre fille, alors que c'était principalement pour cela que je vous ai demandé de venir.

– Le legs McFadden ? Je ne vous suis pas, Craigie.

– Elle veut en faire don à la communauté.

Guy poussa un grognement étranglé et le Maître se pencha en avant, inquiet.

– Vous allez bien, monsieur Gamelin ?

Guy leva la tête. Son visage exprimait désarroi et stupéfaction, il ouvrait tout grand la bouche. Le Maître contempla ce piteux spectacle puis sourit, sans desserrer les lèvres. Au bout de quelques instants, il reprit la parole.

– Je vous en prie, ne vous inquiétez pas. Nous n'accepterons pas l'argent. Du moins, pour le moment. Votre fille est excessivement reconnaissante de l'affection que nous lui témoignons, comme les enfants qui n'ont pas connu l'amour. Et le legs lui rappelle son passé malheureux, c'est pourquoi elle est déterminée à s'en débarrasser de toutes les façons.

Guy pâlit, même son nez violacé blêmit.

– C'est de cette vulnérabilité que je voulais vous parler. Je me demandais si on ne pouvait pas s'arranger pour que je paraisse accepter tout en plaçant l'argent, disons pendant un an. Il se peut bien sûr qu'elle veuille toujours s'en défaire à ce moment-là mais l'expérience – l'ironie était plus évidente, maintenant – me porte à croire le contraire.

On frappa de nouveau. May posa les lèvres sur le chambranle de la porte.

– Maître, le dîner est prêt.

– Nous en reparlerons, monsieur Gamelin. Je vous en prie, ne vous inquiétez pas. On va trouver un moyen.

Malgré cette courtoisie irréprochable, Guy sentit que sa réaction avait provoqué de l'amusement, et il en voulait à Craigie. Quel homme sensé ne serait-il pas inquiet à l'idée que cinq cent mille livres disparaissent des coffres de famille ? Les McFadden avaient beau être odieux, leur argent valait bien celui des autres. Il se leva péniblement, de nouveau mécontent d'avoir été obligé d'adopter une posture manquant de dignité. Craigie ne bougea pas.

– Vous ne venez pas ?

– Je mange à minuit.

– Seulement ? Vous devez avoir très faim.

– Pas du tout.

Il s'était comme replié sur lui-même, de façon presque palpable. Guy aurait pu se trouver dans une pièce vide.

– Et maintenant, vous m'excuserez. J'ai besoin de me reposer.

*

Dans une interminable file de véhicules sur la M4, la voiture louée par Felicity était coincée entre une Cortina et une BMW. Le chauffeur avait le doigt cloué sur le klaxon. Felicity ôta sa chaussure et tapota du talon en strass la vitre de séparation. Le chauffeur sursauta et montra un profil inquiet.

Il la tenait à l'œil depuis qu'ils avaient quitté Belgravia. En fait, s'il avait eu le choix, il ne l'aurait même pas embarquée. Déjà qu'elle ressemblait un peu à Vincent Price mais elle se conduisait très bizarrement. Elle tirait constamment sur son foulard puis elle le remettait, en fredonnant, et en faisant des gestes par la vitre. Il entrouvrit le panneau de verre.

– Je vous ai dit que je devais être là-bas sans faute à sept heures et demie.

– J'y peux rien, madame Gamelin. Y a de la circulation.

– Vous auriez dû venir plus tôt.

– Je suis venu à l'heure qu'on m'a demandé de venir.

– Mais ils auraient dû le savoir, que ce serait comme ça. (Ils avaient déjà eu cette conversation à plusieurs reprises. Il garda un silence las.) La lettre précisait sept heures et demie pour dîner à huit, vous voyez. Le Manoir, Compton Dando. C'est terriblement important.

Pas besoin de lui redire l'adresse : il l'avait tatouée dans la cervelle. Elle avait pas arrêté de la lui répéter… Il l'avait écrite, en plus.

– Vous ne pouvez pas doubler ?

Le chauffeur sourit, hocha la tête et referma la vitre, en remarquant non sans quelque inquiétude qu'elle avait gardé sa chaussure à la main.

★

– Pour en revenir à notre discussion de tout à l'heure, monsieur Gamelin…

Parcourant de nouveau le couloir sur les talons de May, Guy n'entendait rien. Il s'efforçait de retrouver la conscience de soi qui avait été mystérieusement, subtilement fracturée puis détruite dans cette pièce silencieuse. Mon Dieu, pensa-t-il, si je pouvais apprendre à faire ça. Quelle arme !

– J'organise un atelier de couleur en septembre. Il y a encore de la place.

Craigie, cet homme frêle et quasi muet, était un magicien. Un illusionniste. C'était obligé. Sinon, comment expliquer ? Tout son discours, là, sur la bonté, et l'intoxication spirituelle, quelles couillonnades ! Un voile de mysticisme inoffensif qui cachait un imperator. Quant à son prétendu refus de l'argent de Sylvie… Génial, le coup de bluff ! Guy n'ignorait rien de la stratégie de la corde raide, mais il n'avait jamais vu quelqu'un s'y risquer de cette façon-là. Assez époustouflant ! Comme cette « consultation » avec les parents ! Ménagée simplement pour parfaire la pose d'affection désintéressée. Il était malin, le bougre ! *L'image du père*. Je t'en foutrais, moi, de l'image du père ! Il ne sait pas dans quoi il s'est embarqué. Lorsqu'ils parvinrent à la salle à manger, Guy était redevenu complètement lui-même.

Apparemment, il y en avait, du monde ! Ils étaient tous assis à une longue table. Certains affichaient une expression d'impatience contenue. Guy se dit qu'il devait s'excuser de les avoir fait attendre, mais que ce n'était pas vraiment sa faute ; puis il songea que, s'il ne s'excusait pas, Sylvie en serait fâchée et il marmonna quelques mots conciliants à la cantonade.

– Vous aimeriez peut-être un verre.

May le mena vers une desserte sur laquelle étaient posées deux carafes en verre. L'une pleine à ras bord d'un liquide rose foncé, l'autre remplie à moitié d'une chose vert fangeux. Partant du principe que les autochtones ont toujours raison, Guy se décida pour cette dernière.

– Bon, dit May avec un geste de prestidigitateur vers les carafes, ce sera quoi ?

– Ce qu'il y a de plus fort.

– La prune sauvage est bourrée de sélénium. D'un autre côté, avec les fanes de navet, vous avez un peu d'iode, beaucoup de vitamines C et une bonne pointe de manganèse.

– Je voulais dire de plus fort en alcool.

– Oh ! là ! là ! (Elle lui tapota le bras avec compassion.) Vous mourez d'envie d'un petit coup ? Voilà qui explique le dérapage de l'aura. Ne vous en faites pas, ajouta-t-elle en remplissant un gobelet en pierre, il n'est jamais trop tard. J'ai eu un alcoolique ici, il y a quelques mois. Quand il est arrivé, il ne tenait pas debout. Je lui ai fait une séance de radiesthésie avec mon pendule, je l'ai tabassé avec le rayon violet d'Arturus, je lui ai motivé ses chakras et lui ai appris le salut au soleil. Savez-vous où il est, aujourd'hui ?

Guy s'aperçut qu'il avait laissé sa flasque dans la voiture. Il suivit son hôtesse en avalant une gorgée du liquide vert. Le goût était moins affreux que l'aspect, mais pas de beaucoup. Il fut ravi de voir une chaise vide à côté de Sylvie mais, alors qu'il filait dans cette direction, il fut adroitement intercepté par May qui le plaça autre part tandis qu'elle-même s'installait près de Sylvie. Il l'interpella :

– Je ne peux pas m'asseoir...

Mais il fut interrompu par une femme à sa droite.

– Nous avons chacun notre place. C'est une de nos petites habitudes. Un peu de discipline. Vous êtes à la place de l'invité.

Guy la regarda avec une certaine aversion. Un menton fuyant, de longs cheveux grisonnants retenus par un bandeau genre Alice au Pays des Merveilles, des yeux globuleux, débordant de bonne foi. Elle portait un T-shirt où on lisait: «L'Esprit Universel: le Seul Choix», et pas de soutien-gorge. Ses seins, énormes avec de gros mamelons, lui tombaient quasiment à la taille. L'homme assis en face, à la droite de Guy (car il était au bout de la table), était vêtu d'un sarrau de berger. Il lui passa un plat de bouses de vache.

– Du gâteau d'orge?

– Pourquoi pas.

Guy en prit deux, se força à sourire et inspecta les autres plats. Funeste spectacle. Encore des carafes de Château l'Étang, des torpilles de pain éclaboussées d'un gravier noirâtre, un mets d'aspect collant où tenait toute droite, comme en état de choc, une cuiller en métal.

Guy songea, tout chagrin, au menu du dîner à Chartwell Grange. Alose d'Essart frite sur son lit de Riz aux Amandes, parée de Champignons Anglais du Point du Jour et de petites Pommes de Terre Nouvelles. Divine alliance suivie soit d'une Croustille de Reines de Reinettes et de Céleri des Marais, soit d'une *Tarte Judy*, selon le goût et la résistance du client. À cette heure, Furneaux devait être en train de s'en mettre plein la lampe. Ce que je ne ferais pas par amour! pensa Guy en jetant un coup d'œil à sa fille, dans l'espoir d'un sourire.

Sylvie était drapée dans un beau sari vert pomme et rose garance. Avec son visage grave marqué d'un point rouge brillant repeint à neuf et ses cheveux sombres, elle lui faisait penser à un enfant jouant un rôle étrange dans un spectacle scolaire. Impossible qu'elle crût sincèrement en toutes ces âneries pseudo-religieuses. Elle était assise à côté d'un jeune homme aux longs cheveux noirs qui s'adressait à elle sur un ton de tranquille intimité, et lui chuchotait parfois à l'oreille. Peut-être s'agissait-il de «l'homme merveilleux» pour lequel elle avait quitté Londres. Si tel était le cas, il semblait avoir une longueur d'avance.

Guy remarqua son sourire faussement tendre. Manifestement un coureur de dot. La pauvre fille était cernée par ces salauds de vautours. Il ne voyait pas ce qu'il y avait de paradoxal à supposer que sa fille, qu'il aimait pour elle-même, ne puisse être aimée des autres qu'à cause de son éventuel héritage.

May s'attaquait à un plat en métal, creusant et découpant avec beaucoup de panache. Alors qu'elle soulevait les assiettes remplies, de longs filaments jaune pâle s'étiraient, collés à leur base. Elle parlait tout en servant la tablée.

– ... le problème, avec la cataracte, c'est que les médecins ne se rendent pas compte que c'est purement psychosomatique. Les personnes âgées ne peuvent pas se faire à la vie moderne. Les ordinateurs, la violence urbaine, les grands supermarchés, les déchets nucléaires... Ils ne peuvent pas supporter de voir tout ça. D'où le voile sur les yeux. Voyons, c'est simple comme bonjour. Guy ?

– Merci.

Son assiette lui revint, chargée d'une substance mystérieuse. Une mosaïque de rouge et de brun et de kaki, plus quelques boucles noires d'un ruban d'aspect caoutchouteux. Guy prit ses couverts, remarqua une certaine surprise parmi les convives et les reposa. En attendant que tout le monde soit servi, il se mit à détailler les gens.

Un gnome avec une barbe rouge vif en forme de pelle ; une femme aux cheveux rêches et embroussaillés, à l'air maussade. Le pauvre imbécile assis à côté de Sylvie. Guy remarqua, profondément dégoûté, avec quelle douceur elle parlait à cet être misérable, elle allait même jusqu'à lui poser la main sur le bras. Des gens comme ça, tarés à ce point, on devrait les enfermer pour les empêcher de peser, avec leurs exigences grotesques, sur les cœurs tendres et innocents. De sa partenaire de l'après-midi, aucune trace. Guy ne savait pas s'il fallait s'en réjouir ou le déplorer. Chose curieuse pour lui, il avait ressenti une pointe de malaise peu après le départ de Trixie. Il ne comprenait toujours pas où était le problème : elle s'était montrée disponible, il l'avait prise au mot et l'avait payée rubis sur l'ongle. Et en dépit de toutes ses pleurnicheries de fierté blessée, le billet de cinquante avait disparu en même temps qu'elle. Non... en fait, ce qui le turlupinait, c'était qu'elle en parle à Sylvie et, ce faisant, qu'elle déforme la vérité. Qu'elle aille même prétendre qu'elle n'était pas consentante. Il décida alors que, lorsqu'il reverrait la fille, il serait aimable, contrairement à son habitude. Peut-être même irait-il jusqu'à s'excuser, mais de quoi, il n'en avait pas la moindre idée.

Une fois que tout le monde fut servi, il s'ensuivit un bref silence durant lequel les convives contemplèrent leur assiette. Guy baissa les yeux vers ses bouses de vache qui le regardèrent en retour, facétieusement. Son voisin se lança dans un discours. Il avait retiré son sarrau sous lequel il portait un T-shirt arborant le conseil : « Respecte Mon Espace Vital. »

– Hé... si on faisait un peu connaissance ? Je suis Ken « Zedekiel » Beavers. Et voici ma divine moitié, Heather, dit l'homme aux cheveux gris. Alias Téthys, en termes astraux.

– Guy Gamelin. (Ils se serrèrent la main puis Guy tritura un peu son dîner du bout de sa fourchette.) Qu'est-ce que c'est, tout ça ?

– Eh bien, ce sont des lasagnes, évidemment. Cela va sans dire. Ce petit tas, là, c'est de la purée de pois chiches et ça (il indiquait les tortillons noirs) c'est de l'arame. (Ken prononça le mot de façon très bizarre, en soulevant le palais et en caquetant comme une oie.) Que ferions-nous sans l'océan ?

– Quoi ?

– L'arame est une algue. Du Japon. (Il prononçait « Harpahn ».) Si on en mange suffisamment, on n'a plus jamais de zona.

Guy, qui pour commencer n'avait jamais eu de zona, hocha vaguement la tête et reposa sa fourchette. Derrière le bourdonnement des conversations, il perçut de la musique. Ou plutôt une reconstitution édulcorée de la nature vaquant à ses affaires : pépiements d'oiseaux, murmures des arbres, glouglou continuel de l'eau. À écouter ces bruits, vous aviez l'impression qu'on était en train de vous déboucher les oreilles.

Sans doute la musique était-elle censée inciter à la sérénité. Et apparemment, ça fonctionnait. L'atmosphère était anormalement calme. Les voix étaient douces. Pas de mouvements brusques pour se servir : gestes tendres et murmures. Guy se demanda ce qu'ils faisaient de leur colère. Tout le monde en éprouve, après tout. Elle fait partie du matériel, avec le foie, les dents et les ongles. L'évacuaient-ils en méditant ? La sublimaient-ils sous un édredon de bonnes actions ? Ou bien, en baragouinant une unique incantation, l'expédiaient-ils dans le cosmos où elle voguerait dans les siècles des siècles ? Quel ramassis de chiffes molles ! Se blottissant les uns contre les autres, fuyant le côté sombre de la vie, se fuyant eux-mêmes. Il se rendit compte qu'il se renfrognait et, reprenant aussitôt une expression d'intérêt poli, il se tourna vers sa voisine.

– Et que faites-vous tous ici, au Cheval Ailé ?

Heather rejeta ses longs cheveux en arrière, d'une secousse désinvolte.

– Nous rions... nous pleurons... (Elle mit ses mains en coupe puis les ouvrit en un geste d'offrande, comme si elle lâchait un pigeon voyageur.) Nous vivons.

– Comme tout le monde.

– Mais pas au plus profond du calice de l'être. (Elle lui passa un plat de truc vert.) Des caracoles ? (Guy hésita.) Un délicieux hachis de consoude, de marjolaine avec juste une pointe d'ortie rouge.

Guy secoua la tête, en cachant bien sa déception.

– C'est justement ce qui m'est interdit. L'ortie rouge.

– C'est du condensé de soleil, assura Ken, branlant du chef vers le délicieux hachis.

– Comment ça ?

– Imprégné de lumière solaire. (Son cristal cligna de l'œil et pétilla, pour confirmer ses dires.) Ne me dites pas que vous n'avez pas entendu parler des cinq solides de Platon ?

– Entendu parler ? dit Guy. Mais je suis en train de les manger.

Il sourit pour signifier qu'il plaisantait puis, *sotto voce* et avec une malice décidément préméditée, demanda s'il y aurait de la viande.

Question qui amena un interminable sermon de la part de Heather, émaillé de chaleureuses invectives sentimentales, qui se conclut par: «A un moment donné, le côlon de tout carnivore contient au moins deux kilos de protéines animales qui y fermentent.»

– *Deux kilos!*

– Minimum.

Guy siffla et Ken, peut-être pour souligner le fonctionnement suave de ses propres intestins, lâcha une crépitation à tuer les mouches. Guy fronça le nez. Heather changea de sujet, en proposant à son voisin l'ersatz de whisky clandestin qu'il avait étiqueté *in petto* «Château Loquedu».

Ayant échoué à le persuader, elle demanda:

– Et vous, que faites-vous toute la journée?

– Je suis un financier. (Comme si tu ne le savais pas!)

– Seigne… eu…

– Pas si on a des couilles, dit Guy avec affabilité. (Il y eut un petit froid.) Oh! là! là! Je vous ai choqués? Je croyais que vous étiez tous très proches de la nature, ici.

– Certes, nous préférons le viscéral au cérébral.

– La nuit ténébreuse de l'intellect, interrompit Heather, touche à sa fin.

Ça, dans ton cas, pas de doute! pensa Guy.

– Personnellement, j'apprécie une pointe de joutes cérébrales, dit-il.

– Nous sommes tous des millionnaires de l'esprit, ici, dit Ken. Et nous pensons que la foire d'empoigne, c'est pour les salauds!

Il lança sa repartie, la bouche pleine de trucs multicolores.

– Je suis étonné de m'entendre qualifier ainsi, surtout en tant qu'hôte de votre communauté.

Ken devint cramoisi. Guy en eut soudain ras le bol de tous les deux. Il se pencha en avant, se forçant à parler avec une discrétion tranquille, sachant qu'il ne pouvait être entendu du reste de la tablée.

– Écoute-moi bien, gros cul, les gens ne lâchent pas la foire d'empoigne, c'est elle qui les lâche. Ceux qui n'ont rien dans le bide. Et ils s'en vont à quatre pattes en laissant à d'autres le soin de manœuvrer le navire.

Ken sourit et tendit le bras, magnanime.

– Cela me chagrine de vous entendre...

– Non, ça te chagrine pas. Ça te rend furax mais t'as pas le courage de l'avouer. Et ôte ta patte de mon bras.

La main fit un bond en arrière comme un saumon effarouché.

– Où on en serait, hein, fit Guy qui poussait son avantage, si tout le monde décidait de se tailler en douce pour se contempler le nombril ? Pas de médecins, pas d'infirmières, pas de professeurs...

– Mais cela n'arrivera jamais, protesta Heather. Le nombre de gens qui désirent vivre en reclus une vie d'ordre moral et philosophique – l'élite spirituelle, si vous voulez – doit être par la force des choses très limité. C'est un régime d'une rigoureuse discipline.

– Je remarque que vous profitez quand même de la technologie moderne. (Quand on a un cul comme un éléphant, pensa Guy, on n'a pas vocation à parler de «discipline». Il savait qu'il était temps pour lui de la fermer.) Il ne vous est jamais venu à l'idée que, pendant que vous êtes là sur votre pilier de vertu, il y a dans une mine un pauvre bougre qui bosse à genoux pour que vous ayez du charbon à brûler?

– Mais c'est son karma. (Guy perçut une onde d'irritation.) Il doit être à un très bas niveau d'incarnation. Il remonte sans doute progressivement d'une vie antérieure où il était une taupe.

À l'autre bout de la table, les gens parlaient entre eux. Janet hésitait : devait-elle essayer de persuader Trixie de descendre? May demanda si on ne trouvait pas que la purée de pois chiches avait un drôle de goût, à quoi Arno répondit qu'en aucun cas elle ne devait en avaler une autre bouchée. Tim continuait à manger en faisant des petites boulettes et s'interrompait de temps en temps pour caresser les tournesols ambrés du sac de Suhami.

Celle-ci n'avait guère d'appétit. Elle observait son père avec un malaise croissant. À des yeux étrangers, il donnait l'impression d'être l'hôte parfait. Il hochait la tête, bavardait, écoutait, souriait, sans toutefois manger beaucoup. Il faisait semblant ? Bien sûr. Dans le double jeu grossier, il était à son affaire. Et, en ce moment, il y avait dans son regard et dans son port de tête quelque chose qu'elle n'aimait pas. Elle se sentit tout à coup submergée par une peur panique ; elle aurait voulu prononcer de véhémentes formules d'exorcisme et le faire disparaître entièrement. Heather était en train de parler. Suhami tendit l'oreille.

– ... et nous croyons qu'on ne peut trouver le vrai bonheur qu'en oubliant son moi. Donc, nous tâchons de perdre notre individualité en nous occupant des autres. Des malades, des dépossédés... des pauvres...

– *Les pauvres...*

Guy explosa. Des souvenirs torturants, longtemps refoulés, s'enflammèrent. Un jeune garçon à genoux devant un employé de la compagnie de l'électricité. Le même gamin récupérant des fruits et des légumes dans des cageots défoncés, derrière des étals de marché, qui reçoit des calottes sur la tête quand on le repère. L'estomac creux, bourré à l'occasion de féculents graisseux de mauvaise qualité de sorte qu'une fois adulte, le gamin ne mange rien qui ne soit une invite à l'arrêt cardiaque. De la viande rouge en sauce, des montagnes de chocolat et de crème fouettée. Du homard Thermidor.

– ... doit être fort... surmonter... en sortir... ou vous coulez... (Guy tremblait et regardait éperdument autour de lui, emporté par la violence de ses souvenirs, à peine capable d'articuler.) ... des poux... les pauvres... ce sont des poux...

– Non... il ne faut pas dire ça, intervint Arno, penché en avant, pâle mais déterminé. Ce sont des êtres humains et par là même on doit les estimer. Et les aider, aussi, car ils sont impuissants. Ne dit-on pas dans la Bible que les humbles hériteront de la terre ?

– Pour ça, ils en ont bien hérité, de la terre ! (Guy lâcha un glapissement exaspéré.) Les humbles, il y en a des masses partout, plein les tombes.

Silence de mort. Ils se regardaient tous, n'en croyant pas leurs oreilles : une remarque aussi choquante, aussi cruelle !

Pétrifié, la bouche ouverte, Guy fut parcouru d'un frémissement d'horreur. Qu'avait-il fait ? Comment avait-il pu se laisser aller à pareille intempérance de langage devant un couple de vieux hippies alors que l'enjeu était si considérable ? La tête glacée et lourde comme une pierre, il reprit en bafouillant :

– Je m'excuse... Pardonnez-moi. (Il se leva.) Sylvie, je ne pensais pas...

– Il faut toujours que tu te mêles de tout, hein ? (Suhami, le visage figé, s'était levée à son tour.) Tout ce qui est bon ou beau, il faut que tu le rabaisses à ton niveau avec ton venin. J'étais heureuse ici. Maintenant, tu as tout gâché. Je te hais... *je te hais*... !

Tim poussa un cri affolé et se recroquevilla dans le giron de May. Christopher saisit le bras de Suhami.

– Non, chérie... je t'en prie... non...

Les autres les entourèrent en parlant tous à la fois. Suhami se mit à crier :

– Mon anniversaire... le jour de mon anniversaire...

Christopher lui caressa les cheveux. May caressait les cheveux de Tim. Ken et Heather envoyaient des rayons brillants de leurs yeux de petits saints à Guy qui se tenait à l'autre bout de la table, rejeté et méprisé comme un pestiféré de quelque lazaret.

Alors, tandis que le brouhaha lénifiant s'atténuait, il prit conscience de l'extraordinaire qualité du silence. Le groupe qui s'était encore resserré donnait l'impression d'être tout à la fois inquiet et en émoi. Guy sentit un courant d'air froid dans le cou. Il se retourna et aperçut une femme dans l'ombre, sur le seuil de la porte ouverte.

★

Tel un fantôme, elle s'appuyait au chambranle, drapée d'étoffes couleur de brume. Un énorme bouquet, enveloppé de cellophane et de rubans, pendait dans une main. Elle s'avança, en traînant lentement dans son sillage d'immenses bandes de soie et de taffetas qui chuintaient et sifflaient sur le plancher nu. Elle fit halte à mi-chemin du groupe, repoussa l'écharpe de brume. À la vue de ses yeux immenses, de son visage cave et de la cascade de cheveux couleur de craie cendrée, le groupe se resserra encore.

– La prédiction d'Hilarion, murmura Ken, émerveillé et incrédule. Elle s'est réalisée…

La visiteuse promena autour d'elle des regards hésitants et s'éclaircit la gorge, produisant comme un bruissement de feuilles mortes.

– J'ai sonné. (Une voix craintive, à peine audible. L'apparition tendit un carré de papier vert, comme pour justifier son importunité.) Je suis invitée.

En reconnaissant la lettre, Guy eut un hoquet d'indignation et de stupéfaction. Il vit sa femme, qui oscillait telle une narcoleptique, se diriger vers l'appui le plus proche, une chaise basse en tapisserie. Elle s'y effondra ; les jupes nuage d'orage se gonflèrent. Elle parut submergée par une vague de satisfaction à cette simple prouesse.

Ken et Heather s'approchèrent, mains jointes bien en évidence. Ils s'agenouillèrent à distance respectueuse, front contre terre.

– Salut à toi, Astarté, Déesse de la Lune.

– Reine du Croissant, éclat de l'astre lunaire.

– Mille humbles souhaits de bienvenue.

Felicity les regarda, les yeux écarquillés, et cilla. Alors Suhami qui avait pâli en reconnaissant sa mère déclara :

– Mère ? (Elle s'avança vers la forme assise.) Il a dit que tu ne pouvais pas venir.

Guy grimaça en entendant le pronom dédaigneux qui le désignait. Il vit les lèvres purpurines trembler sous l'effort pour articuler une réponse. Mais elle tendit le bouquet. Suhami le prit, lut la carte et dit :

– Elles sont ravissantes… merci.

Guy se rappela alors ses fleurs à lui qu'il avait oubliées sous le porche; puis il s'aperçut qu'il s'agissait de *son* bouquet. Elle ne manquait pas d'air, celle-là! Qu'y faire, maintenant? Se précipiter et dire que les fleurs venaient de lui, cela paraîtrait mesquin à l'extrême. Sylvie allait penser qu'il n'avait pas apporté de cadeau.

– Il nous a dit que tu étais malade.

– Ma chère, dit May, mais vous êtes malade.

Non, pas elle, pensa Guy. Camée, oui, ou bourrée comme un coing. Elle est venue uniquement pour jubiler si ça se passe mal. Ou pour foutre le chambard, si ça se passe bien. Regarde-moi ça, tiens, tous agglutinés, comme dans un film de Tarzan, une bande de sauvages ahuris qui sortent de la jungle. Vive le dieu blanc qui descend du ciel dans son oiseau de fer! Bon Dieu, mais quelle soirée!

– Ma pauvre, poursuivit May. Vous avez une mine affreuse. Suhami, va chercher à boire pour ta mère.

– Oh oui, s'il te plaît! s'écria Felicity.

Elle entendit son mari éclater de rire, lui adressa un regard insondable qu'il interpréta comme triomphant.

– Alors, Felicity, tu as rejoint les morts vivants?

– Tout à fait inutile, tout ça. (May tira de la poche de sa tunique un petit flacon en plastique.) Votre femme est très perturbée. Bon, tendez les mains... (Elle versa quelques gouttes dans les paumes en coupe de Felicity.) Inhalez, je vous prie.

Celle-ci s'exécuta et se mit à éternuer. May dit: «Parfait» et: «Pourrais-je avoir une serviette?»

Ken et Heather, toujours sur la piste lunaire, s'approchèrent en rangs serrés de Felicity et lui demandèrent si elle savait quel jour on était. Felicity, qui savait à peine en quelle année on était, tenta de secouer la tête. Suhami s'approcha avec le verre. Sa mère tendit deux ou trois fois la main mais n'arriva pas à faire le raccordement.

– L'espace astral est différent, dit Heather.

May prit le verre et replia doucement les doigts de Felicity autour. Celle-ci but un peu puis, esprit et langue enfin synchrones, se mit en devoir d'expliquer son retard. Elle paraissait anxieuse, sur la défensive, comme si ce manque de ponctualité allait lui coûter des piles de bons points.

Tout le monde dit: «Ça ne fait rien, ça n'a aucune importance» et «Génial que vous soyez venue».

Ils s'habituaient à elle petit à petit. En refermant la porte d'entrée, Arno découvrit un sac en peau de porc qu'il porta à l'intérieur.

Guy avait raison, évidemment: Felicity n'était pas malade. Le fait était qu'elle avait pris une ligne juste avant de partir, suivie d'une deuxième dans la voiture. Normalement, c'était mieux que ça, avec la coke. Une trombe de lumière en spirale plutôt costaud et une assurance désinvolte qui vous propulsait jusqu'au paradis. Et en route vers les étoiles, on shoote dans la poussière scintillante.

Mais cette fois, c'était le contraire qui s'était passé. Felicity avait éprouvé une monstrueuse conscience de sa propre vulnérabilité. Elle se sentait comme une de ces pauvres créatures à carapace molle rejetées par la marée qui agonisent sur la grève. Elle se repliait sur elle-même devant tous ces gens qui se pressaient autour d'elle. Ils avaient des yeux brûlants, extensibles, des bouches caoutchouteuses; ils n'arrêtaient pas de changer de forme. Quelqu'un tendit le bras, la toucha et Felicity se mit à hurler de terreur.

– Bordel de merde! dit Guy.

Et ils se rebranchèrent tous sur lui.

⋆

Une heure s'était écoulée depuis l'arrivée théâtrale de Felicity. Les plats avaient été débarrassés pour faire place à une crème renversée et au gâteau d'anniversaire de Suhami, un gâteau carré au «cidre» confectionné par Janet avec du jus de pomme et de la pâte d'amande de soja, planté d'une bougie en forme de S et garni d'un volant de papier de toilette recyclé d'un vert boueux.

Neuf personnes s'attablèrent devant le dessert. May s'était retirée pour se préparer à sa régression mais Trixie avait été persuadée de se joindre à la compagnie. Résultat obtenu grâce aux cajoleries insistantes de Janet murmurées par le trou de serrure et grâce aussi à une habile stimulation de sa curiosité. Connaissant la passion de son amie pour les vêtements, Janet s'était attardée à décrire de long en large l'éblouissante et spectrale beauté de la robe du soir de Felicity; et sentant instinctivement que cela plairait, elle avait aussi relaté la dispute entre Guy et Suhami et, subséquemment, la déconfiture d'icelui.

Trixie ne comptait pas sortir avant qu'il soit parti pour de bon.

Tapie dans sa chambre, suant de trouille, elle s'était imaginé mille fois la furie de Guy découvrant qu'il avait perdu sa trinitrine. À chaque fois, la furie et la violence augmentaient si bien qu'elle guettait, toute roide, le bruit de son pas lourd dans l'escalier et ses beuglements, persuadée qu'il allait fracasser sa porte et la manger toute crue.

Puis, quand Janet lui apprit qu'il ne s'était pas changé pour le dîner, Trixie avait commencé à nourrir l'espoir qu'il n'eût pas encore remarqué la disparition des pilules. Et même s'il s'en était aperçu, aurait-il envie de bouleverser davantage Suhami en provoquant une nouvelle scène? D'ailleurs (et c'est ce qui l'avait décidée à descendre), qu'est-ce qui l'empêcherait de feindre l'ignorance? Personne ne pouvait rien prouver puisqu'elle avait jeté les cachets par la vitre du taxi, dans un accès de panique et de remords. La voilà donc, maintenant, en train de siroter un peu de suprême de prune sauvage, contemplant, verte d'envie, la robe du soir, et jetant de temps à autre un coup d'œil plein d'appréhension en direction de Guy. Elle finit par croiser son regard et récolta en retour un sourire si monstrueusement hypocrite accompagné d'un vigoureux geste de la main qu'elle aurait préféré ne rien voir.

Christopher était en train de parler. Il leur racontait sa dernière mission (le tournage d'un documentaire en Afghanistan), les marches interminables et mouvementées dans les Monts Chagaï, quand on entendit un sourd grondement, comme une corne de brume.

- La conque, dit Heather. (Et en se tournant vers Felicity, elle ajouta gentiment :) Il faut qu'on y aille.

Ken et Heather avaient fini par accepter à contrecœur la matérialité de Felicity tout en persistant à la considérer comme une « envoyée » mystérieuse et prophétique. Depuis que May avait quitté la table, Heather avait pris les choses en main : remplissant la chope de Felicity (moitié lait de chèvre tiède et moitié Acorna) et par la même occasion l'abreuvant, dans sa débordante bonté, d'un discret soutien psychologique, un mélange bonhomme de propos édifiants, de prédictions astrologiques et de tuyaux pour le recyclage des vibrations négatives. L'autre avait écouté avec une expression profondément sérieuse plaquée sur son visage de somnambule, n'interrompant que pour applaudir quand on eut découpé le gâteau.

– Allez, venez, dit Heather qui l'aida à se lever.

– Où ça ?

– Nous allons dans le Solarium. Vous verrez le Maître. C'est bien, non ?

– Oui, dit Felicity qui plissait les yeux pour tenter de découvrir où se trouvait précisément le bord de la table. On va danser ?

– Écartez-vous, dit Ken en prenant l'autre bras. Il ajouta, en aparté : Imagine un peu le nombre de Bengalis que cette robe nourrirait.

Les autres quittaient déjà la table. Trixie riait, parlait fort, donnant le bras à une Janet surprise mais aux anges. Suhami avec Christopher, qui lui portait son sac, et Tim, qui s'arrêta dans le vestibule pour regarder, extasié, la lanterne et refusa de bouger jusqu'à ce que Suhami lui promette qu'il pourrait revenir après. Guy errait seul, exclu.

Arno, qui s'en était aperçu, surmonta son aversion instinctive et alla le rejoindre et se présenter. Il lui tendit même la main mais avec un air à ce point emprunté, brave et résolu que Guy chercha des yeux le siège du dompteur de fauves.

Arno. C'était quoi d'abord, ce nom ? Ça ne rimait à rien. Un de ces noms d'îles lointaines qui surgissent dans les bulletins de météo marine. Vent de force 9 à Ross, Arno et Cromarty. Guy dit froidement, sans prendre la main tendue :

– Vous avez de la crème sur la barbe.

Puis il sortit d'un geste provocant un Zino Anniversaire, le cigare des cigares, et l'alluma.

Le Solarium était situé à l'autre bout de la galerie. Une pièce tout en longueur, haute de plafond, avec un sol en bitume noir. Deux rangées impeccablement alignées de vingt-quatre grands coussins minces, exactement équidistants, houssés de coton grossier blanchi. Ces parallèles attiraient l'œil vers une petite estrade surélevée de trois marches, recouverte de moquette en tweed beige. Sur l'estrade, un fauteuil à dos sculpté avec, à son pied, quelques objets rassemblés : la conque, un petit gong en cuivre et un grand poisson en bois poli aux écailles luisantes comme du caramel. Il commençait à faire sombre, et on alluma la lumière, tamisée par une lanterne de papier.

Tout de blanc vêtu, le Maître déjà *in situ* reposait dans le fauteuil sculpté. Tim traversa la pièce en courant et se recroquevilla à ses pieds. Les autres s'installèrent sur les marches ou derrière le sage trônant.

Guy fut soulagé de constater qu'il ne serait pas obligé de s'accroupir à nouveau sur un coussin. Il se tourna vers Craigie qui accueillait Felicity avec un doux sourire empreint de compassion. En remarquant l'aspect frêle du gourou, ses cheveux neigeux qui tombaient en voile sur les épaules voûtées, Guy s'émerveilla de sa propre crédulité de tout à l'heure. Comment avait-il pu se laisser prendre, ne fût-ce que brièvement, par un *poseur*[1] manquant à ce point de subtilité ? Dès que tout le monde fut installé, Craigie prit le poisson, écarta ses mâchoires à charnières et les referma avec un claquement sonore.

May apparut sur le seuil. Elle portait un simple fourreau en lin mauve et avait ôté tous ses bijoux, sauf une licorne d'argent en pendentif. Ses larges pieds étaient nus et ses

1. En français dans le texte.

cheveux, dénoués et brossés, lui arrivaient presque à la taille. Elle s'avança d'une démarche lente et posée, droite et grande, comme si elle portait en équilibre une invisible amphore.

Sur le sol, entre les six coussins les plus éloignés, à peu près à trois mètres cinquante de l'estrade, on avait étendu un édredon. May s'y allongea, avec une expression solennelle, et croisa les bras sur sa poitrine. Puis, au bout d'un moment, elle se redressa.

– En fait, j'ai eu un peu froid la dernière fois, dans le drakkar viking. Vous croyez que je peux prendre ma petite pèlerine ? Elle est dans mon sac.

Sur l'estrade, Christopher se baissa. Suhami dit sèchement :

– C'est le mien.

– Oh, bien sûr, excuse-moi.

– Près de la porte, cria May.

Christopher alla chercher le sac de May, l'ouvrit et en sortit une cape à côtes beige.

– C'est ça ?

Il lui en enveloppa les épaules d'où elle pendit en petits plis comme de la tripe crue. May dit : « Parfait ! » et la noua. Puis elle se rallongea, ferma ses yeux sombres et se mit à respirer profondément, en poussant les plantureuses coupoles, sous son fourreau, très haut dans la stratosphère. Arno laissa échapper un gémissement étouffé de ravissement et fut content quand le Maître ordonna : « La lumière. » Il s'empressa d'aller éteindre, momentanément distrait.

– Je reste là, May ? demanda Christopher, en s'accroupissant près de son épaule gauche. Comme ça, je peux te tenir la main si les choses se gâtent.

– Si tu veux, mais ça ira. On rentre toujours sain et sauf, tu sais.

Une fois la lumière éteinte, tout prit un aspect différent. Dans la grisaille, les silhouettes immobiles avaient perdu apparence humaine : mystérieuses, aux contours flous, telles des statues dans un jardin au crépuscule. On entendit May respirer de plus en plus distinctement ; de profonds soupirs réguliers avec une pause plus longue à chaque exhalaison.

Lorsque le Maître s'enquit si elle était prête, May répondit d'une voix sonore : «Je suis prête.» Puis il lui demanda de trouver le centre d'elle-même et, après plusieurs autres inspirations lentes et profondes, elle posa le plat de sa main sur son ventre.

– Comment voyez-vous ce centre ?

– C'est une balle, une balle dorée.

– Pouvez-vous pousser cette boule vers le bas ? Bas... et lui faire traverser vos plantes de pieds... c'est ça – poussez-la... – May lâcha un petit grognement. – Maintenant, ramenez-la et poussez-la vers le haut...

Et May poussa le centre de son être de bas en haut, plus loin à chaque fois, jusqu'à ce que la balle se dilate et devienne une grande peau dorée miroitante comme un gigantesque ballon d'hélium. Puis, libéré, le ballon se mit à flotter. May jeta un bref coup d'œil en bas, vit les pots de cheminées torses et les ardoises moussues du toit du Manoir, puis elle fila. Au-dessus des collines, au-dessus des nuages, et loin, très loin...

– Où êtes-vous maintenant, May ?

Où, en effet ? Sous elle, les choses changeaient vite. Le terrain était maintenant rude et sauvage. Des forêts et de grandes zones de maquis. Puis quelques cercles de tentes ceintes d'un haut mur de pierre.

– Dites-nous ce que vous voyez.

À mesure qu'elle descendait, les tentes grossissaient. L'une d'elles était très imposante. Plus grande que les autres, surmontée d'une oriflamme de pourpre et d'or. Une aigle essorée.

– Qu'y a-t-il à l'intérieur de la tente ?

Une paire de socques en bois se matérialisa, nouées avec des lanières de chiffon sur des pieds d'homme crasseux. Dans la main droite du possesseur des socques, dégouttait une pièce de viande.

L'endroit empestait la graisse grésillante, le vin répandu et la poix des torches allumées. Un vacarme extraordinaire. Des hommes s'invectivaient en hurlant, riaient, criaient.

Des chiens grognaient, se disputaient des os. Quelque part au milieu de tout cela un chanteur, qui s'accompagnait à un petit tambour, tâchait de se faire entendre.

La puanteur écœurait le goûteur du général en chef. Il se fourra la chair de l'ours dans la bouche, mâchonna les tendons, se força à avaler puis déposa le reste sur un plat en métal. Une nouvelle outre de vin venait d'être débouchée et il en avala quelques gorgées. L'esclave du général, un très jeune nègre, prit le plat et le gobelet qu'il plaça sur un étal de pierre à côté d'une série de plats semblables où la graisse figeait déjà… Le général ne mangeait jamais chaud (tous les poisons n'étant pas foudroyants, il fallait laisser passer un peu de temps). D'un autre côté, il était toujours vivant.

Le général achevait ses rognons de mouton. Rotant, pétant, essuyant ses doigts graisseux sur les cheveux laineux du petit nègre, s'envoyant du vin. Singeant ses supérieurs, il s'appuyait sur son coude droit. Sa tunique grossière était en désordre et tout le monde pouvait voir sa culotte confectionnée dans le cuir de son étalon favori qui luisait comme un marron des bois.

Suivirent les champignons. Le goûteur les détestait, sous toutes leurs formes. Il était bien connu que certaines espèces étaient mortelles et, bien qu'on les eût pour la plupart identifiées (grâce aux prédécesseurs qui s'étaient sacrifiés), il pouvait toujours s'en glisser un ou deux fatals parmi les autres. Auquel cas le cuisinier et le goûteur le paieraient de leur vie. Mais le général adorait les champignons, il croyait qu'ils augmentaient sa puissance virile et le rendaient invincible au combat.

Les champignons cuisaient dans un petit chaudron à quatre pieds en bronze, et rendaient un jus d'une couleur vive peu engageante. Le goûteur mit un seul morceau et une cuillerée du liquide violet dans sa bouche. Il s'étrangla aussitôt. Les muscles de sa gorge se paralysèrent, il tira une langue raidie, noire comme du charbon. Les yeux fermés, il tomba et renversa le chaudron en se brûlant les bras au ragoût fumant.

Il aperçut brièvement les figures ahuries, l'esclave qui

courait, puis la paralysie s'étendit à sa poitrine et la vie se referma au-dedans de lui comme un éventail.

*

– *May... May...*

Arno bafouilla de terreur en entendant May étouffer. Le premier à quitter l'estrade, il se précipita vers elle et s'agenouilla. Les autres suivirent et se pressèrent autour d'eux. Même Felicity, qui avait l'air plus rêveuse et intriguée qu'inquiète, se coula pour jeter un coup d'œil à la forme qui se tordait, s'arc-boutait sur l'édredon.

– Faites quelque chose ! criait Arno. Quelqu'un ! Faites quelque chose...

Il arracha la main de May à l'étreinte de Christopher et se mit à la frictionner.

– Fais-lui le bouche-à-bouche.

– Elle n'est pas en train de se noyer.

– Comment le sais-tu ?

– On ne devrait pas lui desserrer sa ceinture ?

– Regarde-la !

– Enlève l'oreiller. Allonge-la à plat.

– Mais elle ne peut pas respirer comme ça.

– Ken a raison. Ça sera pire.

– On a besoin d'aigremoine.

– Je croyais qu'il y en avait bien assez, de l'aigremoine, ici.

– On se passerait volontiers de ce genre de commentaires, monsieur Gamelin.

– Pardon.

– Au cas où vous ne l'auriez pas remarqué, c'est une urgence.

– Excusez-moi, ça va, comme ça ?

May serra les lèvres et fit un horrible gargouillement.

– Que dirait-elle si elle pouvait parler ?

– Pense en couleur selon la loi cosmique.

– C'est juste. Quel jour sommes-nous ?

– Vendredi.

– C'est le violet. (Heather se pencha et cria :) May, tu m'entends ? Pense violet...

May secoua violemment la tête, essaya de former des mots et s'écria enfin : « Champ... champ... »

– Que veut-elle dire... *champ... champ*?

Un silence perplexe, puis Arno cria :

– Les chiens. Elle appelle une meute de chiens. May est dans l'Antarctique. (Il retira son gilet.) C'est pour ça qu'elle tremble. Elle est complètement gelée. Vite, tout le monde...

Ils ôtèrent tous un vêtement. Felicity tendit sa brillante écharpe coquille de moule. On empila le tout sur May, ce qui se révéla finalement efficace. Le gargouillement se fit murmure puis simple soupir glougloutant. Son souffle râpeux s'apaisa jusqu'à devenir presque imperceptible ; sa poitrine se souleva calmement, régulièrement. L'ourlet de son fourreau cessa de vibrer.

– Ça marche. (Arno se tourna, radieux, vers eux tous.) Elle va mieux.

Alors May ouvrit les yeux, bâilla à se décrocher la mâchoire et s'assit.

– Juste Ciel ! Et pourtant, c'était drôlement passionnant. Mais qu'est-ce que c'est que tout ça ?

– On a cru que tu avais froid.

– Tu tremblais.

– Pensez-vous ! On étouffait de chaleur dans cette tente. On va rallumer et je vous raconterai tout.

Christopher alla rallumer la lampe. Quand la lumière inonda la pièce, ils se mirent à ramasser leurs affaires et les enfilèrent. May interpella son mentor :

– Eh bien, Maître, c'était plutôt...

Elle s'interrompit et poussa un cri. Les autres se retournèrent et écarquillèrent les yeux.

Le Maître était debout devant son fauteuil. Lentement, et avec grand effort, semblait-il, il leva le bras droit, pointa du doigt. Puis il tomba avec beaucoup de grâce, en pivotant lentement, visage vers le ciel, tandis que ses cheveux d'un blanc laiteux s'étalaient sur le tapis écru. Il gisait, bras en croix, et dans sa poitrine était fiché un couteau. Jusqu'au manche.

Deuxième Partie

INTERROGATOIRES

7

L'INSPECTEUR en chef Barnaby, qui préparait des *moules à l'Indienne* [1], était en train de piler des graines de cardamome dans un mortier en pierre. Il portait un long tablier de coton, à la mode des serveurs de bars clandestins au temps de la prohibition, et il avait à la main un verre de chardonnay Saut-de-Grenouille.

Tom s'était rendu compte, à ses dépens et après bien des années, que Joyce, son soutien bien-aimé, son point d'appui, n'allait pas améliorer sa cuisine (en fait, elle ne voyait pas pourquoi elle aurait dû). À prendre ou à laisser, telle était son attitude, et le fait qu'en général il laissât n'était apparemment pas suffisant pour l'inciter à la réforme. Comme elle l'avait dit une fois à son mari en lui tapotant le ventre sans plaisanter tout à fait, il n'avait pas atteint les quatre-vingts kilos en se privant de tout. Ni provocation ni agressivité : elle ne comprenait pas son point de vue, tout simplement. Joyce se satisfaisait parfaitement de sa propre cuisine et tout autant de celle de son mari, quand il avait le temps de s'y mettre, mais sans paraître remarquer de

1. En français dans le texte.

différence de qualité. Voici longtemps déjà, Barnaby avait conclu que sa femme était handicapée des papilles.

– Qu'y a-t-il comme entrée ?

– Des œufs à l'estragon.

– C'est les œufs qui nagent dans une flaque marron ? (Joyce avala une longue gorgée de vin et lui adressa un radieux sourire d'encouragement.) J'aime bien.

– J'ajouterai plus de gelée cette fois-ci.

La confection d'un aspic venait au chapitre sept, « Pâtes levées et galantines », des Douze Leçons de Cuisine pour Vrais Débutants que Barnaby suivait à Causton, et c'était le cours qu'il avait manqué car il était de service. Il avait sur-le-champ pris goût à l'art culinaire, attendant avec impatience le mardi soir afin de s'expliquer avec les balances, les couteaux, les casseroles et les poêles. Il était le seul mâle dans une classe de dix-sept, et ses camarades lui laissèrent une paix relative une fois qu'elles se furent habituées à sa pesante présence masculine et lassées de le taquiner. Une seule dame, une certaine Mme Queenie Bunshaft, persistait à lui demander d'un ton espiègle où il cachait sa matraque et laquelle d'entre elles constituerait son plat du jour. Quand Joyce se révélait particulièrement indisciplinée, Barnaby la menaçait de s'enfuir avec Mme Bunshaft.

Le repas était en l'honneur des fiançailles de sa fille. Ils avaient été tous deux ravis quoique surpris par la déclaration émue de Cully, quelques semaines auparavant. Barnaby s'était montré plutôt caustique quand elle avait exhibé la bague, un joli lacs d'amour en or blanc émaillé de grenats victoriens.

– Je croyais qu'il allait s'installer un de ces jours simplement avec sa brosse à dents et un paquet de chewing-gums à la menthe.

Cully avait souri rêveusement et pris un air pudique. *Pudique !* La première fois depuis qu'elle ne portait plus de couches. Quant à Nicholas, il avait l'air abasourdi, comme s'il ne pouvait croire à sa chance, ce qui d'ailleurs était le cas.

– Les étudiants ! avait gémi Joyce, dès qu'ils furent partis en dansant. (Une pavane hollywoodienne, avec neige carbonique et accompagnement de cordes.)

– Plus pour longtemps.
– Ils n'ont pas d'argent.
– Pas moins que nous à leur âge.
– Mais toi, tu avais une vraie situation. Le théâtre, Tom… entre tout…
– Ils ne sont que fiancés, pas mariés avec cinq gosses. Et puis, celle-là, elle a de l'assurance à revendre.
– Tu ne sais pas ce que c'est.

Joyce vida son verre et tendit la main vers un bol de noix de coco.

– Ne touche pas à ça. Je l'ai déjà pesé.
– Ah, ne commence pas, avec ton poids ! Tu n'es pas au poste, tu sais. (Joyce se fourra une pincée dans la bouche.) Ça va aller, Tom, pour dimanche, hein ?
– Croisons les doigts.

Pour l'heure, les affaires ne marchaient pas très fort. Pas de pénurie de crimes (y en avait-il jamais ?) mais, ces derniers temps, c'étaient des trucs un peu miteux, ordinaires. Il y avait des périodes comme ça – rares, et qui ne duraient jamais. À d'autres moments, c'était l'escalade : casses, vols, hurlements, crissement de pneus, os brisés, à tel point que Barnaby avait parfois l'impression d'être aspiré dans un maelström de violence. Il préférait secrètement ces périodes-là. Il ne tirait ni plaisir ni réconfort à le reconnaître mais ne cherchait pas non plus à se voiler la face.

Dans l'entrée, la sonnerie du téléphone retentit. Joyce se leva en disant :

– Oh non !
– C'est probablement Cully…
– Tu parles !

Barnaby commença à émincer des piments, en tendant une oreille. Joyce réapparut, impassible. Barnaby dénoua les cordons de son tablier et éteignit le gaz. Cinq minutes plus tard, Joyce l'aidait à enfiler sa veste.

– Désolé, chérie.
– Je ne comprends pas pourquoi tu continues à faire semblant d'être désolé, Tom. Ça fait bientôt trente ans, et

ça ne tromperait pas un enfant. Tu as déjà l'air dix fois plus guilleret que dans la cuisine. (Barnaby boutonna sa veste et l'embrassa.) Bon, et c'est où ?

– À la sortie d'Iver.

– Tu rentreras tard ?

– Ça m'en a tout l'air. (Il ajouta, inutilement, car elle l'attendait invariablement :) Ne m'attends pas.

Elle le héla depuis le perron :

– J'appelle Cully pour décommander ?

– Pas encore. On va voir comment ça se passe.

*

Troy s'était mis à porter des lunettes pour conduire. À monture d'acier carrée étincelante, qui le faisait ressembler à Himmler. Ils avaient louvoyé, sinué, pied au plancher, et se trouvaient déjà à mi-chemin du Manoir.

– Cette histoire, ça a interrompu quelque chose de particulier, chef ?

– Pas vraiment.

J'étais juste en train de préparer vite fait des *moules à l'Indienne* pour le dîner de fiançailles de ma fille. Barnaby sourit pour lui-même, en imaginant la réponse de son sergent. Un dédain dissimulé derrière un courtois « Ah oui, monsieur ? ». Et la caricature efféminée qu'il ferait plus tard du chef, à la cantine du personnel, dès que ce dernier aurait tourné le dos.

Pour Troy, la cuisine, comme la coiffure ou la couture, était une activité exclusivement réservée aux femmes. Ou aux tapettes. Il se vantait de n'avoir jamais fait griller un toast ni lavé une seule chaussette de sa vie. Si on commence à faire ça, on se retrouve avec des femmes qui ont des loisirs. Et les femmes qui ont des loisirs, c'est le début des pépins. C'est bien connu.

Sûr, un bébé, ça vous résout le problème. Sa fille avait presque un an, maintenant. Super intelligente. Troy se demanda si c'était bien le moment de répéter ce qu'elle avait dit au petit déjeuner. Drôlement malin, et en avance pour son âge! Il l'avait raconté à tout le monde au poste; et même reraconté à certains de ses collègues. Mais avec le Patron, on ne savait jamais. Des fois, on croyait qu'il faisait attention, et on découvrait qu'il n'avait pas écouté un seul mot. Des fois, il vous sautait à la gorge. Bon, eh bien, je tente le coup.

– Vous ne devinerez jamais ce qu'elle a dit ce matin, chef.

– Qui?

Qui...? *Qui?* Pendant une minute, Troy fut tellement sidéré qu'il resta coi. Il dit enfin: Talisa Leanne.

– Humm.

Un grognement? Une toux? Peut-être même un soupir. Seul le plus gâteux des papas aurait pris le bruit pour un encouragement.

– Elle mangeait ses Weetabix..., enfin, quand je dis manger... c'est plutôt lancer partout... (Troy rit en secouant la tête, émerveillé.) Un peu dans son bib... un peu sur le mur... il y en avait même...

– Finissons-en, sergent.

– Pardon?

– Qu'est-ce qu'elle a dit?

– Ah, oui. Eh bien... elle a dit «balle».

– Quoi?

– Balle.

– *Balle?*

– Aussi vrai que je suis assis là.

– Grands dieux!

Le ciel était presque noir. Une frange de pourpre filtrait à l'horizon tandis que la voiture virait avec panache pour entrer dans le village. Barnaby s'attendait vaguement à voir une ambulance dans l'allée du Manoir, mais il aperçut seulement deux voitures de police et la Volvo de George Bullard.

Dès qu'il se fut extrait de la voiture, il entendit le hurlement. Des cris terribles, atroces, comme ceux d'un animal pris au piège. Il se sentit glacé.

– Bon sang! (Troy le rejoignit sur le porche.) C'est quoi, ce binz?

Un constable posté dans le vestibule s'anima en les reconnaissant.

– Tout le monde est en haut, monsieur. Le long de la galerie, sur la gauche. Tout au bout.

Troy regarda autour de lui, les yeux ronds, en grimpant, trop troublé par les cris épouvantables pour ressentir la rancœur qu'il éprouvait systématiquement en pénétrant dans un environnement présumé « aristo ». Il renifla.

– Ça pue !

– Des bâtonnets d'encens.

– Ça sent le pipi de chat.

Ils découvrirent la Scène du Crime dans une pièce tout en longueur presque nue. Des professionnels calmes allaient et venaient avec une silencieuse efficacité. Un photographe était assis sur les marches, un Pentax à flash incorporé dansant à son cou. Un deuxième constable était à la porte. Barnaby demanda qui faisait ce raffut.

– Un de ceux qui vivent ici, monsieur. Apparemment, il est un peu dérangé.

– Voilà qui va nous remonter le moral.

Barnaby se dirigea vers l'estrade et s'accroupit près du corps en tunique blanche. Le sang avait suinté de la blessure à la poitrine et formé une longue rigole, étincelante comme de la confiture de prunes toute fraîche.

– Alors, George, qu'est-ce que c'est ?

– Comme tu vois, dit le Dr Bullard. Un virtuose du couteau.

– C'est propre. (Barnaby regarda de plus près puis hocha la tête en direction des hurlements qui s'éteignaient en gémissements torturés.) Tu ne peux pas lui donner quelque chose ? Ça suffirait à rendre n'importe qui alcoolique.

Le médecin secoua la tête.

– D'après ce que je comprends, il est déjà sous médication lourde. Ce ne serait pas prudent d'en rajouter. J'ai proposé qu'ils appellent leur médecin mais ils disent qu'ils n'en ont pas. Ils se soignent eux-mêmes, avec des herbes et les rayons de la lune.

– Ça, sûrement. Mais d'où il tient ses médicaments ?

- D'Hillingdon à Uxbridge, aux dires des autres.

Il se leva et s'épousseta vainement les genoux.

– Il allait au lit, non, docteur? demanda Troy, en grimaçant vers le corps. Dans sa petite chemise de nuit.

– À quand remonte la mort, George?

– Une heure, tout au plus. Mais cette fois, tu n'as pas besoin de mon pronostic. À ce qu'il paraît, ils étaient tous là quand c'est arrivé.

– Quoi? Tu veux dire qu'ils étaient en train de s'amuser? C'est un accident?

Troy perçut dans la voix du chef un soupçon de déception. Barnaby s'était trahi. En souriant à part lui, le sergent baissa les yeux vers le mort: il remarqua les traits fins et sereins, la peau comme du papier de soie. Et un sacré paquet de cheveux. On le dirait sorti des *Dix Commandements*. On le voit en Moïse en train de crier dans le désert: «Laisse partir mon peuple!» Troy et la Bible, ça faisait deux. Barnaby était en train de parler à Graham Arkwright, technicien. Le sergent se brancha.

– ... beaucoup d'indices, malheureusement. On a trouvé ça derrière le rideau, là-bas. (Il indiquait une petite embrasure et tenait un sac en plastique contenant un gant jaune vif.) On aura peut-être quelque chose pour toi sur le couteau, il y a un bout de fil collé. Tu as entendu parler d'eux, Tom?

Barnaby secoua la tête.

– Ma femme est venue ici suivre des cours de tissage. J'ai mis un temps fou à me débarrasser de son écharpe. J'ai fini par la donner à une vente de charité. Elle a réapparu dans la vitrine d'Oxfam. Joyce ne m'a pas adressé la parole pendant une semaine.

– Elle a fait fort, dit Troy.

Barnaby prit le gant et un deuxième sac contenant le couteau.

– Je les déposerai plus tard au labo, d'accord?

Un flash crépita et les deux policiers se dirigèrent vers l'homme qui se tenait sur le seuil.

– Vous êtes arrivés le premier, sergent?

– Oui, monsieur. En même temps que l'ambulance. J'étais de patrouille avec la constable Lynley. J'ai alerté la PJ et je suis resté avec le corps. Elle, elle les a fait descendre. Dans la grande pièce tout au bout du vestibule.

– Comment vous les avez trouvés, tous ?

– Eh bien... tout à fait comme on s'y attend. Ils étaient là, complètement estomaqués. À part l'idiot qui braillait comme un veau. Je leur ai bien demandé si on avait touché au corps, ils ont dit que non. Après ça, je n'ai rien pu en tirer.

– Très bien.

Barnaby descendit lourdement l'escalier. Troy, mince comme un fil dans son blouson de cuir usé et son pantalon gris serré, courait en avant, ouvrait deux portes avant de trouver la bonne.

La pièce assez vaste, avec un plafond en moulures de bois biseautées, comme les lambris des murs, donnait l'impression de se trouver dans une grande boîte sculptée. Il y avait nombre de chaises-coquilles en polystyrène à pieds métalliques et un tableau noir mal essuyé. Un lieu de cours et de séminaires.

Les membres de la communauté étaient tous groupés à l'exception d'un homme qui se tenait à l'écart, près des portes-fenêtres. Les poings serrés dans les poches, il paraissait déconcerté et fou de rage. Une longue égratignure où perlait du sang frais courait le long de sa joue. Barnaby trouva son visage vaguement familier.

Troy zieuta la constable (elle sucrait les fraises, et boulotte avec ça) puis les autres. Une fille en sari qui pleurait consolée par un type en jean. Le garçon chialeur, la tête dans le giron d'une femme en bleu aux traits accusés. Une jolie pépée blonde et une toupie poivre et sel, l'air pas commode, en pantalon de velours côtelé. Deux gros hippies pitoyables, avec des cailloux au milieu du front, et une femme dans une robe pas possible, qui paraissait à peine moins morte que le Refroidi, là-haut. Plus un drôle de petit coco, tout rond, avec une barbe couleur de sauce tomate.

Barnaby se présenta et demanda si quelqu'un pouvait

raconter précisément ce qui s'était passé. Il y eut un très long silence. Troy eut l'impression que la fille en sari cherchait à maîtriser ses sanglots avant de se mettre à parler, mais tout le monde, sauf l'homme près de la fenêtre, se tourna vers la femme en bleu. Tout en continuant à caresser les cheveux du jeune qui pleurait, elle inclina la tête à contrecœur et voulut se lever mais il se cramponnait si fort à ses genoux qu'elle n'y parvint pas. Quand elle prit la parole, sa voix était très tendue. Anormalement basse et calme, comme si elle s'acharnait à condamner de grands réservoirs d'émotion.

– Le Maître nous a quittés. Il a pris possession de son corps de lumière et ne fait plus qu'un maintenant avec son âme.

Ouille-aïe, aïe ! pensa l'inspecteur en chef. Ça promet. Troy se demanda s'il avait une chance de s'éclipser pour aller fumer une clope avant qu'on démarre pour de bon. Il avait réduit à cinq par jour, avait fumé les quatre premières avant le petit déjeuner, et le besoin d'une bonne inhalation le rendait marteau. Deux longues minutes s'étirèrent : personne ne pipait. Puis la gonzesse aux nichons écroulés se mit à pleurnicher en écartant les bras avant de se les croiser sur la poitrine, comme pour se tenir chaud.

Le sergent considérait avec irritation et aversion ces démonstrations de chagrin ostentatoires. À les entendre jaspiner, on aurait cru des étrangers. Des Italiens. Du petit-nègre. Il mit la main dans sa poche et la referma tristement sur un briquet et un paquet de Chesterfield.

*

Barnaby comprit que cet interrogatoire de masse ne le mènerait nulle part. Jusque-là, il n'avait obtenu que le nom de la victime. Comme s'il interrogeait des prisonniers de guerre. Alors, il demanda à disposer d'une autre pièce et on leur proposa le bureau de la Loge.

Un cabinet de travail sans fenêtre, des boîtes de fournitures et d'enveloppes en papier kraft, des casiers à dossiers et un duplicateur désuet. Sur le mur une affiche sur la réincarnation : *Vous est-il arrivé de signer un chèque* William Shakespeare *et de vous demander pourquoi?* L'endroit idoine, d'un point de vue policier. La combinaison interrogateur inconnu-disparition complète du monde extérieur, c'était peut-être la moitié du chemin de fait.

Barnaby prit place à une petite table ronde avec une rame de papier brouillon et des crayons, les sacs en plastique à ses pieds. Troy déambulait. Une nouvelle voiture de patrouille était arrivée pour relayer le constable posté à la porte d'entrée, qui se retrouvait maintenant, muni d'un Bic et d'un carnet, placé de façon à n'être pas vu de la personne interrogée. Comme l'assemblée avait persisté à la boucler, l'inspecteur n'était pas en mesure de suivre la procédure habituelle, c'est-à-dire entendre d'abord le témoin le plus utile. En conséquence, il avait commencé avec leur porte-parole et il s'en mordait déjà les doigts.

Barnaby avait acquis la conviction qu'après trente ans passés dans la police, il avait vu défiler tous les spécimens, toutes les couleurs et tendances sexuelles, zélotes de tout poil, politiques et religieux, que son pays pouvait offrir. En quelques minutes, il se rendit compte qu'il s'était trompé. La femme qui lui faisait face lui déclina ses nom et prénom, son nom astral (« Pacifica »), puis lui conseilla d'écrire sur du papier jaune plutôt que sur du blanc, afin de dissiper toute confusion et d'harmoniser son humeur noire. Barnaby qui griffonnait reposa son crayon.

Interrogée sur la mort qui avait eu lieu dans le Solarium, elle expliqua que le terme était inapproprié. Le Maître avait été transmuté magnétiquement en un ariel sur écoute du pool interplanétaire ; un seigneur de tous les Élohim et une gouttelette dans le grand champ de la conscience cosmique.

– C'est possible. Mais, mademoiselle Cuttle... (Oh, très spirituel, pensa Troy, Mais, May...) ... Moi, ce que je tâche de découvrir, c'est celui qui l'a envoyé là-bas.

– Oh, non, non... ça n'est pas ça du tout.

Elle le gratifia d'un sourire exquis quoique légèrement condescendant. Barnaby eut l'impression qu'on allait tout à l'heure lui conseiller de ne pas se mettre martel en tête pour si peu.

– Alors, c'est quoi ? demanda le sergent Troy.

– Eh bien... (May s'installa confortablement et posa son sac dans son giron, comme une poche de kangourou.) Tout a commencé avec ma régression. (Elle s'interrompit en remarquant l'effort qui s'accusait sur les traits rudes de Barnaby.) Oh ! là ! là !... C'est si difficile à expliquer à des gens du dehors. Il suffit de dire que nous nous sommes tous incarnés de nombreuses fois sur cette terre et que, sous la direction de Maîtres, je revis des incidents qui se sont déroulés dans l'une ou l'autre vie, le troisième vendredi de chaque mois, sauf en février où il y avait un atelier d'autodéfense psychique.

« Il y a toujours une grande quantité d'énergie qui vibre au moment des régressions mais aujourd'hui c'était vraiment extraordinaire. J'ai eu un accident, par exemple, cet après-midi, que je vois maintenant non comme un accident mais comme une métaphore. Une masse de fer est tombée du toit...

– Pourrions-nous nous en tenir à ce soir, mademoiselle ?

– Oh, très bien. Mais ça va dans le prolongement, vraiment. La symbolisation d'Astarté, déesse de la lune. Puis, plus tard, durant la régression, des nébuleuses qui s'écrasaient de partout, des étoiles qui se tamponnaient, des flèches de lumière argentée, des averses et des averses de pluie dorée, des lunes tourbillonnantes... Le trépas d'un arahat est d'une importance astrale immense et ne peut s'accomplir dans un dynamisme commun ou ordinaire. Ce n'est pas un banal accident.

– Accident, sûrement pas.

– Je comprends que vous rêviez d'une intervention humaine.

– C'est la ligne que nous adopterons dans cette enquête, en effet.

– Quand vous êtes sortie de cette transe ou de je ne sais trop quoi, dit Troy, qu'avez-vous vu exactement ?

– Je viens d'expliquer tout ça. Des lunes qui filaient...

– Je voulais parler de faits réels.

– Mais ce sont les faits réels.

Barnaby poursuivit, déterminé à resserrer ses questions de façon à ne laisser aucune échappatoire vers d'autres fantaisies astrales.

– Maintenant, mademoiselle...

– Goûteur du général.

– Pardon?

– C'était ce que j'étais ce soir. En Bretagne du temps des Romains.

– Vraiment? (Pour le culte des ancêtres, il n'était pas bon, Barnaby. Il insista:) Pouvez-vous me dire – ou plutôt me montrer – où lui et les autres étaient assis avant que vous commenciez. (Il poussa vers elle un crayon et une feuille de papier, en se hâtant d'ajouter comme elle ouvrait la bouche:) Nous n'avons que du blanc.

– La musique, c'est mon fort, voyez-vous. Pas le dessin.

– Un simple croquis suffira. Vous pouvez mettre des croix si vous voulez. Mais ne placez pas au hasard. Si vous n'êtes pas sûre, laissez un blanc.

Elle dessina comme un enfant, en se concentrant farouchement, la langue sortie. Barnaby examina le résultat.

– Et les positions avaient-elles changé quand vous... hum... êtes redevenue vous-même?

– Oh oui. Tout le monde était autour de moi. Arno pleurait, le sot!

– Pourquoi?

– J'avais été empoisonnée. En goûtant des champignons. Ils étaient tellement inquiets. Mais il aurait dû savoir que tout irait bien. Une fois, j'étais attachée à une roue de chariot...

– Vous dites «tout le monde», reprit Troy. Cela inclut-il Craigie?

– Non. Mais je ne m'en suis rendu compte que lorsque Christopher a rallumé.

– Où se trouve-t-il là? demanda Barnaby en prenant le dessin.

– Nulle part. Il était resté avec moi.

– Vous voulez dire que ça se passait dans le noir ? interrogea Barnaby.

– Disons qu'il faisait un peu sombre.

– C'est pratique, fit Troy.

– Je ne comprends pas, dit May en fronçant les sourcils.

– Qui a suggéré d'éteindre ?

– Personne. On éteint toujours pendant les séances de méditation.

– Alors, qu'avez-vous vu quand on a rallumé ?

– Le Maître était debout devant son fauteuil…

– Toujours sur l'estrade ? demanda Barnaby en jetant un coup d'œil au dessin.

– Oui. Alors il a basculé, comme qui dirait, sur les marches. (La voix se fit hésitante et les lèvres se mirent à trembler.) Son sein avait déjà reçu la lance céleste.

L'inspecteur était à presque à bout de patience. Il saisit brutalement le premier sac en plastique et le poussa sur la table.

– Votre lance, mademoiselle. Vous la reconnaissez ?

– Ma… (Elle saisit le sac. Les taches avaient déjà oxydé l'acier.) Mais c'est l'un de nos couteaux de cuisine. (Elle le reposa.) Comment… ?

Elle le fixa, les yeux écarquillés, durant un long moment, le front tout plissé d'une profonde perplexité. Puis son regard s'éclaira.

– Bien sûr. (L'assurance en béton était de retour.) Nous ne sommes pas encore conscients, ici, inspecteur. Nous nous évertuons, nous prions, nous luttons pour atteindre la perfection, mais c'est une longue, pénible discipline. Aucun de nous n'est prêt, apparemment, à recueillir la révélation de la sagesse divine. Sachant cela, les Dieux, dans leur ineffable bonté, ont transmuté leur arme suprêmement mystérieuse en un humble instrument domestique. En quelque chose que nous, acolytes, pouvons aisément assimiler et comprendre. Je ne doute pas un instant que vous allez trouver une empreinte digitale karmique.

Troy renifla de mépris. Jugeant peut-être que l'analyse

manquait d'une certaine rigueur, Barnaby montra son deuxième sac.

– Et cela vient aussi de la cuisine ?

– Oui, c'est Janet qui les met. Elle a un problème de peau, qui cède petit à petit grâce à mon baume au marrube et à la mauve. Comment l'avez-vous eu ?

– On l'a trouvé derrière un rideau dans le Solarium.

– Très bizarre ! On ne peut pas faire la vaisselle là-bas.

Puisqu'elle était persuadée que l'assassin était surnaturel, il semblait superflu de lui faire remarquer le lien évident.

– Avez-vous vu quelqu'un s'approcher de la fenêtre ? (May secoua la tête.) Et ces régressions, elles prennent souvent une forme aussi dramatique ?

– Ça dépend. J'ai succombé une fois à la Peste Noire et j'ai crié comme une damnée. La semaine d'après, ça a gazé du tonnerre avec Henry VIII. On ne peut jamais savoir.

Bonne question, pensa Troy. Bien joué. Parce que si on prévoyait une diversion possible... Il posa une question de son cru.

– Y avait-il quelqu'un, parmi les gens présents, qui n'était pas familier avec le déroulement de la séance ?

– Oui, en effet. M. et Mme Gamelin ne font pas partie du groupe. (*Gamelin*, pensa Barnaby. Voilà, c'est lui !) Ils sont venus pour l'anniversaire de leur fille. Pauvre enfant.

Pauvre ? Troy eut du mal à l'avaler, celle-là. Nés pour donner l'ordre aux autres de se grouiller. Ou qui le pensent, ce qui revient au même. On peut toujours s'en tirer en jouant les dingues, si ça sonne juste. Mais avec un meurtre, pas moyen. Le chef était en train de demander quelle était la structure de la communauté et qui la dirigerait, à présent.

– Nous sommes tous égaux, ici, inspecteur, bien que, comme dans tout groupe, je suppose, il existe une hiérarchie naturelle. (Barnaby hocha la tête ; il était bien rare que les gens parlant de la sorte se voient eux-mêmes en bas de l'échelle.) C'est moi qui suis la plus ancienne, ici, on pourrait m'appeler l'économe, je crois. Je m'occupe de toutes les commandes, depuis le soja jusqu'au fourrage de Calypso. Et de la comptabilité. Je suis autorisée à signer les chèques.

Elle énuméra les autres membres, leur ordre d'arrivée et la durée de leur séjour.

– Et le garçon ?

Barnaby fit un signe en direction de la porte. Les lamentations s'étaient presque éteintes.

– Tim ? Oh... on l'a trouvé. (Elle parut mal à l'aise.) Je ne connais pas les détails. Arno ne veut pas en parler. Je lui ai posé deux fois la question, mais il s'est énervé. Un jour, le Maître et lui ont simplement ramené Tim. Comment va-t-il supporter le choc ?... Pauvre garçon. Le Maître était toute sa vie. J'ai peur pour lui, vraiment. (Elle se leva.) Si c'est tout, puis-je y aller ? J'aimerais voir...

– Une dernière question, dit Barnaby. Quelqu'un s'est-il changé depuis la régression ?

Quand elle eut répondu par la négative et fut autorisée à sortir, les trois hommes échangèrent des regards déconcertés. Barnaby répéta :

– *Le fourrage de Calypso* ?

– Ils sont tous végétariens, monsieur, dit le jeune constable.

– T'as tout pigé, hein, mon coco ? fit Troy.

– Sûr que non, sergent, dit le constable en devenant tout rose. (Il avait une moustache grotesque, duveteuse comme des plumes de canard.) Seulement les détails pertinents.

– Ils ont eu amplement le temps d'accorder leurs violons avant l'arrivée de la voiture de patrouille, chef. Peut-être que ces foutaises surnaturelles vont constituer la ligne officielle du parti.

– J'en doute. Pas possible qu'ils soient tous aussi allumés que celle-ci.

On frappa et la femme aux longs cheveux gris entra, suivie de l'homme à la moustache *Hé Viva !* Ils avaient retiré leurs bandeaux et affichaient une expression de deuil exalté. Ils avaient l'œil aigu et curieux. Elle portait un plateau avec trois tasses et lui une assiette qui aurait parfaitement trouvé place sur le plateau.

– On a pensé que vous apprécieriez quelques rafraîchissements...

– Une tasse d'Acorna?

– Un excellent ersatz de café, vraiment.

– Et du gâteau.

Barnaby prit une tasse et leur demanda leur nom.

– Eh bien, puisque vous êtes là, peut-être pourriez-vous répondre à quelques questions concernant le meurtre de M. Craigie.

L'inspecteur avait dit le mot afin que tout le monde sache ce qu'il en était.

À l'évidence, c'était bien là le seul but de l'exercice, et ils s'assirent tous deux en un clin d'œil. Ken prit les devants.

– Vous ne pouvez pas parler de meurtre, fit-il en ajoutant gentiment: Pas au sens où l'entendrait un profane.

– Il n'y a qu'une façon d'entendre le mot, monsieur Beavers. La suppression gratuite d'une vie humaine. Vous pouvez à votre guise enrober le fait dans je ne sais quel jargon fumeux. Mais le meurtre, c'est ça.

Il répondit à un double hochement de tête plein de pitié en poussant vers eux papier et crayons, et en leur demandant de faire un croquis. Il ajouta: «On ne se consulte pas», et les observa tandis qu'ils se mettaient à dessiner.

Leurs diagrammes, comme leurs vêtements et leur coiffure, étaient presque identiques. Il les imaginait en hiver en tricots assortis, avec des bonnets à pompon assortis sur leurs crânes en pointe assortis. Troy s'acharnait sur son «rafraîchissement»: le morceau de gâteau aurait fait une pierre de fondation géniale.

Ken rendit le papier en disant:

– Peut-être pourrais-je métacommenter votre dernière verbalisation.

– Mais certainement. Seulement, parlez simple, s'il vous plaît. Je n'ai pas toute la nuit, répondit Barnaby, qui craignait fort que si.

– Le couteau a été planté par une main de mortel. (Très réticent.) Mais cette main a été guidée par des forces divines. Pour dire la vérité, nous étions tous les deux plus que contrariés de n'avoir pas été choisis...

– Nous aurions été honorés...

– Aucun disciple ne saurait être plus dévoué.

– Cependant, soupira Ken, il ne devait pas en être ainsi.

– Vous devriez vous estimer heureux, monsieur Beavers. À moins que ça vous dise de passer les dix années à venir dans une cellule de prison.

– Où voulez-vous en venir? s'écria Heather, en rejetant la tête en arrière, révélant ainsi brièvement une ébauche embryonnaire de ce qui aurait pu être, avec le temps, de l'exercice intensif et nombre d'opérations esthétiques fort coûteuses, les prémices capricieux d'un menton.

– Il n'existe pas de cellule dans la vie de l'esprit, dit Ken.

C'est alors que Barnaby leur passa les deux sacs. Celui contenant le couteau fut manipulé avec une révérence extrême par Ken, qui murmura:

– Des vibrations, on les sent encore... subtiles mais puissantes... La vache!...

– Il peut vous être d'une grande aide, inspecteur, dit Heather. Essayez de penser à lui comme votre diapason cosmique.

Quels connards, ces deux-là! pensa Troy. Complètement givrés. Il s'enquit de la forme que prendrait cette aide éventuelle.

– Mon mari est un sensitif.

– Quoi?

– C'est un terme qu'on utilise pour qualifier une âme en harmonie non seulement avec les profondeurs insondables de son être mais avec tous les courants vibratoires de l'univers caché.

– C'est pas vrai?

– L'un des effets secondaires, dit Ken en levant les épaules avec gravité et modestie, c'est que j'ai été choisi pour être le canal d'Hilarion. L'un des plus grands esprits que le monde ait connus. Transmuté d'innombrables fois, vous le connaissez peut-être mieux sous le nom de Samuel, le Prophète du Seigneur. Ou Merlin. Mieux encore, Francis Bacon, Fils d'Elizabeth Ire et de Robert Dudley...

– Ce que j'aimerais, en fait…

Barnaby cherchait résolument à endiguer le flot.

– … l'auteur véritable des pièces du soi-disant Shakespeare…

– *Ce que j'aimerais, en fait…*

Quand l'occasion l'exigeait, l'inspecteur savait avec beaucoup d'efficacité user de son regard féroce. Ils se redressèrent promptement.

– … c'est savoir si l'un de vous a une idée du mobile de ce meurtre.

– Mais ce n'est pas ça du tout.

– Admettons, dit Troy en se penchant pour leur parler haut dans la figure, que ce soit ça.

– Impossible. Tout le monde l'adorait.

– Apparemment, il y a au moins une personne qui ne l'adorait pas, madame Beavers, dit Barnaby. Bon, je sais qu'il n'y avait pas beaucoup de lumière mais l'un de vous a-t-il remarqué un mouvement brusque pendant la régression ? (Il jeta un coup d'œil aux dessins.) Venant de quelqu'un assis sur les marches, par exemple ?

– Eh bien, naturellement, nous nous sommes tous levés à cause de May. On s'est précipités vers elle.

– Tous ensemble ?

– Oh oui, pratiquement, tu ne crois pas, Heth ?

Heather hocha la tête. Barnaby soupçonna que les opinions ne divergeraient guère à l'avenir. Une pièce dans la pénombre. Des gens concentrés sur une silhouette allongée. Tout le monde regarde du même côté, le tour de passe-passe se déroule à l'opposé. Un complot. Tout de même, le coup était risqué. Alors, pourquoi choisir un moment si dangereux ? À ce stade, la question demeurait évidemment sans réponse. Il changea de sujet, espérant se faire une idée plus précise du contexte.

– Combien êtes-vous à vivre ici ?

– Nous sommes dix résidents permanents, mais bien sûr nous avons une plus grande capacité d'accueil. Parfois, pendant les retraites ou les ateliers, il peut y avoir quarante… cinquante personnes.

– Ça doit pas être facile, dit Troy, de vivre aussi proches les uns des autres. Il doit y avoir des disputes, des exaspérations. (Deux dénégations, deux sourires écœurants.) Des incompatibilités de caractère ? Des conflits d'argent ?

– Le matérialisme, ce n'est pas notre truc.

– Qu'est-ce que l'argent sinon la concrétisation de la force éthérique ?

Après encore quelques échanges du même tonneau, Barnaby les laissa partir. Avant même que la porte soit refermée, le couple fit des commentaires défavorables sur les deux policiers.

– Ces types... Ils viennent d'une autre planète...

– Ils n'écoutent rien. Ils ne font qu'entendre les mots.

– Je dois me rappeler de ressortir ça à Maureen la prochaine fois qu'elle me réclamera d'augmenter l'argent du ménage, dit Troy. Comment c'était, déjà ? L'argent, c'est le concret de... quoi ? À propos de concret, vous avez goûté le gâteau ?

– J'ai pris assez de risques pour ce soir, dit Barnaby. J'ai bu le breuvage.

– On ne peut pas dire qu'on ait fait des pas de géant, hein, chef? (Troy, perché sur la table, riposta au regard hargneux de Barnaby par un sourire suave.) Et l'hypothèse de la conspiration ? La vieille andouille fournit exprès le drame pour détourner l'attention de l'estrade... Ils se précipitent tous, ce qui permet à l'autre moitié de l'orchestre de...

– Précisément. Ils se précipitent *tous.*

– Ouais... bon... regardez... (Troy tourna le dessin de May.) Ils sont quoi... neuf? Il fait sombre... un peu. Neuf personnes ne se déplacent pas comme une seule. Quelqu'un reste forcément en arrière, règle son compte au vieux puis revient fermer la marche. Combien de temps ça prendrait ? Une seconde ? Deux ? Et avec les gueulantes et les histoires de la vieille, personne n'aurait entendu même s'il avait poussé un cri.

– Mmm. L'hypothèse se tient. (Troy, tout content, eut un petit sourire suffisant.) Pas sûr, pourtant, que je marche pour la conspiration. Bon, interrogeons... (Il retourna le croquis.) Christopher Wainwright. Il est resté avec la miss Cuttle pendant la régression, donc il avait comme elle une vue d'ensemble. Il a pu avoir... (Un coup bref à la porte et la femme policier de trente berges et des brouettes passa une tête.) Qu'est-ce que c'est?

– Il y a une Mlle McEndrick dehors, monsieur. Elle dit qu'elle a des informations urgentes à communiquer à propos de l'incident d'en haut.

Elle avait à peine achevé sa phrase que Janet fit irruption dans la pièce. Elle s'arrêta en plissant les yeux et en cillant, ses épaules osseuses voûtées, avant de se lancer dans un flot de paroles. Les mots se bousculaient.

– Excusez-moi, je n'ai pas pu attendre que vous m'appeliez, c'est simplement que j'ai vu quelque chose, je suis sûre que c'est important, il faut que vous sachiez avant de perdre votre temps avec les autres... Excusez-moi...

Tout en elle indiquait le remords. Elle semblait demander pardon de sa haute taille, de ses vêtements peu seyants, de son corps anguleux, elle semblait même s'excuser d'exister. Pourtant, elle avait forcé l'entrée. Elle s'était imposée face à un étranger en position d'autorité. Il fallait le faire!

Barnaby la pria de s'asseoir.

– Je sais qui a tué. Il portait un gant, non? Un gant de ménage?

– Qu'est-ce qui vous fait croire ça?

– Derrière le rideau, non?

Elle marqua une pause et Barnaby l'encouragea à poursuivre, tout en remarquant l'absence de chagrin dans les yeux intelligents, largement écartés, et le tic nerveux qui faisait tressaillir la joue.

– Il l'a sorti de sa poche. Je l'observais. Il a jeté un coup d'œil autour de lui comme pour s'assurer qu'on ne le remarquait pas, alors j'ai regardé autre part, en faisant semblant de parler à quelqu'un, mais je l'ai surpris!

– Surpris qui, mademoiselle McEndrick?

– Eh bien... Guy Gamelin, bien sûr.

Elle s'efforçait de garder un ton égal mais ne put dissimuler le courant de triomphe qui passait dans sa voix.

Bien sûr? Il s'agit d'une affaire personnelle, pensa Barnaby. Peut-être, à l'instar de son sergent, faisait-elle partie de ces gens dévorés par l'envie devant les très riches. Mais, sans savoir pourquoi, l'inspecteur en doutait. Il lui demanda ce qu'elle pensait de M. Gamelin.

– Moi? (Elle s'empourpra vilainement.) Je n'en pense rien. Je l'ai rencontré aujourd'hui pour la première fois.

– Vous avez dîné ensemble.

– Si on peut dire. Nous étions neuf.

Barnaby hocha la tête, d'un air attentif et encourageant. Malgré le silence qui se prolongeait, son expression d'intérêt bienveillant demeura. Il aurait fallu manquer tout à fait d'éducation pour ne pas répondre.

– Si vous voulez vraiment le savoir, je trouve Gamelin odieux. Plein de lui-même, comme la plupart des hommes. Quand il ne critique pas, il donne des leçons. Il se moque de notre idéal et de la façon dont nous essayons de vivre. Bien sûr, il y a des gens qui se laissent facilement impressionner par le pouvoir et l'argent.

– La plupart, peut-être?

– Ce qu'ils sont bêtes!

Barnaby lui expliqua, pour le croquis, et lui tendit une feuille de papier.

– Pourquoi? Je n'ai rien à voir avec ça, dit Janet.

– On le demande à tout le monde.

– Mais ce n'est pas fini, maintenant? Je veux dire... pourquoi n'allez-vous pas l'arrêter?

– Vous avez une raison particulière de vouloir qu'on l'arrête, mademoiselle McEndrick? demanda Troy, planté derrière sa chaise.

– Non... (Le mot fut lâché précipitamment. Janet se dévissa le cou pour voir qui avait posé la question. Elle remarqua les cheveux roux en bataille, les lèvres minces, et perçut une froide malveillance qui l'inquiéta. Elle se retourna, presque avec gratitude, vers le plus âgé des deux hommes.) J'ai cru simplement que celui qui s'est servi du couteau a dû porter un gant, à cause des empreintes. Quand je l'ai vu le cacher...

– Vous avez fait le rapprochement ? suggéra Troy.

Janet se mit à dessiner. Barnaby observait sa tête baissée. Il remarqua la raie fine qui séparait nettement ses cheveux, pas un poil qui s'égare du mauvais côté. Des barrettes de cuirassé en métal gris mordaient méchamment le crâne. Il l'imaginait en train de brosser la masse rêche matin et soir sans exception. Cinquante coups de brosse, durs, éprouvants. Rien à voir avec la beauté, il s'agissait plutôt de mortification. Une volonté d'exorciser le démon. Ou se laissait-il emporter par son imagination ? Quel pouvait être ce démon ? Jalousie, désespoir, paresse... luxure ? Quand elle eut fini, il jeta un bref coup d'œil au croquis : il ressemblait beaucoup aux autres. Barnaby risqua à tout hasard :

– Cela vous plaît de vivre ici, mademoiselle ? Vous vous entendez bien avec les autres ?

Il la sentit sur ses gardes, en position de repli.

– Oui, je crois.

– Vous avez peut-être une amie ?

– *Non !* (D'un bond, elle avait quitté sa chaise et se dirigeait vers la porte. Elle l'ouvrit et tourna vers Barnaby un visage tourmenté.) Je vais vous dire autre chose sur Guy Gamelin. Le Maître l'a désigné du doigt avant de mourir. L'a désigné pour nous tous. Le voilà, le coupable. Demandez-le-lui... demandez à n'importe qui...

8

– J'AVAIS un professeur de sport comme ça, dit Troy quand Janet fut partie. Des genoux noueux, des tennis, pas de nichons, un sifflet au cou. Elles me débectent, ces gouines. Toutes membres de la pédocratie, d'ailleurs. Pas vrai ?

Il s'adressait au constable qui prenait des notes. Le jeune homme jeta un coup d'œil à Barnaby qui, tête baissée, écrivait d'un air affairé. Le constable décida de ne pas prendre de risques.

– Je n'avais jamais pensé à ça, sergent.

– On fait rentrer Gamelin maintenant, monsieur? demanda Troy.

– Je préfère entendre les autres avant. Voir ce qu'on peut en tirer.

Il envoya le constable chercher Christopher Wainwright

– Il ne doit pas être habitué à ce qu'on le fasse attendre.

– Alors, voilà qui mettra un peu de neuf dans sa vie, non?

Troy admira. Il connaissait bon nombre de policiers (certains plus gradés que Barnaby) qui n'auraient fait attendre Gamelin que le temps de lui cirer son siège. Je serai comme le chef, se jura Troy, quand je serai inspecteur. Personne ne me bousculera. Je me ficherai de savoir à qui j'ai affaire. Mais il ne lui vint pas à l'idée qu'il pourrait être psychologiquement en position de faiblesse.

Christopher Wainwright paraissait proche de la trentaine. La pâleur du visage était quelque peu accentuée par la noirceur des cheveux. Il portait un jean ajusté et une chemise sport à manches courtes, avec un petit crocodile vert. S'il était accablé de chagrin, il le cachait bien. Quoiqu'il regardât les deux policiers avec une certaine franchise, il y avait en lui une prudence maîtrisée qui intrigua Barnaby. Quelle raison avait ce garçon de s'inquiéter ? Avec May, il était le seul dans la pièce à n'avoir pas pu porter le coup fatal. Se tracassait-il pour quelqu'un d'autre ? Pour la fille qui pleurait dans ses bras ? Barnaby lui demanda s'il avait vu quelque chose, bien placé comme il l'était. Christopher secoua la tête.

– La plupart du temps, je regardais May. Et je lui tenais la main, à la fin. En tout cas, nous étions bien à quatre mètres des autres. Et il n'y avait pas beaucoup de lumière.

Quand on lui demanda de faire le croquis : – Ce sera plutôt vague. Je me rappelle à peine où étaient les autres. Un meurtre, ça vous fait oublier ce genre de détails.

– Avez-vous une idée de la raison pour laquelle on aurait tué Craigie ?

– Pas la moindre. C'était le plus inoffensif des hommes. Sincèrement bon, pas comme certains ici, qui parlent beaucoup d'amour mais qui ont bien du mal à le mettre en pratique.

– Vous ne partagez pas l'état d'esprit général de la communauté ?

– De certains, pas de tous. Je me qualifierais plutôt de curieux à l'esprit ouvert. J'étais en vacances en Thaïlande, l'année dernière, et j'ai été très impressionné par la spiritualité des gens là-bas. Par les temples et les moines. Quand je suis rentré, j'ai commencé à lire des livres sur le bouddhisme, puis j'ai suivi un stage de trois jours ici, une méditation sur le Soutra du Diamant, mentionné dans *Vision*. Et je suis toujours là, six semaines plus tard.

– Et pourquoi ça, monsieur Wainwright ?

– J'ai… rencontré quelqu'un.

Barnaby vit les épaules se détendre, les paupières se décrisper et il pensa : Donc, il ne s'inquiète pas pour la fille. C'était autre chose. Il paraissait avoir envie de parler d'elle et l'inspecteur le laissa continuer.

– Je ne pouvais pas y croire, au début. (Il semblait plutôt honteux comme s'il avouait une faiblesse ou un vice caché.) Tomber amoureux. (Il cherchait à paraître ironique, sans succès.) J'ai connu des aventures, bien sûr…, fit-il en haussant les épaules. Mais pour de bon… jamais. Pour être honnête, mon premier mouvement, ça a été de me barrer. Ma vie me plaisait comme elle était. Un joli petit appart, je ne manquais pas de copines. Mais j'ai attendu une fraction de seconde de trop et je me suis retrouvé… piégé. (Son teint pâle rougit. Il n'avait pas l'air piégé. Il avait l'air heureux et plein d'espoir.) Je ne savais pas qui elle était, alors. J'ai pris un mois de congé – je suis cameraman à la BBC – que j'avais en retard. Après, j'ai demandé un congé sabbatique qui, lui aussi, touche à sa fin. D'ici là, j'espère avoir convaincu Suze de m'épouser. Elle a peur de franchir le pas, je crois. Cela fait des années que les Gamelin se battent. Son enfance a dû être un enfer.

– Donc, on peut considérer que la mort de Craigie vous est profitable, dit Barnaby. Son environnement à elle devenant beaucoup moins sécurisant.

– Oui. C'est triste et, naturellement, je regrette ce qui est arrivé mais j'ai l'impression que cela peut faire pencher la balance en ma faveur.

Il est verni, celui-là ! pensa Troy. Si c'est pas retomber sur ses pattes, ça ! Il savait pas qui elle était. Il doit nous prendre pour des bleus. Quand on a un brin de cervelle, c'est pas compliqué de comprendre ce qui s'est passé. Il apprend par la télé ou le téléphone arabe où se cache la pauvre petite gosse de riches. Il s'amène, joue la comédie et réussit son coup. Une fois qu'ils seront attelés au même compte en banque, elle risque pas de la voir souvent, sa Ferrari.

Cette projection dans l'avenir pleine d'imagination, liée aux pensées de Barnaby sur le même motif, donna une idée à Troy.

– Où se trouve le commutateur, monsieur Wainwright?

Il montra le croquis et Christopher l'indiqua obligeamment d'une croix. Le sergent regarda par-dessus son épaule.

– Je vois. Donc, pour l'atteindre, il faut passer assez près de l'estrade.

– Pas vraiment. Pour aller de là à là, il dessina une diagonale, c'est le chemin le plus court.

– Et c'est ce chemin que vous avez pris?

– Bien sûr. (Christopher regarda Troy avec des yeux ronds.) Où voulez-vous en venir? (Puis, comprenant soudain, il se mit à rire.) Oh, allez…

Le sergent prit le croquis avec brusquerie et l'examina de près, les yeux mi-clos pour masquer sa colère. Je peux supporter n'importe quoi, se dit-il de mauvaise foi, sauf qu'on se moque de moi.

– Je crois savoir, dit Barnaby, que la victime a désigné quelqu'un avant de tomber.

– Il avait le bras tendu, oui. Mais je ne sais pas s'il voulait montrer quelqu'un en particulier.

– Autrement, cela ne rime à rien.

– On a insinué, dit Troy en reposant le papier, qu'il désignait Gamelin.

– Qui ça «on»? (Comme il n'obtenait pas de réponse, Christopher poursuivit:) Eh bien, ça peut se comprendre. Il n'est pas des nôtres. L'idée qu'il s'agirait de l'un d'entre nous est insupportable. (On lui montra le couteau et le gant et il confirma que les deux objets provenaient bien de la cuisine.) Suze a son idée sur ce qui s'est passé. Honnêtement, je crois qu'elle délire un peu. Je voulais vous demander si je pouvais rester pendant que vous l'interrogez. Elle est encore très secouée.

– À condition que vous ne nous interrompiez pas.

Barnaby fit un geste en direction de la porte.

– Vous croyez que c'est sage, chef? dit Troy, quand Christopher eut disparu.

– Je crois, oui. Si elle est détendue et cohérente, on en aura plus vite fini et on passera au suivant.

– Je vais vous dire un truc sur ce type : il se teint les cheveux. (Troy délivra sa remarque d'assez touchante façon, comme un chien qui apporte un os de forme grotesque. Barnaby, qui avait déjà remarqué le fait, ne dit rien.) Et ce n'est pas pour faire branché, pas le genre. Il est trop jeune pour grisonner. Alors pourquoi ?

La fille Gamelin avait dû attendre dehors car ils revenaient déjà. Les joues striées de larmes, elle était encore très bouleversée. Barnaby n'aimait guère interroger les gens accablés de chagrin, mais il ne faisait aucun doute que cela pouvait se révéler très fructueux, car la circonspection était bien le dernier de leurs soucis. Et il en alla ainsi. Elle ne s'était pas plus tôt assise qu'elle se lança dans un discours angoissé et plein de remords.

– ... c'est ma faute... s'il était là, c'était pour moi... et maintenant il est mort... l'homme le plus merveilleux. C'était un saint... il nous aimait tous... il avait tant à apporter au monde... tant à donner... vous n'avez pas idée de ce qui a été anéanti aujourd'hui... mauvais... si mauvais... Ohhh, je n'aurais jamais dû venir ici...

Et ainsi de suite. Wainwright lui tenait la main et Barnaby essayait de trier les « il ». Elle finit par se calmer un peu et s'essuya les yeux avec son sari déjà constellé de traces humides.

– Ainsi vous pensez que toute cette affaire a un rapport avec vous, mademoiselle Gamelin ?

– Mon père ne se serait pas trouvé ici, autrement.

– Vous le croyez responsable de la mort de M. Craigie ?

– Je sais qu'il est... je sais qu'il est... (Elle avait bondi sur ses pieds.) Personne d'autre n'aurait pu le tuer. Ils n'avaient aucune raison. On vénérait le Maître. Pour nous, il était le centre du monde.

– Donc, cette « certitude » n'est fondée que sur une supposition affective ?

– Elle est fondée sur une preuve. Le Maître, en mourant, a désigné directement mon père. C'est indubitable.

– N'y avait-il pas tout un groupe de gens autour de Mlle Cuttle à ce moment-là ? Il aurait pu désigner n'importe qui.

– Non.

– Et l'arme ?

Barnaby poussa le couteau sur la table. Elle le regarda et frissonna.

– Il était sur le râtelier dans la cuisine. Il y était cet après-midi. C'est encore ma faute, là aussi. J'ai laissé mon père seul cet après-midi le temps de porter du thé en haut. Pendant ce temps il a pris le couteau. Il avait dû tout prévoir déjà.

– Et le mobile ?

– Ah ! Le mobile de tous ses actes. *L'argent.* Je dois toucher aujourd'hui un fonds en fidéicommis... ma vingt et unième année. Cinq cent mille livres.

Christopher ouvrit la bouche.

– Tu ne m'avais pas dit...

– Monsieur Wainwright...

Barnaby leva la main et fit signe à Suhami de poursuivre.

– Je n'en voulais pas. Pour moi, ce n'était qu'un fardeau.

Bon Dieu, ces riches ! pensa Troy, ces riches, bordel ! Je t'en foutrais, moi ! *Un fardeau.*

– Alors, j'ai décidé d'en faire don.

Eh ben, cherche plus, ma belle. Me voilà.

– Je voulais en faire don à la communauté. Le Maître estimait que ce n'était pas sage. Que je le regretterais. Il a proposé que j'en parle à mes parents. Question d'argent mise à part, il croyait qu'on pouvait se réconcilier. (Elle rit encore, un son grinçant sans humour.) Il était si naïf. Il ne comprenait pas la méchanceté.

– Dites-moi, mademoiselle Gamelin...

– Ne m'appelez pas comme ça ! Ce n'est pas mon nom.

– Vos parents ont-ils rencontré M. Craigie ?

– Mon père, oui. Ils ont bavardé pendant une demi-heure à sept heures. Ma mère est arrivée en retard.

– Savez-vous ce qu'il est sorti de cet entretien ?

– Seulement qu'ils devaient reprendre plus tard la discussion. Je ne pense pas que le Maître ait eu beaucoup d'influence sur mon père. Il a été absolument odieux pendant le dîner.

– Comment a-t-il réagi quand vous lui avez fait part de votre décision concernant le legs ?

– Je ne lui ai rien dit. J'ai laissé ce soin au Maître.

Barnaby jeta un coup d'œil au croquis.

– Vous vous rappelez alors que votre père se tenait juste derrière le fauteuil de M. Craigie ?

– Oui. Vous comprenez pourquoi, maintenant. Il n'avait qu'à se pencher et... et...

– Ce n'est pas tout à fait aussi simple que ça, non ? Par exemple, vous venez de le dire, votre père ignorait avant d'avoir parlé à Craigie que vous aviez décidé de faire don de l'argent.

– C'est exact.

– À sept heures.

– Oui.

– Alors, pourquoi aurait-il pris le couteau à cinq heures ?

– Oh...

Troy se demanda comment elle allait s'en tirer. Lui qui était toujours ravi devant l'embarras d'autrui, il s'avança à grands pas et vint se placer derrière Barnaby pour observer.

– Eh bien, l'argent n'est peut-être pas la seule raison. Je lui ai parlé de cette maison. Je lui ai dit combien j'y étais heureuse.

– On ne peut tout de même pas se fâcher pour ça ?

– Vous ne le connaissez pas. Il est terriblement jaloux. Il ne peut pas supporter que je sois heureuse avec quelqu'un. Quand j'ai quitté la maison, il rôdait sous les porches et m'espionnait. (Elle tendit la main et prit le sac en plastique qui contenait le gant.) Il portait ça aussi ?

– Nous présumons que celui qui a manipulé le couteau le portait, oui.

– C'est le gant gauche. Il est gaucher. Les gants aussi étaient dans la cuisine. Que voulez-vous de plus ? May qui s'agitait, c'était l'occasion ou jamais.

– Le problème, mademoiselle Gamelin, dit Troy en se perchant sur le bord de la table et répétant le nom avec une certaine satisfaction, c'est que le fait va à l'encontre de la thèse de la préméditation. Puisqu'il n'était jamais venu, comment pouvait-il savoir que les choses prendraient un tour si dramatique ?

– Vous allez le laisser se défiler comme ça, hein ? (Elle lança à Troy un regard plein de dégoût et de mépris, comme s'il était infiniment vénal.) J'aurais dû m'en douter. L'argent vous tire toujours d'affaire.

Troy était furieux. Il était tout ce qu'on voulait mais il n'était pas corrompu, et ne le serait jamais.

– Vos insultes, vous pouvez vous les...

– Très bien. Suffit.

Les mots furent prononcés avec calme mais Troy croisa le regard du chef, glissa de la table et se détourna.

Barnaby se rendit compte que le point de vue obstinément partial de son témoin rendait caduque la poursuite de l'interrogatoire. À court de preuves factuelles, elle risquait de se mettre à inventer. Il les laissa tous les deux s'en aller et se tourna vers son factotum.

– Qu'est-ce qui vous prend, Troy ? Vous laisser provoquer par une gamine ?

– Ouais... eh bien...

– Eh bien, quoi ?

– Rien, monsieur.

Barnaby consulta sa liste et envoya le jeune constable chercher M. Gibbs. Le dos raide, Troy fixait le vieux duplicateur. Il était orné d'un autocollant jaune protestant contre l'énergie nucléaire avec un poli « Non, merci ». La réprimande de Barnaby avait beau être bénigne, Troy ne s'en sentit pas moins blessé. Que le chef l'ait repris comme ça devant un bleu et deux pékins, c'était impardonnable. Souverainement insensible aux sentiments d'autrui, Troy était susceptible à l'excès. Il montait sur ses grands chevaux à la moindre trace de critique.

– Voyez si vous pouvez m'avoir de l'eau. Je meurs de soif.

– Très bien.

Troy se dirigea vers la porte avec un air compassé de maître d'hôtel.

– Et refusez tout le reste. Surtout cet épouvantable ersatz. Je ne purgerais même pas mes canalisations avec.

Troy ouvrit la porte et tomba nez à nez avec Guy Gamelin. Celui-ci avança et le sergent recula aussitôt de quelques pas.

– Je rentre à mon hôtel. J'y serai jusqu'à demain matin. Chartwell Grange, à la sortie de Denham.

Barnaby se leva.

– Monsieur Gamelin, fit-il en indiquant une chaise. J'aimerais vous poser quelques questions avant que vous partiez.

Les deux hommes s'évaluèrent du regard. Guy resta debout. Peu coopératif, il répondait: «Je ne peux pas dire» ou «aucune idée» aux premières questions de Barnaby. Enfin, il refusa de faire le croquis.

– Je ne me rappelle pas où j'étais, et encore moins la place des autres. À l'exception de cette connasse qui meuglait et se roulait par terre.

– Vous n'appréciez pas beaucoup l'association alors?

– Un tas de branleurs, de comédiens et de débiles.

– Dans ce cas, vous n'avez pas dû être ravi de découvrir que votre fille en faisait partie. (À cette remarque, la formidable mâchoire de Guy avança légèrement et sa respiration s'accéléra. Mais il ne répondit pas.) Je crois savoir, reprit Barnaby, que vous avez été brouillés pendant plusieurs années.

– Si ça vous plaît de croire la presse à scandales.

– Alors, ce n'est pas vrai?

– Si on veut. Mais ça ne vous regarde pas, merde!

Le gros mot était de trop. L'inspecteur jugea Gamelin fort immodéré, le genre à passer d'un extrême à l'autre.

– Dites-moi: aviez-vous rencontré Craigie avant ce soir?

– Non.

– Que pensez-vous de lui?

– C'était un escroc.

Entre confrères, on se reconnaît! Troy dévorait des yeux

la montre au poignet de Gamelin. Un ovale étincelant d'or blanc et de cristal avec des chiffres romains, sur un bracelet en platine. Ça, ça me coûterait plusieurs années de salaire, pensa le sergent.

– Il a essayé de prendre Sylvie pour cinq cent mille livres. Mais je ne doute pas que vous ayez déjà découvert l'affaire. (Barnaby se livra à un petit raclement de gorge ambigu. Et attendit la suite.) J'en ai rencontré, des filous, dans ma vie, il y en a plein la City, mais lui, c'était autre chose. Il n'a pas seulement cherché à dissuader Sylvie de donner son argent. Il m'a demandé de la dissuader, moi aussi.

– N'était-ce pas un peu risqué ?

– Pas du tout. Vous ne comprenez pas comment ils fonctionnent, ces imposteurs. C'est l'ultime manœuvre. Comme à la fin d'un marchandage, quand le client s'éloigne, sachant qu'on va le rappeler parce qu'il tient la queue de la poêle. Craigie, il se faisait passer pour un petit saint, vous comprenez. Il fignolait son image.

Quelque chose, dans la voix et dans les yeux porcins injectés de sang, sonnait faux ; ou ne s'accordait pas avec les mots. Qu'était-ce ? Envie ? Déception ? Incapacité à croire ? Peut-être même affliction. Gamelin poursuivait sa diffamation vengeresse.

– Le truc de Craigie, le truc de tous les gourous de ce genre, c'est l'argent et le pouvoir. C'est comme ça qu'ils prennent leur pied, spirituellement.

La souffrance noircissait chaque mot.

– Vous n'avez pas vu la lumière, alors, monsieur Gamelin ? demanda Troy.

– J'ai vu l'obscurité, répondit Guy. C'est préférable, croyez-moi. On sait où l'on est dans le noir.

– C'est pour ça que vous l'avez tué, monsieur ? À cause de l'argent ?

– *Que...* (Très calme. Des mots sans sifflantes qui sifflaient pourtant. Gamelin se pencha en avant, agrippant le bord de la table. Il approcha le visage – une boule de chair congestionnée – à un centimètre de la figure de l'inspecteur.) Écoutez-moi bien. Faites attention où vous foutez les pieds.

J'en ai avalé tout cru des plus gros que vous. Je me fais les dents sur des types comme vous.

La salive coulait sur son menton hérissé et il avait l'air enragé. Une fureur sans retenue se déversait dans l'étroit intervalle qui séparait les deux hommes. Barnaby ne broncha pas sous les postillons qui pleuvaient sur sa cravate, peu impressionné par les invectives de bas étage mais très épaté, en revanche, par la dose et l'intensité de la férocité de Gamelin. Il n'avait jamais eu de chaudière qui lui avait explosé à la figure mais on n'en était pas loin. La table vibrait sous ses doigts.

Troy allait s'avancer mais se ravisa et resta à les observer. On aurait dit deux grands élans s'affrontant au début de la saison des amours. Épaules rigides, front bas. Troy scrutait le profil impassible de son chef avec un frisson d'orgueil corporatif. En se tournant vers Gamelin, il pensa : Là, mon gars, t'es mal tombé !

Barnaby montra le gant.

– La personne qui s'est servie du couteau portait probablement ce gant. On vous a vu le cacher.

– Qui vous a dit ça ?

– Vous niez, monsieur Gamelin ?

– Non.

Il refoulait sa rage. Il la stockait. Barnaby remarqua une trace bleuâtre à l'intérieur de la lèvre inférieure. Gamelin respirait avec précaution et régularité. Il posa brièvement la main sur sa poche de poitrine.

– Vous voulez quelque chose à boire, monsieur Gamelin ? Un verre d'eau ?

– Non. Rien. (Il garda un moment le silence puis reprit :) Le gant. Après que le nain barbu avec ce nom grotesque est sorti téléphoner à l'ambulance pendant que les autres se regardaient sans savoir quoi faire, j'ai voulu prendre mon mouchoir et le gant est venu avec.

– Quelqu'un l'a certainement remarqué, monsieur ? dit Troy.

– Je n'y ai pas pensé sur le coup. J'étais seul, vous voyez, à l'autre bout de la pièce. *Persona non grata.* Et pendant toute la soirée. Ils ne m'ont même pas laissé m'asseoir à côté d'elle au dîner. En disant qu'ils avaient leur place attitrée. (Il fit mine de se toucher la joue.) Je l'ai remis aussitôt dans la poche. C'était évident: celui qui avait tué voulait me faire accuser. Je suis allé à la fenêtre, et quand j'ai cru qu'on ne me regardait pas, j'ai fourré le gant derrière le rideau.

– Vous êtes gaucher?

– Il se trouve que oui.

– Cela a pu fort bien se passer comme vous le dites, monsieur Gamelin. Cependant, il reste que la victime vous a désigné...

À la grande surprise de Barnaby, Gamelin ne chercha nullement à nier ni à expliquer le fait. Pas plus qu'il ne tenta de fanfaronner ni d'esquiver.

– Oui. Je ne comprends pas. Ça fait parfaitement le jeu de l'assassin, bien sûr, et vient s'ajouter au gant.

– Peut-être... (Barnaby tâta le terrain en suggérant une porte de sortie.) Et s'il désignait le groupe dont vous faisiez partie...?

– Non. C'était bien moi. Je me tenais un peu à l'écart des autres. C'est drôle mais, sur le moment, j'ai cru qu'il essayait de me dire quelque chose. (Il haussa les épaules, vaguement embarrassé.) Un peu maigre mais c'est ainsi.

Pas qu'un peu! pensa l'inspecteur. L'ennui, c'était que Gamelin ne semblait pas homme à dissimuler. Il se fichait complètement de ce qu'on pensait ou disait de lui. Une attitude qui selon le point de vue de l'observateur témoignait d'une grande force ou d'une suprême arrogance. L'inspecteur, qui empruntait – modestement – la même voie, était bien sûr partisan de la première hypothèse. Il demanda à Guy s'il avait la moindre idée concernant l'éventuel coupable.

– Aucune. Je ne connais pas assez l'association. Franchement, je les aurais cru incapables, les uns et les autres, de faire du mal à une mouche. (Après un silence, il reprit:) Je fais un coupable idéal, n'est-ce pas? L'étranger qui fait pénétrer avec lui toutes les vilaines manières du monde pernicieux. Ici, ils sont tous nickel. Moi, j'ai les mains sales. Il n'y a pas à dire, ils sont malins, les salauds. (Il laissa échapper un aboiement.) Prahhh...

Barnaby tarda à reconnaître un éclat de rire.

– Alors, vous croyez qu'on vous a invité spécialement dans ce but ?

– Bien sûr que non. J'ai été invité par Craigie soi-même. Ça m'étonnerait tout de même qu'il ait été complice de sa propre mort. À moins que... (Il regarda Barnaby, vigilant et curieux, et la fureur qui bouillonnait en lui tout à l'heure était apparemment tout à fait oubliée...) à moins que l'invitation lui ait été suggérée par quelqu'un d'autre, ce qui veut dire que tout avait été combiné depuis un certain temps déjà. Peut-être... à la dernière minute... a-t-il compris. Peut-être m'a-t-il désigné... pour m'avertir...

Troy avait déjà eu affaire à des malins qui carburaient fort mais pour la dextérité, à lui le pompon ! Plus coupable que lui, tu meurs, et il te mets dedans en un clin d'œil. Il n'arrivait pas à comprendre pourquoi le chef se donnait la peine de faire semblant de gober. Les deux hommes se levaient.

– J'aurai besoin de vous interroger de nouveau, monsieur Gamelin, dit Barnaby. Demain.

Gamelin ne répondit pas. Il se dirigea vers la porte. Sa sortie fut plus discrète, et de loin, que son entrée. Ses épaules massives étaient affaissées et son pas trahissait la lassitude. Quand la porte se referma, Troy déclara :

– Pourquoi ne l'avez-vous pas arrêté ?

Barnaby attendait le mot de la fin : l'affaire crevait les yeux. Du tout cuit, sur un plateau d'argent. Il est coincé. À notre pogne ! En matière d'aphorismes éculés, Troy était le roi.

– On peut l'arrêter demain matin. On saura mieux où on en est quand les interrogatoires seront terminés. Jusque-là, nous n'avons que des présomptions.

Derrière le dos du Patron, Troy secoua la tête, incrédule. Qu'est-ce qu'il lui fallait ? Évidemment, Gamelin allait dire qu'on lui avait mis le gant exprès dans la poche. Qui ne le dirait ? Si c'était pas criant, comme évidence ! Il avait le mobile, il avait l'occasion à la fois de prendre le couteau et de s'en servir et, le comble du comble, la victime l'avait désigné. Il était cuit. Dans un éclair de félonie, Troy se demanda s'il n'avait pas eu tort de croire son chef insensible à la puissante séduction de l'argent.

Barnaby était en train de marmonner pour lui-même, à ce qu'il semblait. Troy tendit l'oreille, doutant d'avoir bien entendu. Un truc à propos d'un Caliban dont il avait toujours pitié. Il se rappela la requête de tout à l'heure, pour l'eau, et sortit.

Lorsque le sergent revint, Arno était déjà en cours d'interrogatoire. Plein d'appréhension, la tête rentrée dans les épaules, il regardait intensément l'inspecteur. Sur le croquis qu'on lui avait réclamé, il avait tracé une foule de petits bonshommes – l'un allongé sur le dos, orteils retroussés, mains croisées sur la poitrine avec une figure de «smiley». S'étant fait préciser la place d'Arno dans la communauté et ayant remarqué son extrême agitation, Barnaby n'entra pas de but en blanc dans le vif du sujet.

– Dites-moi, monsieur Gibbs, que croyez-vous qu'il va se passer maintenant, ici? Avec le Manoir, par exemple.

– Je ne sais pas. Je n'en sais rien.

Arno paraissait profondément mélancolique. Il avait honte d'admettre, même en son for intérieur, qu'après avoir assimilé le fait douloureux, à savoir la mort du Maître, il n'avait pratiquement pensé qu'à sa vie future. Comment les choses allaient-elles se passer si la communauté se dispersait? Qui s'occuperait de Tim? Et surtout comment pourrait-il survivre sans la présence robuste et sereine de son cher amour? Sans le regard radieux qui illuminait chacun de ses réveils et lui donnait des forces, qui le réconfortait quand le soleil se couchait, sa vie ne vaudrait plus la peine d'être vécue.

– Vous ne savez pas qui héritera de la propriété?

– Non. Personne, je crois. On n'en a jamais discuté, en fait.

– Les membres ont-ils payé pour entrer dans la communauté? Des parts, des actions?

– Pas du tout. Nous payons notre quote-part. La Loge récolte de l'argent avec les cours et les ateliers. Nous projetions de demander le statut d'association caritative..., fit-il en haussant les épaules d'un air abattu.

– Étiez-vous au courant du don que Mlle Gamelin devait faire à la communauté ?

– Non. Je sais en revanche... on venait d'en parler.

– Et ce soir... (Arno se raidit.) Que s'est-il vraiment passé, selon vous ?

– Mon Dieu, je n'en sais rien. C'était si terrible... si troublant... Il... le Maître... était en train de guider May dans sa régression...

– Vous voulez dire en paroles ? l'interrompit Barnaby.

– Oui.

– Première nouvelle, dit Troy avec sévérité, et Arno parut tout penaud, comme s'il était fautif. Comment ça se passe ?

– Il pose des questions : « Que voyez-vous maintenant ? Où êtes-vous ? » Ainsi de suite. Et May répond. Cette fois-ci, elle a atterri en Bretagne, au temps des Romains. Il a demandé si elle pouvait décrire et elle a commencé à nous parler de la tente. Je crois que ce sont les derniers mots qu'il a prononcés. Au bout d'un petit moment, elle s'est mise à faire des bruits affreux. Bien sûr, on s'est tous précipité pour voir comment elle allait.

– Pourquoi « bien sûr », monsieur Gibbs ? dit Troy. On nous a laissé entendre que ce genre de réaction n'était pas inhabituelle.

– Oh, ça n'avait jamais été à ce point. Mais elle a voulu continuer. Elle a beaucoup de courage et une soif inextinguible de connaissance.

Troy perçut le trémolo dans les cordes vocales, remarqua le plongeon ému de la petite barbe rouge, et il pensa : Tiens, tiens, on a deux terreurs ici, ou je me goure ? Si les croulants amoureux savaient à quel point ils sont ridicules, ils s'amuseraient à autre chose. C'est comme s'ils se foutaient à poil en public.

– Nous étions prévenus qu'aujourd'hui ce serait une

séance particulière. Ken – c'est-à-dire Zadekiel – a dit que l'énergie cosmique était extraordinaire. Et, bien sûr, il y avait le présage. Ils doivent en envoyer un, vous savez, – le Bureau Karmique – quand un grand maître va se retirer de l'octave physique. Malheureusement, nous n'avons pas fait le rapport à temps. Les autres pensent qu'on nous a envoyé Astarté, la déesse de la lune, qui a pris la forme de Mme Gamelin. Mon sentiment à moi, c'est que le présage, c'était l'accident de May…

– Oui, monsieur Gibbs. Elle nous a parlé de cet accident, dit Barnaby.

– Oh, je vous demande pardon. (Arno les regarda tous les deux puis ajouta :) Vous semblez le prendre bien à la légère.

– Nous devons nous concentrer sur un meurtre, dit Troy. Bon, d'après vous, Craigie a-t-il désigné Guy Gamelin avant de mourir ?

Arno hésita, l'air grave.

– Eh bien… vous savez… on est plutôt réticent à dire quelque chose qui pourrait… mais oui. J'ai eu cette impression. Mais ça ne veut pas dire que le geste était une accusation.

– À quoi d'autre diriez-vous qu'un mourant va utiliser les dernières minutes de sa vie ? demanda Troy.

Arno parut profondément troublé, et son trouble grandit encore quand Barnaby déclara :

– Je regrette, mais il va falloir que nous interrogions ce jeune garçon retardé. Je crois savoir que vous êtes un peu au courant de son passé.

– Oh, vous ne pouvez pas faire ça ! Il est renfermé, à peine cohérent. Vous perdriez votre temps.

– C'est un témoin, monsieur Gibbs. (Barnaby jeta un coup d'œil sur le croquis.) En fait, il était assis aux pieds de Craigie. Plus près de lui qu'aucun autre. Il a pu voir quelque chose.

– Il s'est endormi. Je vous en prie, laissez-le se reposer. (La sueur perlait, lumineuse, sur la peau tachée de son.) C'est la fin du monde, pour lui.

– Demain matin, alors. (L'inquiétude d'Arno était palpable. Barnaby ajouta doucement :) Nous ne sommes pas des monstres, vous savez.

– Non, bien sûr. Ce n'est pas ce que je voulais dire... oh, mon Dieu. Pourrai-je être présent ?

– Quand on interroge un malade mental, la présence d'un tiers est obligatoire, monsieur Gibbs. Et si vous pensez être le mieux placé, très certainement.

*

Le témoin suivant était Mme Gamelin et la conversation, quoique riche en éléments divertissants, se révéla sous tous les autres aspects un fiasco absolu. En introduisant la police dans le salon de la communauté, May avait prévenu que Felicity était « souffrante et qu'elle se reposait ».

Troy avait déjà donné spontanément le renseignement : la dame était une camée. Il avait ajouté : « Accident de voiture. » On a trouvé de la came. On lui a retiré son permis. C'était dans le *Sun*.

– Pas possible ! répondit Barnaby.

– Je parie qu'elle est bourrée comme une barrique de tranquillisants.

Face à Felicity, Barnaby se dit que son sergent avait peut-être raison. Les yeux immenses sous les paupières barbouillées de pourpre tournaient et dérapaient dans tous les sens. Les mains esquissaient des gestes délicats : elle les levait comme si elle voulait se toucher le visage, changeait de direction, tirait sur sa robe, fourrageait sa tignasse emmêlée. Son visage ratatiné semblait se replier sur lui-même, pincé et réduit comme celui d'un marmouset soucieux.

Elle prit conscience qu'il y avait des gens avec elle. L'un parlait de manière assez insistante et sa voix lui vibrait dans le crâne, sans qu'elle pût reconnaître les sons. Il poussa vers elle une feuille de papier d'un joli ton pastel. Elle l'admira poliment et la rendit. Il la lui tendit de nouveau avec un crayon et parut l'exhorter à faire un essai.

Elle sourit, plutôt bien disposée envers cette suggestion car, enfant, elle avait adoré le dessin. Elle passa un long moment penchée sur le papier et le résultat, Barnaby dut l'admettre, n'était pas dénué d'un certain charme. Quelques gracieux chevaux, dont un à trois jambes, enguirlandé de fleurs grosses comme des choux autour de l'encolure.

Alors elle réclama à boire et Troy lui servit de l'eau. Mais par «boire», elle n'entendait pas «eau», et elle la renversa sur le pantalon de Troy. L'interrogatoire prit fin peu après.

Pendant ce temps, juste au-dessus de leurs têtes, Trixie faisait les cent pas. Elle avait fumé cigarette sur cigarette et la chambre était une tabagie.

– Pourquoi mettent-ils si longtemps ?

– Je suppose qu'ils veulent interroger tout le monde. Cela ne fait que... (Janet tourna le réveil Snoopy.) ... une heure et demie qu'ils sont arrivés. Ce n'est pas mal.

– Tu n'attends pas, si ?

– Je ne sais pas pourquoi tu te mets dans cet état. Tu n'as rien à voir avec tout ça.

Elle s'approcha de la fenêtre et écarta un rideau pour révéler une fine tranche de lune suspendue bas sur l'horizon. Froide et aiguisée, comme une faucille.

– Ne fais pas ça. Tu sais que j'ai horreur de la nuit. (Janet laissa retomber le rideau.) Comment ils sont ?

Janet repensa aux lèvres minces, à la coupe en brosse flamboyante.

– Pas mal.

– Tu es sûre que tu leur as parlé du gant ?

– Je t'ai déjà dit cent...

– Et que c'est toi qui l'as vu le cacher ?

– Oui. Comment faut-il te le dire ?

– Alors, ils auraient dû l'arrêter, non ? Je ne comprends pas.

Toi et moi, pensa Janet, avec tristesse. Mais je sais que tout remonte à cet après-midi. Après avoir essuyé une brutale rebuffade, elle n'avait plus posé de questions mais il n'était pas difficile de deviner pourquoi Trixie était si pâle et agrippait ses vêtements, pourquoi son maquillage avait coulé. Alors Janet, subodorant la vengeance, avait compris quand Trixie lui avait expliqué ce qu'elle devait faire.

– En fait, Jan, je l'ai vraiment vu cacher le gant. Pour de bon. Sinon, je ne te demanderais pas de le dire. L'ennui, c'est que si Gamelin sait qui l'a vendu, il prétendra que j'ai tout inventé par dépit et ils le croiront.

– Pourquoi ?

– Parce qu'il est riche et qu'il a du pouvoir, idiote.

– Alors, pourquoi on ne peut pas raconter qu'on l'a vu toutes les deux ? Je confirmerai tes dires.

– Je ne veux absolument pas être mêlée à ça.

Alors, Janet avait menti, tout en doutant que Trixie dise la vérité mais comprenant, partageant presque le besoin de son amie de rendre œil pour œil, dent pour dent.

On frappa à la porte et une femme policier demanda si Mlle Channing disposait d'un moment.

– Ils sont très polis, hein ? dit Trixie. Je me demande comment ils réagiraient si je leur disais d'aller se faire voir.

– Ne te les mets pas à dos inutilement. Et ne prends pas de cigarettes. Tu as déjà...

– Oh, arrête de glousser, tu veux ? On dirait une vieille poule, merde !

Troy n'avait rien contre les cigarettes. Alors que des guirlandes de fumée auréolaient la tête blonde de Trixie, ses narines frémissaient, et aspiraient les volutes qui flottaient à sa portée. Ce qui l'aida à oublier son pantalon trempé. Elle était assise, genoux serrés, doigts cramponnés à un paquet doré de Benson et à un briquet.

Barnaby voyait bien qu'elle avait peur. Il le sentait. Une odeur aigre, dénotant l'intempérance. Il la connaissait, cette odeur, avait essayé de la décrire une fois en la comparant à celle qui se dégage quand on déterre de vieilles orties. Il lui demanda si elle était depuis longtemps au Manoir.

– Quelques semaines. Pourquoi ? Qu'est-ce que cela a à voir avec tout ça ?

– Pourriez-vous être plus précise ?

– Non. J'ai oublié la date exacte.

– Vous vous plaisez ici ?

Le ton avait beau être courtois, elle s'offusqua de la question.

– Vous devez penser que ce n'est pas ma place. Simplement parce que je ne porte pas de tunique et que je ne chante pas Alléluia.

Troy gloussa. Trixie le regarda avec étonnement puis crut à tort que sa réaction exprimait la sympathie, et un intérêt sournois. Elle affirma ensuite à Barnaby qu'elle ne pouvait d'être aucune aide en ce qui concernait la mort de « notre pauvre Maître », bien que son croquis la montrât assise tout près de lui.

– Mais il faisait un peu sombre, vous comprenez. On s'est précipités pour venir au secours de May puis la lumière est revenue et tout était fini. Il désignait Guy Gamelin. Mais je suppose que tout le monde vous l'a déjà dit, sans doute, fit-elle avec un regard interrogateur.

– Il paraît y avoir quelques divergences sur ce point, dit Barnaby, en mentant.

– Oh non, c'était parfaitement clair : le doigt était pointé directement vers lui. (Elle rougit en se rendant compte qu'elle insistait trop sur ce point.) J'ai aussi entendu qu'on l'avait vu cacher un gant. Ce devait être celui qu'il portait pour tenir le couteau.

– Aviez-vous rencontré M. Gamelin avant aujourd'hui, mademoiselle Channing ?

– Merde alors ! Je ne nage pas dans ces eaux-là, moi. (Puis, comme si elle se rappelait soudain son rôle :) Ils sont trop matérialistes, non ?

– Vous semblez bien certaine de sa culpabilité.

– Je ne vois pas qui ça pourrait être d'autre.

– May Cuttle croit, dit Barnaby, que l'exécution a eu lieu par des moyens surnaturels.

Trixie se mit à rire. Un accès de gaieté, robuste et spontané, la peur momentanément envolée.

– Vous n'êtes pas croyante, alors ? demanda Troy.

– Oh… (L'expression dévote qui se peignit si soudainement sur son visage lui donna l'air tout à fait sot.) Si… je suis une disciple, bien sûr. Mais je ne vais pas jusque-là.

Si tu es une disciple, ma fille, pensa Barnaby en remarquant les seins guillerets, les lèvres brillantes et les triples semelles compensées peu discrètes, alors moi je suis Marilyn. Elle revenait à Gamelin.

– Il… hum… il est encore là ? (Barnaby, absorbé dans ses papiers, ne répondit pas. Elle ajouta :) On a besoin de savoir, vous voyez… si quelqu'un reste pour la nuit. (Nouvelle pause.) Pour faire le lit… et pour les repas…

L'inspecteur finit par avoir pitié d'elle.

– Je crois que M. Gamelin est rentré à son hôtel.

– Vous l'avez laissé partir ?

– Je ne m'inquiéterais pas, à votre place, dit Troy. Nous l'avons à l'œil. Comme tout le monde.

En marmonnant que cela ne servirait à rien, Trixie fit un croquis et Barnaby la libéra. Quand la porte se referma, Troy déclara :

– En voilà une qui n'est pas tranquille, chef.

– Elle cache quelque chose, c'est certain. Ainsi que Wainwright et Gibbs. Pourtant, quand j'ai appuyé sur le bouton meurtre, personne n'a sursauté. Alors pourquoi ?

– C'est plus compliqué que ça en a l'air, à mon avis.

– C'est Gamelin qui l'a fait réagir. Elle prétend qu'elle ne le connaissait pas avant et pourtant elle s'est dépêchée de le farcir par les deux bouts, de le ligoter et de le balancer dans le four. S'il y a bien une chose que je ne peux pas supporter, dit-il en se levant, tout raidi, c'est qu'on me force la main.

– On l'interroge demain matin ?

– Oh oui. Au poste, je pense. En attendant, déposez-moi ça au labo en rentrant chez vous.

Troy prit les sacs en plastique. Le labo, ce n'était pas sur son chemin. En fait, c'était sur le chemin de personne, mais si ç'avait été sur le chemin de quelqu'un, c'était sur le chemin de l'inspecteur plus que sur celui de son sergent…

– Entendu, monsieur.

Il refila les sacs au constable Le Duvet et sortit avec délices sa cinquième cigarette.

*

Guy était affalé dans un large et profond fauteuil face à un téléviseur qui dansait devant ses yeux. Il s'était déshabillé mais n'avait pas pris de bain. Il avait appelé son avocat mais ne s'était pas brossé les dents. Il était en chaussettes, en caleçon et en chemise auréolée de sueur qu'il n'avait pas déboutonnée. Il avait ôté ses boutons de manchette, et les revers lui couvraient les mains.

Le corps était immobile, si l'on exceptait ses gestes vers le seau à glace récemment rempli, mais dans sa tête c'était une tempête enragée. Il avait la nausée mais devait-il ses haut-le-cœur à ce qu'il avait bu (la bouteille de whisky commandée l'après-midi était presque vide) ou à la noirceur infecte qui bouillonnait en lui, il l'ignorait et s'en moquait.

Il était obsédé par une seule pensée : Sylvie. Elle avait été à côté de lui quand ils s'étaient tous penchés au-dessus de May. À sa gauche, le côté sinistre. Le côté où l'on avait trouvé le gant qui aurait très bien pu être dissimulé, ainsi que le couteau, dans les plis de ses vêtements flottants. Ceci ajouté au fait que Guy ne s'était trouvé là que pour elle l'amenait à supposer – hypothèse atroce – qu'il avait été victime d'un guet-apens. Et il avait beau lutter contre cette idée, dans un brouillard d'alcool et d'introspection morbide, il était incapable de la repousser. Il en avait mal au crâne, à force, et les muscles de son cou étaient des nœuds d'acier. Plus il se triturait la cervelle, plus ses imaginations brûlantes lui paraissaient implacablement logiques.

Ceci expliquait pourquoi elle l'avait attiré dans la cuisine, l'y avait laissé seul – ainsi le couteau et le gant étaient-ils à sa portée. Et, plus terrible que tout le reste, elle l'avait immédiatement accusé. Car, après les premières secondes infernales, quand la lumière s'était rallumée et qu'ils avaient tous contemplé, immobiles et incrédules, la forme en robe blanche qui tombait, Sylvie s'était tournée vers son père en criant : « Toi... toi... » et elle l'avait frappé au visage et l'avait égratigné de ses ongles.

Quelqu'un l'avait retenue et Guy s'était reculé, endossant la position et le rôle de paria dans lequel la police l'avait découvert. Était-ce à ce moment-là que s'était formé le premier soupçon ? La sale petite teigne ! Guy grogna et tendit la main pour prendre de la glace, en raclant son verre directement dans le seau. Il versa du whisky sur les glaçons, qui déborda dans le seau et sur le plateau. La chambre empestait l'alcool : une odeur de papier brut et de tourbe. Il vida son verre en deux goulées.

Enfoui dans la boue, avec l'affreux soupçon de la trahison de sa fille, il y avait aussi un mélange d'irritation et de rancune à l'égard de la victime. Ils devaient poursuivre leur conversation. Guy l'avait souhaité. Bien qu'il n'eût pas discerné la moindre trace de jugement dans l'attitude ou les paroles de Craigie, Guy savait qu'il ne s'était pas bien sorti de leur entretien et cette certitude lui restait sur le cœur. Il avait donné l'impression d'être un homme à l'ego démesuré, incapable de se maîtriser. Mais il n'était pas que cela. Et c'était la vie après tout qui l'avait rendu tel. Quand on n'y a pas trempé, on ne sait pas ce qu'il en coûte de se sortir du ruisseau. D'énergie, de détermination, prix terrible de la transformation. Un moment de faiblesse et on se retrouve le nez dans le caniveau, piétiné. S'il avait pu dire ça à Craigie...

Guy se rappela le silence qui emplissait la pièce vide et tranquille. L'impression qu'il avait eue de déposer brièvement le fardeau de son personnage. Un fardeau qu'il n'avait même pas eu conscience de porter. S'il revenait, si on l'autorisait à revenir, le silence serait-il toujours là ? Le silence pouvait-il réellement guérir ?

En formulant la question, il s'irrita de la crédulité qui l'avait inspirée. Craigie était un illusionniste, d'accord ? *D'accord.* Un imprésario qui monte un décor avec un peu de soie et des rayons de soleil, ne l'oublie pas.

«Ne l'oublie pas.» En hochant vigoureusement la tête pour se convaincre lui-même, Guy replongea le verre dans le seau et dévissa la bouteille.

En quête d'une distraction, il s'appliqua à regarder le poste de télévision, les yeux plissés pour mieux distinguer et séparer les contours des taches sur l'écran. Une femme qui lave la vaisselle, une petite fille aux cheveux brillants debout à côté d'elle sur un carton. Elles ont une conversation sérieuse sur la manière d'enlever la graisse. La femme a un rire «maternel» qui sonne faux et dépose un peu de mousse sur le bout du nez de l'enfant. Guy zappa mais le mal était fait.

Le sentiment de perte se ranima, poignant, et avec lui la crainte torturante qu'il soit trop tard. Ce qu'il voulait, ce qu'il regrettait, ce n'était pas sa fille – cette grande fille fourbe, cette étrangère – mais l'enfant qu'elle avait été autrefois. La chair de sa chair. L'inanité absolue de ce désir l'anéantit et le chagrin altéra son visage.

Il aperçut son reflet dans la psyché au bout de la chambre. Des plis de graisse superflue débordaient de l'élastique de son caleçon, la toison humide de sa poitrine, le teint couleur de pâte mal cuite, ruisselant de sueur, les auréoles de whisky sur sa chemise. Tandis qu'il contemplait cette image grossière et répugnante, un violent haut-le-cœur le chavira. Suivi d'une sensation de chaleur physique. Guy mit la tête entre les genoux.

La pièce pencha et glissa d'un côté puis de l'autre. Il se redressa, se cramponna à l'accoudoir passepoilé du fauteuil. Il allait être malade. Luttant, poussant, se hissant, il finit par se mettre debout et fit quelques pas vers la salle de bains. À mi-chemin, il éprouva une douleur aiguë qui lui déchira la poitrine, comme si on le fendait en deux d'un coup de serpe. Il cria et regarda autour de lui, en vacillant.

Les pilules étaient dans sa veste. Guy se déplaça lentement, en traînant des jambes de marbre. Il fit un pas, une seconde déchirure, il s'effondra. Il resta sur le dos en attendant que le pire de la douleur soit passé puis se hissa péniblement sur un coude et, levant son autre bras, s'agrippa à la table. Il fit basculer la coupe de fruits, avec la petite carte. Des pommes et des oranges, des poires et des bananes se mirent à pleuvoir, rebondirent sur son visage et roulèrent plus loin.

Impossible de recommencer. La douleur était de retour, le cerclait de fer. Guy retomba en arrière sur la moquette et se laissa dévorer.

Troisième Partie

UN MENSONGE BIEN INTENTIONNÉ

9

À huit heures et demie, le lendemain matin, Barnaby était à son bureau ; il passait au crible, réfléchissait, étudiait les multiples dépositions et croquis. La plupart de ces derniers accusaient quelques blancs mais les témoins paraissaient savoir où ils se trouvaient, qui étaient leurs voisins immédiats, et à l'aide de ces dessins incomplets, Barnaby avait tracé le sien qui était maintenant affiché sur le mur.

Il était en train de l'examiner quand la porte s'ouvrit et une créature livide, spectrale, avec des yeux de panda, surgit sur le seuil cramponnée à un plateau.

– C'est mon thé ? Pas trop tôt !

Barnaby avait eu cinq heures de sommeil. Six lui suffisaient et il était en pleine forme. Troy s'était couché à trois heures du matin. Sa fille avait pleuré par intermittence de quatre à sept heures et demie, heure à laquelle son père s'était levé et habillé ; sur ce, elle s'était rendormie à poings fermés. Comme ça toutes les nuits, depuis une semaine. Un caractère aussi vindicatif chez une si jeune enfant, voilà qui donnait fort à penser. Il servit son thé à Barnaby, mit trois sucres dans le sien, remua et but. Barnaby but de même et fit la grimace.

– Pas sucré.

– Vous avez dit que vous diminuiez le sucre.

– Diminuer, pas supprimer. (Troy lui tendit le bol et l'inspecteur se servit généreusement, en adressant à son sergent un sourire hilare.) Ah, les joies de la paternité !

– Elle est adorable. Belle. Mais...

– Mais pas au milieu de la nuit. Je me souviens très bien.

Joyce et lui se levaient chacun à leur tour quand Cully avait souffert de coliques pendant six semaines. Et Troy, donnait-il un coup de main à Maureen ?

– Je vais peut-être finir par apprendre à dormir quand même.

– Je n'en doute pas, Gavin.

Encouragé par la voix de l'expérience et ragaillardi par son thé sucré, Troy s'approcha et examina le croquis du chef.

– C'est ça, alors ?

– Oui. Bien que je ne sois pas certain de l'importance de la position des témoins. On reverra ça quand on aura le rapport du légiste. L'angle du couteau, etc.

– J'y ai pensé, chef. (Troy racla le reste de sucre fondu avec sa cuiller.) Il était assez long et super aiguisé. En admettant qu'on arrive à le cacher sur soi, on ne doit pas se sentir très à l'aise. Je me demandais si on ne l'avait pas planqué avant dans le Solarium.

– Il n'y a pas beaucoup de cachettes. En plus, il aurait fallu le reprendre.

– Je pensais aux coussins.

– Un peu risqué. Au moment crucial, il pouvait y avoir un derrière posé dessus.

– Alors, on s'assoit dessus soi-même.

– Mais personne ne s'est assis dessus.

– Juste, juste. (Troy répugnait à abandonner son hypothèse. Il alla d'un pas nonchalant vers la fenêtre, en se tordant les doigts, car il mourait d'envie d'un clope pour parachever sa petite tasse de thé, et il regarda au-dehors dans l'espoir d'une distraction.) Bien sûr, cela implique

que Gamelin savait à l'avance où aurait lieu la régression. On pourrait le lui demander, quand on l'interrogera tout à l'heure.

Plongé dans la pile de dépositions, Barnaby ne répondit pas. Troy allait reposer sa tasse sur le plateau quand son œil fut attiré par du mouvement sur le parking des visiteurs.

– Hé, y a du beau linge qui s'étale en bas.

Ravi de se dégourdir les jambes, Barnaby rejoignit son sergent. Une magnifique Bentley couleur chocolat noir s'était immobilisée d'impeccable façon. Un homme en descendit laborieusement et se dirigea vers le bâtiment principal. En observant sa démarche lente et pesante, Barnaby songea qu'il fallait un tailleur de génie pour que pareille bedaine eût l'air distinguée.

– C'est qui, vous croyez ?

– J'ai ma petite idée.

Peu de temps après, un constable du bâtiment principal entra avec une carte simple à l'excès que Barnaby lut tout haut :

– Sir Willoughby St John Greatorex. OK, Troy, amenez-le ici, ça vaut mieux.

La PJ était reliée au commissariat proprement dit par une passerelle en verre. Une petite trotte, moins longue cependant que Troy ne la fit paraître. Il guida sir Willoughby à travers la Circulation, lui fit monter inutilement deux volées de marches, le tout à une allure enlevée. Quand ils atteignirent le bureau de Barnaby, le grand homme était hors d'haleine. Troy l'annonça d'un air pincé en levant les yeux au ciel d'un air goguenard. Barnaby se présenta et proposa du café. Sir Willoughby épongea son front en sueur avec un carré de soie à motif cachemire et refusa.

– Il est très bon.

– Je n'en doute pas, inspecteur. Malheureusement, je n'ai droit qu'à une tasse par jour que je viens déjà de prendre trois fois.

Martyr de l'indigestion, Barnaby hocha la tête sans sympathie excessive. Le désordre de ses propres intestins n'était dû qu'à des années de piètre pitance de ménage et de mauvaise friture de cantine. Il soupçonnait que les intestins de Greatorex criaient grâce après une période équivalente de superbes déjeuners d'affaires et de soirées à chipoter avec sa tranche de foie gras et son verre de château Margaux.

Sir Willoughby présentait une silhouette vraiment extraordinaire. On aurait dit une énorme poire en tweed. Tout chez lui était tombant : le nez, les bajoues, les poches sous les yeux. Même ses lobes d'oreille, la plus légère des brises devait les faire danser. Il était en train de parler.

– D'un autre côté, il est vraisemblable que je doive bientôt m'occuper d'une affaire très longue et assez déplaisante, alors peut-être pourrait-on faire une autre entorse à la règle ?

Aucune discipline, ces gens, pensa Troy, en sortant pour aller chercher le breuvage désiré. Aucune maîtrise de soi.

Plus tard, en sirotant délicatement son café, sir Willoughby déclarait :

– Peut-être pourriez-vous m'expliquer précisément comment se présente la situation, en ce qui concerne M. Gamelin. Le coup de fil que j'ai reçu hier soir était un peu incohérent.

Quel tact exquis ! Barnaby imagina le torrent d'injures et de jurons vitriolés qui avait dû se déverser dans l'oreille de l'interlocuteur Greatorex. À n'en pas douter, la facture de Greatorex lui serait proportionnée. Il expliqua précisément comment se présentait la situation.

Sir Willoughby écouta jusqu'au bout l'homme qui lui avait été décrit comme « un salaud agressif avec une tête comme un quartier dc bœuf ». Puis il posa de longs doigts d'une surprenante finesse sur son élégant camouflage de pantalon ; il fit la grimace et replaça sa tasse presque intacte sur le bureau de l'inspecteur. Il se tourna vers Troy.

– Vous croyez que je pourrais avoir un verre d'eau ?

La courtoisie de l'homme irritait bien davantage le sergent qu'une hautaine condescendance. Pas question, pourtant, que le « sir Willoughby » franchisse ses lèvres. Il ne lui donna même pas du « monsieur » qu'il employait sans arrière-pensée pour s'adresser à n'importe quelle demi-portion raisonnablement sobre. En marmonnant : « Très bien... », il quitta le bureau.

– J'ai cru comprendre, dit sir Willoughby, durant notre discussion de la nuit dernière, que M. Gamelin avait été mis en examen. (« Ces enculés m'ont fait porter le chapeau, Will. »)

– Ce n'est pas le cas, bien que nous ayons l'intention de l'interroger encore ce matin. En tant qu'avocat de M. Gamelin...

– Je vous en prie. (Sir Willoughby se désolidarisa d'un geste.) Je suis l'avocat des McFadden et je suis là avant tout pour soutenir et protéger Mme Gamelin.

Barnaby éprouva un élan de sympathie envers Guy. Le pauvre bougre devait s'être usé les semelles jusqu'aux chevilles pour prendre pied dans ce petit cercle fermé. L'eau arriva. Troy posa le verre à l'autre bout du bureau et alla se placer près de la fenêtre.

– ... si vous désirez assister à l'interrogatoire...

La proposition n'était pas entièrement désintéressée. La présence d'un avocat contribuait à maintenir les choses dans le droit chemin et épargnait les erreurs au cas où l'on devrait aller devant les juges. Sir Willoughby sourit, tendit la main pour prendre son verre, but quelques gorgées puis gesticula de nouveau, cette fois avec une ambiguïté de grande classe qui pouvait signifier n'importe quoi, tout ou rien, ou les trois à la fois.

Ils vont le balancer dans la fosse aux lions, pensa Barnaby, et il décida d'interroger sir Willoughby sur l'appel téléphonique de la veille. Normalement, demander à l'avocat d'un suspect de collaborer avec la police, c'était comme pisser dans un violon. Mais sir Willoughby considéra la requête avec sérieux.

– Eh bien, cela n'avait ni queue ni tête. Il a parlé d'un gant, il a décrit avec pittoresque le repas et la compagnie. Le meurtre, bien sûr. Et une longue lamentation sur sa fille.

– Qu'a-t-il dit à propos du meurtre ?

– Seulement qu'il n'avait rien à y voir.

– A-t-il parlé du legs ?

Sir Willoughby se redressa. Du moins, dans la mesure où le lui permettait son embonpoint.

– Non.

– Je crois savoir que Mlle Gamelin a l'intention d'en faire don.

– Ah... (Il se ressaisit si rapidement que son petit chuintement d'angoisse aurait pu passer inaperçu.) Eh bien, naturellement, c'est son argent et elle est en âge d'en disposer. (Il se leva après force oscillations d'avant en arrière.) Je dois être au palais, cet après-midi... alors...

– Accompagnerez-vous M. Gamelin ici plus tard, sir Willoughby, ou devons-nous envoyer une voiture ?

– Je ne peux vraiment pas vous dire quand nous nous verrons. Je me rends d'ici directement au Manoir pour voir comment vont Sylvie et sa mère. Alors, il vaut mieux ne pas compter sur moi.

Oui, pensa Barnaby. Décidément, la fosse aux lions.

Troy désigna la femme policier Brierley pour raccompagner sir Willoughby et avec une moue de dédain il regarda la Bentley s'en aller.

*

Personne n'avait beaucoup dormi. Le petit déjeuner ne méritait guère son nom. Tout le monde disait à tout le monde : « Tu devrais manger quelque chose », mais personne ne mangeait. Plus tôt dans la matinée, ils s'étaient rassemblés dans le vestibule (personne ne se sentait le courage d'aller dans le Solarium) et avaient formé un cercle afin de se recharger en énergie. Mais les dix minutes de respiration contrôlée dans l'Esprit Universel n'avaient eu que peu d'effet. Le deuil les avait désunis et ils pleuraient individuellement, enfermés dans leur chagrin. Même Janet, qui avait respecté et admiré le Maître sans aller jusqu'à la dévotion, se sentait inconsolable.

Christopher servait les jus de fruits. Arno réduisait un gâteau d'orge en miettes. Heather s'était découpé une tranche de marmelade couleur caramel et l'avait laissée sur un toast à demi carbonisé. Ken, sur les instructions d'Hilarion, allait se retirer dans le jardin avec un cintre en métal déplié pour chercher par radiesthésie d'éventuelles traces éthériques du Maître, sortie qu'il avait baptisée Opération Lumière Karmique.

May présidait, ses fières épaules affaissées, ses magnifiques cheveux ni coiffés ni attachés. Ses yeux étaient encore brillants et gonflés d'avoir pleuré. Sans maquillage, son visage paraissait hagard. Elle faisait dix ans de plus ; un pâle fac-similé de son moi. Navré par ce spectacle, Arno ne l'en aima que davantage.

Elle était restée presque toute la nuit auprès de Tim. Arno l'avait remplacée à quatre heures du matin. Quand il descendit, le garçon était toujours au lit en position fœtale, les bras autour des genoux, les yeux fermés, paupières serrées.

– Je prépare encore du thé ? demanda Janet.

Personne ne répondit. Heather demanda où était Suhami.

– Elle ne veut pas descendre, dit Christopher. Elle se reproche de l'avoir amené ici et elle se dit incapable de nous regarder en face.

– Pauvre enfant, dit May en se levant pesamment. On devrait aller la voir.

– Elle ne te laissera pas entrer. Elle m'a parlé à travers la porte fermée à clé.

– Oh, mon Dieu ! (May, vaincue, lança un regard interrogateur à Janet et dit :) Trixie n'est pas là non plus.

– Non. (La remarque laissait entendre qu'elle était la seule à savoir pourquoi, et son pouls s'accéléra.) Elle dort encore. Je suis allée voir en descendant.

– Nous pleurons sur nous-mêmes, en fait, dit May, le visage contracté, en revenant au sujet qui les préoccupait tous. Pour lui, c'est fini. Il a rejoint le rang des Lumineux.

– Et il s'est déjà réincarné, dit Heather avec un pâle sourire.

Ça avait beau être vrai, ce n'était d'aucune consolation. Il était trop tôt. La façon affreuse dont leur Maître avait trouvé la mort les enveloppait d'une atmosphère lugubre. Mis devant le fait accompli, ils n'arrivaient pas à y croire tout à fait. C'était simplement incroyable. Comme un obstacle sur la voie du succès. Seule May, toujours convaincue qu'une incommensurable force surnaturelle avait emporté l'esprit de son Maître, échappait à ce surcroît de désespoir.

– Il faut nous ressaisir, dit Heather. Je vais faire un immense effort, c'est ce qu'il aurait voulu.

– Tu as raison ! (Ken bondit comme un ressort malgré sa jambe bancale.) Nous devons nous témoigner beaucoup d'amour aujourd'hui. Et je propose qu'on commence par l'étreinte concentrée sur le cœur, d'accord, Heather ?

– D'accord !

Sa femme se leva et se plaça en face de son compagnon, les mains autour de sa taille.

– Contact visuel direct.

– Têtes jointes.

– Corps en contact.

– On respire lentement et doucement.

– ... l.e.n.t.e.m.e.n.t.... d.o.u.c.e.m.e.n.t...

– Courant de compassion...

– Chakra contre chakra...

– On serre.

– On relâche.

Ils se séparèrent, sourire aux lèvres. Le pantalon de Ken avait déjà meilleure mine. Personne ne s'était joint à l'étreinte concentrée sur le cœur. Arno but un peu de jus et continua d'émietter son gâteau.

– Ce qui nous ferait du bien, je crois, enfin, ce qui nous ferait aussi du bien, voulais-je dire, et il lança un regard contrit à Heather, ce serait de s'occuper. Je veux dire, après... après un tel événement, n'y a-t-il pas des tas de choses à régler ?

Il se rappelait la mort de sa mère, les allées et venues continuelles de la famille et des amis. Les lettres auxquelles il fallait répondre, la réception funéraire.

– Il va y avoir une autopsie, je crois, dit Christopher. Il n'y a pas grand-chose à faire jusque-là, tant qu'on n'a pas rendu le corps.

Cette remarque brutale tira de nouvelles larmes à May. Arno voulut lui prendre la main mais, au dernier moment, le courage lui manqua et il laissa sa patte semée de taches de son reposer, soutien muet, à un doigt de distance. Il lui vint la pensée qu'elle pourrait (par distraction, bien sûr) la saisir, cette main, et il se sentit soudain tout chose.

– Pour l'instant, je crois qu'on devrait reprendre notre train-train quotidien. C'est ce que le Maître aurait voulu. À long terme…

– Que veux-tu dire ? demanda Ken. À long terme.

– Il veut dire, je suppose, intervint Janet, que va-t-il se passer concrètement pour la maison ?

– Je ne comprends pas, dit May, déconcertée.

– Eh bien, May, dit Janet d'une voix adoucie, en supposant que le Manoir lui appartienne, il se peut qu'il ne l'ait pas laissé à la communauté.

Il y eut un long silence troublé durant lequel les ondes de choc se propagèrent.

– Il nous l'a certainement laissé, déclara May. Nous étions sa famille, ses héritiers. Il me l'a dit une fois.

– À moi aussi, renchérit Arno.

– Vous ne savez pas ni l'un ni l'autre qui hérite de la maison ? demanda Christopher. Vous êtes les plus anciens ici.

Arno secoua la tête. Il se sentait très déprimé devant le tour trivial qu'avait pris la conversation.

– Nous discutions de tout. D'affaires administratives, de l'organisation des cours, du financement. Mais on n'a jamais abordé le sujet.

– Il n'y avait pas de raison, dit May. Jusqu'à aujourd'hui.

– Avait-il un notaire ?

– Il n'en a jamais parlé. Sa banque – la banque de la Loge, devrais-je dire – est la National Westminster à Causton.

– Demande-leur, May, dit Ken, la prochaine fois que tu iras. C'est toi qui t'occupes des comptes, après tout. Ils te connaissent.

– Oui, j'ai la signature, admit May. Mais seulement pour les affaires de la communauté. Je ne vois pas pourquoi ils me révéleraient quoi que ce soit sur les affaires personnelles du Maître.

– Ils pourront au moins te dire si la maison est hypothéquée.

– Une hypothèque ! s'exclama Ken, consterné. Dieu ! Je n'aurais jamais pensé à ça.

– Il était tellement détaché des contingences matérielles, soupira Heather. Ce serait tout lui de n'avoir pas fait de testament.

– Je ne suis pas d'accord, dit Arno. Il a sûrement pensé à nous et mis ses affaires en ordre.

– Il aurait certainement pensé à Tim, dit May.

– De toute façon, notre avenir ici, intervint Christopher, cela ne dépend sûrement pas du problème immobilier, n'est-ce pas ? Toutes les communautés, religieuses ou profanes, ont besoin d'un guide spirituel. La nôtre était fondée sur lui. Qui d'autre est capable de nous instruire comme il le faisait, de recharger nos accus, de nous donner des conseils spirituels ?

– Je suis une conseillère qualifiée.

Heather prit un air boudeur. Elle avait cinq diplômes encadrés sur les murs de sa chambre, y compris un certificat du Temple Vénusien.

– Christopher a raison, dit Janet très au fait de la manière dont Heather concevait le soutien psychologique.

La séance se déroulait généralement ainsi : Heather trônait avec une certaine suffisance tandis que le « client » exposait son problème. Puis, après avoir souligné que tout mal-être, qu'il soit de nature physique ou mentale, est le résultat d'une ignorance spirituelle, elle lui proposait illico une solution astrale. Quand le « bénéficiaire » avait réglé sa note et était parti, Heather se plaignait qu'il l'avait vidée.

– Après tout, poursuivit Janet, nous sommes des laïques, ici. Nos tâches étaient surtout d'ordre pratique. Nos pouvoirs surnaturels sont un peu maigrichons, j'ai l'impression.

– Parle pour toi, dit Ken.

Arno rompit un silence embarrassant.

– Quelqu'un est-il allé voir Mme Gamelin ?

– Il faut la laisser se reposer, dit May. Il est à peine huit heures. Elle va probablement dormir encore un bout de temps. Je lui ai donné une tisane de bétoine.

– Dieu, cette femme a tellement besoin d'aide ! (Heather carra les épaules et serra l'arête de son nez entre le pouce et l'auriculaire, laissant à penser qu'une source de pouvoir miraculeux se tapissait à l'intérieur du cartilage.) Je ne sais vraiment pas si je pourrais m'en charger.

– Personne ne t'a demandé de t'en charger, si ? dit Janet.

Elle se leva et se versa du thé.

⋆

En fin de compte, ce fut May qui s'occupa de Felicity. À neuf heures, elle ouvrit doucement la porte de la chambre d'Oriel, jeta un œil et aperçut, par-delà la débauche de tissu gris qui moussait au milieu du plancher, une forme rétrécie en combinaison de satin qui, perchée au bord du lit, était en train de contempler le mur.

Felicity était en grand émoi, elle ne se sentait pas bien du tout. Elle essayait de comprendre où elle en était. D'isoler ne serait-ce qu'une bribe d'émotion, de la repêcher et de l'examiner de près. Mais à peine était-elle parvenue à localiser une sensation que celle-ci filait et disparaissait, noyée dans un torrent d'autres. Un grand laps de temps s'était écoulé depuis son arrivée au Manoir, semblait-il. Elle n'avait pas fermé l'œil, ne s'était endormie qu'à l'aube, d'un sommeil entrecoupé, ce qui sans doute contribuait à son chaos mental.

Au début, les événements extraordinaires et effrayants de la veille ne l'avaient pas touchée le moins du monde. Tout lui avait paru très brillant, clair et intéressant, mais aussi quelque peu irréel comme au théâtre. Ou derrière un mur de verre épais. (Elle avait pris une troisième ligne dans le vestiaire avant de monter au Solarium.) Puis, peu après l'arrivée de la police, l'effet s'était dissipé et, dans un véritable tumulte, la peur, le désordre et la confusion avaient pénétré en elle, et l'avaient délogée de son siège de spectatrice. La conscience commençait à poindre. Elle comprenait petit à petit qu'elle était plus ou moins mêlée à des événements terribles, qu'elle s'était rendue ridicule en se laissant transformer en attraction par Danton, privilège qu'elle avait rémunéré grassement, par-dessus le marché. Le cliquetis de la porte la fit sursauter et elle regarda May, les yeux ronds, sans la reconnaître.

Celle-ci portait une délicieuse tasse de thé fumant. Les rations des visiteurs (des sachets d'Earl Grey, du café en grains et autres friandises décadentes) étaient entreposées dans un placard spécial. Elle avait versé dans le thé quelques gouttes de cordial. Elle déposa la tasse sur la table de chevet, s'assit et lui prit la main.

Felicity avait une tête épouvantable. La figure toute barbouillée, on aurait dit qu'un enfant s'était défoulé sur elle avec ses crayons de couleur. Les mousses, vaporisateurs, gels en tout genre de la veille avaient fait de ses cheveux un paillasson terne. May lui caressa la main, lui adressa un sourire d'encouragement et, après un instant, l'engagea à boire.

Felicity fit une tentative mais sa bouche tremblait si fort que ses dents claquaient sur le bord de la tasse et que le thé se renversa. May en revint au serrement de main. Pour l'heure, il n'y avait pas grand-chose d'autre à faire, étant donné l'état mental de Felicity, et puis elle-même ne se sentait pas péter le feu, tant s'en fallait. Y aller doucement, c'était le bon moyen. Qu'elle soit en grand besoin d'être aidée, on le voyait bien, car son aura était pratiquement en miettes. Un des pires cas qu'elle ait jamais rencontrés.

Au bout d'un moment, May s'approcha du sac en peau de porc. À la recherche de sous-vêtements propres, car elle avait l'intention de faire couler un bain, elle trouva un grand pot de crème rose et or. Elle s'en servit pour débarbouiller la figure de Felicity à gestes lents et cadencés. Au troisième essai, la corbeille à papiers débordait de mouchoirs et le teint d'origine, ivoire pâle, se révéla.

May alla dans sa chambre, fouilla dans les entrailles fluorescentes de sa garde-robe et dénicha une robe en soie bleu foncé. (Rien ne vaut le bleu pour rafraîchir l'esprit.) Puis elle prit un shampooing à la mauve, une serviette moelleuse, et revint laver les cheveux de Felicity.

Ce qui se révéla beaucoup plus compliqué que de lui nettoyer le visage, même si l'autre se penchait docilement au-dessus du lavabo et se tenait assez tranquille, un gant de toilette sur les yeux. Pour commencer, il y en avait une telle quantité, de ce truc ! Plein le lavabo. May eut l'impression de s'attaquer à une crinière de lion. Ce qui s'expliqua en partie quand, au deuxième essorage, un gros morceau de chignon lui resta dans les mains. Brièvement horrifiée (avait-elle découvert une allergie à la mauve ?), elle comprit bientôt qu'il s'agissait de cheveux postiches. Elle les essora, les déploya sur le dossier d'une chaise et continua son shampooing. Quel infâme magma ! Comment peut-on supporter d'avoir toute cette camelote sur la tête ? Enfin, quand l'eau fut claire, May enveloppa la tête de Felicity dans la serviette et tapota doucement. Puis elle la peigna et lui fit une queue-de-cheval qu'elle noua d'un bout de galon pêché dans sa poche.

– Bon, dit-elle en se penchant vers le visage de Felicity avec un sourire, vous ne vous sentez pas mieux comme ça ?

Felicity émit un petit bruit piteux, comme un chaton affamé.

– Allons, allons, dit May. Je propose... (elle la prit par le bras) ... que vous vous allongiez jusqu'au déjeuner. Alors, vous pourrez prendre un bain et manger très légèrement.

Hébétée, Felicity s'assit sur le lit et contempla May avec des yeux sombres et chagrins.

– Tout va bien. Tout ira bien, maintenant. On va s'occuper de vous.

Elle se pencha et lui déposa un baiser sur la joue.

Tandis que se déroulaient ces tendres ablutions, Janet faisait la vaisselle, en cognant comme d'habitude ses bols à céréales dans l'évier en pierre. Elle éclaboussait partout et s'interrogeait sur le déjeuner. C'était le tour de Suhami mais celle-ci n'avait pas refait surface et il était déjà dix heures. La journée allait être désorganisée, la première d'une longue série, songea Janet. L'irrémédiable la frappa avec une force renouvelée et elle eut la certitude qu'ils auraient beau faire, rien ne serait jamais plus comme avant au Manoir.

Qu'adviendrait-il d'eux tous ? Où iraient-ils s'ils ne bénéficiaient plus de la maison ? Iraient-ils vivre ensemble autre part ? En aurait-elle envie ?

Janet savait qu'elle n'était pas douée pour s'ingérer avec énergie dans la vie des autres, conception de l'amitié partagée par les membres de la communauté. Elle avait aussi du mal à se conformer à leur philosophie. Elle ne se sentait pas à l'aise avec les folles interpolations, les fantastiques suppositions et trouvait bien sentimental de prétendre pouvoir régler tous les problèmes. Et puis, elle aimait bien, de temps en temps, un bon petit coq de bruyère, ce qui était fort mal vu. L'autre jour, alors qu'elle critiquait gentiment le temps qu'il faisait, Heather lui avait servi une leçon de morale, du genre : tu devrais t'estimer heureuse de n'être pas aveugle ni allongée dans une tour-hôpital, affligée de scléroses multiples.

Irritée par ces pensées, Janet décida de faire une entorse au règlement et de préparer du vrai café. Un bon remontant, voilà ce qu'il lui fallait, et au diable le cancer du pancréas ! Ou était-ce la douve du foie ? Elle en porterait aussi à Trixie. Et peut-être des biscuits.

Dans le placard des visiteurs, elle trouva un paquet de biscuits scandaleusement chimiques. Elle moulut des grains de café, humant l'arôme avec plaisir, ouvrit le paquet de biscuits, choisit une assiette à fleurs bleues, y disposa avec soin les biscuits, puis, tandis que le café passait, elle cueillit une rose Albertine à la fenêtre de la cuisine.

En pénétrant dans le vestibule avec son plateau, l'estomac noué à l'idée de réveiller Trixie, Janet s'arrêta net. Là, au pied de l'escalier, May et Arno s'entretenaient avec un homme énorme en costume chiné. Alors qu'elle hésitait, May et l'homme se retournèrent pour monter l'escalier.

– Qui était-ce, Arno ?

– L'avocat des Gamelin. (Il ramena de force vers Janet ses yeux qui fuyaient vers May.) Il est arrivé une chose terrible. Enfin, normalement, on trouverait ça terrible. Mais je ne peux m'empêcher de me demander si ce n'est pas une bénédiction déguisée. On l'a trouvé mort dans sa chambre d'hôtel, ce matin.

– Quoi... Guy?

Arno acquiesça de la tête.

– Apparemment, il avait demandé qu'on le réveille à neuf heures. La femme de chambre a apporté le thé et il était étendu par terre. Il ne s'était même pas couché. Crise cardiaque, à ce qu'il paraît.

– C'est affreux.

Elle fit la réponse de circonstance mais elle était ravie. L'homme était odieux. Avare et méchant. Bon débarras. Et quelles nouvelles pour Trixie! Quel joli cadeau! C'était mieux que le vrai café et les biscuits chimiques. Mieux même que la rose. Arno était en train d'ajouter quelque chose.

– May pense qu'il vaut mieux annoncer la nouvelle à Suhami d'abord. Sa mère n'est pas encore tout à fait...

Il se tut avec tact mais Janet grimpait déjà l'escalier.

Trixie ne dormait pas; elle était en train de fumer, recroquevillée sur la banquette sous la fenêtre.

– Le courrier est arrivé?

– Oui. (Janet posa le plateau sur la commode. Elle se demanda si Trixie attendait une nouvelle enveloppe bleue.) Tu attends quelque chose?

– Pas vraiment.

Elle portait une robe en soie vert pomme. Elle ne s'était pas maquillée; son teint était épais et lisse comme de la crème. Dans le gras du bras, les pinçons écarlates de la veille avaient viré au violet.

– Je t'ai fait du vrai café.

Elle remplit les deux chopes.

– Qu'est-ce que tu vas prendre! On est dans une zone non caféinée, ici.

– Et j'ai ouvert un paquet de biscuits. (Janet reposa sa chope et apporta le plateau près de la fenêtre. La rose semblait ridicule maintenant, pour ne pas dire superflue. Elle avait oublié que Trixie en avait une coupe pleine.) Bois pendant que c'est chaud.

Trixie la rabroua et Janet accepta la semonce avec la patience de quelqu'un qui se sait en mesure de créer la surprise. Elle plongea le nez dans sa chope. Grands dieux ! Elle avait presque oublié le goût délicieux du vrai café ! Est-ce qu'un côlon ultrapropre valait vraiment le sacrifice ?

– Ça va ? demanda-t-elle timidement.

– Exquis. Cela va me réchauffer.

Janet ne comprit pas : le soleil entrait à flots et inondait son amie.

– Des nouvelles ? De la police, je veux dire.

– Ils sont ici. Avec l'avocat des Gamelin.

Janet marqua une pause, son visage émacié et ardent voilé d'impatience. C'était le moment. Pourtant, elle hésitait, elle allait annoncer la nouvelle d'un bloc, et alors, sa bourse serait vide... Elle finit par lâcher brutalement :

– Guy Gamelin est mort. Il a eu une crise cardiaque.

Elle allait se souvenir longtemps de ce qui se produisit alors. Trixie sursauta violemment comme si elle avait reçu un choc électrique. Le café se répandit sur sa robe vert pomme et sur ses jambes nues, et la chope tomba avec fracas par terre. Elle poussa un cri sauvage, qu'elle étouffa en portant ses mains à la bouche. Puis elle s'écria :

– Oh, mon Dieu, qu'est-ce que je vais faire ?

Et elle se mit à hurler.

*

Une demi-heure environ après cet incident dramatique et sensationnel, la police arriva pour interroger Tim. Arno les mena lentement et avec la plus grande réticence le long de la galerie jusqu'à la chambre du garçon. À mesure qu'il approchait de la porte, il ralentissait le pas jusqu'à ce que, finalement, il s'arrête complètement, se tourne vers Barnaby et pose pour le retenir une main insistante sur sa manche.

– Il ne sera pas en mesure de vous aider, vous savez.

– Je vous en prie, monsieur Gibbs. Nous en avons déjà discuté en bas.

– Si vous êtes décidés… voulez-vous… ? (Arno s'était éloigné de quelques pas et leur fit signe. Quand les deux hommes l'eurent rejoint, il poursuivit :) Je devrais vous parler un peu de son passé, je crois. Personne n'est au courant ici mais cela peut vous permettre de comprendre et d'être… Vous voyez, je l'ai rencontré ou, plus exactement, je l'ai trouvé il y a six mois environ.

Il s'interrompit, les mains en coupe autour des yeux comme s'il avait des œillères, puis il continua.

– J'avais conduit le Maître à Uxbridge, il était visiteur hospitalier, le jeudi c'était son jour, et nous étions convenus de nous retrouver à la voiture. Il y a des toilettes publiques tout près, j'avais besoin d'y aller. En descendant l'escalier, je croise trois hommes qui remontaient. Des costauds. L'un d'eux avait les bras tatoués en rouge et bleu. Ils riaient aux éclats, d'un rire brutal, affreux. J'ai utilisé l'urinoir, me croyant seul, et j'ai entendu des gémissements qui venaient d'une des cabines. Il était là-dedans, Tim. Le pantalon sur les chevilles, il saignait de l'anus. Ils l'avaient… violé. (La voix d'Arno n'était plus qu'un murmure. Barnaby se pencha en avant, il entendait à peine.) Il y avait de l'argent aussi… un billet de cinq livres… Je veux dire… enfoncé… C'était ignoble.

Arno s'interrompit, incapable de poursuivre. Il sortit un mouchoir et se frotta les yeux, le dos tourné. En s'imaginant la scène, Barnaby se sentit ému de pitié et même Troy en fut tout retourné, en pensant : Quelle saloperie, la vie, y a pas à dire ! Après un petit moment, Arno s'excusa pour l'interruption et poursuivit :

– Il avait tellement mal et il ne comprenait pas. Je n'oublierai jamais son expression… ses yeux… C'était comme si j'avais trouvé un enfant violé. Ou un animal torturé. Quand il m'a vu, il s'est mis à hurler. J'ai essayé de l'aider mais il s'agrippait à la cuvette des cabinets. Je ne savais pas quoi faire. J'ai couru vers le parking où le Maître attendait et je lui ai raconté ce qui s'était passé. Il est revenu avec moi. Tim s'était enfermé dans la cabine. Le Maître lui a parlé à travers la porte pendant plus d'une heure sans s'arrêter même devant deux ou trois hommes, arrivés entre-temps, qui le regardaient bizarrement. Vous ne l'avez jamais entendu parler, inspecteur, mais il avait une voix absolument remarquable. Mélodieuse mais pas seulement ; elle promettait la bonté... le bonheur même. Et si fascinante. On avait l'impression, en l'écoutant, que tout ce qu'il disait était forcément vrai. Finalement, Tim a ouvert la porte. Le Maître l'a réconforté, lui a caressé les cheveux. Au bout d'un moment, on l'a aidé à se rhabiller, on l'a emmené dans la voiture et on l'a conduit ici. May l'a mis au lit et on s'est occupé de lui. Et depuis on a continué.

« On a dû s'arranger avec les services sociaux, bien sûr. On a tous subi une inspection méticuleuse, ce que j'ai trouvé un peu ironique étant donné la négligence dont ils avaient fait preuve jusque-là. On l'avait viré de l'hôpital, flanqué dans un meublé, une aide-soignante lui rendait visite une fois par semaine, s'il avait de la chance. On nous a confié son carnet de santé, ses ordonnances pour les médicaments, et c'est à peu près tout. Le fait que nous soyons membres d'une sorte d'organisation religieuse a joué en notre faveur, je pense. On nous a dit qu'on serait inspectés de temps en temps mais personne n'est jamais venu. Je crois qu'ils sont contents d'en avoir un de moins sur leurs listes.

Arno marqua une pause ; il espérait à l'évidence que cette lamentable histoire dissuaderait Barnaby. Quand il comprit que ce n'était pas le cas, il ajouta :

– Alors, allons-y...

La chambre de Tim était plongée dans une obscurité presque complète. Par un interstice entre les lourds rideaux de velours, la lumière du soleil filtrait et formait des flaques jaune beurre sur le rebord de la fenêtre. Arno écarta légèrement les rideaux. La forme sous la couette se contracta et tressaillit. L'air était si étouffant, l'odeur si nauséabonde que Barnaby mourait d'envie d'ouvrir la fenêtre.

Arno s'approcha du lit en prononçant le nom du garçon : une syllabe fredonnée. Il repoussa la couette, les cheveux dorés brillèrent sur l'oreiller et Tim leva la tête, roulant des yeux comme un jouet mécanique. Barnaby perçut derrière lui un soupir et lui-même ne resta pas insensible à la beauté remarquable du garçon, même défiguré par les larmes et le chagrin.

– Tim ? M. Barnaby voudrait te parler un peu, ça va bien…

Tim s'était déjà recroquevillé et secouait la tête. Sur son front d'albâtre, une veine battait comme un ver turquoise.

– Je reste ici avec toi, dit Arno.

Barnaby prit une chaise, pour n'avoir pas à regarder le gamin de haut, et s'assit de l'autre côté du lit. À un signe de tête de son chef, Troy se retira dans un coin, et sortit un carnet, sans beaucoup d'espoir.

– Je sais que vous devez être très malheureux, Tim, mais je suis sûr que vous voudrez nous aider si vous le pouvez.

Un roucoulement de colombe, un gazouillis. Troy pensa qu'au poste, ils n'en croiraient pas leurs oreilles. Pourtant, Tim saisit les mains d'Arno dans un accès de folle angoisse.

Arno avait dit, la veille, que la peur était son état habituel. Mais il sembla à l'inspecteur que, malgré les précautions qu'il avait prises, l'effroi du garçon croissait de seconde en seconde. Ses yeux fixes étaient voilés et la veine battante saillait davantage. Barnaby attendit un peu puis poursuivit :

– Vous comprenez ce qu'il s'est passé, Tim ? Que quelqu'un est mort, ici ?

Un nouveau long silence puis, sur l'oreiller à peine éclairé, le visage angoissé se tourna. Les joues étaient striées de larmes. Les yeux brillants, bleu foncé, effleurèrent les yeux de Barnaby, se détournèrent, revinrent se poser sur lui. Le processus se répéta à plusieurs reprises. Finalement, il maintint le contact et il parut prêt à parler.

– Ax… ass…

– Ass quoi, Tim ?

– Ax… elle… don…

La voix n'était qu'un filet confus mais Barnaby ne commit pas l'erreur de s'approcher plus près. Il reposa sa question, en ajoutant :

– Vous voulez dire May, peut-être? Demander à May? Ou Suhami?

– Non... non. (Tim secoua farouchement la tête et son auréole de cheveux étincela.) Askadon... askadon...

– Vous voulez dire «accident»? fit Barnaby.

– Non, inspecteur. Il...

Arno s'interrompit tandis que Tim essayait de reproduire les mots de l'inspecteur d'une voix étranglée.

– ... dire ackerdent... ack... ci... dent...

Il avait réussi et répéta les mots de plus en plus vite, en haussant le ton jusqu'à ce que les syllabes se transforment en un bredouillement absurde. Le corps raide comme un piquet, il roulait des yeux fous. Dans le regard qu'il adressa à Barnaby, Arno mit toute la fureur dont était capable un homme de son tempérament, puis caressa le front de Tim avec un air protecteur plein de rancune qui disait clairement: «Regardez ce que vous avez fait.»

Obstiné, Barnaby resta encore une demi-heure, tout en se doutant que Tim ne parlerait plus de façon cohérente. Le garçon ne tarda pas à se calmer et glissa dans une hébétude de défense, mais l'indignation d'Arno ne diminua pas et Barnaby en sentit la chaleur dans l'espace confiné.

Il refusa de se sentir coupable. Il savait qu'il avait eu raison d'interroger Tim et qu'il l'avait fait avec un tact plein d'humanité. Le garçon était déséquilibré, soit, mais cela ne voulait pas dire qu'il était incapable de remarquer ce qui se passait autour de lui. Bien sûr, Barnaby ne s'était pas rendu compte que Tim était à ce point malade. Pourtant...

Il en était là de ses réflexions quand il croisa le regard de Troy. Comme à son habitude, le sergent effaça aussitôt toute expression qui aurait pu trahir ses sentiments. Ses paupières retombèrent mais son supérieur eut le temps de surprendre une étincelle d'impatience et de dérision. Barnaby traduisit avec exactitude: Foutue perte de temps!

Il n'était pas du tout certain de partager cet avis. Que Tim, le plus proche de Craigie sur l'estrade, voie sa mort comme un accident n'était pas dénué d'importance. Et, dans l'attitude d'Arno, n'y avait-il pas une inquiétude plus profonde que ne l'exigeait une simple attitude protectrice ?

Non. Barnaby finit par se lever et se diriger vers la porte, décidément, il n'avait pas perdu son temps.

★

Quand il eut appris la mort de Gamelin, Christopher partit à la recherche de Suhami. Sa chambre était vide ; il finit par la découvrir sur la terrasse. May avait tenté de le dissuader. « Elle a besoin d'être seule. Pour digérer. »

Suhami ne se retourna pas à son approche ; elle resta immobile comme une statue de sel. Il scruta son profil. Elle paraissait très calme, enveloppée dans ses pensées aussi étroitement que dans son sari.

– Comment te sens-tu ?

– Je n'en sais rien. (Elle se tourna alors et il s'aperçut qu'elle n'était pas aussi sereine qu'il l'avait cru. Elle semblait plutôt hébétée.) Je sens que j'ai perdu quelque chose mais je ne sais pas quoi. Certainement pas lui... pas lui.

Le ton était empreint d'un mélange déconcertant de perplexité et de satisfaction. Christopher se sentit mal à l'aise. Ce calme lui paraissait anormal. Il lui prit la main.

– Viens, dit-il.

Ils descendirent les marches, évitant la joubarbe et l'armérie qui affleuraient, et pénétrèrent dans le jardin. Il faisait déjà très chaud et l'air épais bourdonnait d'abeilles qui butinaient dans la lavande et la bourrache.

Christopher ne pensait exclusivement qu'à son avenir avec Suhami. Sans la mort de Gamelin, il aurait essayé de découvrir quel était son sentiment à l'idée de quitter la communauté. Car il lui semblait que c'était essentiellement la présence de Ian Craigie qui l'y avait retenue. Peut-être allait-elle malgré tout décider de rester. Si tel était le cas, il resterait aussi car il ne voulait pas renoncer à elle. Ils s'assirent sur une petite pelouse circulaire. Une roue de thym argenté et de camomille.

– Comment ta mère réagit-elle ?

– Elle ne sait rien. Will m'a prévenue d'abord. Il a pensé que je serai plus à même de gérer la situation. Je vais lui annoncer la nouvelle quand nous rentrerons. Ou cet après-midi. Il n'y a pas le feu...

– C'est vrai qu'ils ne s'entendaient pas ?

– C'est ce qu'il m'a toujours semblé. Pour vivre avec lui, on ne peut pas être autrement. (Elle se tourna, l'air contraint.) Peut-être deviendrons-nous comme ça.

– Jamais, au grand jamais. (Christopher sourit, grandement encouragé par le « nous ».) C'est la vie des autres. Mais c'est toi et moi. C'est... (il posa la main sur sa nuque, l'attira à lui et l'embrassa) ...toi... (les lèvres toutes proches) et moi.

Il fut troublé par son manque de réaction. La veille encore, elle avait dansé dans ses bras, presque en extase. Il sortit de la poche de son jean une boîte plate enveloppée d'un papier de soie magenta.

– Je t'ai acheté ça pour ton anniversaire. Avant de savoir qui tu étais vraiment. Puis je me suis dit que je ne pouvais pas te les offrir.

– Tu avais tort.

– Oui.

– Qui je suis vraiment. (La boîte reposait sur ses genoux, le ruban enroulé autour de son doigt.) Le Maître disait qu'il fallait découvrir qui nous sommes. C'est ce qui importe, n'est-ce pas, Christopher ? Tout le reste n'est qu'incertitude.

– Tu pourras toujours philosopher quand tu seras vieille. Il n'y a pas de réponse aux grandes questions, de toute façon. Ouvre-toi au présent.

Suhami mit les boucles d'oreilles, de petites perles tremblantes en délicat filigrane. Elle tourna la tête d'un côté puis de l'autre.

– On dirait une ravissante danseuse sacrée. Ah, tu es si jolie, Suze.

Elle baissa sa tête étroite, s'abandonnant gravement à l'incrédulité, sans protester comme le font d'habitude les jolies filles.

– Que puis-je te dire ? fit-il, désespéré. (Elle leva ses frêles épaules et rit avec une résignation amusée.) Hier, dans l'étable… insista-t-il.

– Hier, tu as vu comment j'étais avant. Effrayée, désespérée, m'accrochant au bonheur, aux gens. Affolée à l'idée d'être seule. Je ne peux plus vivre ainsi, Christopher. Je ne peux plus. Et je ne vivrai plus ainsi.

– Mais il n'y a aucune raison d'avoir peur. Je ne te quitterai jamais…

– Tu dis ça aujourd'hui, peut-être est-ce vrai. Mais comme les autres formes de vie, l'homme est en perpétuel changement.

– Voilà qui est un peu pessimiste.

– Non, c'est réaliste. Évident. Le changement, c'est la seule constante, et je ne veux pas vivre en le redoutant.

– Et que fais-tu de la foi et de l'espoir ?

– Je ne suis pas certaine que cela ait un rapport.

– Ce genre de stoïcisme, c'est bon pour les vieux guerriers sur leur champ de bataille. Ou pour les névrosés. Ceux qui ont peur de s'engager dans une relation au cas où elle tournerait mal. Et qui finissent leur vie seuls, pratiquement morts comme…

Il y eut un long silence. Les abeilles bourdonnaient plus fort que jamais. Un poisson sauta dans la mare et replongea. Une brise soupira.

– Je ne finirai jamais comme ma mère, dit Suhami.

– Excuse-moi.

– Tu es fâché, n'est-ce pas ?

– Bien sûr que je suis fâché. Je vois notre avenir tomber à l'eau.

– Tu n'as pas compris.

– Je crois que tu ne sais pas ce que tu veux.

– Je veux… (Elle se rappela ce moment unique d'illumination, dans le Solarium. Les paroles du Maître quand ils avaient bavardé, il y avait seulement vingt-quatre heures. Sa forte conviction que, sous la surface agitée, brouillée de sa vie à elle, gisait tout ce qu'il lui fallait pour la soutenir et la réconforter.) Je veux quelque chose qui n'ait pas de fin.

– Tout a une fin. Première Leçon. Manuel du Stoïque.

– Non, il y a quelque chose. On peut le découvrir et l'invoquer. Je sais que c'est vrai. Le Maître l'appelait « la perle de grand prix ».

Pas très original ! pensa Christopher. Il tendit le bras et lui prit la natte, agita, comme un éventail soyeux, les cheveux doux qui sentaient la frangipane.

– Pourquoi ne peut-on pas le découvrir ensemble, alors ? Moi aussi, ça m'intéresse, tu sais. Pourquoi crois-tu que je suis ici ? (Il l'attira à lui.) On pourrait faire une retraite pour notre lune de miel si tu veux.

– Lune de miel.

Derrière le mot, une étincelle de désir. Encouragé, Christopher insista.

– On n'est pas obligé de vivre dans une communauté religieuse pour mener une vie religieuse. Il y a plein de laïques qui prennent le temps de prier et de méditer. Qui vivent discrètement, sans faire de mal. Pourquoi ne pourrait-on pas être comme eux ? (Suhami fronça les sourcils. Elle paraissait hésiter, un peu confuse.) Ne crois-tu pas, en tout cas, que le savoir ésotérique est écrit sur du vent ? Quand on se trouve dans la bonne direction, le jour qu'il faut, c'est parfait. Sinon...

Suhami eut un demi-sourire. Cette manière de voir les choses lui plaisait assez. Elle faisait écho aux paroles du Maître : la quête d'un rêve n'est pas seulement vaine, elle est destructrice.

Christopher lui rendit son sourire au double, au triple, au centuple, un sourire éclatant, vif, plein d'assurance. Il avait le temps pour lui. Et la jeunesse. Et une volonté passionnée. Elle finirait certainement par être à lui.

★

En retournant à la maison, ils trouvèrent les autres en grand conciliabule dans la cuisine. Assis autour de la table, ils faisaient un sort aux biscuits chimiques tout en absorbant les piquants effluves de l'Arabica. Après s'être exclamés comme il se devait devant ces délices profanes, Suhami et Christopher se servirent de café et partagèrent le dernier biscuit. La conversation portait sur Trixie mais s'adressait à Janet qui, carrée sur sa chaise, paraissait aux abois.

– Tu es sûre, demandait Arno, que tu n'as rien pu lui tirer d'intelligible ?

– Elle a bien dû dire quelque chose, intervint Heather.

– Quand on a une crise de nerfs, on ne parle pas clairement.

La scène en question était décortiquée depuis près d'une heure et Janet commençait à en avoir assez. Les autres s'étaient emparés de cet épisode pénible et alarmant avec l'altruisme affairé qu'ils montraient à chaque fois qu'ils avaient l'occasion de rendre service. Ils ne semblaient pas comprendre la différence qu'il y avait entre l'intervention bienveillante, l'autoritarisme et la brutalité, pensait Janet avec humeur. Mais après tout, elle aussi avait, malgré elle, brutalisé Trixie.

Quand les cris avaient commencé, Janet s'était précipitée en s'exclamant : « Non, non ! » et des mots stupides du genre : « Ça va aller, ça va aller. » Puis elle l'avait prise par les épaules, du moins, elle avait essayé. Mais l'autre s'était tortillée, débattue, libérée et avait agité les bras, avait frappé Janet au cou et avait continué à hurler sans arrêt, terrorisée. Elle ouvrait et fermait la bouche comme un poisson, elle avait les yeux vides et fixes. Ce fut à cause des yeux, pensa Janet après coup, qu'elle avait fait ce qu'elle fit ensuite, car Trixie avait disparu de ces yeux-là.

Janet n'avait pas eu l'intention de taper aussi fort. Elle en avait encore la paume brûlante. Elle avait dû prendre son élan car, quand le coup s'abattit sur la joue, Trixie avait fait deux pas en chancelant puis elle était tombée contre le mur. Pourtant, cela avait marché, comme dans les films. Elle s'était aussitôt arrêtée de crier, ses yeux avaient retrouvé un peu de lucidité et une grosse marque rouge s'était étalée sur sa joue. Puis les autres étaient arrivés et Janet fut repoussée dans le fond.

Sur le palier, tremblante, cramponnée à la rampe de la galerie, elle revécut cette scène de violence. D'abord persuadée qu'elle avait agi en désespoir de cause (n'importe quoi, pourvu que ces cris affreux, déments, s'arrêtent), elle prenait peu à peu conscience des raisons plus complexes qui l'avaient poussée. Si elle était honnête, elle devait admettre que la gifle lui avait procuré une certaine satisfaction. Et même une satisfaction vengeresse. C'était terrible ! Cette idée la rendait malade de honte. Elle ne s'était pas rendu compte que son amour sec et stérile voilait de l'hostilité. Trixie avait raison de rejeter son amitié. Elle s'aperçut qu'Arno la regardait avec inquiétude et elle se força à sourire.

En fait, l'inquiétude d'Arno, et elle était grande, était largement répartie. Si son regard s'était allumé en se posant sur Janet, c'était presque par hasard. Son plus grand sujet d'inquiétude était, bien entendu, le meurtre. Comme la plupart des autres, il croyait Gamelin coupable et il n'arrivait pas à déterminer si la mort de ce dernier était une bonne ou une mauvaise chose. *Bonne*, si la police convenait aussi qu'il était coupable, car alors il n'y aurait pas de procès, pas de publicité. *Mauvaise*, s'il y avait incertitude, car cela signifierait une enquête qui traînerait en longueur, et causerait encore davantage de dégâts dans la communauté.

Et il y avait cette extraordinaire affaire avec Trixie. Arno avait été très troublé par la violence de sa réaction à l'annonce de la mort de Guy. L'inexplicable le mettait mal à l'aise, ainsi que les explosions d'émotion, surtout celles dont la mise à feu paraissait illogique. Après tout, elle connaissait à peine cet homme. Et il ne trouvait même pas de consolation à se dire qu'il avait enfin résolu son koän, quand il avait entendu le claquement de la gifle administrée par Janet. Cette illumination ne fit qu'aviver le chagrin qu'il ressentait devant la mort de son Maître chéri : avec quelle joie il serait allé lui faire part de la nouvelle ! Arno revint à la conversation où Heather, semblait-il, exprimait la première de ses inquiétudes.

– Si seulement on savait ce qu'il s'est passé entre eux hier.

– Confucius, il dit : savoir c'est savoir que savoir, c'est ne pas savoir, dit Ken de sa voix de grand sage et il se tira sur les tempes pour faire les yeux bridés.

– Pas étonnant qu'il ait été confus, répondit Janet.

On n'aborda pas la tragédie de la veille. Peut-être se disait-on que les conjectures risquaient d'être un peu lourdes en présence de Suhami, en train pour le moment de rincer des épinards dans l'évier. Heather assena une de ses bonnes pensées solides et réconfortantes.

– Je méditais ce matin dans le verger. Assise, oh, si calme, oh, si tranquille, appelant sur moi la flamme jaune de Cassiopée, car nous sommes samedi, et vous ne devinerez jamais ce qui est arrivé ? (La tablée attendit, tout en émoi.) Une magnifique abeille s'est posée sur un trèfle près de ma main. Un vrai M. Bourdon. Il est resté, resté, en faisant bruire ses petites ailes comme si – et vous pouvez appeler ça une synthèse pneumatique, si vous voulez –, comme s'il cherchait à me dire quelque chose. Eh bien, me suis-je dit à la fin, qui ne risque rien n'a rien, alors j'ai avancé la main et il m'a laissée caresser son dos duveteux avec mon petit doigt. N'est-ce pas incroyable ?

– Qu'est-ce qu'il cherchait à te dire, tu crois ? demanda May.

– Je crois – et c'est drôlement centré sur la terre, d'accord ? – que, selon ma perception de la situation, la transmutation du Maître étant si récente, des fragments éthériques de son corps astral doivent flotter encore. Pourquoi ne pourrait-on dire que M. Bourdon en avait des traces sur ses ailes ? Car ce que j'ai ressenti en touchant cette chère petite bête, c'était une sensation de réconfort absolument extraordinaire.

– Cela se pourrait tout à fait, dit May. C'est certainement ce que le Maître aurait voulu nous communiquer.

– Peut-être, dit Suhami, qui essorait maintenant les feuilles dans un torchon, l'abeille était-elle le Maître. Une réincarnation.

Ken et Heather échangèrent un regard amusé.

– Je ne crois pas qu'après une vie consacrée à son prochain, ce suprême arahat va se réincarner en insecte.

– Heather a raison, dit May, à propos des restes de matière. Je l'ai senti moi-même ce matin. Il y avait une foule d'Élohim qui bavardaient sous ma fenêtre. Il faut s'attendre à quelques farces de leur part. Ils n'aiment rien tant que faire un tour en stop sur les auras. Bon, eh bien..., dit-elle en rejetant ses cheveux en arrière, il est presque midi. Je dois aller faire couler le bain de Felicity. Tu crois que tu peux t'occuper du déjeuner, Janet ?

– Bien sûr.

– Et nous, on devrait finir notre besogne, dit Arno à Ken. Je crois qu'on est tous les deux de jardin, ce matin.

– En fait, ma jambe fait un peu des siennes, Arno.

– Eh bien, il y a toujours la binette.

– Quand je me penche, ça s'aggrave.

– Ce n'est pas tant ta jambe que ta flemme, pas vrai ? dit Janet d'un ton piquant.

Ken lui adressa un sourire magnanime. Pauvre vieille Jan, qui projetait encore. Si, comme il l'avait suggéré alors, on avait fait une séance de pendule quand elle était arrivée, on aurait au moins su à quoi s'en tenir !

– Oh, j'ai largement de quoi m'occuper.

– Par exemple ?

– Hilarion m'a prévenu qu'une incarnation en masse de dieux venant de Pluton était imminente. J'ai l'intention de faire une longue séance de plantation d'étoiles sous ma pyramide Chela. Et puis je pensais tailler un peu le bonsaï géant.

10

LES affaires de Craigie étaient disponibles et Troy était allé les chercher. Le rapport de la police scientifique n'allait pas tarder. Barnaby espérait vaguement que le légiste lui fournirait quelque chose d'assez consistant pour confirmer les preuves jusque-là purement circonstancielles de la culpabilité de Gamelin. S'il n'y avait rien, ou s'il s'avérait simplement qu'il n'était pas coupable, alors l'inspecteur se trouvait devant un des cas les plus intéressants et les plus compliqués auxquels il ait eu affaire depuis longtemps.

Sa première réaction, en apprenant la nouvelle du décès de son principal suspect, avait été un intense soulagement. Il avait été à deux doigts, la veille au soir, d'arrêter son homme. Tout décès durant une garde à vue entraînait, et à juste titre, une enquête complète et minutieuse, au milieu des cris inévitables suscités de nos jours par «la brutalité de la police». Imaginez un peu la descente du pinacle au nom de Guy Gamelin: les avocats chics, les pontes de la Déclaration des Droits, tous les journalistes qui tiennent sur leurs jambes, les photographes, probablement les questions à la Chambre... Le sein de Barnaby débordait de gratitude à l'égard des dieux complices: il s'en était fallu d'un cheveu.

Troy entra avec, au creux du bras droit, un sac en plastique gris.

– Voilà le fourbi de notre dandy mystique, chef.

Dans sa voix il y avait comme un clin d'œil et son regard pétillait. À gestes lents et théâtraux, il sortit les sandales, la tunique ensanglantée et un caleçon en coton. Puis il marqua une pause, l'œil vif et curieux.

– Si c'est un roulement de tambour que vous espérez, vous pouvez toujours attendre jusqu'à la saint-glinglin. Allez, continuez !

Troy replongea dans le sac, en retira une longue masse de cheveux blancs brillants. Barnaby tendit le bras. La perruque était splendide. De vrais cheveux fixés sur une fine gaze.

– Très joli. Et cher.

– Ça donne à penser, pas vrai, chef?

– En effet.

Le pouls de Barnaby s'accéléra. Pour la première fois, le mort révélait quelque chose sur lui-même. Jusqu'à présent, les renseignements n'avaient été que de seconde main. Ce que les autres se rappelaient, ce qu'ils pensaient, ce qu'ils croyaient. Mais là, c'était une révélation directe d'outre-tombe. Une source première. Barnaby reposa l'accessoire de base de l'artillerie du comédien.

– Je me demande combien de gens savaient qu'il portait une perruque, déclara Barnaby.

– Personne, je parie, dit Troy. À mon avis, ça corrobore la théorie de Gamelin. Le postiche fait partie intégrante du matériel du charlatan.

La supposition n'était pas déraisonnable. Elle était même tentante, en fait. Quel besoin un authentique religieux aurait-il eu d'un pareil accoutrement? À peine cette pensée lui vint-elle à l'esprit que Barnaby se rappela les splendides ornements sacerdotaux des prélats des plus orthodoxes religions. Une simple perruque semblait modeste, en comparaison.

Donc, Craigie usait d'artifices pour présenter à ses disciples une image rassurante. Ce qui n'impliquait pas forcément que son enseignement ou son personnage fussent faux ou qu'il y eût anguille sous roche. Et pourtant...

Gamelin avait été si catégorique. Était-ce simplement – et c'était compréhensible – à cause du fidéicommis ? Ou avait-il réellement subodoré quelque chose, comme Troy le supposait ? Cela ne coûtait rien de se renseigner sur Craigie, quoique coincer un escroc soit toujours un sacré boulot. D'abord, ils bougeaient continuellement, et ils avaient plusieurs identités ainsi que des comptes en banque à l'étranger. Deuxièmement, les vrais malins n'ayant jamais été pincés n'étaient pas répertoriés dans l'ordinateur. Tout de même, cela ne coûtait rien d'essayer.

– J'ai une idée pour le gant, chef, dit Troy. C'est quelque chose que Maure a dit au petit déjeuner.

Sa voix prit une subtile teinte d'aigreur quand il repensa au premier repas de la journée. Un repas qui était censé ceindre les reins du soutien de famille jusqu'au déjeuner. Ce matin, c'était des cornflakes, du thé et encore, du thé réchauffé. Un petit bébé, et voilà, tout d'un coup, madame, ça la dérangeait de préparer des œufs brouillés, de mettre sous le gril une tranche de bacon, de faire frire quelques champignons et de glisser une tranche de pain dans le toaster ! Il faudrait encore qu'il casque pour un hamburger et des frites à la cantine. C'était la deuxième fois cette semaine, et on n'était que jeudi. Et maintenant, voilà le bureau qui le regardait d'un sale œil !

– Un problème, chef ?

– *Le gant.*

– Ah ouais ! Elle faisait la vaisselle, en marmonnant que les gants ne duraient pas plus de cinq minutes. Je n'écoutais pas, bon, on n'écoute pas toujours, pas vrai ? Mais j'ai entendu : « C'est toujours le gauche qui lâche en premier. » Ça a fait tilt parce que notre homme était gaucher. Elle a dit : « Avant, j'avais des piles de gants dépareillés jusqu'à ce que je découvre qu'on peut en acheter qui vont sur les deux mains. » Donc, j'ai pensé : et si le nôtre, c'était pareil ?

– Ça se peut. Mais rien n'empêche un assassin gaucher

de porter un gant de droitier ou vice versa, uniquement pour brouiller les pistes.

– Quand même, c'est moins commode pour tenir le couteau. Et notre homme n'était pas un manchot.

– C'est vrai. (Barnaby se leva.) On pourrait commencer les vérifications sur Craigie. En général, ces gens-là collent d'assez près à leur nom d'origine. Par exemple, les initiales peuvent être les mêmes.

– Quel âge pouvait-il avoir… Cinquante-cinq ? Soixante ?

– Je dirais, oui. Peut-être un peu plus vieux. Je vais au labo. Voir où ils en sont. (Il prit sa veste légère sur le portemanteau.) Puis on réessaiera, avec Felicity Gamelin. Des fois qu'on obtiendrait une déposition à peu près sensée. (À la porte, il se retourna.) Et pendant qu'on y est, faites-vous lire votre aura. (Troy se vissa l'index sur la tempe. Barnaby eut un sourire hilare.) Votre horoscope, alors. Vous êtes censé être né sous quelle étoile ? Sirius le Chien ?

– Auquel cas, dit Troy, je parie que la petite fripouille était en train de lever la patte !

⋆

Après avoir fait un brin de jardin et mangé un fruit pour s'éclaircir les idées, Arno était à présent aux prises avec un haïku. Ses pensées étaient toutes remplies de May (le poème lui était bien sûr destiné). Le haïku – trois vers dont le premier et le troisième sont pentasyllabiques, le deuxième heptasyllabique, contenant une seule pensée inspirée – n'est pas une forme facile. Autour de sa chaise, le plancher était jonché de boulettes de papier.

Il soupira profondément, frustré par la nature insaisissable de Thalie, Muse de la Poésie, et par le caractère réfractaire de la langue anglaise.

Ma fleur bien-aimée
Musicienne aux doigts ailés
Ô esprit de flamme.

Il ne pouvait lui donner cela. Pour commencer, les vers paraissaient incomplets, comme s'ils introduisaient une œuvre beaucoup plus longue. Et puis il y avait ce «bien-aimée». Les mots tendres arrivaient toujours à se faufiler. Les *pensées* abandonnées en contenaient toutes au moins un. Et regardons les choses en face, se dit Arno avec humeur: quand on qualifie quelqu'un de «repos de mon cœur», de «duvet d'ange» ou de «tendre gâteau de miel», tôt ou tard, ce quelqu'un, aussi peu sophistiqué qu'il soit, finira par en déduire qu'un sentiment un peu plus chaleureux que l'amitié ou le simple respect se profile à l'horizon.

Contrarié, la cervelle à sec, Arno renonça provisoirement et alla au lavabo se laver les mains qui étaient maculées de taches. Il avait acheté le plus fin des parchemins, une bouteille d'encre «indienne» couleur sépia et une plume pour la calligraphie, jugeant que seul le matériel haut de gamme serait digne de sa tâche sacrée. Mais comme d'ordinaire il était plutôt Bic cristal, il n'arrivait pas à attraper le coup avec la plume et faisait des éclaboussures partout.

Tout en se frottant mains et jointures, un pauvre Arno déprimé se regardait dans le petit miroir piqué. Il ne se ferait jamais à son apparence, au grand jamais. Si seulement il était grand et beau comme un astre! Il l'enlèverait d'un coup, hop, il la mettrait sur sa selle et s'en irait au galop d'un magnifique coursier blanc au poitrail puissant, harnaché de pierres précieuses et de rênes en or.

Il sourit à ces fantaisies. Sa mère aurait dit qu'il devenait «tout à fait dithyrambique». Il examina son visage et tira sur sa barbe, la sépara en deux pour voir, enroula les pointes autour de ses doigts.

Il avait essayé une barbe à la Blake, frémissante de vie, cascadant sur sa poitrine. Mais cela ne lui allait pas. On aurait dit un nain avec un paillasson collé au menton. Celle qu'il avait aujourd'hui était... eh bien... nette. Et au moins, elle brillait, car il la bichonnait régulièrement au henné. Parfois, il se demandait s'il n'aurait pas l'air plus jeune en la rasant.

Avant de s'en aller, Arno se bassina le visage dans une eau verdâtre puisée dans un petit bol rempli de saxifrage. Heather lui avait affirmé que le remède était souverain contre les taches de rousseur, mais voilà plus d'un mois qu'il employait ce truc et, franchement, il ne voyait pas beaucoup de résultat. Il s'essuya et remit la serviette soigneusement à sa place. Il était presque l'heure de déjeuner.

★

Avec les quelque dix minutes dont elle disposait, Janet venait juste de confectionner le plat principal. Elle avait inspecté le placard sans enthousiasme, sorti et rentré des choses, avant de se décider pour le Sossomix. Sur le paquet un dessin montrait des saucisses granuleuses en train de frire dans une poêle. Janet remarqua – et ce n'était pas la première fois – la perversité des techniques d'étiquetage adoptées par les entreprises commercialisant des produits à cette fraction toujours croissante de la population qui détestait la viande.

Steaks de noix. Burgers de légumes. Rôti de noix de cajou. Tout à fait en bas du Pouls karmique, ils proposaient du tofu sous forme de cuisses de poulet panées de gruau de soja. Tout à fait indifférenciable, affirmait fièrement l'emballage, de vraies cuisses de poulet.

Dans les nuages, Janet avait versé trop d'eau sur les granulés. Au lieu d'une jolie masse ferme et malléable, c'était tout liquide. En essayant de verser l'eau en surplus, elle avait laissé couler un peu du mélange. Dégoûtée par tout ce binz, Janet lâcha le bol sur la paillasse de l'évier et retourna en haut pour tenter de discuter avec Trixie.

Après avoir pratiquement flanqué tout le monde dehors, Trixie s'était enfermée. Rien de particulier à cela mais, d'habitude, elle répondait quand on frappait, au moins pour dire qu'on lui fiche un peu la paix. Mais aujourd'hui, pas un bruit.

Il y avait quelque chose de si continu dans ce silence, pensa Janet qui frappait doucement : « Trixie, le déjeuner... »

Un silence absolu, total. Même pas un bruit de pas sur un tapis. Difficile de croire qu'un cœur battait là-dedans.

Elle regarda autour d'elle pour s'assurer qu'on ne l'observait pas et, tout en se reprochant sa vulgaire indiscrétion, elle s'agenouilla et lorgna par le trou de la serrure. Elle ne pouvait entrevoir qu'une partie du lit défait. Elle se releva en rougissant.

De retour dans la cuisine, elle découvrit que Christopher, qui s'était éclipsé pour aller au village, était revenu avec un gros péché de gâteau au chocolat pour « remonter le moral de tout le monde ».

– Mais Heather a fait un roulé au tapioca pour le dessert, avec un glaçage à la figue, fit-elle remarquer.

– Justement !

Janet éclata de rire et se rasséréna davantage en découvrant que le Sossomix avait absorbé l'eau restante et était assez ferme pour être façonné et frit. Elle alluma le gaz sous les épinards et dit à Christopher d'appeler les autres.

Il trouva Heather sur la terrasse dans un survêtement bleu roi. Elle psalmodiait, les bras tendus au-dessus de la tête pour se connecter aux lignes d'énergie telluriques.

Je prends le mouvement dans l'essence même de mon être.
Je prends la course, je prends le saut.
Je suis la course... je suis le saut...

Elle se mit alors à bondir sur place, son énorme poitrine, son énorme derrière tremblants comme des morceaux géants de gelée. Sur le point d'annoncer que le déjeuner était prêt, Christopher fut arrêté net par une explosion de lyrisme.

La moindre cellule de mon corps est heureuuuse...
La moindre cellule de mon corps est bien...

Christopher avait l'habitude des hymnes au positivisme holistique de Heather. Elle les enseignait à tous ses clients, quelle que soit la gravité de leurs maladies. Il vint se planter face à elle et fit avec ses lèvres « Manger ».

Elle haleta : « Kenny… bureau… va… » et disparut au coin de la maison en dansant le pogo.

Ken concoctait des affiches pour leur atelier de mariage (Un Beau Jour Vous Pouvez Vous Voir L'Un L'Autre) avec sa jambe capricieuse posée sur le bureau tandis que le duplicateur faisait teuf-teuf.

– Le déjeuner est prêt, haleta son épouse, en passant une tête par la porte.

– C'est pas trop tôt, dit Ken. Je meurs de faim.

– Désolée, mais tout est un peu désorganisé un jour comme aujourd'hui.

Heather entra en respirant bruyamment et prit une affiche. Bleu pâle, elle montrait deux colombes, l'une aux longs cils et en tablier, l'autre complètement nue à part quelques plumes blanches, avec une aile passée autour de la taille de l'autre. Dessous, les noms de Ken et de Heather et, après celui de Ken, entre guillemets, « Diagnosticien intuitif, Écrivain, Guide ». Heather était en bas avec « Guérisseuse, Écrivain, Prêtresse ».

– Voilà qui devrait vraiment les attirer, dit-elle. J'espère que ça va continuer… je veux dire, avec toute cette histoire.

– Je suis tout à fait d'accord là-dessus, Heth, dit Ken, en retirant sa jambe, mais relax ! J'ai quelque chose à partager.

– Oh ! C'est quoi ?

Heather s'assit avec quelque difficulté, jambes croisées sur le tapis.

– Eh bien, tu connais ma théorie : ne jamais faire un seul boulot quand on peut en faire trois. (Heather hocha la tête.) Donc, pendant que je fabriquais tout ça, j'ai aussi utilisé ma toile d'énergie pensante pour me connecter sur Hilarion à propos de notre avenir ici.

– Génial. Qu'est-ce qu'il a dit ?

– Il ne voulait rien me dire, le vieux chenapan… pff ! (Ken se mit la tête sur les genoux, la couvrit de ses mains comme pour se protéger d'une chute de pierre.) Excuse-moi, Hilarion…, dit-il à travers ses doigts. Je plaisantais. (Il se redressa et poursuivit :) Mais il a piqué droit sur une information de son cru. Rien de moins qu'une vue d'ensemble de la situation globale et cosmique. Il a fait particulièrement référence aux trous dans la couche d'ozone et – tu parles d'un retournement de paradigme ! – *il n'y a absolument pas lieu de s'en inquiéter.*

– Quoi ? Incroyable...

L'espoir et l'incrédulité se mêlaient sur le visage luisant de Heather.

– C'est vrai. Ça vient directement de la Quadruple Colonne du Silence Originel. Tu sais comment la poche des eaux se rompt quand un bébé naît ? Eh bien, c'est exactement le même processus. Comme on le sait, à notre époque un grand épanchement spirituel se déverse depuis le royaume des anges. Et comment ce flot peut-il traverser s'il n'y a pas d'orifices dans les cieux ?

Sa femme battit des mains, émerveillée.

– Je n'y aurais jamais pensé.

– Tu parles si c'est profond. Le vieux renard.

– Alors, tous ces aérosols, ces frigos et le reste...

– Du temps perdu.

Heather se remit sur pied en sautillant.

– Nous devons faire profiter les autres de la nouvelle.

– Et ensuite le monde entier.

En traversant le vestibule pour aller à la salle à manger, Ken consulta le bol « Coupable » comme il le faisait toujours en passant. Il n'y avait pas d'argent dedans aujourd'hui mais il trouva tout de même quelque chose : une clé avec une étiquette marquée « 25 ». La clé de la chambre de Trixie.

⋆

L'après-midi était très chaud. Les deux fenêtres étaient ouvertes, dans le bureau de Barnaby, mais il n'y avait pas d'air. C'était le vingt-deuxième anniversaire de la femme policier Brierley et quelqu'un avait eu l'esprit de faire monter de la glace, un grand sac de citrons et un assortiment de gâteaux et de pâtisseries. L'inspecteur avait un verre givré de limonade fraîche dans une main et dans l'autre un beignet qu'il mangeait avec grande circonspection, pour éviter de tacher sa chemise et les papiers amoncelés sur son bureau, parmi lesquels se trouvait le rapport des techniciens qu'on venait de lui apporter.

Un chœur de «Joyeux anniversaire!» flotta par la porte entrouverte et il entrevit son sergent, perché sur le bureau d'Audrey, des feuillets informatiques à la main, en train de chanter à tue-tête, les yeux fixés sur les genoux gainés de noir.

Elle a fait de sacrés progrès, ces trois dernières années, la petite Audrey, pensa Barnaby. Au début, elle était très timide, ne sachant comment réagir au gringue ni aux humiliations machistes qui, de toute façon, étaient inséparables comme de méchants jumeaux siamois. Les filles qui tenaient le coup s'endurcissaient. Tandis que Barnaby observait, tout en rattrapant de justesse de la gelée rouge vif, Troy se pencha avec un regard concupiscent de prédateur et murmura quelque chose, en clignant de l'œil. Audrey cligna de l'œil et murmura en retour. Il y eut une explosion de rire et le sergent s'éloigna.

– Avant, elle était vraiment mignonne, cette fille, dit-il furieux, en brandissant les feuillets. Vachement féminine, voyez ce que je veux dire?

– Je la trouve toujours aussi mignonne, en fait.

– Faites-leur un compliment, elles vous sautent à la gorge.

Le compliment était troussé comme suit: Troy: «Je t'emmène prendre un verre pour fêter ça. Dans un endroit vraiment chic. Qu'est-ce que tu dirais de ce petit coin, près de la rivière? Tu vas bien t'amuser. Ce n'est pas pour rien qu'on m'appelle "le gars qui monte".» Audrey: «Sers-t'en pour remuer ton thé, Gavin.»

– Les femmes qui disent des grossièretés se ridiculisent, vous ne trouvez pas, chef?

Barnaby, qui était en train de lire, répondit:

– Pas de Craigie là-dedans.

Troy ravala son dépit.

– J'ai vérifié les noms approchants. Il y a un Brian Craig. Fraude à l'assurance. Mort à Broadmoor. Il y en a encore à venir. J'attends pour Cranleigh et Crawshaw. (Il avait l'air fort jovial et positif.) Je suis convaincu que Gamelin avait raison. Je le sens !

Troy sentait toujours des tas de trucs et son flair se révélait à peu près aussi fiable que celui d'un saint-bernard qui a taquiné le tonnelet de cognac.

– Quelque chose du labo, monsieur ?

– Pas grand-chose.

Troy lut les deux feuillets imprimés serré. Rien sur le gant, on pouvait s'y attendre. Et pas grand-chose non plus sur le reste. L'agrandissement d'une fibre récoltée sur le couteau.

– C'est un peu emmerdant tout ça, dit-il quand il eut achevé sa lecture. Ça n'a pas l'air de venir des fringues de quelqu'un. Remarquez, tout le monde ne portait pas les vêtements qui pouvaient cacher le couteau. La robe de May Cuttle avait de longues manches mais elle est hors circuit. Quoique... elle aurait pu le passer à quelqu'un. Hé, peut-être qu'elle l'a filé à Wainwright. Parce que lui, pas moyen qu'il l'ait eu sur lui. Un jean serré, des baskets, une chemise à manches courtes.

– Il ne s'est pas approché non plus de l'estrade.

– Alors, ça nous laisse qui ? La gouine était en pantalon, elle aurait pu l'apporter. La blonde, elle aurait eu du mal. Gibbs aurait pu le cacher sous son gilet. Gamelin et les Beavers auraient pu le cacher et ce gars, là, avec son araignée au plafond, il avait un pull ample. Ou la femme de Gamelin : dans sa robe elle aurait pu transporter toute une cantine de couverts. Pareil pour sa fille en sari.

Troy eut une *moue*[1] de dégoût. S'il y avait une chose qui lui retroussait les doigts de pied, c'étaient les femmes blanches qui s'habillaient comme des Noires.

– Si c'était ma fille, marmotta-t-il, je te la ramènerais dare-dare à la maison, je te lui flanquerais la tête sous le robinet pour lui enlever son machin rouge et je te lui filerais une de ces mandales.

– Mais les gens ne sont pas « à nous », sergent. Ce ne

1. En français dans le texte.

sont pas des voitures ni des machines à laver. Vous avez oublié quelqu'un.

– Non, personne. (Barnaby indiqua du doigt le croquis sur le mur.) *Craigie?* (Troy rit, incrédule.) Voyons, il ne va quand même pas donner un coup de main à l'assassin en apportant clandestinement un couteau, si?

– Il était là. On ne devrait pas l'exclure. Il faut garder quoi, Troy?

– L'esprit ouvert, monsieur, soupira Troy, en pensant: y a des gens qui l'ont gardé si grand ouvert, l'esprit, que leur cervelle en est tombée.

– Allez voir s'il reste encore un de ces beignets.

⋆

Janet était en train de fouiller la chambre de Trixie. Elle savait que c'était inutile. Elle l'avait fouillée déjà à deux reprises, d'abord avec des yeux d'aigle qui cherchaient dans tous les coins avec une frénésie incrédule, puis plus lentement, en retournant systématiquement tous les tiroirs. Elle avait regardé sous le matelas, sous les tapis, feuilleté les livres et même, un peu zinzin, elle avait retiré le tablier du foyer. Mais elle ne découvrit aucun indice sur l'endroit où Trixie avait pu s'enfuir.

Ce qu'elle cherchait, Janet, bien sûr, c'était une lettre. Mais pas la moindre trace. Pas même un petit bout à partir duquel reconstituer une adresse. Et il n'y avait rien non plus dans son dossier, dans le bureau. Trixie s'était d'abord renseignée par téléphone, puis elle était venue pour un week-end qui s'était prolongé quand elle avait obtenu une bourse.

Janet était presque aussi désemparée par l'intensité de son malheur que par le malheur lui-même. Comment en était-elle arrivée à se mettre dans cet état? Les progrès avaient été insidieux. D'abord, Trixie lui avait déplu. Elle l'avait trouvée superficielle et sotte, et elles n'avaient rien en commun. Puis, petit à petit, elle avait commencé à admirer et à envier son caractère de midinette. Son assurance, son impertinence, son culot. Élevée dans une tradition de réticence polie, Janet se retrouvait souvent bouche cousue ou empêchée par les bonnes manières de dire ce qu'elle pensait.

Elle s'était aperçue assez rapidement que Trixie n'était pas vraiment en quête de spiritualité. Qu'elle n'était pas en fait très intéressée par le monde d'en haut. Elle assistait aux méditations, s'entretenait avec le Maître et glissait quelques remarques pleines d'humilité dans des discussions semi-religieuses, mais Janet savait que le cœur n'y était pas. Elle avait compris que Trixie faisait ces concessions pour garder un pied dans la place. Elle avait souvent eu envie de lui demander pourquoi elle restait au Cheval Ailé mais n'avait jamais osé. Trixie disait toujours qu'elle ne pouvait pas piffer l'indiscrétion.

Maintenant, assise à la coiffeuse devant les roses toujours épanouies dans leur coupe, malade de chagrin et de regret, Janet ouvrit le tiroir du haut pour la énième fois et regarda tout ce qui restait de son amie. Un paquet à moitié vide de Tampax, un gilet rose angora avec de la dentelle qui sentait sous les bras et quelques romans de gare, mal écrits et quasi pornographiques (Janet en avait feuilleté un ou deux).

Elle était certaine que la disparition de Trixie était due à la peur. Et cette peur avait un rapport avec Guy Gamelin. Même mort, ce monstre avait le pouvoir de nuire. Elle s'imagina son amie seule et terrorisée, courant, courant. Avait-elle de l'argent ? Elle ne se risquerait certainement pas à faire du stop. Pas avec toutes ces histoires horribles qu'on entendait. Elle devait être partie entre onze heures et demie et midi. Peut-être s'était-elle faufilée dans le vestibule avec sa valise bleue à roulettes alors que Janet se trouvait, à quelques pas de là, dans la cuisine. Oh, mon Dieu !

Elle bondit, les bras serrés autour de la poitrine comme une camisole de force. Plus que jamais, Trixie avait besoin de son amitié. Et Janet avait tant à donner. Elle sentait en elle une grande masse lourde, à l'emplacement du cœur. Elle avait l'impression de l'avoir portée, chaque jour plus lourde, toute sa vie durant.

Elle aperçut son reflet dans la glace. Les cheveux ébouriffés, la peau tirée sur son nez en bec d'aigle. Elle envisagea l'éventualité que Trixie ne revienne jamais et une terrible sensation du temps qui passe la saisit à la gorge. Un chagrin concentré. Elle faillit tomber à genoux, accablée par le sinistre de la situation. Elle sentit qu'elle allait affronter un long, un insupportable crépuscule sans même avoir connu la splendeur du jour.

Elle avait lu une fois qu'une émotion très forte pouvait anéantir le souvenir. Elle s'accommoderait bien de l'oubli ! Elle aimerait Trixie, mais la plaie serait cautérisée, comme un souvenir égaré. Il y avait dans cette conclusion quelque chose de net et d'austère. La certitude absolue qu'on n'a rien pour se consoler, c'est déjà en soi une forme de consolation. Elle marcherait seule, sans perdre de vue la dure et bien décevante maxime : la seule façon d'obtenir ce que l'on veut dans la vie, c'est de vouloir ce que l'on obtient.

« Se contenter », c'est le terme que sa mère aurait employé. « Je m'en contenterai », disait-elle à propos d'un coupon de tissu, d'une pièce de viande ou d'un point de tricot. Et Janet comprenait : « Ce n'est pas ce que je veux mais c'est mieux que rien. » Mais à peine eut-elle décidé de se contenter d'un rien qu'elle fut consumée par le désir exaspéré d'un contact humain, d'une étincelle de chaleur qui éclairerait le chemin ; alors elle enfouit la tête dans les roses parfumées et pleura.

⋆

Christopher et Suhami étaient dans le bureau, elle regardant par la fenêtre, lui assis à la table à l'unique pied torsadé où Barnaby avait mené ses interrogatoires. Près de lui, il y avait un petit sac en peau de porc et sur la table une grande enveloppe. Trois jours sans ménage et tout était déjà recouvert de poussière.

Le couple parlait de la mort. Suhami avec la détermination et l'irritation qu'on montre quand on est contraint de réexaminer une blessure non cicatrisée. Christopher, qui lui aussi devenait irritable, avec une grande réticence.

– C'est impossible, n'est-ce pas, disait-elle, d'imaginer ce que c'est qu'être mort. On se voit assister à son propre enterrement. Des gens qui pleurent, toutes les fleurs. Mais, pour imaginer cela, il faut être vivant.

– Sans doute. On ne pourrait pas parler d'autre chose? (Elle ne répondit pas et il souleva le sac pour le déposer sur une chaise.) Si on triait les affaires de ton père?

– Qu'est-ce qu'il y a à trier? Il n'y a que des vêtements. La prochaine fois qu'on ira à Causton, on pourra les donner à une boutique de charité.

– Il y a aussi cette enveloppe.

– Je sais, je sais, j'ai signé pour tout ça, non?

– Calme-toi.

Il versa le contenu sur la table: le portefeuille de Guy, ses clés, son mouchoir, un coupe-cigares et un briquet. Un flacon de verre marron vide. Une petite carte froissée: le message de Ian et Fiona (Props). Christopher retourna la carte. Un elfe en poulaines indiquait avec un petit bâton une ligne écrite en italique: *Notre seul but, c'est votre plaisir. Wm Shakespeare.* Il y avait autre chose dans l'enveloppe. Tout au fond.

Christopher y glissa la main et retira la montre. Elle reposait dans sa paume, splendide, éblouissante; rien que des pierres précieuses et des facettes de lumière. Il en resta bouche bée (il ne put s'en empêcher) et sentit que Suhami s'était retournée. Quand il leva les yeux, elle l'observait avec une expression indéchiffrable. Il reposa la montre qui resplendit comme une étoile sur le bois brun-rose poussiéreux. Quand il se sentit capable de parler sans trahir son avidité, il déclara:

– Qu'en penses-tu? Doit-on donner tout cela à ta mère?

– Sûrement pas. (Suhami s'approcha.) Elle n'a surtout pas besoin de ce genre de souvenirs. C'est à cause de lui qu'elle est dans cet état.

– Le flacon est vide.

– Des pilules pour le cœur.

– Il a eu le temps de les prendre, alors.

– À ce qu'il paraît.

– Il y a quelque chose dans le portefeuille.

En crocodile fauve et beige argenté, il était bombé d'un côté. Christopher mit son doigt dans l'ouverture et un nuage de confetti s'envola. Il en attrapa quelques fragments.

– De l'argent.

– C'est grotesque. (Suhami regarda fixement les petits bouts éparpillés. Elle fut saisie d'une peur irrationnelle.) Il n'aurait jamais fait ça... À moins que...

Elle eut l'image fugace de Guy *in extremis* qui, ayant fini par comprendre la futilité de son immense fortune, avait déchiré symboliquement un billet de banque. Presque aussitôt, elle repoussa cette complaisance sentimentale comme une absurdité.

– À moins que quoi?

– Je ne sais pas. Il était très... à cran. Exalté. Quand nous avons parlé, l'après-midi, il m'a fait pitié. Mais je ne le lui ai pas montré.

– Et pourquoi?

– Il méprisait toute manifestation de gentillesse. Il pensait que c'était un signe de faiblesse.

– Il a l'air un peu triste.

– Garde ta compassion pour d'autres, dit Suhami. C'est quand il a pris le couteau, ne l'oublie pas. Oh, range ces foutus trucs. Non... attends... (Elle cueillit la montre et d'un geste rapide la poussa vers lui.) Tiens, prends-la.

– Quoi?

– Prends-la. (Il la regarda, incrédule.) Allez.

Christopher déglutit. Comme tirés par un fil de soie, ses yeux tournèrent lentement vers la montre.

– Tu plaisantes.

– Et pourquoi?

– Je ne sais pas. C'est si incroyable... si... (Il savait qu'un désir fou brûlait sur son visage mais il n'y pouvait rien.) À qui appartient-elle?

– À moi. Il disait toujours qu'il me laisserait tout.

– Mais tu ne peux pas, comme ça...

Le même fil maintenant levait son bras, dépliait ses doigts, étirait sa main.

– Bien sûr que si, je peux.

Elle fit un mouvement brusque vers lui, lâcha la montre dans sa paume et se recula.

– Tu es sûre ?

– Tout à fait. (Elle s'était déjà écartée.) Vends-la si tu veux. Achète-toi une belle propriété, comme disent les agents immobiliers. Mais je t'en prie, ne la porte pas si je suis dans les parages.

Christopher glissa la montre dans sa poche. Elle ne pesait rien. Il était emballé par la munificence du cadeau mais aussi légèrement agacé par la désinvolture avec laquelle elle le lui avait offert. Elle le lui avait pratiquement agité sous le nez. Alors l'idée lui vint que tout ça avait été une sorte d'épreuve qu'il avait ratée en acceptant la montre. Il était conscient, indubitablement, d'une tension qui émanait d'elle et qu'il ne comprenait pas. Puis il songea qu'il s'agissait d'une sorte de prix de consolation et qu'elle avait déjà décidé d'aller son chemin sans lui. Ce qui le rendit furieux. Il préférait Suhami à n'importe quelle montre, aussi magnifique soit-elle.

⋆

Il était trois heures passées quand Barnaby et Troy arrivèrent au Manoir et May les accueillit. Elle flamboyait dans une djellaba à rayures multicolores avec une ceinture en cuivre martelé.

– Ah… vous voilà. (Comme s'ils avaient été personnellement convoqués.) Je suis si contente. J'ai quelque chose à vous dire.

– Ah oui, mademoiselle ?

Barnaby la suivit dans le vestibule. La maison semblait tranquille et silencieuse, à part de vagues bruits de vaisselle. Il remarqua et fit remarquer la merveilleuse lumière colorée qui coulait de la lanterne.

– Nous nous baignons dedans, inspecteur Nous en

saturons notre psyché. Au moins une fois par jour. Ne sous-estimez jamais le pouvoir guérisseur de la couleur. Peut-être aimeriez-vous... ?

– Une autre fois, peut-être. Que vouliez-vous me... ?

– Pas ici.

Elle força l'allure en leur faisant signe de la suivre, le bras au-dessus de la tête et la main pivotant d'avant en arrière. Ce qui rappela à Barnaby le kiosque d'un sous-marin.

Aujourd'hui, elle avait ramené ses cheveux sur le sommet du crâne. Un diadème harmonieux d'ondulations, de boucles comme des saucisses et une frange mousseuse qui, sur une femme moins formidable, moins Rubens, aurait pu être qualifiée de coquine. Ils la suivirent sans broncher. Tel était le magnétisme de ses voiles flottants qu'il semblait impossible de faire autrement. Elle les fit entrer dans une pièce, jeta un coup d'œil intense d'un côté et de l'autre du couloir puis referma la porte.

Après tous ces préliminaires, Barnaby s'attendait à être noyé sous un flot de paroles mais elle attendit, en fronçant son superbe nez romain et ses narines délicates. Elle finit par déclarer :

– Il y a des vibrations extrêmement négatives ici, pour ne pas dire hargneuses. (Son regard alla de l'un à l'autre, sévère.) Je crois qu'elles viennent de vous. (Troy leva les sourcils : Monsieur Calme.) Je dois vous demander quelques instants de répit pour rétablir des ions positifs et retrouver mon index de vitalité.

Elle s'assit à une petite table ronde recouverte d'une nappe en chenille orange, y posa les coudes et ferma les yeux. Une minute s'écoula lentement, suivie comme il se doit de plusieurs autres.

Y a-t-il quelqu'un ici ? se demanda Troy. Il espéra que ce n'était pas sa tante Doris. Il lui devait cinquante livres quand elle avait été renversée par une Ford Sierra, et elle avait la langue acérée comme une scie circulaire.

Oh, rayons de gaieté !
Flottez en moi et restaurez la paix quantique.

Effleurissez et harmonisez dans l'œil qui voit tout de Vesta.
Ida et Pingala – franchissez mes nœuds.

Au premier rugissement déclamatoire, Troy faillit sauter au plafond. Barnaby examina ses chaussures, évitant le regard de son sergent. Il remarqua une autre grande table dans un coin avec beaucoup de bouteilles remplies d'un liquide clair. De l'orviétan pour les crédules, sans doute. May inspira et expira profondément pendant quelques minutes encore, regarda autour d'elle et leur adressa un paisible sourire de bienvenue.

– Voilà. Ce n'est pas mieux, comme ça ? Êtes-vous bien installés ? (Barnaby hocha la tête et Troy continua à regarder par la fenêtre, l'air toujours hargneux.) Je n'ai pas dormi la nuit dernière, vous comprenez pourquoi, j'en suis sûre, mais en me reposant brièvement après le déjeuner, je me suis légèrement assoupie et j'ai été visitée par le Maître vert Rakowkzy. Il est conseiller juridique, comme vous le savez peut-être, et il m'a dit que je devais vous parler.

– Je vois, dit l'inspecteur en mentant, plutôt coincé par cette introduction abracadabrante.

– Cela n'a rien à voir avec l'élévation du Maître, il s'agit de tout autre chose. Cela m'a tracassée pendant quelque temps et j'allais en parler à Christopher quand le météore est tombé et cela m'est sorti de la tête. Nous n'avons pas compris sur le moment que c'était un mauvais augure. (Se méprenant sur l'impassibilité de Barnaby, elle ajouta gentiment :) Cela qui veut dire présage, vous savez.

– Oui, dit l'inspecteur.

May jeta un coup d'œil en direction de la fenêtre où Troy pressait fortement sa tête contre la vitre.

– Je disais... Est-ce que votre sergent se sent bien ?

– Parfaitement bien.

– Je suis désolée, dit May, mais je ne peux plus faire l'autruche et garder ma tête dans le sable. Décidément, il se passe quelque chose ici.

Doux Jésus, pensa Barnaby, on est dans le meurtre jusqu'au cou, et ne voilà-t-il pas qu'il se passe quelque chose !

– Tout a commencé après que Jim Carter nous a quittés.

– Le nom ne me dit rien, mademoiselle.

– Non. Il est mort avant que vous fassiez sa connaissance.

Barnaby n'essaya même pas de comprendre celle-là.

– Et qui était-il ?

– Oh, un homme adorable. L'un de nos membres les plus anciens. Il a eu un accident, une chute fatale. Je suis étonnée que vous ne le sachiez pas.

– Les morts accidentelles, ce ne sont pas nos oignons.

– Il y a eu une enquête criminelle. (May regarda Barnaby d'un air chargé de réprobation comme si elle l'avait surpris en train de fumer dans la cabane à vélos.) C'était un ou deux jours après sa mort, j'allais à la buanderie quand j'ai surpris une dispute. Ou des bribes. La porte du sanctuaire du Maître était entrouverte. Quelqu'un a dit : « Qu'avez-vous fait ? S'ils décident de faire une autops... » Puis ils se sont tus et la porte s'est refermée.

– Avez-vous vu de qui il s'agissait ?

– Il y avait un paravent qui bouchait la vue.

– C'était M. Craigie qui parlait, vous croyez ?

Barnaby se pencha en avant. Troy s'arrêta de masser la vitre et se retourna, les yeux élargis, le regard perçant. L'air se raréfia.

– Je ne sais pas. La voix était si étouffée. Alors, il y a eu l'enquête, le rapport du coroner, et tout semblait normal. J'ai pensé que j'avais probablement mal interprété. Puis, deux semaines après, j'ai été réveillée par un bruit au milieu de la nuit. Des coups sourds comme si on déplaçait des meubles avec précaution et des glissements, comme quand on ouvre et on referme doucement des tiroirs.

– Où était-ce ? demanda Troy.

– Dans la chambre voisine, celle de Jim. Elle n'était jamais fermée, alors pourquoi ces bruits furtifs ? Pourquoi ne pas y aller ouvertement pendant la journée ?

– C'était peut-être un cambriolage ?

– Pas du tout, dit May qui expliqua alors qu'elle avait vu quelqu'un courir et tourner au coin de la maison.

– Vous n'avez pas pensé à appeler la police ?

– Eh bien, vous savez, nous ne faisons pas ce genre de choses ici. (May gratifia Troy d'un sourire consolant.) Je suis sûre que vous êtes très bien mais cela aurait pu causer des dégâts psychologiques.

– Pensez-vous qu'en s'enfuyant, il ou elle aurait pu vous entendre ouvrir la fenêtre ? On savait, je présume, que vous occupez la chambre voisine.

– C'est possible, je crois. (Elle leva vers eux des yeux clairs et brillants.) C'est important ?

Troy digéra la question avec un mélange de crainte respectueuse et d'incrédulité. Voilà une femme qui sait conduire, s'occuper des finances d'une communauté et des comptes bancaires, accueillir parfois un grand nombre de visiteurs. Toutes ces compétences et, à côté de ça, une foi flamboyante dans les archanges, dans l'aide extraterrestre pour les affaires domestiques et juridiques, plus dans un artiste astral, as du couteau qui a expédié le patron *ad patres*, sans blague ! Il la vit donner au chef, qui avait l'air extrêmement peiné, une douce caresse sur le bras.

– Vous vous sentez bien, inspecteur ?

Barnaby s'éclaircit la gorge, un raclement un peu sec. May eut l'air inquiète.

– Un larynx tendu peut cacher de graves problèmes rénaux. (Ce diagnostic formidable ayant été accueilli avec calme, elle ajouta :) Je peux aller chercher vite fait mon inhalateur de fleur de la passion.

Barnaby effectua une retraite gênée mais sans équivoque.

Il n'a pas besoin de ça à son âge, remarqua Troy. Quel vieux cochon ! Il devrait mettre la pédale douce.

Barnaby sentit que May était déçue. Elle secoua la tête, un peu chagrinée, mais son opulente assurance n'en fut pas ébranlée. Elle faisait manifestement partie de ces gens qui doivent toujours aider les autres. Il ne doutait pas de son authentique gentillesse mais il soupçonnait que cette gentillesse se manifestait en application stricte de ses propres principes, sans chercher vraiment à répondre aux besoins du quémandeur.

– Peut-être pourrions-nous jeter un coup d'œil à la chambre de M. Carter ?

– Il n'y a plus rien dedans. Toutes ses affaires sont parties.

– Tout de même...

– Un truc, inspecteur, dit-elle en se mettant en route, que vous devriez trouver très utile. Arrachez une amarante, avec ses racines, un vendredi de pleine lune, sinon ça ne marchera pas, enveloppez-la dans un linge blanc propre, qui doit être en lin, et portez-le à même la peau. Cela vous rendra invulnérable aux balles.

– La police nous fournit un gilet pour cela, mademoiselle.

– Je disais... c'est à gauche... ah, vraiment ? (Elle devint fort intéressée.) Vous en portez un maintenant ? Je pourrais jeter un coup d'œil ?

Les yeux de May brillaient et ses boucles d'oreilles en ambre brillaient de même. Elle se surprit à penser qu'il était tout à fait passionnant d'être mêlée à une enquête. Et elle se dit que si le Cheval Ailé bloquait les vibrations négatives, en refusant sous son toit postes de radio, de télévision et imprimés qui n'étaient pas de nature spirituelle, il les privait aussi peut-être d'un peu de vie et de couleur. Je devrais sortir davantage, pensa-t-elle, et elle eut aussitôt honte de faire preuve d'une pareille déloyauté.

– Diriez-vous que je collabore à votre enquête, inspecteur ? demanda-t-elle en s'arrêtant devant la chambre voisine de la sienne.

Mais à peine avait-elle prononcé ces mots que la porte s'ouvrit, qu'elle fut courtoisement remerciée, et que la porte se referma.

Barnaby et Troy regardèrent autour d'eux. L'endroit était aussi net qu'une cabine de marin. Un minimum de meubles. Deux chaises de chêne clair à dossier latté, qu'un brocanteur astucieux avait dû vendre comme « Shaker », un lit simple, une table à jeu, une armoire avec une boîte à chaussures vide, ayant contenu à en croire l'étiquette d'élégants mocassins italiens, et une commode. Il y avait trois crochets vissés dans une planche de bois sur le mur opposé. Le couvre-lit blanc était en coton grossier, du genre qu'on trouve dans les foyers pour hommes, sur des sommiers en fer. Le lit était impeccablement fait, comme à l'hôpital. Il se dégageait de la pièce une telle contrainte puritaine qu'un faux pli ou une fronce aurait paru d'une volupté arrogante. Il y avait un texte sur les murs nus : Dieu Est Un Cercle Dont Le Centre Est Partout Et La Circonférence Nulle Part.

Troy inspecta la commode. Vide. Barnaby écarquillait les yeux, perplexe devant cette apparente confirmation du rapport nécessaire entre l'inconfort physique et la quête spirituelle. Il pensa aux moines mendiants avec leurs haires et leurs cilices, à la flagellation, aux yogis assis dans des grottes durant des années – hirsutes, barbouillés de cendres, puants ; aux martyrs qui se précipitaient dans les flammes ou dans les mâchoires de grands chats couleur fauve. Aux yeux de l'inspecteur, tout cela n'avait ni rime ni raison. Il aimait son confort. Un vieux fauteuil à la fin de la journée. Ou un hamac, les soirs d'été, un verre de vin à la main, de la musique à flots à travers les portes-fenêtres ouvertes. Il aimait – oh, comme il aimait toujours – aller au lit avec Joyce. Ou être assis au coin d'un bon feu, à dessiner les traits encore intacts de son profil.

Il n'était pas enclin à philosopher, par manque de temps d'abord mais aussi parce que la quête lui paraissait excessivement aride. Il tâchait de vivre correctement. Il aimait sa femme et sa fille ; il faisait un boulot qui en valait la peine de même qu'il donnait à des œuvres de charité. Se contentant de passer le peu de temps libre dont il jouissait avec sa famille, il avait peu d'amis mais ceux-ci avaient tout lieu de se louer de lui, car il était attentionné et plein de sollicitude quand ils avaient des ennuis. En général, il trouvait qu'il ne s'était pas si mal débrouillé. Assez bien, peut-être, pour faire pencher le plateau positif de la balance, si toutefois s'avérait cette vilaine farce du Jugement dernier.

– On ne voit pas beaucoup de traces de vie, hein, chef ?

Troy s'était approché d'un pas nonchalant des étagères de livres. Trois planches de bois séparées par des piles de briques couleur améthyste. Il s'accroupit, retira un volume de l'étagère du bas.

Barnaby regarda le dos du livre. Écrit par Wolf Messing, qualifié sur la couverture du «plus grand guérisseur psychique de la Russie». À son tour il tira un livre: *Mourir: un choix intelligent pour les derniers moments de la vie*, par Anya Foos-Graber. Tout réconforté en apprenant qu'il aurait le choix, l'inspecteur fut désolé en revanche que le pauvre vieux Jim ne fût pas parvenu à en saisir les principes. Ou alors serait-ce qu'on ne lui avait pas laissé le temps de mettre son intelligence en pratique?

– Il vaut mieux tous les inspecter, on ne sait jamais.

Les deux hommes retirèrent les livres un par un, en les secouant, les feuilletant. Barnaby qui s'attendait à trouver les preuves d'une sujétion exclusive à l'Est fut agréablement surpris. Soufisme, bouddhisme, folklore druidique, mythes et légendes, lecture des runes, les Rose-Croix, un pot-pourri de Jung. Il y avait aussi le I-Ching, des livres sur les OVNIS, le *Tao de la Physique* et le *Dictionnaire Arkana des Nouvelles Perspectives.* C'étaient, pour la plupart, des livres de poche d'occasion.

– Il devait bien avoir des affaires personnelles, chef? (Troy feuilleta le dernier volume et le remit soigneusement en place.) La plupart des gens ont au moins un acte de naissance, quelques photos. On ne peut pas vivre seulement avec ses habits sur le dos et quelques livres.

– Les moines, si.

– Oh, bon... les moines.

Il aurait parlé de Martiens qu'il ne se serait pas montré moins compréhensif. Barnaby prit *Le sens du bonheur.* Qui ne l'aurait fait à sa place?

– Il y en a un, ici, écrit par un yogi, monsieur. Yogi Ours, en fait. Dix méthodes passionnantes pour aller au trou.

– Si vous ne trouvez rien de mieux à faire que débiter des blagues débiles, vous pouvez filer interroger Mme Gamelin.

– Très bien. Vous avez une idée où elle se trouve?

– Vous avez une langue, non? Demandez. Vous savez ce qu'il nous faut.

Moi, je sais ce qu'il me faut: une bonne grande bouffée de clope. Troy ouvrit la porte et faillit tomber sur May qui proposa immédiatement de l'emmener chez Felicity. En chemin, elle lui adressa force regards d'encouragement, s'arrêtant à un moment pour lui conseiller de ne plus se faire couper les cheveux aussi court parce que les cheveux servaient d'antennes aux forces cosmiques.

– Le temple de la Victoire sur Vénus est ouvert à notre conscience le 17 de ce mois. Vous ne voulez pas vous joindre à nous pour une petite cérémonie de thérapie? (Troy parut complètement interloqué.) Vous avez besoin de soins, vous savez. Vraiment, vraiment besoin. (Interprétant son silence comme de l'indécision, elle poursuivit:) Et nous traitons la personne dans son ensemble ici. Vous voyez, quand vous êtes malade, à l'extérieur, on vous donne des médicaments sur ordonnance. Ou si vous êtes hospitalisé, les chirurgiens ne font attention qu'à l'organe en question et pas du tout à la personne qui est derrière.

Troy, qui avait passé sa vie d'adulte à chercher une femme douée précisément de ce talent d'attention désintéressée, réprima un soupir mélancolique.

– Ouais... euh... je suis un peu occupé pour le moment. Un bébé, et tout ça...

Laissant le sergent sur le palier, May pénétra dans la chambre de Felicity puis en ressortit en disant:

– Elle est réveillée mais son champ de force est encore très bas, aussi voudriez-vous...

– Ça sera parfait, mademoiselle Cuttle.

Troy reconnut à peine Felicity. Elle était adossée à ses oreillers, les cheveux attachés en arrière avec un truc tressé, vêtue d'une robe de soie bleue. De l'avis du sergent, le plus chouette, au cours de l'interrogatoire qui suivit, fut qu'il fuma sans arrêt sans lui demander la permission. L'effet de ce petit score (sans-culotte 5, aristo 0) fut un peu amoindri par le fait qu'elle parut à peine le remarquer, et encore moins s'en formaliser.

En fait, elle ne semblait pas beaucoup plus *compos mentis* que la veille. Et elle se rappelait à peine où elle était assise, sur l'estrade, ou qui était à côté d'elle. Troy se demanda si elle n'avait pas tout simplement effacé le meurtre de son esprit. Soyons justes, se trouver dans une pièce où se commet un meurtre, il y a de quoi déstabiliser n'importe qui et si déjà, au départ, on n'avait pas grand-chose dans le citron...

Quand il lui demanda ce qu'elle pensait du fonds McFadden et de la façon dont sa fille voulait en disposer, elle commença à s'agiter en disant qu'elle ne savait rien à ce propos. Quand il lui apprit que son mari, lui, était certainement au courant, elle ajouta: « On peut lui faire confiance ! » Puis : « Il aurait combattu cette décision par tous les moyens. »

– C'est l'héritage de votre fille, madame Gamelin. Ça dépend d'elle, non ?

– Que ce soit à elle ou non, aucune importance.

Elle commença à montrer des signes de détresse et se mit à balancer la tête dans tous les sens. Troy décida d'ouvrir la porte. Avant qu'il l'ait atteinte, elle se lança dans une stupéfiante analyse des caractéristiques physiques et mentales de son mari. Rempli d'admiration devant ce talent pour la diatribe pittoresque (la phrase la plus modérée étant : « ce couillon de bâtard, ce rapiat à gueule de grenouille »), le sergent négligea de s'apercevoir qu'elle parlait de lui au présent. Quand, pantelante, Felicity se radossa à ses oreillers, il dit d'un ton guindé :

– Je ne trouve pas ça très gentil, madame Gamelin. Tout de même, il vient juste de décéder.

À quoi Felicity répondit par un cri perçant et tomba du lit, suspendue la tête en bas dans une sorte de pâmoison. May arriva en courant.

*

– Vous êtes un pauvre con, Gavin, dit Barnaby sur le chemin de retour au poste.

– Eh, comment je pouvais savoir ? Elle était là, allongée, avec une tête de déterrée. J'ai cru qu'on lui avait annoncé la bonne nouvelle. Sir Schnoque est passé à dix heures ce matin. (Il décocha un regard noir et boudeur au plancher.) Tout ce qui se passe ici, c'est ma faute.

Bouc émissaire, voilà ce que je suis. J'aurais dû faire plombier. Ou juge de touche, comme papa. Mais tout en ronchonnant, Troy reconnut qu'il était de mauvaise foi. Il avait toujours voulu être policier, il adorait être policier, et n'aurait jamais envie d'être autre chose. Mais il y avait des moments où les engueulades, la paperasse, la lèche et les poignées de main à double débrayage, les attitudes laxistes des gens de l'extérieur qui n'ont jamais à ramasser les pots cassés, les luttes internes, l'obligation de se la fermer si on veut avancer et les mille et une irritations quotidiennes se coalisaient et menaçaient de l'engloutir.

Remarquant la bouche crispée et les taches vineuses sur les pommettes de son sergent, Barnaby reconnut qu'il s'était montré injuste. Il n'était pas déraisonnable d'avoir présumé que Felicity avait été mise au courant de la mort de son mari, quoique, aucun doute là-dessus, son sergent ait dû s'y prendre comme un manche. Le niveau d'études modeste de Troy était un point très sensible et le traiter de con, c'était frapper là où ça fait mal. En temps normal, l'inspecteur aurait pensé: « Tant pis pour lui ! » et l'aurait laissé se débrouiller. Mais aujourd'hui, il se sentait en veine de bonté.

– Tout le monde aurait pu faire l'erreur, sergent.

– Monsieur.

Il n'en fallut pas davantage. En un clin d'œil, l'ego de Troy revint de chez le réparateur. Il se demandait déjà si cette indulgence toute neuve était un encouragement suffisant pour aborder avec tact le sujet de Talisa Leanne. Il murmura quelques mots. Juste une allusion indirecte, rien de précis. Ayant obtenu un hochement de tête distrait, il se lança sur-le-champ dans un discours hyperbolique, dépeignant le charme de son bébé, sa beauté, son taux de croissance (taille, dents, cheveux, ongles), ses progrès d'élocution, son nounours (maniement et interrogatoire de), ses progrès musicaux (interprétation créative de cymbales avec couvercle de casserole) et ses dons artistiques. Le dernier dessin, collé sur le frigo, était le portrait craché du caniche de la nounou.

Barnaby décrocha sans peine. Il était de retour dans la chambre nue et songeait à Jim Carter. Un homme sérieux dans ses dévotions, aimable dans ses manières. Et à la bribe de conversation surprise par May Cuttle : « Qu'avez-vous fait ? S'ils font une autops... » Une autopsie ? Quoi d'autre, deux jours après une mort inexpliquée ? Donc, Craigie (peut-être) et au moins un autre redoutaient cette procédure. Et maintenant, Craigie était mort, lui aussi. Les deux faits étaient-ils liés ?

À ce stade, la spéculation était vaine. Perte d'énergie, gaspillage de concentration. Et Dieu sait, pensa Barnaby, j'ai suffisamment de problèmes comme ça. Cette nouvelle information devrait mijoter à feu doux et attendre son heure.

L'heure ne se fit pas attendre longtemps car, dès le lendemain, on disposait de renseignements supplémentaires qui éclairèrent d'un jour nouveau – et profondément troublant – la mort de Jim Carter.

11

PETIT déjeuner chez Barnaby. Cully et Joyce se partageaient l'*Independent*. Tom était en train de scier un machin très mou, très rose, humide, livide et zébré.

– J'aimerais bien que tu fasses cuire le bacon comme il faut. C'est impossible de l'avoir croustillant ?

– La dernière fois que je l'ai fait croustillant, tu as dit qu'il était brûlé.

– Il était brûlé.

– À propos de manger, dit Cully en repliant le journal qu'elle posa sur ses genoux, et tendant la main vers une autre brioche, comment va la gastronomie, Papa ?

– Je suis obligé de manquer cette semaine.

– Je voulais dire pour demain soir, bêta.

Elle étala sur la brioche une couche de beurre presque blanc puis des tonnes de confiture de cerises noires et, sans attendre la réponse, elle se remit à lire.

– J'ai déjà préparé l'entrée mais il serait prudent de prendre la suite de chez Sainsbury's.

– *Sainsbury's !*

– Ne parle pas la bouche pleine, dit Joyce.

– Mais il s'agit de mon dîner de fiançailles. Et de mon anniversaire, en plus.

– Je vous emmènerai tous dîner quelque part, quand mon affaire sera bouclée. Dans un endroit vraiment chouette.

– Ce n'est pas pareil.

– Je vois que cet horrible magnat fait la première page, dit Joyce en ouvrant sa partie du journal. Avec sa nécrologie à l'intérieur, j'imagine. Je me demande bien ce que ça raconte.

– Il n'avait aucune patience envers ses semblables, répondit son mari.

– A ce point ?

– Je suppose que ce serait abuser que de vous en demander un petit bout ? (Barnaby tendit la main, en pure perte.) Pourquoi est-ce que je n'ai jamais ce que je veux, dans cette maison ?

– On t'adore, Papa.

– Moi, j'aimerais mieux que vous me laissiez jeter un coup d'œil au journal.

Combien de temps cela prendrait-il pour que la presse découvre que le millionnaire récemment décédé avait été présent sur les lieux quelques heures avant le crime ? Selon Barnaby, un rien de temps, et il espérait que le Cheval Ailé s'y préparait.

Cully était encore en train de glousser et le journal tremblotait dans les doigts fins aux ongles rose vif, comme des amandes luisantes. Elle portait une robe de chambre d'homme en soie ; ses longs cheveux bruns étaient relevés et épinglés au sommet de sa jolie tête. Une boucle s'échappa qu'elle repoussa avec une grâce naturelle. Ou une grâce affectée ? Il était malaisé de savoir où la fille s'arrêtait, où commençait l'actrice. Barnaby ne devait pas oublier – devant la courbe douce de sa joue, le teint lisse et abricot, et le duvet doré, fin comme celui d'un bébé, sur l'avant-bras – que la gamine avait déjà vécu. Elle avait pris la pilule à seize ans, avait tâté aussi des drogues douces pendant sa période punk-rock. Chose qu'elle ne lui avait avouée qu'une fois la période terminée et classée. Et la voilà, aujourd'hui, cinq ans et Dieu sait combien d'amants plus tard, aussi exquise et intacte qu'une rose à peine éclose. Ah ! la jeunesse... la jeunesse...

– Mais qu'est-ce qu'il y a, Tom ?

– Mmmm ?

– Tu as une indigestion ?

– Non, grâces en soient rendues à ce bacon. Eh bien, si je ne peux pas partager le journal, fit-il en grimaçant vers sa fille, peut-être puis-je partager la blague ?

– Un type qui estimait sa condamnation injuste s'est introduit dans le cabinet du juge pendant les vacances judiciaires et a fait bouillir sa perruque dans une bouilloire électrique.

– Pas possible. Pas possible !

– C'est vrai.

– Montre-moi.

La ruse faillit marcher. Elle allait passer le journal mais le tira au dernier moment. Joyce rit, se mit à lire tout haut des bribes de sa partie : le temps, une recette, un article détaillé sur quelqu'un qui avait squatté un arbre pour sauver les baleines.

– Il va pas en trouver beaucoup dans son arbre, des baleines, dit Barnaby.

– Une nouvelle voiture piégée, ce week-end (bruissement, froissement). La victime était dans l'UDR[1]. Il allait émigrer au Canada.

– Ça, c'est un boum ! fit Cully avec un grand sourire à son père.

– Ce n'est pas très drôle, chérie.

– Et ce meurtre à Compton Dando, dit Joyce en jetant un coup d'œil par-dessus le feuillet, ce n'est pas celui sur lequel tu es en train d'enquêter ?

– Si.

– Mais pourquoi ne l'as-tu pas dit ?

– Je l'ai dit.

– Tu as juste dit « à la sortie d'Iver ».

– Et qu'est-ce que...

1. Ulster Defence Regiment : section de l'armée britannique en Irlande du Nord.

– C'est tout à fait typique, ça.

Joyce replia le journal et le claqua sur la table, en faisant sursauter une salière. La main de Barnaby se mit à ramper.

– Tu n'as pas intérêt ! aboya sa femme.

– Tu sais ce qu'elle a, ta mère, ce matin ?

Cully regarda rêveusement par la fenêtre le jasmin en fleur, se refusant, comme toujours, à intervenir ou à prendre parti.

– Ne parle pas de moi comme si j'étais invisible, Tom. C'est exaspérant.

– Très bien. Alors, qu'est-ce qui est censé être typique de moi, encore ?

– Tu ne me parles pas.

– Mon Dieu, Joyce ! Cela fait vingt ans que je te parle de mon boulot. Tu devrais être contente d'avoir un répit.

– Et, ce qui est pire, tu n'écoutes pas. (Barnaby soupira.) Je te parie que tu ne te souviens pas d'Ann Cousins.

– Qui ?

– Tu vois. Mon amie à Compton Dando.

– Ah.

– L'année dernière, après la mort d'Alan, les gens du Manoir ont organisé un atelier intitulé « Nouveaux Horizons », elle a pensé que ça pourrait l'aider. Mais apparemment, elle a été très déçue. Beaucoup de simagrées pour pas grand-chose. On y est allées toutes les deux.

– Quoi ? Pourquoi ne m'en as-tu pas parlé ?

– Si, je t'en ai parlé ! dit Joyce en souriant avec une sombre satisfaction. En détail. Même quand tu es là, en chair et en os, ta tête est au travail. Tu ne t'intéresses absolument pas à ce que je fais.

– C'est parfaitement injuste. Je vais toujours voir tes décors de théâtre. Je ne manque aucun de tes spectacles...

– Sauf le dernier.

– Deux enfants avaient été enlevés. Peut-être est-ce *toi* qui ne te souviens pas.

– Poppy Levine se marie.

La voix de Cully, forte et claire, court-circuita l'acrimonie croissante. Préférant croire qu'ils bouleversaient leur fille, les parents cessèrent immédiatement les hostilités. Cully, qui ne faisait que s'ennuyer, poursuivit :

– Dans une jupe qui remonte jusqu'au décolleté et des caleçons pailletés.

– Je suis en retard, dit Barnaby en se levant. On reparlera de ta visite là-bas quand je rentrerai.

– Tiens, tout à coup je deviens intéressante, dit Joyce avec aigreur. (Elle se leva à son tour et se plaça derrière la chaise de Cully, baissa sa tête aux boucles grisonnantes et fit une grimace en voyant la photo de mariage.) Six maris et elle a l'air d'avoir vingt ans. Comment fait-elle ?

– Il paraît qu'elle a vendu sa peau au diable. Regarde ça. (Cully tapota le journal de son doigt.) Ça m'agace qu'on mentionne toujours l'âge d'une femme. Poppy Levine, trente-neuf ans, épouse le cameraman Christopher Wainwright. Lui, on ne dit rien sur son âge... Papa ! (Il lui arracha le journal.) Tu as un sacré culot !

Barnaby parcourut le feuillet des yeux, le secoua, le replia.

– Il y a une interview de Nick Hytmer au dos de cette... Papa...

– Qu'est-ce qu'il y a ? dit Joyce. Un rapport avec l'affaire ?

– Désolé, fit Barnaby en enfilant sa veste d'un coup d'épaules. Ce serait trop long à expliquer.

– Et voilà, ça recommence. C'est exactement ce que je voulais dire.

La porte claqua. Joyce se tourna vers Cully et répéta :

– C'est *exactement* ce que je voulais dire.

*

Troy fonçait sur l'A40. Rapide, décontracté, savourant sa position de celui-qui-sait. Son passager tambourinait sur ses genoux en jean bleu. Avant cela, il avait joué avec un paquet de Polos dans la boîte à gants, puis tripoté sa ceinture de sécurité jusqu'à ce que Troy lui intime sèchement l'ordre d'arrêter.

– Mais pourquoi veut-il me voir ?

– Je ne pourrais pas bien vous dire, monsieur.

– Je suis sûr que vous pourriez bien me dire si vous vouliez.

Mais Troy ne devait pas répondre à la provocation. Pas plus qu'il n'avait l'imprudence de montrer le plaisir qu'il ressentait à voir transpirer, suppliant et vulnérable, un sujet de Sa Gracieuse Majesté. Il était particulièrement ravi que ce soit Wainwright, qu'il avait inscrit dans ses petits papiers comme «petit con péteux»; pour avoir droit à cette définition, il suffisait simplement de ne pas rester comme deux ronds de flan devant une carte de la PJ.

– C'est à propos du meurtre, je suppose.

– Probablement, monsieur Wainwright.

Troy serra les lèvres pour réprimer un sourire. Il s'était vraiment régalé à dire «monsieur Wainwright». À tenir le zigue sur le gril. Il se régalait tellement qu'en s'engageant dans la bretelle d'Uxbridge, il le répéta.

– Ce ne sera plus long maintenant, monsieur Wainwright. Cinq minutes, tout au plus.

À son bureau, Barnaby relisait les dépositions quand une Orion bleue fila devant sa fenêtre et négocia une courbe sensationnelle avant de freiner brutalement à un cheveu du mur.

L'inspecteur sonna pour demander trois cafés, qui arrivèrent en même temps que le sergent Troy et son compagnon. Ce dernier s'assit, plus pâle qu'à l'ordinaire, convaincu qu'il avait échappé de justesse – et à tout le moins – à des coupures multiples dues à des éclats de pare-brise.

– À quel sujet vouliez-vous me voir? (Christopher accepta le café qu'il but très vite, puis reprit:) Ça vous dérange si je fume? C'est plutôt mal vu au Cheval Ailé.

Au grand dam de Troy (pourtant, le panneau «Interdit de fumer» était assez clair), Barnaby autorisa Wainwright à «y aller». Et moi, qu'on me prenne à «y aller»! pensa le sergent. J'en entendrai causer jusqu'à la fin de mes jours, et avec refrain, en plus. Christopher secoua un paquet de Gitanes qu'il présenta à la ronde. Les deux hommes déclinèrent, Troy en bavant sensiblement. La cigarette allumée, inhalée profondément, Christopher répéta sa première question.

– Je comprends que vous n'avez pas vu le journal d'aujourd'hui ?

– Pas permis. Un excès de stimuli extérieurs entrave le voyage vers les plans supérieurs.

Barnaby aurait parié avoir surpris un soupçon de sarcasme.

– Poppy Levine s'est mariée hier.

– Encore ? dit Christopher. Eh bien, c'est aimable à vous de me le faire savoir, mais un simple coup de fil aurait suffi, non ?

– C'est vraiment une coïncidence. (Barnaby plia l'*Independent* en quatre.) Le fiancé était un cameraman de télévision.

Il lui passa le journal.

– Pourquoi pas ? Notre espèce n'est pas en voie de disparition. (Il baissa les yeux.) Quelle horreur, cette... (Souffle coupé. Barnaby rattrapa le journal avant qu'il ne heurte une tasse de café. Il y eut une pause un peu longuette, puis Christopher lâcha :) Bordel de merde !

– En effet. (Barnaby se mit à lire.) « Le marié, qui était à Stowe avec le frère de la mariée, vient de rentrer d'un tournage en Afghanistan. Après une aventure enivrante et un mariage à l'hôtel de ville de Chelsea, l'heureux couple s'est rendu à la maison de la mariée à Onslow Gardens. Le mois prochain, ils partiront en lune de miel différée pour Santa Cruz. » Donc... (Il lâcha le journal dans la corbeille à papiers) ... nous savons tout sur Christopher Wainwright. Maintenant, ce que nous aimerions bien savoir, évidemment, c'est qui vous êtes, bon sang !

L'homme qui faisait face à Barnaby écrasa son mégot dans la soucoupe, plongea dans la poche de sa veste en madras et sortit une autre cigarette.

– Vous croyez que je pourrais avoir encore du café ?

La tactique gain-de-temps. Ça ne le mènera nulle part. Troy alla dans le bureau d'à côté et trouva Audrey au téléphone et les autres policiers en train de consoler une pute qui versait des larmes de crocodile. De mauvaise grâce, il prit lui-même le café, se débrouillant, durant cette brève et simplissime procédure, pour afficher un air agressif d'exploité, amplement disproportionné à la tâche en question. Quand il revint dans le bureau, l'homme contemplait toujours un point au-dessus de la tête de Barnaby en forçant sur sa cigarette. Le chef avait devant lui un carnet et un Bic à la main. Wainwright accepta le café, en but une gorgée, le remua. Barnaby attendit que la tasse soit vide puis déclara :

– Répondez à la question, je vous prie.

– C'est vraiment pas de pot ! fit l'autre en direction de l'*Independent*. Il venait tout juste de la rencontrer quand nous avons déjeuné ensemble. Il était ébloui, il n'en revenait pas.

– Ce déjeuner, je présume que c'était avant que vous vous installiez au Manoir ?

– Juste avant. Je suis tombé sur Chris dans Jermyn Street. Il venait d'acheter des chemises de luxe. J'allais à la crémerie acheter des saucisses, ce qui vous donne une idée du fossé qu'il y a entre nos revenus respectifs. C'est vrai qu'il était à l'école avec le petit frère Levine, et moi aussi. Un petit saint, lui aussi. Et méchant, avec ça Il s'insinuait dans les conversations, les rendez-vous secrets et même dans les lits.

– Ne vous égarez pas.

Barnaby pouvait facilement paraître plus furieux qu'il ne l'était en réalité. Talent bien précieux. Le faux Christopher Wainwright s'empressa de poursuivre.

– On est allés prendre un pot au Cavendish puis il a proposé qu'on aille déjeuner chez Simpson où il m'a raconté en long, en large et en travers sa promotion glorieuse à la BBC et ce voyage sur « le toit du monde », comme il n'arrêtait pas de l'appeler, alors que moi, je croyais que c'était le Tibet qu'on appelait comme ça. Puis il a commencé avec Poppy. Je ne pouvais pas en placer une, alors j'ai décroché et je me suis concentré sur les fameuses protéines. On a fini par un dessert et quand l'addition est arrivée, il a pris sa veste – on était assis sur une banquette près du mur – et… impossible de retrouver son portefeuille.

Il a dit qu'il devait l'avoir laissé chez le chemisier. Je me suis tapé l'addition de quarante-huit livres. J'étais furieux, car j'étais fauché à l'époque. Surtout que j'étais certain qu'il ne l'avait pas perdu. À l'école, il les lâchait déjà avec un élastique. Il mettait tout sous clé, même son gant de toilette.

Barnaby arrondissait le dos, coudes sur le bureau, et à peine conscient qu'on l'enfumait. Il fit un geste d'encouragement vigoureux de la main gauche et «Christopher» continua.

– J'avais besoin d'aller au Cheval Ailé. Pour regarder la maison, faire connaissance avec les gens. Fouiller leurs chambres et leurs affaires, si nécessaire. Je ne pouvais pas faire tout ça sous mon vrai nom.

– Qui est?

– Andrew Carter.

Troy jeta un bref regard à son chef qui accusa le choc, et se carra en arrière, en relâchant la tension. Comme si on venait d'atteindre un point de non-retour et qu'on pût laisser l'histoire se démêler tranquillement.

– Jim Carter était mon oncle. Je ne sais pas si le nom vous dit quelque chose?

– Oui, je le connais.

– Je suis persuadé qu'il a été assassiné. C'est pour cela que je suis au Cheval Ailé. Afin de découvrir pourquoi. Et par qui.

– Hasardeuse, votre affirmation, dit Barnaby.

– Quand vous connaîtrez mes raisons... (Il sortit une enveloppe et tendit une photographie.) Preuve de ma bonne foi, à propos...

Il leur passa le cliché d'un garçonnet blond de dix ou onze ans qui riait, à dos d'âne. Un homme d'une quarantaine d'années, blond aussi, tenait les rênes. Le garçon regardait droit devant lui mais l'homme, si vigilant qu'il en paraissait inquiet, scrutait le visage de l'enfant comme pour s'assurer qu'il ne risquait rien et qu'il s'amusait.

– Il y a une ressemblance, c'est sûr, dit Barnaby, qui ne rendit pas la photo. Mais très légère.

– C'est pour ça que vous vous êtes teint les cheveux, monsieur ?

Troy était maintenant derrière le bureau et prenait le cliché.

– Merde ! Ça se voit tant que ça ? (D'un geste nerveux, il lissa sa tignasse sombre.) Oui. J'ai cru que cela atténuerait ma ressemblance. Il m'a élevé – mon oncle – après la mort de mes parents. Il était extraordinairement bon. Il n'avait pas les moyens de me laisser à Stowe mais, à part ça, je n'ai manqué de rien. J'ignorais, bien sûr, à quel point il se privait. Les enfants ne remarquent jamais. (Il tendit la main pour reprendre la photo.) J'avais beaucoup d'affection pour lui.

– J'aimerais en faire une copie, monsieur Carter.

Andrew hésita :

– C'est la seule que j'ai.

– On vous la rendra avant que vous partiez. (Barnaby remit le cliché à Troy qui s'en alla avec.) Quand l'avez-vous vu pour la dernière fois ?

– Il y a quelque temps. Nous étions proches mais nous ne nous voyions pas très souvent après mon départ de la maison. J'avais dix-huit ans. Nous nous sommes disputés. J'avais une liaison avec une femme mariée, beaucoup plus âgée. Cela a été la seule fois où nous sommes entrés en conflit. Il disait que c'était mal d'un point de vue moral. Il était vieux jeu. Il s'est fâché pour de bon. Il était déçu, je me suis senti coupable, et je suis parti en claquant la porte. Le désaccord n'a pas duré cinq minutes. Chose curieuse, la liaison non plus, d'ailleurs, mais je ne suis pas rentré vivre à la maison.

« Malheureusement, je ne suis pas vraiment du genre stable. J'aime bouger, et j'ai fait des petits boulots là où je me trouvais, parfois à l'étranger. J'ai fait les vendanges en France et en Italie, j'ai travaillé dans une auberge de ski dans les Alpes. J'ai travaillé dans un cirque en Espagne – dompteur de lions, s'il vous plaît, mais... les pauvres bêtes étaient édentées. Je suis allé aux États-Unis, je n'ai pas pu obtenir un permis de travail. J'ai échappé à l'Immigration quelque temps puis j'ai dû rentrer. J'ai même travaillé un certain temps au Golden Mile à Blackpool, je faisais marcher la salle de jeux électroniques. Tout ça, très pittoresque. Ou sordide, selon votre âge et votre taux de tolérance.

– Mais vous êtes toujours resté en contact avec votre oncle ?

– Bien sûr. J'écrivais régulièrement. Et j'allais toujours le voir entre deux tours. Il me gavait. Il ne me faisait jamais la morale, alors qu'il devait être attristé que je sois devenu comme ça. Il m'acceptait comme la brebis un peu galeuse que je suis.

Ces derniers mots furent prononcés si bas que Barnaby dut faire un effort pour les saisir. Mais on ne pouvait se tromper sur l'expression de Carter : ses yeux brûlaient de colère et de désespoir. Il crispait les mâchoires pour empêcher sa bouche de trembler. Troy entra avec la photo et du café mais Barnaby lui fit sèchement signe d'attendre.

– Alors, quand votre oncle s'est-il installé au Cheval Ailé ?

Carter prit une profonde inspiration et attendit un long moment avant de reprendre. Il parut rassembler son courage pour franchir l'étape suivante, comme si elle allait l'amener au cœur même de son malheur.

– Quand j'étais aux États-Unis, il m'a écrit qu'il allait devenir membre de la communauté. Je n'ai pas été très surpris, je dois l'avouer. Il ne s'est jamais marié. Enfant, bien sûr, j'étais content. Je n'avais pas à le partager. Et il avait toujours été... eh bien... un peu réservé. Tous les jours, il demandait qu'on le laisse seul, un peu tranquille. Pour méditer. J'appellerais ça comme ça, maintenant. Il ne lisait pratiquement que des livres sur les religions ou la philosophie. Le Bhagavad-Gita, Tagore, Pascal. Et ce du plus loin que je m'en souvienne. Ils sont pour la plupart toujours dans sa chambre au Manoir. Ça m'a démoli quand je les ai retrouvés...

Il s'interrompit encore, en pressant ses jointures sur sa bouche comme pour réprimer une vague d'émotion soudaine. Quand il retira sa main, ses lèvres avaient blêmi. Troy glissa discrètement la photo sur le bureau.

– Au bout de dix-huit mois, je suis rentré en Angleterre. J'ai pris un meublé dans Earl's Court, puis j'ai écrit pour donner mon adresse et mon numéro de téléphone et je lui ai dit que j'allais venir pour un long week-end dès que je me serais trouvé un boulot. Il m'a répondu qu'il avait hâte de me voir. Il n'avait pas été très bien, un problème à l'estomac. Puis quelques jours après la lettre, j'ai reçu ceci.

Il sortit de nouveau l'enveloppe et en retira une feuille de papier qu'il remit à Barnaby. On lisait :

Andy, il s'est passé quelque chose de terrible. Je t'appellerai à huit heures demain soir (jeudi) du village. Je ne peux pas me servir du téléphone de la maison. Sois chez toi. Je t'embrasse, Jim.

La dernière phrase était bien soulignée.

– Pas de coup de téléphone. Le vendredi, j'ai attendu jusqu'à l'heure du déjeuner puis j'ai appelé le Manoir. Je n'arrivais pas à le croire, quand on m'a dit qu'il était mort. Toute ma famille... disparue, comme ça. Je suis resté des heures à essayer d'avaler ça. Puis je suis sorti et me suis soûlé. Croyez-le ou pas, ce n'est que le lendemain que j'ai fait le rapprochement : la lettre et sa mort.

– Vous voulez dire qu'on l'a assassiné pour le faire taire ?

– Bien sûr que oui.

– N'est-ce pas un peu mélodramatique, monsieur Carter ? Ces terribles nouvelles dont il voulait vous faire part pouvaient être de toute nature. Peut-être de nature médicale ?

– Il n'avait pas la soixantaine. Et sa santé, à part ce problème que j'ai mentionné, a toujours été bonne. On m'a dit que c'était un accident. « Un tragique accident. » (Il cracha presque de dégoût.) J'ai découvert où se tenait l'audience du coroner, j'y suis allé, j'étais en haut, dans la galerie. Et c'est là que j'ai compris avec certitude que j'avais raison.

Le café de Barnaby était complètement froid et même Troy avait oublié sa demi-tasse de lavasse qui penchait dangereusement entre ses doigts.

– Jusqu'alors, j'avais été profondément troublé, j'avais des soupçons mais aucun élément précis sur lequel me concentrer. Quand j'ai entendu le rapport médical, j'ai su.

(Il se pencha en avant en agrippant le bord du bureau.) Le médecin a déclaré que Jim avait bu. Qu'il sentait le whisky et qu'il y en avait sur le revers de sa veste. Mais c'est une absurdité totale. Dans sa première lettre, il me disait que le médecin lui avait prescrit des cachets pour son infection intestinale et qu'il lui avait formellement déconseillé l'alcool qui aurait sur lui un effet désagréable et même dangereux. Conseil bien inutile car mon oncle ne buvait jamais, de toute façon.

Barnaby laissa passer un moment puis demanda :

– Vous croyez donc que quelqu'un l'a forcé à boire et que c'est cela qui l'a tué ?

– Non, la méthode aurait été un peu aléatoire. Il est bien plus probable qu'on l'ait tué puis qu'on lui ait versé de l'alcool dans la gorge pour faire croire à une chute d'ivrogne.

– Plus facile à dire qu'à faire, monsieur Carter. La déglutition – comme presque toutes les autres fonctions organiques – s'arrête après la mort. On ne peut pas forcer un cadavre – désolé d'être si brutal – à avaler.

– Pourtant, on aurait dû soulever la question lors de l'enquête. Je comptais là-dessus. (Carter se mit en colère et haussa la voix.) Je croyais que les autopsies servaient à ça.

– Les médecins légistes sont des gens très occupés. Celui-là avait peut-être d'autres opérations en attente. Une autopsie commence par la tête... (Barnaby se représenta soudain la scène avec une netteté frappante et eut une brève nausée.) Il a examiné le cou, vu qu'il était brisé, et s'est arrêté là.

– Mais... vous n'analysez pas le contenu de l'estomac ? Et tout le reste ?

– Seulement quand les circonstances sont douteuses. Ce décès-ci paraissait simple sans doute. Il est dommage, dit-il en pliant la lettre et en la glissant sous un presse-papiers, que vous n'ayez pas immédiatement fait part de ces doutes à la police.

– Qu'est-ce que j'avais comme preuve ? L'incinération avait eu lieu avant l'audience, ils ont tout fait pour.

Toutes les preuves étaient parties littéralement en fumée. Et puis j'ai pensé que si vous me preniez au sérieux et que vous commenciez à interroger les gens, ils seraient sur leurs gardes, ils la fermeraient et cela ne me mènerait nulle part.

– Avez-vous eu des résultats ?

– Non. (Il se rembrunit.) Pas le moindre murmure. J'ai été très prudent. Je suis resté un mois avant de poser la moindre question. J'ai joué la désinvolture, je n'ai mentionné son nom qu'en passant. Je pensais qu'on accepterait mes questions, qu'on s'y attendait même. Vous savez comme les gens sont curieux après une mort accidentelle. Mais on ne m'a parlé que de sa personnalité, et ça, je la connaissais déjà.

– Avez-vous rencontré de la réticence ? Avez-vous senti qu'on vous cachait quelque chose ?

– Non, que dalle. Je me suis demandé à un moment s'ils n'étaient pas tous dans le coup. (Il surprit une interrogation dans le sourcil grisonnant.) Ça s'est déjà vu.

– Je sais, merci. (Barnaby qui avait depuis longtemps abandonné son Bic l'écarta ainsi que le bloc-notes.) Il me paraît improbable que personne au Manoir n'ait eu connaissance de la prescription de votre oncle et de ses effets secondaires.

– C'est possible. La question de l'alcool ne se pose pas puisque là-bas, c'est régime sec.

– Régime sec ?

L'expression, avec une intonation teintée d'horreur, échappa au sergent. Il regarda sévèrement autour de lui comme s'il y avait une quatrième personne présente, cachée peut-être dans le classeur à dossiers, qui avait eu la maladresse d'interrompre.

– Vous n'auriez pas fouillé sa chambre, par hasard ?

– Comment le savez-vous ? demanda-t-il, brièvement troublé.

– On vous a entendu.

– Oh, mon Dieu ! C'est embêtant, ça.

– Vous cherchiez quelque chose en particulier ?

Andrew rougit, embarrassé et, pour la première fois depuis le début de l'entretien, il parut manquer de sincérité. Il crâna un moment puis haussa les épaules et tourna les paumes en l'air, comme pour se disculper.

– Cela va vous paraître affreusement intéressé si peu de temps après sa mort mais, oui, je cherchais un testament. Rien de grandiose. Un pavillon de quatre pièces dans la partie d'Islington qui, il y a des années, n'était pas très huppée. Maintenant, bien sûr, ce n'est plus la même chose. Il en a tiré cent quatre-vingt mille. (Troy siffla tout bas.) Je suis allé à la Barclays, qui était sa banque, mais ils n'avaient pas de testament et ils n'ont rien voulu me dire sur ses affaires.

– Peut-être a-t-il placé l'argent dans la communauté? suggéra Troy.

– Cela ne fonctionne pas comme ça. Vous n'êtes pas obligé d'apporter de l'argent. Les gens paient seulement leur pension. Et de toute façon, il n'aurait pas fait une chose pareille. Il n'était pas obligé de me prendre et de m'élever, et notre attachement mutuel était total. J'étais son héritier et je sais qu'il m'aurait laissé les bénéfices de la vente de la maison. De préférence à un tas d'étrangers.

Il haussa de nouveau le ton sur les derniers mots puis marqua une pause. Il respira calmement pour tenter, à l'évidence, de se calmer et prit une troisième cigarette.

– Voudriez-vous me donner votre adresse à Earl's Court, monsieur Carter?

Barnaby reprit son stylo.

– Vingt-huit, Barkworth Gardens. Facile à se rappeler, c'est mon âge.

– Vous dites que le matin de la mort de votre oncle, vous avez attendu son appel jusqu'à midi. Vous étiez seul?

– La plupart du temps. Vers dix heures et demie, Noeleen, une voisine australienne, m'a invité à prendre un café. On est allés dans son appartement. Le téléphone est sur le palier et on a laissé la porte ouverte. Pourquoi me demandez-vous ça?

Barnaby répondit par une autre question.

– Qu'allez-vous faire maintenant que votre couverture est éventée ?

– Il n'y a pas de raison qu'elle le soit. (Il rencontra deux regards incrédules.) Il n'y a ni journaux, ni radio, ni télé dans la maison, vous comprenez.

– Mais c'est partout dans la presse à scandales, monsieur Carter, dit Troy. Sur les panneaux, peut-être. On n'est pas obligé d'acheter un journal. Il suffit de se trouver dans la zone minée.

– Je n'en sais rien. Je suis allé au village ce matin et je n'ai rien remarqué. De toute façon, cela ne fera sensation qu'une seule journée, non ? Demain, tout sera retombé. Je vais me taire et croiser les doigts.

– Toute la presse va grouiller à votre porte d'une minute à l'autre, dit Barnaby, avec le meurtre et la mort de Gamelin. Pas la peine, à eux, de leur dire que vous vous appelez Christopher Wainwright.

– Merde ! Et puis Trixie l'aura peut-être vu. Si elle revient...

– Revient ? Que voulez-vous dire ?

– Elle s'est enfuie.

– Quoi !

– On s'en est aperçu juste avant le déjeuner.

– Pourquoi diable ne nous avez-vous pas prévenus ?

– Oh, il n'y a rien de catastrophique. Elle est partie de son plein gré. Elle a pris toutes ses affaires.

– Il ne vous appartient pas de décider de ce qui est catastrophique ou de ce qui ne l'est pas, cria Barnaby. On vous avait ordonné à tous de ne pas bouger sans en informer la police.

– Mais puisqu'elle n'est pas impliquée...

– Elle est témoin dans une affaire de meurtre, monsieur Carter. Et un suspect éventuel.

– *Un suspect*... mais... je croyais...

– L'enquête n'est pas terminée.

Il observa la réaction de Carter, constata que le visiteur mesurait la portée inquiétante de cette nouvelle.

– Il faut que j'emmène Suze. Je lui dirai la vérité. Elle

comprendra. Pourquoi j'ai dû faire semblant et mentir. N'est-ce pas? demanda-t-il, hésitant. Je me fiche de ce que les autres pensent.

– Ce serait stupide et imprudent, monsieur Carter, dit l'inspecteur. Si vos soupçons concernant la mort de votre oncle se confirment, et je vous dirais franchement que je n'en serais pas autrement surpris, alors il y a quelqu'un au Manoir qui a déjà tué deux personnes. Et ce quelqu'un ne traînera pas, je peux vous l'assurer, s'il estime nécessaire d'en tuer une troisième.

– Mais pourquoi voudrait-on me tuer? Je n'ai rien trouvé.

– Alors, il serait raisonnable de le faire savoir. Et de rester sur vos gardes, conclut Barnaby.

⋆

Dans la cuisine, les Beavers rangeaient après le déjeuner, Heather lavant et essuyant la vaisselle; Ken (hop, repos, «ahh», hop) tâchait d'empiler.

– Quand je pense à cette timbale de choux, dit-elle d'une voix grincheuse.

– Tu ne l'as pas jetée?

Naturellement, Ken fut atterré. Jeter, c'était l'irrémédiable péché. Tout, même le contenu du sac de l'aspirateur, allait sur le tas de compost, qui jouissait au Cheval Ailé d'un statut presque sacré. Il était entretenu avec amour, humidifié, activé, remué à la fourche, forcé à la chaux et doucement compressé par les bottes en caoutchouc d'Arno. Les vers étaient jugés particulièrement bénéfiques et plus d'un *lumbricus* qui vaquait tranquillement à ses affaires de tous les jours se voyait brusquement – quoique avec tendresse – arraché à la *terra firma* pour aller voler et atterrir sur un tas de coquilles d'œuf pourries.

– Que tu es bête! répondit Heather. On la fera réchauffer pour le dîner. Oh... fais attention. Là... laisse-moi...

Tâchant de garder une pile d'assiettes en équilibre précaire, Ken failli basculer en avant.

– Excuse… mille mercis. Un peu difficile d'avoir les pieds sur terre, aujourd'hui.

En versant l'infusion d'hysope, Heather aborda de nouveau le sujet qui les avait tenus éveillés la nuit précédente, bien au-delà de l'heure du coucher.

– As-tu repensé, dit-elle, à ce que nous allons faire si…

Ken secoua la tête. Il but un peu de tisane, en haussant et étirant sa lèvre supérieure comme un lapin pour ne pas mouiller sa moustache.

– Il va peut-être arriver quelque chose aujourd'hui.

Pas besoin de s'étendre là-dessus. Ils savaient tous les deux que ce « quelque chose » signifiait un testament.

Quand on avait abordé la question, tout à l'heure, Ken et Heather l'avaient pris de haut ; l'air désapprobateur, ils avaient clairement manifesté qu'ils participaient à la discussion à leur corps défendant, contre leurs délicates inclinations dénuées d'égoïsme. Mais plus tard, *à deux*[1], ils avaient dû admettre qu'il n'y avait pas à tortiller : les faits étaient les faits, et l'incertitude était entrée dans leur vie par la grande porte.

Ils étaient très contents au Cheval Ailé, ils en étaient venus à trouver fort agréable de dormir sous un toit solide, de se laver à l'eau chaude et d'avoir bien chaud. Ni l'un ni l'autre n'avaient envie de retrouver l'époque hippie dont leurs souvenirs brûlaient encore. Ils se rappelaient nettement avoir cahoté par tout le pays dans des caravanes qui prenaient l'eau et des bus crasseux. Chassés et déplacés sans trop de ménagements par la police, ou par des propriétaires rogues au cœur de pierre, pour qui les mots « aimer et partager » étaient lettre morte. Se traînant avec lassitude d'un bivouac enfumé à l'autre, accroupis près d'un feu mourant, entourés de chiens efflanqués et hargneux et d'enfants pleurnichards. Cassant la glace des abreuvoirs à bestiaux pour faire leur thé, volant dans les magasins – Ken, surtout, détestait voler dans les magasins –, et les explosions de violence au milieu de la nuit si les barbares locaux

1. En français dans le texte.

découvraient leur présence. Heather avait été réveillée une fois par un rugissement de motos pour trouver des chiffons qui brûlaient sur son oreiller.

Ni l'un ni l'autre n'auraient pensé, bien sûr, à cette lointaine époque gandalfienne, qu'ils recelaient une telle multiplicité de dons psychiques. Pourtant, aujourd'hui, voilà que Ken était choisi pour être le médium d'un des plus grands esprits que le monde ait connus, que Heather visitait Vénus et revenait avec d'extraordinaires pouvoirs de guérison.

C'était surtout à cause de leur travail qu'ils étaient désireux de garder leur base au Cheval Ailé. Ils y voyaient comme un paradis où les malades et les assoiffés de spiritualité pouvaient venir et être secourus. Si la maison se révélait avoir été transférée par acte notarié à quelque étranger indifférent ou, pire, si elle était cernée par le fisc, où iraient toutes ces pauvres âmes ? Et, du reste, réflexion faite, où iraient Ken et Heather ? La propriété, c'est le vol, bien sûr, mais même si ce n'avait pas été le cas, ils n'avaient pas de quoi acheter. Et pas d'enfants pour prétendre aux HLM, Ken (par-dessus le marché) ayant un taux de sperme infime.

Même les dépenses ordinaires du quotidien pouvaient présenter des difficultés. Le ministère des Affaires sociales, sollicité pour une demande d'allocation un an auparavant, s'était montré particulièrement dénué d'imagination. En vain Heather avait-elle expliqué l'importance de leur travail : l'effet de vagues (un sourire aimant à Uxbridge réchauffait un cœur à Katmandou) et les milliers de livres que ses soins épargnaient à la Sécurité sociale. Le ministère avait été tout aussi myope au sujet des réclamations de Ken concernant son handicap, en répétant toujours le même baratin : il devait passer une visite médicale et des radios.

– C'est pas demain la veille, avait rétorqué Ken plein de défi, que je confierai mon corps à un allopathe qui prescrit de la chimie et des rayons X cancérigènes.

Heather l'avait soutenu loyalement en pleurant :

– Pourquoi ne pas en finir tout de suite en l'envoyant directement à Tchernobyl ?

Bonne vieille Heth. Ken la regardait qui rapportait mollement les chopes à l'évier et les rinçait. Elle était vêtue d'une salopette bon marché en coton blanc qui dévoilait nettement son slip noir et les formes peu appétissantes de son postérieur. Elle avait ôté son cristal et son front nu, haut et bombé, donnait la fausse impression d'une intelligence supérieure.

– Loin de moi cette idée, dit Ken en baissant la voix, comme tu sais. Mais je ne peux m'empêcher de me demander si Suhami veut toujours donner son argent à la Loge maintenant que le Maître est parti.

– Oh, j'espère bien! s'écria Heather. Même si personnellement on arrive à ne pas se laisser corrompre, une fortune injuste est quand même un énorme obstacle sur la voie de la transformation harmonale.

– Très juste, dit Ken en atteignant la boîte à pain. Il reste de la confiture?

– Je viens de la ranger, répondit-elle en se dirigeant vers le placard. Reste assis et laisse-moi faire.

– Excuse-moi. Tu veux du pain?

– Je ne devrais pas. (Ken coupa un autre morceau.) C'est drôle. Trixie qui s'en va comme ça, tu ne trouves pas? Après la mort de Guy Gamelin. Je me demande si... eh bien.. s'ils n'auraient pas tous les deux trempé là-dedans.

– Ils ne se connaissaient même pas.

– Elle a dit ça après mais May les a vus partir ensemble l'après-midi. Avant qu'il fasse soi-disant notre connaissance à tous.

– Probablement après une partie de jambes en l'air.

– Ken! Franchement! (Heather posa sur son pain un quartier de poire et un morceau de rhubarbe.) Pour un travailleur de lumière planétaire de haut rang, ce que tu peux être vulgaire, quelquefois.

– C'est la nature humaine, Heth. Qui sommes-nous pour juger?

Le téléphone sonna. Il y avait trois postes: un dans le bureau, un dans la cuisine et un sur la table du vestibule.

Heather laissa tomber en disant : « Ça doit être pour le bureau, May y est. »

Mais si May se trouvait dans le bureau, elle ne répondit pas et, finalement, Heather prit la communication en soupirant : « Comme si je n'avais que ça à faire ! »

Ken la regarda et écouta, de plus en plus intrigué par ses réponses hachées et apparemment inquiètes.

– ... mais elle n'est pas là... pas pour le moment... Je ne saurais dire... Oh, je n'aurais jamais pensé... Non, non, ce n'est pas du tout le genre d'endroit. Nous... Eh bien, en fait, j'étais moi-même présente... Heather Beavers. Écrivain, Guérisseuse et Prêtresse... prêtresse. MPFS... Je n'épelle pas mon nom, ce sont mes qualifications... Mon Dieu, mais je n'en sais rien. Nous vivons en communauté ici, vous voyez. Nous parlons de tout entre nous... Vraiment ? Ce ne sera pas long... voulez-vous ? Je pourrais demander... Allô ? Allô ?

Elle secoua le récepteur avant de raccrocher et se tourna vers Ken, le visage tendu par l'effort musculaire qu'elle devait déployer pour dissimuler l'intensité de sa réaction.

– C'était le *Daily Pitch*.

– Des profanes, matérialistes, dit Ken machinalement.

– Oh oui, bien sûr. Ils voulaient parler à Mlle Gamelin – Suhami. J'ai dit qu'elle n'était pas là.

– Très bien. Heureusement que c'est quelqu'un d'altruiste qui a pris l'appel.

– Nous devons la protéger, Ken. C'est vital.

– Invoquer les hordes cristallines.

– Le problème, c'est que... *après moi, le déluge*[1], mon canard.

– Hein ?

– C'est ce qu'a dit cette femme. Cette journaliste. Nous allons être assaillis.

– Des valets conservateurs.

– Absolument. (Heather balaya la cuisine vide du regard

1. En français dans le texte.

et déclara, plus calmement :) Mais ils sont si malins. Après m'avoir comme qui dirait piégée pour que j'admette que j'étais là quand le meurtre a eu lieu, elle a commencé à parler d'exclusivité. Commencez à compter vos zéros, ma chère..., etc.

– Grands dieux !

Sa voix était devenue toute pâle.

– Je sais.

Heather regarda ses doigts, s'efforçant en vain de maîtriser son tremblement.

– Quel ramassis de conneries ! On ne sent plus propre après ça... n'est-ce pas ?

– En effet, non, dit Heather, qui examinait toujours d'un air peiné ses doigts entrelacés. D'un autre côté... je me suis dit, Ken, ... eh bien, tu sais, que sommes-nous ici ? (Elle fit un geste vers la miche de pain cuite honnêtement à la maison et à la confiture solide.) Que faisons-nous ? (Son mari plissa les yeux d'un air sévère et fronça les sourcils.) On se calme l'ego, non ? On pense aux autres, on les fait passer en premier. Aujourd'hui, nous avons l'occasion de protéger une sœur en deuil, on pourrait leur parler et dévier le tir sur nous qui sommes davantage préparés à le supporter.

– Ohhh..., gémit Ken qui mâchonnait sa croûte avec abnégation. Excuse, excuse, excuse... bien sûr, tu as raison. Pauvre Suze. Une fois encore, Heth, tu me montres la voie.

– Et ce seraient des mérites en plus pour notre karma.

Son mari rit et secoua la tête.

– Il paraît impossible de se défaire entièrement de l'ego. Regarde, qu'en dis-tu si, juste pour nous rassurer, je vérifiais tout ça avec Hilarion ?

– Elle rappelle dans une minute.

– Ça ne prendra pas plus d'une minute.

Ken redressa l'échine, se couvrit les yeux, se concentra sur le bout de son nez et se brancha sur le Cerveau du Monde Intergalactique.

*

May n'avait pas répondu au téléphone car elle était en haut, entreprenant une tâche qui, elle le savait déjà, serait longue et ardue. Rien de moins que la régénération de l'âme de Felicity Gamelin. Elle avait commencé au niveau le plus élémentaire, car d'abord il fallait lui redonner des forces physiques.

À présent, en caressant la main fine de Felicity et en la maintenant dans la lumière, May déversait toute son énergie (loin d'être à son maximum après ces deux jours) dans la forme pâle et immobile. Elle travaillait à peu près seule, car l'autre paraissait n'avoir aucune volonté. Elle était allongée, fixant le plafond de ses yeux vides, on aurait dit qu'elle allait se ratatiner et mourir.

D'une voix douce et consolante, May murmurait déjà depuis une demi-heure quand Felicity se tourna soudain vers elle et la regarda. May vit des pierres froides et dures dans des orbites d'ivoire.

– Je le détestais.

– Chut.

– Je le détestais. Alors pourquoi ne suis-je pas contente ?

– Parce que ce n'est pas dans votre nature.

May s'en était rendu compte immédiatement. L'aura, quoique en lambeaux, était étonnamment bien équilibrée. Beaucoup de rose et de vert et même un peu de bleu. Pas du tout comme ce jeune policier qui avait des étincelles rouges un peu partout. Il en avait du chemin à faire, le pauvre garçon ! May posa la main sur le front de Felicity, visualisant l'amour divin qui s'écoulait de son bras, à travers ses doigts, et qui pénétrait le corps de Felicity pour guérir et réconforter.

– Danton l'appelait mon Crésus de minuit.

– Danton est un ami ? demanda May.

– Non. (Un filet de voix d'outre-tombe.) Pas du tout. Simplement quelqu'un que j'ai connu, autrefois.

Ces quelques paroles paraissaient l'avoir épuisée, mais elle murmura encore un mot avant de détourner la tête. Peut-être « chaos ».

– Notre Maître disait qu'il y a un ordre sous le désordre

apparent, et je suis certaine que c'est vrai. Restez tranquille, ma chère, et calme, et toute la boue – tout le malheur – va se déposer, les choses vont s'éclaircir. Vous avez perdu votre chemin, Felicity, mais ensemble nous le retrouverons.

Felicity reposa la tête sur l'oreiller, la main dans celle de May. Petit à petit, elle se sentit envahie par une délicieuse léthargie. Ses membres étaient si lourds qu'elle avait l'impression qu'ils fondaient à travers le matelas. La voix de May allait et venait : profonde, cadencée et apaisante comme la marée. Felicity dormait.

*

Arno arrachait des radis pour une salade, s'interrompant de temps en temps pour faire des signes d'encouragement à Christopher qui rattachait des haricots baladeurs, à l'autre bout du jardin. Les radis étaient de pauvres choses fourchues, tout à fait différents des globes rutilants promis par le paquet de graines. L'un d'eux, couvert de petites écailles, était manifestement destiné au feu de jardin. Il tâcha d'arranger le reste sur une assiette en bois apportée exprès mais, de quelque façon qu'il les tourne, ils finissaient toujours les moustaches en l'air, dans une position légèrement indécente.

Il avait essayé, pour se distraire de pensées chagrines, de composer un nouvel haïku mais il n'en était pas satisfait. Conscient que rien ne serait assez bien, le dernier (« Cœur tumultueux, *resquiescat in pace*, sur la poitrine de ton esclave ») lui paraissait particulièrement inepte. Il ne mentionnait même pas le nom de son adorée.

Il l'avait à peine vue aujourd'hui. Il comprenait. Felicity avait tant besoin d'elle. On voyait bien qu'elle avait été très malade. Mais Arno se sentait le cœur lourd, lui aussi. Il avait dit ses prières avant de s'endormir et en se levant mais sans aucun espoir de réconfort et certainement sans rendre hommage à Dieu. Plus par habitude, en fait, parce qu'une fois il en avait fait le serment à sa mère. N'oublie jamais, lui disait-elle, que Jésus t'aime.

Personnellement, il ne l'avait jamais senti et, même si c'était vrai, il n'en aurait retiré qu'une maigre consolation, car qui a envie d'être aimé par quelqu'un qui aime tout le monde ? Et encore, il aime uniquement parce que c'est son boulot.

Cette idée le ramena à la mort du Maître dont son attention s'était brièvement écartée. C'était vraiment affreux ! Comme ils avaient changé, tous, depuis. On ne l'exprimait pas tout haut, on ne regardait pas l'autre en face en disant : « Tu as bien changé. » Mais c'était vrai. Arno n'aurait su expliquer en quoi, précisément. Mais ils semblaient tous... plus petits, en quelque sorte. Leur humanité un peu plus vague, leur bienveillance plus élusive, leur vitalité amoindrie. Peut-être était-ce cela, le sens de ce poème « Toute mort d'homme...[1] ».

Arno se pinça. Sa conscience zen semblait s'être complètement dissipée durant ces dernières quarante-huit heures. Il ne vivait plus dans l'instant mais dans le proche et affreux passé, l'image de son mentor mourant plaquée sur sa rétine. Les allées et venues constantes de la police le rendaient distrait et l'inquiétaient. Hier, ils avaient fouillé la maison. Aujourd'hui, ils étaient encore venus et avaient pris tous les torchons. Arno se tracassait surtout pour Tim. Dans son affolement, qui sait ce que le garçon pourrait dire ? Cet inspecteur, étonnamment concis et réservé dans sa façon d'interroger, n'avait pas l'air du genre à laisser tomber.

L'œil d'Arno fut attiré par Heather et ce n'était pas la première fois. Durant l'heure écoulée, elle avait monté et descendu l'allée comme un ballon, à trois reprises au moins. Il avait d'abord cru qu'il s'agissait de ses exercices quotidiens jusqu'à ce qu'il ait remarqué qu'elle sortait sur le trottoir, inspectait High Street entre chaque course.

1. Poème de John Donne (1572-1631), poète et prédicateur anglais. « *Any man's death diminishes me, because I am involved in Mankind...* » « Toute mort d'homme m'amoindrit, car je fais partie de l'Humanité... »

Peut-être était-il arrivé quelque chose depuis qu'il avait quitté la maison. Un fait nouveau dans l'affaire. Auquel cas, il était de son devoir de rentrer dare-dare. Bien à contrecœur. On ne sait pourquoi mais, dehors au soleil, les choses paraissaient un peu moins épouvantables. En se persuadant qu'on ne tarderait pas à l'appeler si besoin était, il retourna à ses légumes et manqua ainsi la voiture beige qui franchit le portail du Manoir.

★

Ken et Heather s'étaient longuement préparés pour le *Daily Pitch*, conscients qu'il pourrait y avoir des photographes et qu'ils se devaient, en tant que représentants du Cheval Ailé, d'apparaître sous leur meilleur jour.

Dieu merci, Hilarion avait donné une bénédiction positivement radieuse au projet. En effet, non seulement le grand Chohan avait apporté un soutien sans équivoque mais il avait aussi généreusement prodigué ses explications. Zedekial devait savoir que, de l'autre côté, le mot « argent » était solidement ancré dans le rose, lumière cellulaire atomique de neutralité manifeste. Pour parler simplement, le truc en question pouvait être utilisé bien ou mal. En leur qualité de terriens cosmiques de Pan, on pouvait faire confiance à Téthys et lui pour s'acquitter avec créativité de cette dernière partie.

Une fois ce détail réglé, les Beavers avaient discuté longuement de la situation, surtout du point de vue éventuel des autres résidents. Enfin, à regret, ils en étaient venus à la conclusion que leur bonne volonté à tâter le terrain, même au profit d'autrui, risquait d'être mal interprétée. Ceci posé, l'étape suivante (de la vertu au pragmatisme) fut promptement franchie. Ils décidèrent que le sacrifice consenti pour le bien de Suhami devait rester secret. Du reste, n'était-il pas dit dans la Bible : La main gauche doit ignorer ce que fait la droite ? Le résultat de tout ce baratin fut que Ken et Heather jugèrent plus avisé de prendre leur longue cuiller et d'aller ailleurs souper avec le diable.

Ce qui explique pourquoi Heather en était venue à s'appuyer contre la vieille brique rose du mur croulant, doré par le soleil de l'après-midi. Elle fronçait les sourcils, plissait les yeux vers la droite, dans la direction d'où la voiture de Londres était censée arriver. Mais la Citroën, avec le macaron de presse sur le pare-brise, arriva de la gauche, et avait franchi le portail et la moitié de l'allée avant qu'elle l'eût remarquée.

Heather se mit à courir en faisant de grands gestes, à toute vitesse et sans grâce, avec ses tongs qui claquaient sur le gravier et sur la plante de ses pieds, elle se maudit de s'être laissé avoir.

La voiture était déjà garée et deux personnes en étaient descendues. *S'ils sonnent*... L'une des deux était déjà sous le porche ; l'autre, la main en visière à cause de la lumière, cherchait à voir par une fenêtre fermée. Invoquant l'aide d'Artémis aux pieds légers, Heather, pantelante, continua sa course pesante.

La femme du duo la regardait approcher, lèvres serrées, car le spectacle était divertissant. Encouragée – à tort – à porter du vert acide (Ken disait que ça allait avec ses yeux), Heather avait relevé ses cheveux pour mettre son cou en valeur, et elle avait doré ses paupières et ses sourcils pour souligner la nature sacerdotale de sa vocation. Elle portait un récepteur nucléaire et la pyramide rebondissait sur sa vaste poitrine au rythme de sa course.

– Terry... hé...

La fille était vêtue d'un ensemble en jean avec minijupe, des collants beiges et des chaussures à hauts talons. Elle portait un sac en cuir verni noir presque aussi volumineux qu'une serviette.

– Vise un peu ça !

– Ben alors, dit Terry. (Une chemise à manches courtes à carreaux, un jean et des baskets.) L'échec de l'année de « Weight-Watchers ».

Il fit voler le Pentax qui cliqueta alors que Heather croisait les mains d'avant en arrière au-dessus de sa tête.

– Salut ! C'est vous, madame Beavers ? (La fille fit

quelques pas, légèrement penchée vers l'avant sur ses talons démesurés.) Heather ?

Celle-ci hocha la tête, s'appuya au chambranle de la porte, les joues suantes et rouges comme des tomates, les cheveux qui dégringolaient. Terry prit encore un ou deux clichés. Sur l'un, cadré avec cruauté, elle ressemblait à un dugong échoué sur le sable.

– Formidable, le coup, chérie ! dit-il, et il s'éloigna à reculons en faisant cliqueter sans arrêt son appareil.

– Je m'appelle Ave Rokeby.

Heather trouva qu'elle avait une très jolie voix. Douce, gentille, concernée. Un peu moqueuse. Pas comme ce photographe agressif et vulgaire. Elle lui tendait la main. Ça, c'était moins joli : de longs doigts osseux avec des ongles écarlates comme des serres d'oiseau. Comme ceux d'une sorcière, en fait. Elle allait la serrer quand elle s'aperçut qu'elle tenait un sac de chips ramassé sur le trottoir. Ils rirent quand elle le fit passer dans l'autre main.

– C'est un problème..., dit Heather, en reprenant haleine, le vandalisme.

(Du vandalisme, un paquet de chips ?)

– Compton Dando est un désert spirituel. Personne ici ne prête attention à la vie intérieure.

(Et alors, quoi de neuf ?)

– Nous nous connectons aux extraterrestres bien sûr pour le nettoyage interplanétaire...

(Vous faites quoi ?)

– Mais Hilarion dit que, jusqu'à ce que les rapports akachiques reçoivent l'autorisation égoïque, la terre restera enfermée dans le même programme mortel.

– Hilarion ? Votre mari ?

– Oh... oh..., dit Heather en gloussant et clapotant dans toutes les directions. Hilarion est mort depuis des siècles.

(Mon Dieu !)

– Mais vous lui parlez quand même ?

– Ken, oui. Il est clairaudiant. Médium pour les Grands. Il a écrit toutes les pièces de Shakespeare, vous savez.

(Est-ce que j'ai laissé un numéro au bureau ?)

Ave s'assit sous le porche et sortit de son sac un magnétophone et un micro comme une grosse éponge grise.

– Je voudrais saisir un peu du contexte. Si vous pouviez me dire brièvement combien vous êtes à vivre ici, quelles sont vos croyances. Si vous êtes dans les OVNIS, ou autre.

Mais Heather avait à peine attiré l'attention vers les gloires multistellaires de la reconnaissance vénusienne qu'Ave demandait comment Guy Gamelin était entré en lice et ce que Heather pouvait dire aux lecteurs du *Pitch* sur les habitudes de la victime.

– Y a-t-il beaucoup de jeunes filles ici, par exemple? (Heather prit un air ahuri.) Des jeunes garçons, alors? (Encore plus ahuri. Le micro regagna le sac.) OK, je compléterai plus tard. (Ave se redressa et souleva le loquet de la porte.) Ah, c'est bien la campagne! À Londres, si on laisse deux minutes la porte ouverte, on se fait descendre. Terry... (Sa voix devint un peu plus rauque.) On entre.

– D'accord.

– Pourriez-vous, s'il vous plaît... si cela ne vous dérange pas... de ne pas crier...

Le cœur de Heather, qui venait à peine de se calmer après son fougueux marathon, se remit à battre fort. Elle se demandait où était passé Ken et promenait partout un œil anxieux. Une vague foi dans la loi des séries l'incitait à penser que, dans une maison où vivent huit personnes, l'une d'elles ne devrait pas tarder à apparaître ou à jeter un coup d'œil par la fenêtre.

– Ave... (Elle tira sur le bras en jean.) Mademoiselle Rokeby...

– Ave, ça ira.

Terry bouscula Heather et, un instant plus tard, ils se retrouvèrent tous les trois dans le vestibule.

– Bon Dieu, ça sent comme dans mon vieux couvent, dit Ave, qui commença à flâner, ses talons pointus et ferrés éraflant sauvagement le vénérable plancher.

– Tiens, tiens! (Terry s'était approché de la table ronde sur laquelle étaient disposés les prospectus et les bols en bois. Sans prêter attention à celui marqué « Coupable », il prit « Offrandes d'amour ».) C'est là que vous mettez vos noms quand vous avez envie de baiser un peu, non ? (Il ricana et tourna son attention vers les prospectus.) *Atelier de rire et d'étreintes. Comment entretenir votre outil spirituel.* Qui a rédigé ces trucs ? demanda-t-il en indiquant *Romance de l'Énéma.*

– Différentes personnes, répondit Heather en s'approchant, puis elle ajouta fièrement : Nous sommes tous écrivains ici. Mon mari est l'auteur de celui-là. C'est vachement bien fait La boutique diététique de Causton a tout vendu la première semaine.

– Sans déconner ? dit Terry, en balançant le prospectus sur la table.

– Puis-je vous demander, dit Heather qui le replaça bien proprement sur la pile, je vous en prie...

Mais il avait déjà filé, il mitraillait l'escalier et la galerie.

– Ave ?

– Ah ha ?

Elle était en train d'ouvrir le coffre le plus ancien et en sortait des rideaux.

– C'est que nous avons décidé... avec Ken... qu'il vaudrait mieux qu'on se parle dehors. Dans le village, peut-être. Il y a un joli petit pub...

– Pas question.

– Pardon ?

Maintenant qu'elle n'était plus au soleil, Heather s'apercevait que la femme avait le teint jaunâtre, et les cheveux secs. Malgré sa minijupe, elle n'était vraiment pas très jeune.

– On parle ici parce que c'est ici que ça s'est passé, OK ? Et Terry veut des images de la pièce en question.

– Vous ne pouvez pas faire ça ! (Horrifiée, Heather jeta des coups d'œil affolés, comme si cette suggestion allait matérialiser ses compagnons courroucés.) Le Solarium est un endroit sacré réservé strictement à la prière et à la méditation.

– Je l'aurais jamais cru ! dit Ave, et ils pouffèrent tous les deux.

– L'intérêt humain, chérie, dit Terry. Un petit flash, ça peut pas faire de mal.

Il virevoltait en parlant, bougeait sans arrêt, fourrant son appareil partout. Il renversait les images, les clouait sur place. Bzz... clic... Bzz... clic. Les poutres, le Bouddha de pierre, la splendide lanterne. Heather écarquillait les yeux, à la fois fascinée et révulsée par le côté impersonnel de la chose. C'était horrible, comme dans un film de science-fiction. Un cerveau en métal avec un œil unique et argenté entre deux pattes poilues, qui se balançait, regardait, enregistrait. Menaçait. Un bruit dans le couloir la fit sursauter.

Mais ce n'était que Ken. Il s'approcha en boitant, le bras gauche croisé en diagonale sur la poitrine, une main, paume ouverte, sur l'épaule. Dans l'autre, il tenait une fleur. Il était drapé dans une masse de mousseline douteuse avec une ceinture verte et il portait son bandeau avec le cristal en œil de tigre bleu. Sa moustache était taillée de frais.

En murmurant: «Ça alors! Un maître de l'univers!», Terry cliqua encore.

– Mais où étais-tu donc? s'écria Heather en courant vers son mari. Me laisser seule! (Puis, remarquant son regard mécontent:) Ce n'est pas ma faute. Ils sont entrés de force.

– T'inquiète. (Ken l'écarta calmement.) Je m'en charge. (Il s'approcha d'Ave et s'inclina, le cristal se balança avec un bruit sourd.) Nous parlerons des événements actuels seulement hors des lieux. Alors... si vous voulez bien...

Il se dirigea vers la porte, l'ouvrit et attendit.

Ave revint à son coffre et découvrit quelques vieux exemplaires de *La Voie du Milieu* et un abat-jour cassé. Terry s'agenouilla devant le Bouddha, en se dévissant la tête pour tenter d'obtenir une image déformée, les narines élargies, de sa physionomie sereine et placide. Le mouvement avait relevé son jean et on voyait ses chaussettes en nylon, qui semblaient exprimer toute sa philosophie. L'une était couverte des mots «Va te» dans de nombreuses langues, l'autre étalait «Faire foutre».

Ken s'éclaircit la gorge et dit :

– Excusez-moi…

– J'ai déjà essayé tout ça, s'écria Heather. Pourquoi n'écoutes-tu pas ?

La tension nerveuse, ajoutée à la course, lui avait déclenché une douleur dans la poitrine. La maîtrise de la situation lui avait échappé, à supposer toutefois qu'elle l'ait jamais eue en main. L'atmosphère se durcit désagréablement. Les deux visiteurs partageaient une vigoureuse détermination. Ils se concertaient à peine et pourtant paraissaient se deviner comme une équipe de piqueurs d'élite.

– Où il est, alors, ce solarium ? (N'obtenant pas de réponse, Terry dit :) Allez, allez ! (Le cri d'un marchand ambulant rudement cockney. Il sautilla sur ses pieds, plein d'entrain et agressif comme un boxeur cherchant à placer un coup.) Vous nous avez demandé de venir, oui ou non ?

– *Demandé de venir ?*

Les mots éclatèrent au-dessus de leurs têtes, et Terry et Ave furent désorientés un bref instant. Puis ils aperçurent en haut de l'escalier monumental une silhouette féminine magnifiquement drapée dans une robe flottante multicolore, ornée d'un croissant de lune miroitant. Une généreuse masse de cheveux auburn ajoutait encore à la grandeur de cette splendide créature.

– Vas-y, Léon ! marmotta Terry en visant.

Dans la lumière de cette apparition radieuse, il aperçut vaguement une autre personne. Une fille mince en sari vert et or placée, comme une servante, à un pas derrière. Tandis que se déclenchait le flash, elle se détourna vivement en se couvrant le visage d'un pan de soie.

Pourquoi fait-elle ça ? pensa Ave.

– J'attends vos explications.

Une vibration aux riches tonalités. Comme l'ouverture de cordes d'un grand oratorio.

– C'est notre glorieuse presse libre, dit Suhami tout bas à l'oreille de May. Qui exerce son droit divin au scandale.

– C'est une propriété privée.

May entama sa descente, gonflée d'une majesté toute-puissante. Ses pieds, gainés de velours prune de Damas semé de brillants, apparaissaient et disparaissaient sous l'ourlet de sa robe comme de ravissants petits bateaux.

– Qui êtes-vous ?

– Et vous, vous êtes qui ? rétorqua Ave, comme un personnage d'*Alice*.

Ses doigts avides flottaient au-dessus du bouton de sa machine.

– Peu importe ! (Clic-clac, bzz, clic.) Arrêtez ça !

Terry cessa le feu. Il regardait fixement la moins exotique des deux femmes et parvint à la conclusion qu'elle n'était pas plus Chatterji[1] que lui, malgré sa marque de caste vermillon. Le teint basané n'était qu'une peau blanche bronzée et, en plus, le visage lui était vraiment familier. Où l'avait-il vue, déjà ? Il s'approcha, leva le Pentax. Elle prit une assiette en étain sur un des coffres et la lui lança en pleine tête.

– Putain ! Vous permettez, ma petite dame ? cria-t-il. J'essaie de prendre des photos.

– Ma chère enfant..., commença May en se tournant, choquée et atterrée. Ce n'est pas le bon moyen. Pas du tout. Qu'aurait-Il dit ?

Suhami éclata en sanglots.

– Bon, écoutez, répondit Ave en posant par terre son sac et son micro, mais d'une façon qui indiquait clairement que c'était provisoire. Je m'en voudrais de doucher cette vertueuse indignation mais on a été invités ici, pas vrai, Terry ? Alors, on va arrêter de faire des histoires comme s'il s'agissait d'une agression pour viol et pillage des meubles de famille.

– Vous devez vous tromper, dit May avec fermeté.

– Demandez à Mme Beavers, rétorqua Ave.

Toutes les têtes se tournèrent vers Ken et Heather, qui se décomposaient. L'appréhension, l'embarras et l'exaspération

---

1. Chatterji (Bankim Chandra), 1838-1881, écrivain indien dont les romans populaires connurent une grande vogue.

se disputaient leurs figures. Ils levaient les yeux au ciel et se faisaient des grimaces: «Vas-y! Non, toi!» Heather finit par prendre la parole.

– Il y a eu un malentendu. Cette personne a téléphoné et a compris complètement de travers. Elle m'a donné l'impression qu'un rendez-vous pour une interview avait déjà été pris et elle avait besoin qu'on lui indique le chemin pour venir.

– Tu gâches ton talent ici, ma grande, tu devrais être au Parlement.

– Heather a raison, renchérit Ken. J'étais près du téléphone à ce moment-là.

– Je leur ai parlé d'une interview exclusive, expliqua Ave en s'adressant directement à May. Ils m'ont demandé de rappeler au bout de cinq minutes. Ce que j'ai fait, alors, ils ont dit, parfait, venez. Apparemment, ils avaient causé avec une espèce de connard astral appelé Hilarion qui a donné son feu vert et tout le bazar.

– C'est vrai, Heather?

Il y eut un long silence.

– Si ça commence à tourner au vilain, j'aime mieux quand même vous prévenir que tous mes appels entrants sont enregistrés.

– Bien sûr que c'est vrai! explosa Suhami, en regardant les Beavers avec un dégoût méprisant. Ils nous ont vendus. Il n'y a qu'à les regarder!

– Ne me parle pas comme ça! cria Heather. Ça te va bien, à toi. Tu roules sur l'or depuis toujours. Peut-être que si j'avais cinq cent mille livres à jeter par les fenêtres...

Elle s'interrompit en se plaquant la main sur la bouche, horrifiée par cette rechute dans le péché. Ken, l'air penaud et coupable, comme si sa femme était un gros animal familier de méchant caractère qu'il n'avait pas réussi à maîtriser, se mit à lui tapoter gauchement l'épaule.

Terry, qui, la lèvre retroussée, se régalait des répliques, comprit alors qui était cette fille dont le visage lui paraissait si familier. Profitant de ce qu'elle ne faisait pas attention à lui, il recula un peu et fit un pas de côté pour essayer de cadrer les épaules et la tête. Il avait besoin d'être un peu en hauteur. L'escalier, ça n'allait pas, il ne l'aurait que de dos. Il regarda autour de lui, repéra l'endroit idéal et y grimpa. Ave avait aussi pigé l'identité de Suhami. Elle ramassa le micro.

– Que faisait votre père ici, Sylvie ? Pensez-vous qu'il ait été impliqué dans le meurtre ? Aviez-vous une liaison avec la victime ?

– Ahhh... (La souffrance éclata dans la voix de Suhami.) Vous êtes infâme... Cela ne suffit pas de l'avoir perdu ? L'homme le plus cher...

– C'était bien votre amant, alors ?

– *Allez-vous-en*... Pour l'amour du ciel, allez-vous-en !

– Si je m'en vais, vous aurez les autres sur le dos. Vous ne pourrez pas mettre le pied dehors sans être aveuglée par les flashes et assourdie par des questions bien plus méchantes que les miennes. Mais donnez l'exclusivité au *Pitch* et ils vous laisseront tranquille.

Grimpé sur le socle du Bouddha, Terry attendit que cette proposition malhonnête fasse son effet. Cela marchait souvent. Même des gens intelligents s'y laissaient prendre. Par désespoir, surtout. Mieux vaut le diable qu'on connaît déjà. Dommage que les cols des saris soient si hauts. Elle a de jolies doudounes.

May faisait un grand effort pour tirer son modèle karmique. Sentant que les visiteurs étaient dans un certain sens des créatures démoniaques, elle avait invoqué son ange gardien et le voyait maintenant, avec ses grandes ailes battantes, directement sous le dôme. Elle visualisa ses os et sa peau noyés des pulsations de sa lumière céleste. Elle allait avoir besoin de tout son soutien. Avec quelle rapidité, avec quelle facilité, ces gens étaient-ils apparus, profitant sans doute de la grande fissure dans la coquille protectrice de la maison, fissure provoquée par la mort du Maître. La femme se remettait à parler.

– Je disais : si vous nous donnez l'exclusivité, vous aurez la paix.

– Ce serait aller contre nos principes.

– Nous paierons. Beaucoup.

– C'est exactement ce que je voulais dire.

– Vous vous servez de l'argent dans la communauté, comme tout le monde ?

– La communauté ! (Ken écarquilla les yeux, sidéré.) Mais je croyais…

Heather lui donna un coup de coude dans les côtes si violent qu'il faillit tomber par terre.

– Nous établirons le chèque à l'ordre du Cheval Ailé et vous pourrez vous battre après entre vous.

– Ce n'est pas notre genre, dit May avec une dignité pleine de simplicité.

– C'est le genre de tout le monde quand y a assez de galette sur la table.

À ce moment-là, Terry, qui avait coincé une basket à air comprimé dans l'entrejambe pudiquement drapé de la statue, se tenait en équilibre pour cadrer un portrait canon de la fille Gamelin en pied. Il prit le cliché, elle poussa un hurlement de fureur.

– Regardez où il est ! C'est un rupa… (Terry cligna les yeux et fit clic, réussissant un second cliché parfait du beau visage en furie.) Un objet sacré. Descendez… *descendez !*

Le groupe fut saisi d'une hésitation angoissée et confuse. Cette odieuse profanation les paralysait. Suhami regarda autour d'elle, avec une supplication muette, les yeux voilés de détresse.

La pause fut de courte durée. Soudain, une vague de mousseline passa en volant devant eux. Ken, ayant flairé une occasion de se racheter, ne serait-ce qu'un tout petit peu, se rua avec force sur le socle du Bouddha, renversa l'offrande fleurie, et reçut l'eau froide et les lupins en pleine figure. Haletant, il s'agrippa à la pierre glissante, se hissa à grand-peine. Il atteignit le pied de Terry, saisit les lacets de la basket et tira.

Les bras serrés autour du cou de la statue, tournant ainsi le dos à Ken, Terry se mit à donner de violents coups de son pied libre. Ken se baissa vivement et lâcha les lacets pour s'attaquer aux chevilles.

De plus en plus féroce, il s'accrocha aux mollets et aux cuisses en formant un tableau grotesque de bondage masculin. Quand il atteignit et empoigna les bourses de Terry, ce fut la fin des haricots.

Avec un glapissement, le photographe pivota de la tête et des épaules et se mit à déverser un torrent d'obscénités à la figure de Ken. Le mouvement brusque et violent ébranla la statue, qui grinça comme une grosse pierre qu'on descelle d'un mur. Puis elle vacilla lentement en avant.

Ave poussa un cri perçant :

– Terry, lâche !

Mais c'était trop tard. Le Bouddha tomba dans un fracas assourdissant. Terry, qui eut juste le temps de se tortiller, atterrit à un cheveu du crâne redoutable. Ken n'eut pas cette chance.

Quatrième Partie

À TRAVERS LA LANTERNE MAGIQUE

12

L'INSPECTEUR Troy entra, frais comme un gardon, l'œil vif, le bébé ayant fait sa nuit. Il sentait la Players et *Brusque*, le bras d'honneur plébéien fait à *Chanel pour L'Homme*. Il accrocha sa veste, contempla Barnaby qui regardait par la fenêtre et déclara :

– Qu'est-ce que vous faites ?

– Je me prépare au sacerdoce. Je n'en ai pas l'air ?

Oh ! là ! là ! Ça va être ma fête, aujourd'hui. Et je vais avoir sous le nez pendant toute la journée une tronche comme un cul à claques. Pas le moment de sortir les photos de Talisa Leanne qui se tient debout toute seule, sauf qu'elle s'accroche au dossier de la chaise de Maureen. Pour être juste, le chef n'avait pas l'air dans son assiette.

– Ça va, monsieur ?

– Couci-couça. Je n'ai pas très bien dormi.

– C'est vrai ?

Dispos de fraîche date, Troy ne compatissait pas vraiment. Il faisait partie de ces gens qui, si la progéniture le permet, peuvent dormir suspendus par un ongle d'orteil à une corde à linge. Il s'approcha pour jeter un énième coup d'œil au croquis et déclara :

– J'ai réfléchi.

C'était une opération que Troy effectuait avec modération. À trop réfléchir, selon lui, on risquait la surchauffe. Il observait, il écoutait, il prenait des notes. Il était scrupuleusement précis et il avait parfois des intuitions. Mais il n'était pas trop porté sur les longues périodes de rigoureuse introspection avec, en plus, un suivi bien argumenté.

Barnaby dit: «Ah ha!», et attendit.

– Ce Tim, regardez où il est assis. (L'inspecteur n'avait pas besoin de regarder.) Il connaissait les positions de chacun par cœur. En fait, il est agenouillé aux pieds de Craigie.

– Et alors?

– Maintenant, regardez où se trouve la fille Gamelin, à la gauche de Craigie. Les trois forment un triangle. Tim n'a qu'à se lever d'un bond, se tourner et il leur fait face à tous les deux, d'accord? (Barnaby acquiesça.) C'est peut-être ce qu'il a fait. Et dans la semi-obscurité, en plus de la confusion générale avec cette vieille crétine, là, qui s'agite sur son édredon, il n'a pas poignardé la bonne personne.

– Vous voulez dire qu'il cherchait à tuer Sylvia Gamelin? Mais pourquoi?

– D'après tout le monde, il vénérait le vieil Obi. C'était son soleil, sa lune, ses étoiles, sa dernière chance. Mais qu'est-ce qu'il a à offrir en retour, le gamin? Une dévotion totale, c'est tout. Et ça, on peut l'avoir d'un chien, non? Et voilà qu'arrive cette fille, jeune, belle, toute sa tête, et en plus elle est sur le point de faire don à la communauté d'une aumône maous. Est-ce que Riley ne pourrait pas voir ça comme une menace et croire qu'elle cherche à acheter l'affection de son Maître et à le pousser dehors? (Barnaby fronça les sourcils. Troy poursuivit:) Ça nous paraît peut-être disproportionné comme réaction, mais il ne faut pas oublier qu'il est givré. Il n'a pas un raisonnement logique.

– C'est léger mais c'est à peu près plausible. Dans un accès de jalousie extrême, il pourrait paniquer et réagir de la façon que vous dites.

Troy rougit et tira sur ses manchettes de chemise, une habitude qu'il avait quand il était content ou gêné.

– Ce qui pourrait expliquer sa violente réaction à la mort du gourou, chef. Et pourquoi il a dit qu'il s'agissait d'un accident.

– Mmm. En matière de relations affectives, on ne sait jamais. Les communautés fermées peuvent être comme des cocottes-minute, surtout de ce genre-là à orientation spirituelle, où les antagonismes déclarés sont mal vus. (Si Barnaby semblait agacé, c'est parce que les gens qui prétendaient avoir le monopole de la bonté l'énervaient.) Et il n'est pas extraordinaire pour un chef doué d'un charisme exceptionnel d'être adoré aussi bien physiquement qu'affectivement.

– Vous voulez dire qu'il s'envoyait quelqu'un ?

Barnaby grimaça.

– Pas forcément. Et c'est là où je veux en venir : ne l'ayant jamais rencontré de son vivant, nous ne pouvons nous faire une idée du dynamisme de sa personnalité – quoi qu'en disent ses disciples. Ni de la puissance de son influence.

– C'est vrai. Il n'avait pas l'air de glandouiller. Pourtant, je ne vois pas... (Troy abandonna le diagramme et s'assit en face du bureau.) Vous voulez dire qu'il aurait pu avoir une mauvaise influence sur quelqu'un ?

– Peut-être.

La vérité était que Barnaby ne savait pas ce qu'il voulait dire. Il cogitait tout haut, simplement. Il avançait des idées, les rejetait, jouait avec d'autres. Il imaginait des liens invisibles, quitte à se tromper. Quand il était plus jeune, c'était cette étape de l'enquête criminelle qui l'inquiétait le plus. La redoutable malléabilité de l'ensemble. Se raccrocher à une conversation ici, à un mobile éventuel là, à un indice matériel (qui, lui, pouvait être prouvé et isolé), pour les voir ensuite s'évaporer après examen sérieux.

Chaque échec le raidissait un peu plus en augmentant son appréhension. Il sentait, et ce n'était pas toujours imaginaire, que ses supérieurs étaient déçus par ses résultats et qu'ils mettaient la pression pour qu'il se remue. Il n'avait jamais oublié la première affaire qu'il avait résolue avec succès. Son sentiment de jubilation tempéré aussitôt par l'impression troublante qu'il n'avait pas eu de «roue de secours» en réserve. Qu'il avait réussi surtout par un coup de chance et qu'il l'avait échappé belle. Et que le succès pouvait très bien ne jamais se répéter.

Aujourd'hui, il était moins déstabilisé par l'ambiguïté et il avait acquis suffisamment d'assurance pour ne pas paniquer, convaincu que, tôt ou tard, la délivrance, sous forme d'un fait nouveau, d'un lien établi ou d'un lapsus dans la bouche d'un suspect, était à portée de main. De temps en temps, rien n'arrivait et l'échec en résultait. Ce n'était pas la fin du monde, comme il le croyait jadis, mais cela signifiait simplement qu'il n'était pas différent des autres.

Dans le cas présent, l'affaire ne datait que de deux jours et il attendait encore beaucoup d'éléments. D'abord, le rapport du légiste, les résultats du labo sur les fibres d'un tablier grossier et de plusieurs torchons rapportés la veille du Cheval Ailé. Ce fil, ça le travaillait. Si l'on en ignorait la provenance, si l'on ne savait pas comment il s'était trouvé là, il était impossible d'évaluer son importance. Il pouvait être insignifiant, il pouvait être essentiel.

Puis on essayait de retrouver la trace du vrai Christopher Wainwright et George Bullard devait rappeler à propos de l'ordonnance de Jim Carter. Des renseignements sur deux hommes dont le nom était proche d'Arthur Craigie étaient en route, bien que Barnaby n'accordât pas trop de crédit à la conviction de Troy, qui se fondait uniquement sur la description forcément partiale de Gamelin et sur la découverte des cheveux postiches. On avait tenté de vérifier l'histoire d'Andrew Carter mais ses vagabondages étaient si picaresques (s'ils étaient authentiques) que la tâche n'allait pas être facile. Barnaby s'était aussi procuré une copie du rapport du coroner et de l'enquête sur l'oncle et il s'était rendu à l'évidence: une réouverture du dossier se révélerait à tout le moins problématique. Les membres de la communauté étaient probablement tous absents au moment de la mort de Carter mais on ne pouvait négliger la lettre et la bribe de conversation surprise par May Cuttle. Trixie Channing n'était pas fichée dans l'ordinateur, donc elle ne s'était pas soustraite à la justice, comme Barnaby l'en avait soupçonnée.

En conséquence, il fallait rédiger une motion de synthèse et la faire circuler, ce qui prenait du temps. Barnaby était loin de partager la conviction d'Andrew Carter que rien de «catastrophique» n'était advenu à la fille simplement parce que ses affaires avaient disparu en même temps qu'elle. Trixie avait eu peur de quelque chose, quand elle avait été interrogée, et Barnaby regrettait à présent de n'avoir pas insisté pour découvrir de quoi il s'agissait.

– Vous êtes toujours fixé sur Gamelin, chef?

– Oui, je crois.

En fait, Barnaby n'était même plus tenté. Pourquoi? Il n'aurait su le dire. En partie irrité qu'on lui ait flanqué avec autant d'insistance un bouc émissaire dans les pattes. En partie la rage authentique qu'avait exprimée Gamelin en se croyant utilisé. Puis il y avait le mobile. Apparemment si simple, mais qui ne résistait guère à un examen attentif. Au moment crucial, Barnaby en était convaincu, Gamelin aurait fait passer sa fille avant ses ducats. Il avait paru dévoré par le désir désespéré et farouche de reconquérir son affection. Elle avait exprimé sans ambiguïté les sentiments qu'elle vouait à son Maître, donc Guy avait dû comprendre que nuire à Craigie revenait à saborder pour de bon ses chances de réconciliation. Et faire disparaître l'homme ne garantissait aucunement que Sylvie renoncerait à donner son argent. Au contraire, elle pouvait très bien être confortée dans sa détermination. Enfin, et selon Barnaby c'était l'élément le plus révélateur, il y avait la nature de la bête. Gamelin était le type parfait du «je veux-je prends-et-je-paye». Certes, l'inspecteur le voyait bien commettre un meurtre mais plus probablement mû par une impulsion irrésistible qu'après avoir manigancé un plan habile. Et il aurait tenu tête, il aurait crié son acte sur les toits – il s'en serait même vanté – avant de dépenser autant d'argent que nécessaire pour s'assurer les services des plus grands avocats. Décidément, Barnaby était certain de l'innocence de Gamelin. Restait à comprendre pourquoi il avait été désigné par la victime.

Audrey Brierley apporta des informations supplémentaires sur les alter ego possibles du mort. Troy s'empara des feuillets et les parcourut. Freddie Cranmer? Non seulement trop jeune mais connu, de surcroît, pour être couvert de tatouages exotiques (c'est-à-dire obscènes). En revanche, le suivant était plausible. Albert Cranleigh. Cinquante-sept ans. Fiché jeune, principalement comme fourgue et petit escroc. Fraudes plus raffinées. Fausses commandes par correspondance. Arnaques à l'assurance et à l'hypothèque. Puis il s'était lancé dans la vraie grande escroquerie avec complices. Il avait touché un paquet, qu'on n'avait jamais retrouvé. Cueilli à Malte. Avait purgé quatre ans sur sept. Libéré en 1989. Prisonnier exemplaire, comme tous les fraudeurs en général.

– Ça colle, chef.

Barnaby écouta Troy lire tout haut. Le sergent hochait la tête avec enthousiasme et sa flamboyante coupe en brosse plongeait et se relevait telle la crête d'un oiseau des marais tout guilleret.

– La seule chose qui colle, dit l'inspecteur à la fin, c'est qu'ils ont à peu près le même âge. À part l'accusation de Gamelin, compréhensible étant donné les circonstances, nous n'avons aucune raison de considérer Craigie comme un charlatan.

Il vit la mâchoire de son sergent se contracter. Troy qui tenait une idée, c'était un chat devant un trou de souris. C'était sa force, et aussi sa faiblesse, car il ne savait jamais quand il était temps de laisser tomber et de rentrer dans ses foyers.

– Si vous vous souvenez, dit Barnaby – lui-même ne se souvenait que parce qu'il avait relu les dépositions la veille au soir –, Arno Gibbs a mentionné les bourses offertes par la communauté ainsi que les dons aux œuvres de charité, Secours chrétien, etc. Cela ne s'accorde guère avec votre hypothèse.

– Mais ils font tous ça, chef, les gros méchants. Regardez les Kray[1]. Des dons, des clubs de garçons, des trophées de boxe. Ils étalent toujours.

---

1. Les jumeaux Kray, Ronnie et Reggie, impliqués dans de nombreux crimes dans les années soixante à Londres. En 1969, ils ont été

– Soutien de la base. La publicité favorise le recrutement. Ce qu'on voit au Cheval Ailé, ce n'est pas du tsarisme mais de la pantocratie.

– Ah ouais?

Troy cligna de l'œil et fit claquer sa langue.

– Une organisation où tous les membres sont égaux. (Barnaby devina les pensées de son subordonné.) Pas régie par les femmes.

– D'accord. (Une erreur compréhensible, songea Troy, étant donné que la plupart d'entre eux ont la cervelle en dentelle comme une petite culotte[1].) Je crois tout de même que je vais me procurer les photos d'identité judiciaire.

Il semblait au bord même de la rébellion.

– Laissez tomber. Ils en ont assez sur les bras comme ça.

L'interphone bourdonna. C'était Winterton, l'officier chargé des relations publiques au sujet de ce qui était déjà, inévitablement, l'affaire Gamelin. Il avait la presse en permanence au bout du fil; Barnaby avait-il des petits bouts à leur jeter?

– Reformulez ce que vous leur avez jeté hier.

– Merci, Tom. Vous m'êtes d'un grand secours.

– À votre service.

Barnaby raccrocha. Quand il leva les yeux, la pièce était vide.

⋆

Arno se promenait dans le verger. Il était tôt ; quelques vrilles de brume bleue s'accrochaient encore et, chose étonnante, du givre scintillait sur les pommes. Au-dessus de sa tête brillait la dague de l'Étoile du Matin. Il avait à peine fermé l'œil, cette nuit, mais il ne se sentait pas du tout fatigué.

Il portait une petite corbeille tapissée de feuilles de fraisier et se dirigeait vers l'endroit où «Stella», leur cerisier

reconnus coupables du meurtre de deux hommes et condamnés à trente ans de prison.

1. *Panty*, en anglais, signifie slip, petite culotte.

autofertile, saisonnait. L'arbre était drapé maladroitement de rideaux en filet glanés lors de divers vide-greniers et cousus lâchement ensemble. Ils étaient loin d'être efficaces contre les oiseaux et, à l'approche d'Arno, plusieurs étourneaux s'envolèrent avec des piaillements moqueurs. Il cueillit ce qui restait de cerises, posa sa corbeille en équilibre sur la planche à concombre puis soigneusement, avec son canif, il coupa tous les fruits picorés ou entamés par les guêpes. Il empila le reste en une petite pyramide, la face intacte vers l'extérieur, mais le résultat était loin d'être satisfaisant, et n'avait rien à voir avec le lustre charnu des fruits du supermarché.

D'ordinaire, Arno acceptait avec résignation l'imperfection écologique de sa production, mais il voulait tenter May. La veille, au dîner, elle n'avait presque rien mangé, ce qui n'était guère étonnant, étant donné le fâcheux imbroglio qui avait eu lieu plus tôt. Depuis, Arno se faisait du souci, il craignait (car le véritable amour est aveugle) qu'il ne reste bientôt plus rien d'elle.

En tenant très soigneusement la corbeille, il retraversa la pelouse et remarqua qu'avec le soleil l'herbe avait perdu son craquant, qu'elle était souple et humide de rosée. En s'approchant de la maison, en vue du portail, il hésita, marcha jusqu'à la dernière minute dans l'ombre de la haie d'ifs puis jeta un œil pour se faire une idée de la configuration du paysage.

Ave et Terry n'avaient pas raconté d'histoires à propos du déluge. Arno avait trouvé une vieille serrure, une longueur de chaîne rouillée et avait fermé le portail juste à temps. Au début de la soirée, une foule s'était amassée qui faisait beaucoup de bruit. On aurait dit une scène de film muet où les paysans révoltés assaillent la Bastille. Des photographes étaient montés sur le mur et l'ambulance avait eu du mal à se frayer un chemin.

Mais, à cette heure, tout était calme. Les lève-tôt étaient debout et vaquaient à leurs occupations mais les mollassons n'étaient pas encore là. Toutefois, Arno n'était pas le seul matinal. Il tournait le coin de la maison quand une fenêtre du rez-de-chaussée s'ouvrit à la volée. C'était la chambre de May. Un instant plus tard, un accord sublime flotta dans l'air pur. Le cœur d'Arno s'arrêta brièvement puis, extasié, se mit à battre la chamade.

Il gagna l'abri du lierre et se tint immobile, levant et roulant la tête, soupirant vers la croisée ouverte comme une fleur se tourne vers le soleil. Le son doré se déversait dans la fraîche clarté du matin, suprêmement mélodieux, faisant vibrer les cordes du cœur d'Arno, le liant davantage encore à elle, la plus aimée des musiciennes. Il s'adossa, ferma les yeux ; la poussière du lierre saupoudra ses cheveux et sa barbe. Le monde se résumait au mouvement vif d'un archet de violoncelle.

Elle jouait une vieille ballade catalane. Une lamentation sur l'exil empreinte de mélancolique majesté. L'air attristait toujours Arno et, pourtant, la composition du morceau était si harmonieuse et si tendre l'interprétation que, lorsqu'elle s'acheva, dans une ultime parabole d'exultation, il éprouva non de la tristesse mais une joie pure.

Il baissa les yeux sur son offrande. La pyramide de cerises s'était écroulée et les fruits avaient culbuté à la diable. Même les feuilles de fraisier avaient perdu leur fraîcheur. Le contraste entre son cadeau et celui qui venait de lui être donné avec tant de grâce et de splendeur frappa Arno avec une acuité humiliante. Il renversa les cerises dans la platebande et se mit en chemin vers la cabane à pots pour remettre en place sa corbeille.

La violoncelliste avait déposé son archet et se dirigeait vers la fenêtre pour accomplir son salut au soleil. Elle allait avoir besoin de toute l'énergie qu'elle pouvait rassembler, surtout aujourd'hui. Son don de guérison – car c'était ainsi que May qualifiait de manière hyperbolique un cœur naturellement bon – serait plus que jamais nécessaire. Elle leva les bras ; la soie vert d'eau glissa et dénuda leur glorieuse vigueur et leurs fossettes. En s'écriant : « Le divin en moi salue le divin en toi », elle s'inclina très bas sept fois, sachant que chaque génuflexion faisait pénétrer plus avant dans le chakra du cœur l'amour et la force à la fois cosmique et divine. Après quoi, elle prit un long bain, s'oignit de l'essence laiteuse de la fumeterre commune, effectua quelques élongations de yoga et quelques respirations par les narines, et revigorée, prête à affronter la journée, elle alla mettre en train le petit déjeuner.

Mais May devait avoir pris plus de temps à ses ablutions qu'elle ne l'avait cru car elle trouva la cuisine déjà pleine de monde. Seuls manquaient Tim et Felicity.

Heather était à l'évier en train de préparer l'eau solaire dynamisée, opération qui consistait à envelopper des bouteilles en plastique remplies d'eau dans des feuilles de papier de tournesol et à les attacher avec de la ficelle. Les bouteilles étaient placées dehors, en plein soleil, où l'énergie des rayons conférait à l'eau une puissante charge électromagnétique.

Heather gardait profil bas et faisait la Marthe de l'Évangile en accomplissant humblement les tâches auxquelles, il y avait vingt-quatre heures à peine, elle n'accordait pas la moindre attention. Elle avait tressé ses cheveux, enroulé strictement la natte autour de la tête et portait un vêtement indéfinissable, sauf à dire qu'il était d'un gris modeste. Elle avait visé l'apparence d'une *Hausfrau* diligente et accommodante, mais elle ressemblait plutôt à une gardienne de camp à régime sévère.

Ken était assis en silence près du fourneau. Il avait accepté avec force expressions fleuries de gratitude ce qu'on lui avait servi jusque-là, à savoir un verre de maté et du muesli, mais sans tenter de développer ces remerciements en échange plus personnel. Il présentait l'image de celui qui sait où est sa place (une niche au coin de la cheminée), et qui s'en satisfait. En fait, même s'il avait voulu bouger, il n'aurait pas pu car sa jambe droite, fracturée en trois endroits, était entièrement plâtrée.

Il prenait bien garde à ne pas en jouer. Heather en avait convenu, tout en l'installant avec un minimum de confort dans une petite chambre au rez-de-chaussée : restait seulement à espérer que la communauté en vienne à reconnaître spontanément la mesure et la qualité de son sacrifice qu'elle confronterait avec générosité et sensibilité à la mesure et à la qualité de sa trahison.

Quand on l'avait dégagé de sous le Bouddha, Ken qui souffrait le martyre s'était montré calme et courageux, autant à sa propre surprise qu'à celle des autres. Il s'était retenu de crier, avait pris le remède de secours de May et, quand la douleur s'était accrue au lieu de diminuer, il avait grincé des dents et ravalé ses larmes. Installé sur la civière, un faible sourire sur sa figure cireuse, il était même arrivé à faire un petit signe de la main et à les prier de ne pas s'inquiéter. En vérité, rien ne fut plus digne du séjour de Ken au Cheval Ailé que la façon dont il le quitta.

Arno se leva à l'entrée de May, en lui demandant si elle voulait manger quelque chose et boire une tasse de thé qui venait d'infuser. Elle sourit et secoua la tête.

– Tu es en train de déjeuner, mon cher. Je vais me servir.

Les joues d'Arno s'empourprèrent au «cher». Elle brancha le grille-pain, qui faisait beaucoup de vacarme ; antique mais très efficace, il projetait en l'air des carrés de pain zébrés au moment où ils devenaient croustillants. Quand la machine faisait le plein, une dizaine jaillissaient ainsi en même temps, en de gracieux sauts périlleux.

May trouva que tout était bien calme. D'ordinaire, durant les repas, c'était un brouhaha continu de rires et de conversations. Aujourd'hui, on parlait à peine. Janet était assise dans une position inconfortable, sa chaise en équilibre sur deux pieds, et tirait sur les genoux de son pantalon de velours côtelé. Christopher et Suhami, qui buvaient du vrai café, étaient côte à côte sans être ensemble. Il la regardait fréquemment, une fois il approcha même le visage en face du sien, pour essayer de la dérider. Elle secoua la tête et se détourna. Même le bruit des couverts paraissait étouffé, pensa May en regardant Arno qui reposait avec une prudence excessive un couteau dans son assiette. Elle remarqua ses joues rubicondes et espéra qu'il ne couvait pas quelque maladie. Trois personnes souffrantes, c'était amplement suffisant.

Heather, qui avait fini son opération bouteilles, chuchota : «Je les emporte dehors» et sortit sur la pointe des pieds.

Le toast de May sauta en l'air et au même moment le téléphone se mit à sonner. En décrochant d'une main tandis qu'elle attrapait son pain de l'autre, May s'exclama : « Bon sang ! Mais c'est brûlant ! » à la grande consternation de son correspondant.

Les autres, désunis dans leur anxiété, écoutèrent avec attention. Étaient-ce des nouvelles de Trixie ? Ou du meurtre du Maître ? Était-ce la banque ou le notaire, avec des nouvelles d'un testament ? On tenta de remplir les blancs entre les réponses fragmentaires de May.

– ... des tombes ? Certainement pas. Nous nous arrangeons nous-mêmes. Et je dois dire que je trouve très grossier... oh, c'est votre nom, Tombes ? Que ne le disiez-vous !... ah, je vois. Oui, c'est un problème, c'est vrai... C'est sûr... laissez-moi réfléchir... Non, aucun de nous ne voudrait faire ça. Ce n'est pas du tout agréable. Écoutez, je vais vous dire, dans le mur de notre potager, il y a une porte en bois. La terre est bien tassée en dessous et il y a un petit espace... Oh, vous pourriez ? Comme c'est aimable à vous ! Un quart d'heure, alors ? Mille mercis.

– De quoi s'agit-il ?

– De Mlle Tombes, Christopher. Du bureau de poste. Le facteur ne peut pas apporter le courrier, notre portail est fermé. Elle demandait si quelqu'un voulait aller...

– Non ! s'écria Suhami.

– Absolument. Tu as entendu ce que j'ai proposé ? Elle va mettre les lettres dans un sac en plastique.

– J'avais tout à fait oublié le courrier, dit Arno. Il va falloir le passer soigneusement au crible. Il y a des gens qui vont vouloir venir ici pour toutes sortes de mauvaises raisons.

– J'irai chercher les lettres, dit Chris en vidant sa tasse. Tu viens avec moi, Suze ?

– Je n'en ai pas envie.

– Nous irons par la terrasse. Personne ne peut nous voir de là. J'ai quelque chose à te dire. (Comme elle ne bougeait toujours pas, il ajouta :) Si tu te caches, c'est eux qui ont gagné.

Suhami se leva et le suivit, non parce qu'elle avait été piquée par les dernières paroles mais parce qu'il était plus simple de ne pas discuter. Elle avait les membres lourds, la tête bourrée de chagrin et de remords.

Ils traversèrent le jardin d'herbes vers la pelouse ; le gravier était doux et chaud sous leurs pas. Y poussaient des mauvaises herbes et des giroflées, de la petite espèce cuivrée qui sent la vanille et l'ananas. L'allée était bordée de coquillages décolorés comme des os par le soleil et le vent.

Il lui prit le bras qui resta de plomb. Il fut saisi d'une brusque inquiétude : et s'il ne s'agissait pas d'un état provisoire dû au choc du meurtre et à l'intrusion des journalistes de la veille, mais d'un changement permanent de sentiments à son égard ? À la pensée qu'il pourrait la perdre, sa gorge se serra d'angoisse. Il aurait dû expliquer la situation beaucoup plus tôt. Plus longtemps il lui cacherait, pire cela paraîtrait. Il lui avait fait la cour sous de faux prétextes pour des raisons qui lui semblaient, à lui, non seulement excusables mais d'importance majeure. Mais verrait-elle les choses ainsi ? Ne se plaignait-elle pas avec amertume que les gens finissaient toujours par lui mentir ?

Irrésolu, il faillit s'arrêter : comment formuler la vérité tout en faisant ressortir la nécessité du mensonge ? Mais, finalement, il ne dit rien et continua à marcher.

⋆

Le rapport d'autopsie arriva juste avant le déjeuner. Barnaby retira les feuillets du dossier avant même qu'Audrey ait quitté le bureau et les parcourut rapidement. Troy demanda : « Des surprises ? » et eut droit à un regard qui lui parut point trop malveillant.

– Craigie n'avait pas fumé, bien qu'il en eût l'habitude Il n'avait pas bu. Il a pris son dernier repas neuf heures avant sa mort. Cause de la mort : couteau lancé droit ayant perforé le ventricule droit, ce qui infirme l'idée que Gamelin l'ait frappé de derrière.

Barnaby attendit et Troy s'arrangea pour dissimuler son irritation. Le vieux avait tendance à se délecter de pauses théâtrales quand il était sur le point de faire une révélation particulièrement substantielle. C'était de famille. Il fallait être indulgent. Mais ce qui lui bavait sur les rouleaux, à Troy, c'était que lui, quand il essayait de faire la même chose, on lui disait: «Alors, vous accouchez?» Consciencieusement, il donna la réplique.

– C'est tout, monsieur?

– Pas tout à fait. (Barnaby reposa le rapport.) Il souffrait aussi d'un cancer des os.

– Un cancer! (Troy s'attendait à tout sauf à ça. Barnaby n'aurait pu souhaiter réaction plus satisfaisante. Troy s'assit dans le fauteuil des visiteurs.) Quoi... c'était grave?

– Il n'avait plus que quelques mois à vivre, tout au plus. Ceci explique la perruque, bien sûr.

– Pardon?

– S'il suivait une chimiothérapie, il a dû perdre ses cheveux.

– Mais aurait-il accepté de suivre ce genre de traitement? Vous savez comment ils sont, là-bas. Est-ce qu'il ne se serait pas soigné lui-même en s'exposant à un rayon universel à la noix ou en se farcissant d'herbes jusqu'aux yeux?

– Si vous vous souvenez, il était à Hillingdon le jour où ils ont trouvé Riley. Gibbs a dit que Craigie était visiteur dans les hôpitaux. Je suppose qu'on leur a tous dit ça pour expliquer ses fréquentes visites à l'hôpital.

– Vous pensez qu'il n'a pas voulu les inquiéter jusqu'au dernier moment.

– Exactement.

– Alors, c'est bien saint Arthur.

Déçu, il retourna sa lèvre à la manière d'un clown. Même ses plumes brillantes s'affaissèrent.

– On va vérifier à l'hôpital, bien sûr, mais je crois qu'il serait plus sage d'abandonner votre idée de la perruque comme faisant partie de l'attirail d'un comédien.

Troy prit son air sagace. Il haussa les épaules, fit la moue, hocha la tête. Circonspect, pas convaincu.

– En quoi cela modifie nos idées sur le meurtre, vous croyez, chef?

– Je n'en sais rien. Si Craigie a vraiment réussi à cacher sa maladie, alors cela ne change rien.

– Le meurtrier ne savait sûrement pas. Pourquoi risquer des années de taule quand on n'a qu'à attendre quelques semaines que la victime meure?

– Si ce n'est pas une question de temps, alors en effet.

– Bon. D'un autre côté... hé, attendez!... que dites-vous de ça? Sachant que ses jours étaient comptés, notre héros n'avait pas envie de s'appuyer des embêtements inutiles et il se bute lui-même.

– Psychologiquement, je dirais que c'est assez plausible. Mais il ne l'aurait jamais fait de cette façon, en provoquant un maximum de chagrin et de confusion. À mon avis, c'est le genre à mettre ses affaires en ordre et à prendre une dose massive de médicaments en laissant un mot sur la porte de sa chambre. Vous savez, du style: «N'entrez pas. Appelez une ambulance.»

– OK. Admettons... hum... quelqu'un sait, d'accord? Il a été obligé de lui dire d'arranger la situation à venir et il – ou elle – a craqué. Il n'a pas supporté l'idée que le pauvre vieux Obi se décatisse, alors il a fait un peu d'euthanasie. Un coup rapide, et une auréole de moins sur terre, et une de plus au porte-chapeaux du paradis.

– Même objection: on n'aurait pas choisi ce moyen. (Barnaby tapota le rapport.) Inutilement dangereux et salissant. On lui aurait versé quelque chose dans son muesli.

– P't-être.

Bloqué à tous les virages, Troy en rogne regarda vaguement le moniteur d'ordinateur. Y en a à qui ça ferait les pieds, tiens, d'être coincé avec un abruti qui a une idée par an, et encore, une idée qu'il a trouvée dans une pochette-surprise.

– Désolé, Gavin.

– Quoi? (Troy feignit l'ahurissement.) Oh! Pas de problème! Je ne faisais que réfléchir tout haut, vous savez, comme vous. Bon... (Il se leva.) Je crois que je vais prendre mon déjeuner plus tôt. D'habitude, à la fin de la semaine, c'est du poisson. Je ferais bien d'en manger un peu. Paraît que c'est bon pour les méninges.

– Les anciens Chinois savaient de quoi il retourne. Ils donnaient à leur suspect une bouchée de riz. S'il crachait, ça voulait dire que ses glandes salivaires ne s'étaient pas asséchées. Donc, il disait la vérité.

– Et si tout simplement il n'aimait pas le riz ?

– Une demi-heure, maximum. Et rapportez-moi des sandwiches.

★

Chris et Suhami regagnèrent la cuisine avec un sac vert rempli de courrier qu'ils déversèrent sur la table. Deux petits paquets et une dizaine de lettres.

Janet les tria d'une main rapide et impatiente. Il n'y avait rien pour elle. Elle tressaillit en surprenant une lueur de pitié inquiète dans les yeux de Heather, se leva et se mit à débarrasser les tasses à café.

– Grands dieux ! dit Arno, il y a déjà une réservation pour notre week-end d'hydro-massage.

On avait fait une bonne publicité pour *Poignée de main avec Aphrodite* à Causton et Uxbridge, et on avait passé des petites annonces discrètes dans un ou deux magazines. On avait acheté plusieurs moteurs à faire des bulles pour égayer les baignoires banales à pieds griffus de la communauté. Autrement, s'il ne pleuvait pas, l'atelier aurait lieu dans le lac.

– Il y a une lettre pour toi, dit Chris. Et pour May.

Il tendit une longue enveloppe étroite en papier parchemin beige, libellée en caractères d'imprimerie et affranchie.

– Pour nous deux ?

Arno prit la lettre, ravi mais perplexe. May, en sa qualité d'économe, recevait beaucoup de courrier tandis que lui n'en avait presque jamais. Comment se pouvait-il qu'on leur écrive à tous les deux ?

– Comment ? dit Chris, à la fois excité et exaspéré. C'est un notaire.

– Tu crois ?

– Bien sûr. Les lettres des notaires ont toujours cet aspect-là.

– Je crois que Chris a raison, murmura Heather timidement.

– Il faut aller chercher May tout de suite.

– Ouvre-la, dit Suhami. Elle t'est aussi adressée.

– Tout de même, je préfère attendre qu'elle soit présente.

– May était avec Mme Gamelin, dit Heather. Je vais la chercher ?

– J'y vais, moi, dit Suhami.

La tête sur l'oreiller, les yeux clos, Felicity avait une petite moustache de lait sur la lèvre supérieure. May était assise à son chevet. Suhami entra sans faire de bruit et referma la porte.

Elle s'avança vers le lit et resta à regarder. Elle n'avait pas vu sa mère depuis des années sans sa « peinture de guerre », selon l'expression de Felicity, et constata qu'elle ne l'aurait pas reconnue, si elle l'avait croisée dans la rue.

Les cheveux de Felicity étant lissés en arrière, rien ne venait adoucir les lignes sévères et anguleuses de la mâchoire et des pommettes. Même complètement au repos, elle paraissait désespérément malheureuse. Tous les Gamelin, pensa Suhami. Tous autant que nous sommes... Avec une émotion inattendue, elle remarqua que les sourcils non maquillés de sa mère étaient striés de gris.

– Elle va se remettre, May ?

– Cela dépend d'elle. Tout ce qu'on peut lui offrir, pour le moment, c'est le calme et le repos. Je crois qu'elle a été bien malmenée, physiquement et moralement.

– Oui. (Suhami se détourna. Après tout, elle ne pouvait rien faire. Trop de temps s'était écoulé. Elle ne conservait même pas un souvenir d'affection.) Il y a une lettre pour toi. (Elle se dirigea vers la porte, sans un regard en arrière.) Tout le monde est d'avis qu'elle vient d'un notaire.

Réfugié dans le bureau, Arno était assis derrière le vieux duplicateur et, avec l'aide de Chris, il triait des papiers qu'il mettait en pile. Des demandes de renseignements, de rendez-vous, une ou deux factures. Il se leva à l'entrée de

May et tendit l'enveloppe en parchemin. Elle la déchira immédiatement.

– Cela vient d'un M. Pousty, de Pousty et Dingle. Il veut nous voir.

– À quel propos ? demanda Arno.

– Il ne le dit pas. (May alla à la fenêtre ouverte et tint la lettre face au soleil. Au bout de quelques instants, son bras se mit à trembler. Elle appliqua le papier sur sa joue, en respirant profondément.) Eh bien, ce sont certainement de bonnes nouvelles. Tu devrais appeler, Arno, pour prendre rendez-vous.

Arno ne fut pas en mesure de parler avec M. Pousty qui était présentement en vacances, mais on lui dit que Hugo Clinch serait enchanté de les voir cet après-midi même, à deux heures et demie.

★

Âgé de trente-cinq ans environ, M. Clinch portait un costume de belle coupe d'un bleu électrique, une cravate d'un bleu plus léger et un gilet gris perle. Sa chemise était jaune canari ainsi que les vagues ondulantes de ses cheveux. Il avait énormément de dents, très grandes et très propres.

Le bureau était clair et spacieux avec une reproduction de la «Reine» d'Amnigoni sur un mur, de longues et étroites photographies d'équipes de cricket sur les trois autres. Un sac de clubs de golf était posé contre un classeur à dossiers et une photo dans un cadre d'argent sur le bureau montrait M. Clinch avec un masque d'escrime sous le bras et un fleuret à la main.

Arno, qui se serait senti plus à l'aise avec quelques bons vieux certificats de compétence, veilla à ce que May s'installe, puis s'assit lui-même. Aussitôt, une porte s'ouvrit et une dame coiffée d'un champignon verni, l'air assez âgée pour être la mamie de M. Clinch, s'avança en titubant avec un plateau de thé. Arno bondit pour l'aider. Elle croassa avec gratitude et s'en alla en trottant, en laissant dans son sillage une bouffée de lavande.

Après le Lapsang Souchong et les biscuits, M. Clinch témoigna sa sympathie à ses visiteurs à l'occasion malheureuse du décès de leur ami. Cette brève formalité accomplie, il tira vers lui une boîte en métal étiquetée «Craigie» et sourit. Toutes les dents sautèrent à leur poste. Arno s'émerveilla du dynamisme un peu arrogant de cet émail d'un blanc étincelant et se demanda comment diable le notaire arrivait à fermer la bouche.

Le testament était simple et bref. Il décrivait avec concision la propriété connue sous le nom de Manoir, Compton Dando, Buckinghamshire, puis déclarait que la susdite propriété était laissée conjointement à Mlle May Lavinia Cuttle et à M. Arno Roderick Gibbs. Le notaire attendit un moment, par discrétion, les yeux baissés avec tact sur son buvard vert, puis leva la tête, convaincu qu'il allait surprendre sur les visages la lutte entre une joyeuse rapacité et l'expression bienséante d'un respectable chagrin, comme il était habituel en de telles circonstances.

Il vit M. Gibbs, pâle comme la mort, agripper les bras de son fauteuil, manifestement en proie à une terrible émotion. Dans un contraste frappant, la physionomie de Mlle Cuttle, déjà bien vermeille, s'empourprait de minute en minute. Elle poussa une exclamation puis se mit à pleurer abondamment.

M. Clinch, muet de saisissement et mû par une réaction humaine naturelle, fouilla dans le placard de son bureau et en sortit une boîte de mouchoirs en papier. Enfin, lorsque sa corbeille fut à demi remplie de mouchoirs multicolores humides et qu'un peu de rose fut revenu aux joues d'Arno, le notaire leur proposa de reprendre du thé. Les visiteurs ayant décliné l'offre, il remit à Arno une enveloppe car il l'estimait un peu moins égaré que sa compagne. Elle était adressée aux deux, de l'écriture du Maître. Arno se leva en demandant :

– Sommes-nous obligés de la lire maintenant ?

– Bien sûr que non. Toutefois, il se peut qu'elle contienne des choses dont vous souhaiteriez discuter. Ce qui nous épargnerait un deuxième entretien.

– Tout de même, je crois que nous avons besoin d'un peu de temps pour absorber tout cela. Mlle Cuttle...

Il regarda avec anxiété May encore noyée de larmes. Même la cocarde verte sur son petit tricorne rouge n'avait plus l'air si fraîche.

– Non, Arno, dit-elle. M. Clinch a raison. Il vaut mieux lire maintenant.

– Alors, peut-être... si cela ne vous dérange pas ?

Arno redonna la lettre au notaire, car il craignait que sa voix ne le trahisse quand il lirait les mots du défunt. Le notaire tira de l'enveloppe un feuillet unique et se mit à lire.

– « Chère May, cher Arno, vous connaissez maintenant le contenu de mon testament et le fardeau dont je vous ai chargés. Mon souhait le plus cher est que le travail de la communauté, la guérison, l'hospitalité et la diffusion de la lumière continuent et je crois que je peux en toute sécurité laisser cette charge entre vos mains. Je regrette de n'être pas en mesure de vous léguer des liquidités pour vous aider dans cette entreprise. Au cas où les difficultés de gestion et d'entretien d'une propriété vétuste de cette taille deviendraient insurmontables, je vous suggérerais de la vendre pour en acquérir une plus modeste. Vous pourrez alors placer l'excédent et vous assurer ainsi quelques revenus. Je vous confie, avec la même confiance, la sécurité et le bien-être de Tim Riley. Je vous embrasse tous les deux. Dieu vous bénisse. Nous nous reverrons. » Et c'est signé, conclut M. Clinch, « Arthur Craigie ».

Il y eut un long silence. Les deux héritiers étaient dans l'impossibilité de trouver une réponse adéquate. M. Clinch, prévenu, sortit une nouvelle boîte de Kleenex. Puis, il regarda avec tact par la fenêtre tandis que le silence se prolongeait. Il était à des milliers de kilomètres quand Mlle Cuttle bondit sur ses pieds. Dans un geste théâtral, elle fit voler vigoureusement les pans de sa cape. Aveuglé par des tourbillons de soie ambrée, M. Clinch se cramponna à son encrier et à sa photo encadrée où il était *en garde*[1].

1. En français dans le texte.

– Nous continuerons à faire rayonner la vérité. N'est-ce pas, Arno ? demanda-t-elle en tournant vers son compagnon des yeux brillants et humides.

– ... oh... (Arno pouvait à peine parler. Le lien établi de l'au-delà entre son nom et celui de May lui avait mis la tête à l'envers. Mais, de crainte qu'elle puisse douter un seul instant de son soutien entier et aimant, il arriva à bredouiller d'une voix étouffée :) Oui, oui.

M. Clinch promit de leur faire parvenir l'acte de cession de la maison dans les meilleurs délais, les raccompagna au bureau de la réception où la dame au chapeau-champignon nourrissait des poissons rouges et, avec un ultime sourire éblouissant, leur dit au revoir d'un signe de la main.

★

En roulant le long de High Street, dans Causton, May déclara :

– Tu crois qu'on devrait passer au commissariat ?

– Hein ?

Arno n'était toujours pas redescendu sur terre.

– Ils ont dit qu'il fallait les tenir au courant s'il y avait des faits nouveaux. Je suppose que le testament peut être considéré comme un fait nouveau.

– Eh bien...

À la vérité, Arno souhaitait garder May pour lui tout seul le plus longtemps possible. Juste tous les deux douillettement enfermés dans sa bruyante petite Coccinelle. May déclamant au volant, lui aux anges, absorbant tout comme une éponge.

– C'est la prochaine sur la gauche, non ?

– Je ne suis pas sûr.

Mais c'était bien ça. May se gara avec précision à une place marquée « Visiteurs » et descendit.

– Tu laisses ton sac ? demanda Arno.

– Grands dieux, non ! On n'arrête pas de nous dire qu'il ne faut pas ! (May prit son fourre-tout brodé et ferma à clé.) Si un policier le voit, j'aurai une amende.

– Il ne sera peut-être pas là… Barnaby, dit Arno comme ils poussaient la grande porte en verre sur laquelle on lisait : « Accueil ». Il est peut-être sorti pour une affaire.

– Alors on laissera un message, dit May.

Il y avait un bouton blanc près d'une pancarte qui disait « Sonnez, s'il vous plaît ». May sonna fort et longtemps.

– Mais je ne me sens pas d'attaque pour parler à ce jeune à l'aura tout esquintée. On est à plat pendant des jours, avec des gens comme ça.

Un constable arriva à grandes enjambées en jetant un regard noir au doigt ganté de May. Elle relâcha le bouton, expliqua leur affaire et ils furent conduits au bâtiment de la PJ où on leur indiqua le bureau de Barnaby. Arno remarqua avec plaisir que Troy était absent. Refusant tout rafraîchissement, May annonça la nouvelle à l'inspecteur. Une fois remis du choc ressenti face à un feu de signalisation ambulant, Barnaby demanda s'ils s'étaient l'un ou l'autre attendus à pareil héritage.

– Mais non, naturellement, dit May consternée, outragée même.

– Cela ne nous est jamais venu à l'esprit, dit Arno.

Barnaby songea que c'était probablement vrai. Ils semblaient réellement former un couple des plus candides. Point de sourires hypocrites, de fausses protestations d'altruisme dont les gens usent habituellement afin de huiler les rouages des rapports quotidiens. May sortit la lettre et observa l'inspecteur pendant qu'il lisait. Quand il eut terminé, il la remercia, nota le numéro de téléphone et lui rendit la lettre. Ils attendaient ses commentaires. May, ingénue et calme, le visage momentanément lisse de toute émotion. Arno, fier mais un peu gêné aux entournures par cette autorité toute neuve qu'il n'avait pas recherchée.

– Croyez-vous que quelqu'un ait pu être au courant des intentions de M. Craigie ?

– Je suis certaine que non, dit May. S'il ne nous a rien dit à nous, alors que nous sommes tout de même les légataires, à qui en aurait-il parlé ?

– Alors, c'est une bonne aubaine, dit Barnaby en souriant.

– C'est, dit May sévèrement, une grande responsabilité.

– Nous ne le considérons pas comme un don personnel, ajouta Arno. Mais plutôt comme un fidéicommis.

Barnaby fronça les sourcils. La phrase venait de faire vibrer une corde. Qu'était-ce? Il se tracassa un moment puis laissa tomber. Il eut l'impression qu'Arno voulait ajouter quelque chose et il leva les sourcils en signe d'encouragement.

Arno interpréta correctement le signe mais garda le silence. Le fait est qu'il aurait aimé demander si l'affaire avançait. Si la police était sur le point de découvrir l'assassin. Mais, se rappelant la foi de May en l'enlèvement surnaturel du Maître, il se tut.

Barnaby s'éclaircit la gorge et ils le regardèrent d'un air interrogateur.

– J'ai des nouvelles pour vous. Quelque chose qui s'est révélé à l'autopsie.

Pensant les réconforter un peu, il leur exposa alors la nature et le stade avancé de la maladie fatale du défunt. Découvrir qu'un acte rapide et brutal avait épargné à la victime un sort beaucoup plus douloureux pouvait peut-être émousser l'aspect sauvage et violent du meurtre.

May finit par déclarer, une main sur le front :

– Comme je le reconnais bien là, de ne nous avoir rien dit. Quel courage !

– Oui, acquiesça Arno. (Il fit le lien qu'avait fait Barnaby avant lui.) C'est sans doute pour cela qu'il allait si souvent à l'hôpital. Et pour cela qu'il était si fatigué quand il rentrait.

– Vous comprenez, maintenant, inspecteur? dit May. J'avais raison. Tout s'explique.

– De quelle façon, mademoiselle Cuttle?

– Eh bien, ça explique pourquoi il a été transporté magnétiquement. Une intervention divine, vous voyez. La récompense d'une vie juste vouée à l'amour. Les Lumineux ont souhaité lui épargner la souffrance.

Qu'y avait-il à ajouter ? L'inspecteur les remercia d'être venus et fit le tour de son bureau pour les raccompagner. Mlle Cuttle se baissa pour ramasser son sac. Barnaby, la main sur la poignée de la porte, écarquilla les yeux. May hésita puis s'arrêta.

– Qu'y a-t-il donc, inspecteur ?

– Pourrais-je y jeter un coup d'œil ? dit-il en tendant la main.

Il sentit instinctivement, avant même qu'elle lui remette le sac, que c'était ça. Retournant à son bureau, il le posa, conscient du léger tremblement de ses doigts. Le sac était couvert d'opulentes broderies : des roses, des lis, de petites fleurs bleues entrelacées de tiges d'un vert émeraude, sur un fond de fougères. La tapisserie était prise dans deux poignées de bois clair verni. Barnaby reconnut la forme : Joyce avait un sac analogue où elle rangeait son tricot.

– Cela ne vous ennuie pas si je... ?

Il écarta les poignées et May, l'air plutôt perplexe, répondit :

– Mais certainement.

À l'extérieur, chaque centimètre carré était brodé. Mais c'était l'intérieur qu'il désirait voir : magnifiquement net, tous les bouts de laine colorée attachés et fixés. L'ourlet avait été coupé assez près mais il restait suffisamment de tissu pour qu'il soit sûr de reconnaître le fil. Après avoir obtenu la permission d'une May encore plus ahurie, il en arracha un brin et lui rendit le sac. Arno et May se rassirent.

– Le soir de la mort de M. Craigie, demanda l'inspecteur, vous rappelez-vous où se trouvait ce sac ?

– Je l'avais avec moi.

L'estomac de Barnaby se contracta.

– Tout le temps ?

– À partir du moment où j'ai commencé ma régression. Laissez-moi vous expliquer : quand je suis entrée dans le Solarium après avoir accompli ma purification préliminaire, j'ai posé mon sac près de la porte puis j'ai pris ma position habituelle. Je venais de m'installer quand je me suis rendu compte que j'avais un petit frisson. Pendant une régression, on tombe très vite au niveau alpha comme nous l'appelons. La température du corps chute, la peau se refroidit et si on a déjà froid au départ, cela peut être très gênant. Alors, j'ai demandé ma cape et Christopher est allé me chercher mon sac.

– Et il vous l'a apporté directement ?

– Oui, il a sorti la cape et m'a tendu le sac. Je l'ai posé par terre, à côté de moi, j'ai attaché ma cape, et nous voilà partis, comme on dit.

– Quelqu'un d'autre a-t-il eu le sac en main ?

– Non.

– Forcément quelqu'un, dit Barnaby, presque pour lui-même.

– Je peux vous assurer que non.

– Et quand l'avez-vous laissé près de la porte ?

– J'ai été la dernière à entrer dans la pièce. Personne ne s'en est même approché.

– Vous l'avez eu avec vous toute la journée ?

– Eh bien... oui et non, vous savez. Il est resté dans ma chambre une partie de la matinée.

De toute façon, le problème n'était pas là. Le couteau aurait pu y être placé à n'importe quel moment, même si le bon sens exigeait que ce soit le plus tard possible pour éviter qu'on l'y découvre. N'importe qui aurait pu ouvrir le sac de May. En fait, quelqu'un avait ouvert le sac de May. *Andrew Carter.* Était-il vraiment possible que, dans la semi-obscurité, il n'ait rien vu du contenu ?

– Vous rappelez-vous ce qu'il y avait d'autre dans le sac, mademoiselle ? À part la cape.

– Mon remède de secours, bien sûr, on ne se déplace pas sans ça. Des cristaux : de l'aventurine verte, une petite pyrite et de l'obsidienne flocon de neige. Un calendrier du zodiaque, un bâtonnet de frêne pour la divination, un pendule, le matériel habituel. Tout est un peu sens dessus dessous en ce moment, je le crains. J'ai été obligée de taper un journaliste avec pour le faire sortir.

L'euphorie de Barnaby avait été de courte durée. Il transmettrait le bout de laine au labo et il était toujours certain qu'il correspondrait au fil recueilli sur le manche du couteau mais la découverte semblait à présent obscurcir plutôt que clarifier les idées. Il s'imagina la ruée générale vers le corps apparemment *in extremis* sur l'édredon. L'assassin s'emparant du sac, fouillant pour trouver le couteau, courant vers l'estrade, poignardant Craigie, rejoignant le groupe. Difficile de faire plus grotesque. Il se rendit compte qu'Arno était en train de parler.

– Excusez-moi, monsieur Gibbs ?

– Je disais : il y avait un autre sac.

– *Un autre sac ?*

– Bien sûr ! s'exclama May. J'avais complètement oublié. J'en ai fait un pour l'anniversaire de Suhami. Le mien lui plaisait tellement.

– Vous vous êtes servie du même modèle ?

– Pas exactement le même. Mais c'est le même morceau de toile. Il m'en restait, vous voyez.

– Est-ce que, par hasard, dit Barnaby qui tâcha de modérer sa voix, l'un de vous aurait remarqué si elle l'avait apporté dans le Solarium ?

– En effet, elle l'avait, dit Arno. Elle l'a déposé à ses pieds.

– Sur l'estrade ?

– Oui.

– Ahhh.

– Elle ne voulait pas s'en séparer, dit May. Il lui plaisait tant. Est-ce que tout ça vous rend service, inspecteur? (Barnaby répondit qu'il le croyait assurément.) Vous avez un chat dans la gorge, fit remarquer gentiment May. (Les poignées de bois du sac bâillèrent.) Puis-je vous proposer une pastille pour la toux?

*

Il était quatre heures et Barnaby attendait le retour de Troy qui s'était rendu au Manoir pour interroger Sylvie Gamelin. L'inspecteur s'attardait devant son croquis, imaginant la fille à la droite du fauteuil de Craigie, le sac à ses pieds, le couteau dans le sac.

Savait-elle qu'il s'y trouvait ou non? May avait dit que Suhami ne voulait pas se séparer de son cadeau, mais ce genre d'exagération était assez fréquente. Des phrases comme: «Si j'avale une bouchée de plus, j'explose» ou : «Nous vous vouons une admiration sans bornes» n'étaient pas à prendre au pied de la lettre. Suhami avait certainement posé son sac ou l'avait quitté des yeux au moins une fois dans la journée.

D'un autre côté, si elle savait ce qu'il contenait... La fille était idéalement placée pour porter le coup. Un pas en avant, elle se tourne et se retrouve face à la victime. Et si tout le monde s'était précipité en laissant seuls un vieil homme frêle et une jeune femme forte? Mais avait-elle l'ombre d'un mobile?

Barnaby revint nonchalamment à son bureau, fourragea dans ses papiers et photos, et reprit la déposition de Sylvie Gamelin. Il la connaissait presque par cœur, comme les autres. Il se rappela ses larmes, ses accusations enragées contre son père. Barnaby n'était pas le genre à se faire facilement avoir, et il ne se laissait certainement pas prendre aux larmes, mais il avait jugé l'émotion sincère.

Il continua à lire. Comme les autres, elle s'était empressée de dire que Gamelin avait été désigné par le mourant. Et d'expliquer que pour son père c'était l'occasion rêvée de prendre le couteau et le gant. Mais qui l'avait laissé seul dans la cuisine? Et s'il avait alors dérobé le couteau, qu'il l'avait caché habilement sur lui, pourquoi prendre le risque de le transférer dans le sac de sa fille un peu plus tard? Il n'avait aucune certitude qu'elle l'apporterait avec elle à la séance de régression.

Et si on avait affaire à deux assassinats – ce qu'il croyait plus que probable –, quel était le lien entre la mort de Craigie et celle de Jim Carter? Suhami était là depuis suffisamment longtemps pour être impliquée dans le premier meurtre et était physiquement capable de pousser quelqu'un dans l'escalier. Mais, même si son alibi n'était pas en béton, là encore il n'y avait pas de mobile apparent.

Troy entra, très prolixe.

– J'ai eu les bouts de fil de son sac, chef. Je les ai déposés au labo. J'ai dit que c'était super urgent. Ils ont dit : demain matin.

– J'ai déjà entendu ça.

Troy déboutonna sa veste, la suspendit soigneusement à un cintre, sortit son calepin et une copie de la précédente déposition de Suhami. Puis il s'assit, en retroussant son pantalon au pli impeccable.

– Elle confirme tout ce qu'ont dit les deux autres. Elle a eu le sac pour son anniversaire. Elle l'a gardé avec elle, c'est-à-dire qu'elle ne l'a pas monté dans sa chambre mais elle l'a laissé quelque temps dans la cuisine, dans la salle à manger et à un moment sur la table du vestibule.

– Lui avez-vous demandé si elle avait mis quelque chose dedans ?

– Oui. Elle voulait... (Troy consulta ses notes.) S'en servir tout de suite. Du maquillage, une brosse, un paquet de mouchoirs, des peignes. Aidant ainsi l'assassin parce qu'il aurait difficilement pu déposer un couteau dans un sac vide. Si elle l'avait ouvert, elle aurait vu ce qu'il contenait.

– À moins qu'ils n'aient été de mèche.

– Ouais. C'est vrai.

– Se souvient-elle quand elle l'a ouvert la dernière fois ?

Troy baissa les yeux sur ses pages remplies bien serré.

– Elle ne l'a pas ouvert après y avoir rangé ses affaires. Dans le Solarium, elle l'a posé à ses pieds. Elle n'a vu personne y toucher. Le reste est un mystère. Vous croyez que ça réduit les possibilités, chef ? Je veux dire, ça réduit aux quatre qui étaient le plus proches d'elle ?

– On serait tenté de le croire. Mais les autres sont à un pas d'elle. Je ne pense pas qu'on puisse les écarter à ce stade.

– Même pas la pauvre vieille camée de Felicity ?

– Même pas elle. Avez-vous dit à la fille Gamelin pourquoi vous l'interrogiez sur le sac ?

– Je n'en ai pas eu besoin. Elle a beau être troussée comme un poulet Tandoori, elle est maligne.

– Comment a-t-elle réagi ?

– Super énervée. « Dire qu'involontairement j'ai fourni les moyens de... » Et patati, et patata...

Troy leva les mains en braillant d'une voix de fausset.

C'était si mal imité que Barnaby se mit à rire. Troy, croyant que son chef riait parce que c'était si bien imité, tira sur ses manchettes. Alors, la femme policier Brierley entra avec, à la main, des clichés noir et blanc, à l'aspect tout cendreux.

– Vos clichés, monsieur.

– Quels clichés ?

– Vous en avez fait la demande.

Barnaby regarda son sergent, les yeux ronds.

– Excusez, chef.

– Qu'est-ce que je vous avais dit ?

– Ce sont les derniers.

Troy prit les photos et demanda quelles étaient les chances d'avoir du café en vitesse.

– Je suis occupée.

– Faites-en deux, voulez-vous, Audrey ?

– Tout de suite, monsieur.

Tout de suite, monsieur, marmotta Troy *in petto*. Attends un peu que je sois inspecteur. Tu verras si je te ferai sauter, moi. Alors là, je vous ferai tous droper ! Il baissa les yeux sur les photos. Baissa les yeux et fut cloué sur place.

Barnaby était en train de lire les notes de son sergent quand il le sentit approcher et se placer en face de lui. Au bout d'un moment, agacé par ce premier plan muet, il leva la tête. Pâle de triomphe, Troy déposa les clichés sur le bureau puis se redressa. Le geste rappela à Barnaby un athlète victorieux se penchant pour recevoir sa médaille. Il ne regarda pas les photos. Il n'en avait pas besoin. Le visage de Troy était suffisamment éloquent.

– Alors, vous aviez raison ?

C'est tout ce à quoi il aurait droit, Troy le savait, mais c'était suffisant. Du baume au cœur. Et personne ne pourrait le lui enlever. Il avait eu une intuition, on l'avait douché à l'eau froide, il avait persisté. Et ça avait rapporté. Qui donc a dit que les types bien arrivent derniers ?

Barnaby finit par regarder les photos de l'identité judiciaire d'Albert Cranleigh. Le crâne rasé du prisonnier, la barbe de plusieurs jours, les lèvres serrées de défi. Les yeux durcis, comme des galets noirs, à cause du flash ou peut-être des années de chicane. On était loin du sourire pieux et des longues boucles argentées du sage du Cheval Ailé. Pourtant, sans aucun doute possible, c'était bien le même homme.

13

JANET avait dormi dans la chambre de Trixie la nuit dernière. Blottie dans le lit, elle inhalait les traces de son lourd parfum. Elle s'illusionnait en se persuadant que le creux imprécis de l'oreiller et le contour froissé sur le drap de dessous étaient les vagues empreintes de sa lointaine bien-aimée : sa *mignonne.*

De la cuisine montait une odeur de pain brûlé. Heather était attablée en train de manger du muesli, absorbée dans *Le Pays Secret des Elfes, Faunes et Fées.* Elle referma le livre quand Janet entra et se leva, avec une expression de compassion qui lui panachait les traits.

– Salut, Jan ! Va en paix.

– Mais je viens d'arriver.

– Laisse-moi te faire du thé.

Elle parlait de cette voix qualifiée par Janet de « Petite Sœur du Saint-Sirop ». Comme à la radio, dans les émissions religieuses.

– Je suis parfaitement capable de me faire mon thé toute seule.

– Bien sûr. (Nullement rebutée, Heather battit en retraite

en montrant par un sourire plein de tendresse qu'elle ne prenait point ombrage.) Un toast, peut-être ?

– Non, merci.

À cette idée, Janet sentit sa bouche se remplir de salive. Elle crut qu'elle allait être malade.

– Tu pourrais même avoir du beurre, comme petite gâterie.

– *Non, merci, Heather.*

– Bien.

Mais les antennes sensibles de Heather avaient capté un frisson de désespoir. Elle se frotta les paumes, conjurant tous ses pouvoirs thérapeutiques, puis les écarta lentement avec la certitude qu'un puissant courant d'énergie fortifiante en jaillissait. Elle se faufila derrière Janet et se mit à agiter les mains juste au-dessus des épaules de l'autre, qui bondit, tasse dans une main, sachet de thé dans l'autre et cria :

– Arrête ça !

Heather recula.

– Mais je voulais seulement t'aider.

– M'aider pourquoi, grands dieux ?

– ... eh bien...

– Tu ne sais pas, hein ? (Silence plein de compassion et de dignité.) Est-ce que l'idée t'a jamais effleurée, Heather, que tu n'avais absolument pas le moindre don de diagnostic ?

– Je vois bien que tu es malheureuse, bafouilla l'autre toute rouge.

– Bon, je suis malheureuse. Et pourquoi pas ? Pourquoi toi, tu ne le serais pas, ou n'importe qui, d'ailleurs ? C'est une condition de la vie. Qu'est-ce qui te fait penser qu'on peut l'effacer instantanément ? Ou qu'on irait mieux si c'était le cas ?

– C'est ridicule. On ne développe pas une âme holistique et radieuse en étant malheureux.

– Et comment peux-tu le savoir ? Tu as autant de chances de développer une âme holistique et radieuse que j'en ai de devenir Miss Monde.

– Je suis vraiment contente que tu m'aies fait part de cette opinion.

– Mon Dieu ! (Janet lança le sachet de thé dans la boîte.)

Parler avec toi, c'est comme se débattre dans une cuve de guimauve.

– Je vois bien que tu es très nerveuse en ce moment, Janet.

– Tu veux que je te dise ce qui m'énerve vraiment, Heather ? Presque plus que tout le reste dans ce sale vieux monde déprimant, et sans amour, dans cette vallée de larmes. Tu veux que je te le dise ?

– Je le souhaite, ma chérie.

Le visage de Heather dégoulina de plaisir.

– C'est qu'on m'appelle *Jan*, merde !

– Très bien. Parfait. Maintenant, nous avons une base de discussion. Mais n'oublie pas, quoi qu'il arrive, que du côté psychique, je suis OK et tu es OK.

– Eh bien, en fait, Heather, j'ai toujours trouvé que tu n'étais pas très OK du tout. J'irais même jusqu'à dire que tu es grosse pour ton âge et que tu es une emmerdeuse.

– Trixie te manque...

– Oh, ferme-la ! *Ferme-la !*

Janet sortit en courant. Elle franchit la porte de derrière, vola sur la dalle brisée, descendit les marches de la terrasse et traversa la pelouse. Elle ne s'arrêta de courir qu'en arrivant au verger où, au milieu d'un banc de grandes marguerites, elle se jeta par terre. De petits fruits précoces tombés de l'arbre faisaient des bosses sous son dos. L'âme du lieu, l'air doux raillaient sa détresse. Les mots mêmes : « amour, lumière et paix » lui étaient comme autant de coups de poignard.

Je ne peux pas rester ici, pensa-t-elle. Je dois m'en aller. Pas dans une autre communauté, je ne suis pas faite, apparemment, pour vivre en groupe. Elle avait essayé à de nombreuses reprises (parfois, sa vie ne lui apparaissait que comme une longue errance) et cela n'avait jamais marché. Il y avait eu des endroits mieux que d'autres. Comme le Cheval Ailé, tous offraient « l'amour » et demandaient simplement en échange une attitude de soumission crédule. La plupart semblaient considérer que la vie spirituelle consistait à faire en permanence semblant d'être meilleur qu'on ne l'est en réalité. Janet sentait qu'il devait y avoir beaucoup plus que ça.

Elle s'était hasardée dans toutes les religions orthodoxes, tour à tour, espérant contracter la foi comme on contracte une maladie tropicale, mais il devint évident qu'elle était immunisée. De temps à autre, pourtant, profondément émue par un poème ou une musique, ou quand elle rencontrait quelqu'un qui semblait avoir une foi juste et rayonnante, tout ce qu'elle avait lu, pensé, ou dont elle s'était imprégnée, semblait se mettre en place dans un ensemble immensément satisfaisant. Fugacement, la mystérieuse et aride confusion se dissipait et adoptait une forme finie d'une brillante clarté. Mais cela ne durait pas. Au crépuscule, comme Pénélope avec sa tapisserie, Janet avait défait ses certitudes de la journée et partait se coucher aussi désorientée et solitaire qu'avant.

On lui avait appris que ces oscillations étaient loin d'être saines (Heather disait qu'être négatif donnait des verrues à l'esprit) mais elle ne voyait pas ce qu'elle pouvait y changer. Celui qui a qualifié la religion de science de l'angoisse savait de quoi il parlait. Il était apparemment impossible de négocier avec Dieu.

Elle divaguait ainsi, malheureuse, quand elle remarqua le sac. Rouille et orange, aujourd'hui, poussé sous la petite porte de bois. Le courrier ! Elle se releva précipitamment et s'empressa de le ramasser.

Le sac était bien rempli. Elle sortit les lettres et remarqua immédiatement la longue enveloppe bleue. Janet savait, avant même de la retourner, qu'elle était adressée à Trixie. Après avoir inspecté le reste – rien pour elle –, elle fourra le tout dans le sac et regagna la maison à la hâte. Elle jeta le courrier sur la table du vestibule et monta en courant dans sa chambre.

★

Dans la cuisine, Heather, qui avait posé la jambe de Ken sur le fourneau éteint pour que le sang puisse circuler, servait le thé. Le groupe avait cessé de se rassembler dans la salle à manger même pour le dîner, naguère le moment important de la journée.

La routine sacro-sainte du Cheval Ailé s'était apparemment désintégrée. Les membres se levaient (ou ne se levaient pas) quand ils voulaient et mangeaient sur le pouce. La lettre d'information n'avait pas été expédiée, on ne s'occupait plus du tableau de service avec la même diligence. On y jetait un coup d'œil puis on s'empressait de l'oublier ou on n'y faisait plus attention. La buanderie était pleine de linge à étendre et le triste tintement de la cloche de Calypso indiquait que la chèvre elle-même était au bout du rouleau. Le centre n'avait pas tenu bon et il n'y avait pas de doute que tout s'écroulait rapidement.

Heather passa à la ronde l'énorme pot de miel et poursuivit son compte rendu de la méchanceté de Janet, évitant avec prudence le moindre soupçon de critique.

– Je voyais bien qu'elle était bouleversée et je n'ai fait qu'essayer de détecter l'élément en cause. Pour pouvoir avancer une pensée positive. Mais elle s'en est prise à moi.

Ses yeux de groseille à maquereau s'humectèrent tandis qu'elle faisait fondre le miel dans la chope de Ken, qu'elle lui apporta. Il hocha la tête en remerciement et serra la main de sa femme pour la réconforter. Ce matin, son nez, toujours écrasé, avait perdu son aspect agressif gorgé de sang, il avait viré au brun jaunâtre. Les petites écorchures se cicatrisaient assez gentiment.

– Je crois, dit May, qu'elle se fait du souci pour Trixie.

– Bien sûr, dit Heather. Je le comprends bien. En tout cas, j'essaye. Le problème, c'est que je suis tristement normale. (Elle soupira comme victime de quelque caprice de la justice génétique. Ken et elle échangèrent des sourires extrêmement et tristement normaux.) Mais quand elle a dit que je n'étais pas une guérisseuse...

– *Pas une guérisseuse ?*

La jambe glissa de son support en fer.

– Je sais, fit Heather qui parvint à lâcher un petit rire. J'ai failli lui lancer à la figure l'ovaire atrophié de Putney.

– Je suis certain que Janet n'avait pas l'intention d'être méchante, dit Arno. Nous sommes tous sous pression, en ce moment. Quant à moi, je suis extrêmement inquiet au sujet de Tim.

Un terrible changement s'était opéré chez le garçon. Seul Arno était admis dans sa chambre, la porte était fermée aux autres. Tim refusait qu'on ouvre les rideaux mais le peu de lumière qui filtrait permettait à Arno de constater sa rapide détérioration. Et il en était affreusement bouleversé. Le sommeil et les larmes avaient gonflé la peau d'ordinaire tendue et lisse. Les joues à vif étaient striées de traces de larmes et chiffonnées par la pression sur le matelas. Ses paupières étaient encroûtées de chassie.

Quand Arno avait voulu changer la taie d'oreiller raidie de sueur, il avait dû déplier un à un les doigts osseux et forts accrochés au tissu. Alors Tim lui avait agrippé le bras. Arno s'était assis, patiemment, en lui prodiguant des paroles rassurantes et consolantes.

– Tou va bien... ça va aller. Tu es en sécurité. Tu me comprends ? (Il marqua une pause et les yeux de Tim roulèrent follement comme s'il fouillait chaque coin obscur et menaçant.) Il n'y a personne ici. Personne ne va te faire du mal. Tu ne peux pas me dire de quoi tu as peur ? (Cette fois, la pause fut plus longue ; de sa main libre, il caressait le front brûlant du garçon.) Il n'aimerait pas te voir comme ça.

À ces mots, prononcés pourtant très doucement, Tim émit une série de hoquets étranglés. Inquiet et paralysé par son incapacité à consoler, Arno se prit à désespérer.

– Tu ne te tracasses pas pour l'avenir, n'est-ce pas ? Hier, j'ai essayé de t'expliquer que c'était May et moi qui avions la maison, maintenant. Nous nous occuperons toujours de toi. Le Maître t'a confié à nous. *Il t'aimait, Tim.*

– Tu ne crois pas, Arno, fit la voix de May qui le rappela au présent, que nous devrions demander conseil à l'hôpital ?

Ken et Heather se regardèrent, bouche bée, consternés. Comment ? Une phrase aussi blasphématoire sous le toit du Cheval Ailé ! Tous les remèdes allopathiques, du plus courant des analgésiques à la lourde intervention chirurgicale, étaient considérés avec une égale et profonde suspicion. Ils avaient été tous les deux anéantis la veille quand on avait révélé la maladie fatale du Maître et le traitement qu'il avait suivi. Même maintenant, ils avaient du mal à croire qu'il avait délibérément tourné le dos aux fortifiants disponibles chez lui.

– Si on fait ça, May, répondit Arno, au désespoir d'être pour la première fois en désaccord avec l'amour de sa vie, j'ai peur qu'il se sente trahi. Et qu'il n'ait plus jamais confiance en nous.

– Je comprends, dit May. Et j'ai horreur de faire appel aux médecins. Mais on ne peut pas le laisser là-haut comme ça. Oh, si seulement le Maître était là !

– Il va se réincarner, May, dit Ken depuis son petit coin sur le fourneau.

Mais les mots se flétrirent dans l'air sans apporter le moindre réconfort.

*

Pendant ce temps, juste au-dessus de leurs têtes, recroquevillée sur le siège rembourré de la fenêtre, Janet avait tiré l'enveloppe bleue de sa poche et l'avait retournée à l'endroit, les doigts tremblants. Un timbre à petite vitesse. Une flamme de Slough. Une écriture masculine (naturellement), pourtant la main n'était pas particulièrement ferme. Pourquoi alors Janet était-elle si sûre qu'il s'agissait d'un homme ? Ne faisait-elle que projeter sa propre jalousie, son propre ressentiment ?

Peut-être se trompait-elle. Peut-être la lettre (toutes les lettres) venait-elle de la mère ou de la sœur de Trixie. Ou d'une amie. De quelqu'un de proche, en tout cas, sinon, pourquoi écrire si souvent ? Donc, si le correspondant était un proche, il y avait de grandes chances qu'il sache où elle se trouvait. Janet allait ouvrir le rabat puis elle s'arrêta.

Et si le correspondant n'avait pas jugé utile d'inclure une adresse ? En ce cas, elle aurait violé la vie privée de

Trixie pour rien. Parce que, bien sûr, c'était la seule raison légitime qu'elle avait d'ouvrir l'enveloppe. Contacter Trixie et la convaincre de revenir. Elle devait savoir qu'en tant que témoin d'un meurtre, elle aurait des ennuis si elle prenait la fuite. Pour autant que Janet le sache, la police avait déjà donné son signalement. Il était de son devoir d'amie de retrouver Trixie et de la persuader de rentrer. Naturellement, elle ne lirait pas la lettre. Elle déchira le rabat et sortit un feuillet.

Très chère Trix, Tu ne le croiras pas – j'ai du mal à le croire moi-même – mais Hedda est partie. C'est vrai. Téléphone ou viens simplement. Je t'embrasse, oh, je t'embrasse. V.

Janet plaqua le feuillet à l'envers sur son genou. Elle se sentit glacée par une intense et terrible désolation.

Donc, c'était pour cela que Trixie s'était enfuie. Pour être avec cet homme, ce V. qui l'avait maltraitée et qui était en ce moment même probablement encore en train de la maltraiter. Janet avait entendu parler de ces femmes qui reviennent auprès des maris qui les rossent. Ce comportement lui avait toujours paru totalement incompréhensible. Personne n'avait jamais frappé Janet et elle était certaine que, si cela arrivait, elle s'en irait sur-le-champ, sans un regard en arrière.

Elle se rappela le jour de l'arrivée de Trixie. Celle-ci avait des bleus affreux sur la mâchoire et, sur le cou, de profondes marques rouges. En y repensant, Janet frissonna, un unique tressaillement du tronc et des membres, après quoi elle resta immobile un long moment.

Enfin, avec une grande répugnance, comme si elle se forçait à regarder une scène de pillage, elle baissa les yeux sur la feuille de papier. Il y avait une adresse. *Dix-sept Waterhouse.* Probablement à Slough, si l'on en jugeait d'après la flamme. Et si ce n'est pas le cas, je suis perdue, pensa Janet. Pas de rue, d'avenue, d'impasse ou d'allée. Le bureau de poste pourrait peut-être fournir le renseignement.

Janet se força à lire et à relire le billet, partant du principe qu'un mot ou une série de mots qu'on prononce à haute voix suffisamment longtemps finit par perdre son

sens. Et ainsi le pouvoir de blesser. Ce qui n'était pas franchement le cas ici. Des pointes de détresse la transperçaient encore et un frisson de jalousie la secoua mais, enfin, bien que sa main n'ait pas tout à fait cessé de trembler, elle commençait à se sentir un peu plus calme. Et, avec ce lent recul de la douleur, la raison lui revint.

D'abord, pourquoi considérait-elle comme allant de soi que ce « V. » était un homme ? C'est vrai, Trixie (ou vulgairement Trix) était la « très chère » mais qu'est-ce que cela signifiait ? Une solide affection, voilà tout. Pas de raison de supposer une histoire d'amour. Même chose pour la formule de conclusion. Qui ne signait pas ses lettres d'un « Je t'embrasse », de nos jours ? Même à de simples relations. Bien sûr, il y avait cette répétition fervente mais elle indiquait peut-être que le correspondant était une nature enthousiaste.

Plus elle y réfléchissait, plus cela lui paraissait plausible. Quant à l'étrangère Hedda, c'était probablement une jeune fille au pair qui vivait dans la maison, avec laquelle Trixie ne s'était pas entendue. Maintenant qu'elle était partie, Trixie pouvait revenir sans problème.

À ce moment-là, au bout de ce raisonnement angoissé, Janet se rendit compte de sa stupidité : Trixie était partie avant que la lettre ne lui parvienne. Les deux choses n'étaient donc pas liées.

Elle faillit froisser le papier mais se ravisa. Un élément important n'avait pas changé : même si ce V. n'hébergeait pas Trixie, il saurait peut-être où on pouvait la trouver. Donc, elle devait téléphoner au bureau de poste de Slough et se renseigner sur l'adresse.

Janet se leva. Agir la rasséréna immédiatement. Elle eut aussi la surprise de constater qu'elle avait faim. Elle prit une orange dans son compotier et se mit en devoir de trouver un téléphone discret.

⋆

– Où est l'*Independent* ?
– Je suis assis dessus.

– Mon Dieu, quel chameau !

– Tout à fait.

Dans le coin de la cuisine des Barnaby, la machine à laver cliquetait, clapotait et tourbillonnait. Quand Cully était à la maison, la machine marchait, à plein, et tous les jours. Une odeur de bacon et de café se mêlait au parfum du jasmin d'été dont les bouffées parvenaient par la fenêtre ouverte. La nuit avait été étouffante et l'air était immobile, oppressant.

– Si tu le lisais, encore ! Mais tu ne fais que réfléchir à ton affaire. Pas vrai, M'man ?

– Si, dit Joyce en retournant le bacon avec une spatule à poisson.

– Alors, qui c'est ?

– Qui c'est quoi ?

– L'homme au chapeau noir.

– Sais pas.

– Peuh ! Trois jours entiers et « sais pas ».

– Fais attention, dit sa mère, il est gros mais il est vif.

– Cela m'a l'air vraiment bizarre, ce Cheval Ailé. Est-ce qu'ils dansent à poil au clair de lune ? Je parie qu'ils s'envoient tous en l'air. Ils font ça dans les réunions de sorcières.

– C'est une communauté, pas une réunion de sorcières.

– C'est pareil. Comment sont-ils habillés ? Des perles wampum et des culottes folklo ?

– Plus ou moins.

– Je ne vois pas comment on peut s'habiller moins, dit Joyce.

Le toaster sauta et Cully se leva en rassemblant les plis de sa robe de chambre (une soie marbrée gris pâle, ce matin). Elle fit grimper le toast et jeta un coup d'œil à la poêle.

– Retourne-le ! retourne-le !

Elle s'empara de la spatule, retira le bacon et tendit la main vers une assiette.

– Je le fais croustillant.

– Il est déjà croustillant. (Elle déchira deux feuilles de papier absorbant et tapota les tranches de lard.) Un peu plus, il entrait en combustion spontanée.

– Qu'est-ce que tu fais, là ?

– Je lui évite la crise cardiaque. (Cully posa l'assiette et un toast devant Barnaby. Le bacon était parfait. Puis elle revint s'asseoir et dit :) Raconte-moi un peu tes suspects.

– Pour quoi faire, mon Dieu ?

– Parce qu'un jour, il se peut que j'aie à jouer le rôle d'une pièce de chanvre tissée main.

– Ah ! (Bien sûr, le théâtre. Tout se rapportait à cela.) Eh bien, il y en a un qui canalise les esprits et dont la femme visite Vénus quand elle n'enrégimente pas des fées pour faire la vaisselle…

– J'aimerais bien qu'elle m'en envoie quelques-unes par ici, dit Joyce.

– Et une femme qui voit les auras, elle était très inquiète pour la mienne, à propos, ce qui n'est pas le cas de tout le monde ici. Elle dit que je devrais harmoniser mon humeur noire.

– Comment peut-on croire à des choses aussi farfelues ?

– Tu as des œillères, dit Cully. Pas vrai ?

– C'est un mystère pour moi, dit Barnaby qui ne voyait pas de raison de considérer le monde autrement qu'il n'était, sans quoi il n'aurait jamais pu faire son travail.

– Tous les cultes se ressemblent. Il n'y a qu'à effacer tous ceux qui ne sont pas d'accord avec votre foi, et tout ce qui ne concorde pas. Tant qu'on fait ça, pas de problème. Je parie qu'ils n'ont ni radio ni télé. (Barnaby acquiesça.) Tout de même, c'est dangereux d'être isolé. Quand le monde réel fait irruption, on est fichu. N'en déplaise à notre maîtresse femme.

– Oh, arrête de frimer ! dit Joyce, encore fâchée pour le bacon… (Elle apporta sa tasse de café à table et s'assit.) Alors une de ces âmes spirituelles a commis un meurtre ?

– Peut-être deux.

– Oh ? (Elle avait mis trop de sucre et ne remua pas.) Tu ne parles pas de cet homme qui est tombé dans l'escalier ?

Barnaby s'arrêta de manger.

– Que sais-tu là-dessus ?

– Ann m'a raconté. On s'est retrouvées pour prendre un café après que c'est arrivé. Le village était en émoi.

Tout le monde était persuadé qu'il avait été liquidé. Et ils ont été terriblement déçus par le verdict.

– Mais pourquoi donc ne m'as-tu...

– Et je t'en ai parlé le soir même.

– Je ne me rappelle...

– Je te raconte toujours ma journée. C'est simplement que tu n'écoutes jamais.

Il y eut un silence fort peu agréable. Puis, Cully fit un sourire hilare à son père et déclara :

– Le grand chef blanc, celui qui s'est fait transpercer? C'était l'un de tes charismatiques ?

– Oh, tout à fait. (Barnaby inspira profondément et chassa son irritation.) Cheveux d'argent et bouche d'or. Il semble avoir tenu tout le monde sous son charme.

– Les Romains pensaient qu'il était dans l'ordre des choses qu'un bon orateur soit un être bon.

– Ah, bredouilla-t-il en reposant sa tasse. Ils se seraient trompés avec Craigie. C'était un escroc, et depuis très longtemps.

L'inspecteur se demanda brièvement comment les disciples prendraient la chose quand le passé de leur bien-aimé gourou serait dévoilé. Certains, déjà aveuglés par la foi, persisteraient dans leur cécité devant l'irréfutable évidence. Dieu sait qu'il y avait des précédents historiques !

– Il faut que j'y aille. Je passe prendre Gavin. Maureen doit emmener le bébé à la clinique et elle a besoin de la voiture. Je vais sûrement m'appuyer tous les détails des progrès de Talisa Leanne avant la fin de la journée.

– *Talisa Leanne*, dit Cully en reniflant de mépris.

– Tu étais pareil, dit Joyce en souriant à son mari.

– Moi ?

– Tu montrais des photos de Cully à tout le monde, même à de parfaits étrangers.

– N'importe quoi !

Il regarda sa fille et cligna de l'œil. Cully se lança aussitôt dans une parodie de charme d'étoile de cinéma avide de projecteurs. Lèvres entrouvertes, cils battant à toute vitesse, menton sur la main.

– C'était une petite dodue.

Il se dirigea vers la porte. Un morceau de toast vola au-dessus de son épaule et atterrit sur le chambranle. Il enfilait sa veste dans l'entrée quand elle cria :

– N'oublie pas pour ce soir, Papa.

★

Milieu de la matinée. Barnaby se tenait voûté au-dessus de son bureau, un grand ventilateur lui rafraîchissant un côté de la figure tandis que l'autre ruisselait de sueur. Les quotidiens éparpillés sur son bureau étaient maintenus par des poids à cause de la brise artificielle. Seule la presse à scandales faisait part de l'histoire en première page et seul le *Daily Pitch* en avait fait son gros titre : L'ASSASSIN DU YOGI VENAIT-IL DE VÉNUS ? Heather, débraillée comme on l'avait si bien vue, faisait la première page.

La porte grande ouverte révélait une scène d'activité disciplinée. Des papiers imprimés, encore des papiers imprimés, des photographies et des rapports. Et des écrans aux éblouissantes lettres vertes qui délivraient des renseignements supplémentaires. Plus, bien sûr, les téléphones qui ne cessaient jamais de sonner.

Beaucoup d'appels proposant des « informations vitales » sur le crime au Cheval Ailé, et même des solutions. Que le meurtre soit domestique, qu'il ait eu lieu dans un environnement clos, il n'en fallait pas davantage pour que les sujets de Sa Gracieuse Majesté rajoutent leur grain de sel. Un correspondant anonyme avait appelé à cinq heures du matin pour décrire une apparition du fantôme d'Arthur Craigie, enchaîné, déclarant que son esprit ne serait jamais en repos tant que les gens de couleur de son pays bien-aimé ne seraient pas retournés dans leur habitat naturel. L'homme avait ajouté : « Ce sont pour toi et moi, vieux, des contrées exotiques », et il avait raccroché.

Mais la plupart des informations étaient officielles et allégeaient considérablement l'atmosphère : George Bullard avait téléphoné pour dire qu'on avait probablement prescrit du

Métranidozol à Jim Carter et qu'il aurait été en effet bien imprudent d'absorber de l'alcool avec ce médicament; avec l'autorisation d'Arno Gibbs, M. Clinch avait accepté de révéler le contenu du testament d'Arthur Craigie; le vrai Christopher Wainwright avait été retrouvé au Central de la Télévision et avait confirmé les déclarations d'Andrew Carter sur leurs études à Stowe, leur rencontre à Jermyn Street et le déjeuner qui avait suivi chez Simpson. Le seul point sur lequel leurs déclarations divergeaient était que Wainwright semblait avoir vraiment perdu son portefeuille. Il avait dit: «C'est Andy qui a payé», et il avait l'air aux anges.

Noleen, la voisine d'Andrew Carter à Earl's Court, avait aussi confirmé qu'ils avaient pris le petit déjeuner ensemble, le matin de la mort de son oncle. Barnaby n'avait pas cru sérieusement que le garçon fût impliqué, mais qu'un coupable dresse un écran de fumée en prétextant se livrer à une enquête, ça s'était déjà vu. Barnaby avait eu moins de chance jusqu'ici en ce qui concernait les activités d'Andrew à la salle de jeux de Blackpool mais là-bas, dans la ruche, quelqu'un y travaillait.

Le lien entre les deux affaires n'était pas évident, pour le moment, bien qu'il soit tentant d'échafauder des hypothèses. Si l'on s'en tenait aux faits, les seules certitudes dont on disposait étaient la découverte de Carter (*Andy, il s'est passé une chose terrible...*) et, peu de temps après, sa chute dans l'escalier, accidentelle ou non. Et deux mois plus tard, l'assassinat de Craigie. Le Maître pouvait ou non avoir été impliqué dans la première mort – Mlle Cuttle n'avait pas été certaine de reconnaître la voix, étouffée par l'émotion, qui disait craindre une autopsie. À supposer que ce ne fût pas celle de Craigie, avait-il lui aussi découvert une chose terrible et l'avait-on liquidé à son tour?

Si oui, cela écartait le don Gamelin, car Sylvie n'en avait informé le Maître qu'une semaine avant son anniversaire. Et ni l'un ni l'autre n'en avaient parlé à qui que ce soit. Jusqu'à l'arrivée de Guy, bien sûr, et jusqu'au soir du meurtre. Barnaby baissa les yeux sur son bloc-notes. Il griffonnait souvent en réfléchissant, des plantes surtout. Des fougères, des fleurs, des feuilles délicatement détaillées. Il avait dessiné les lances pointues et les pétales veinés qui s'enroulaient vers l'arrière de *Iris sibirica*: l'orchidée du pauvre.

«Fidéicommis» était écrit plusieurs fois dans la marge. Le mot revenait périodiquement à la surface comme s'il exigeait qu'on lui prête attention. C'était un agacement constant, car Barnaby présumait qu'il savait tout ce qu'il y avait à savoir sur le fonds en fidéicommis de Sylvie. À combien il se montait, sa détermination d'en faire don, la détermination de son père à l'en empêcher. Le refus de Craigie, feint (selon Gamelin), de l'accepter. L'inspecteur tira un trait épais dans la marge, déchira la page et la jeta à la corbeille. Le mot refit surface. Alors...

Fidéicommis: ce qui est confié à la bonne foi. Confiance, comme manque de, mal placée ou trahie, l'essence même de l'art d'un escroc. Barnaby furetait, creusait l'idée. Craigie avait-il été assassiné par un acolyte qui avait découvert sa vraie nature et s'était senti trahi? Ou par quelque victime enragée d'une arnaque passée? Un des associés perdants de l'époque, attendant patiemment que son prédateur soit relâché? La plupart étaient faciles à retrouver. Mais Craigie aurait su de qui il s'agissait et se serait tenu sur ses gardes.

Troy entra avec le rapport du labo. Il portait son habituel pantalon moulant, une chemise impeccablement repassée d'un blanc craquant boutonnée jusqu'au cou malgré la chaleur, et une cravate étroite à l'imprimé discret. Barnaby voyait rarement son sergent hors du service et il ignorait de quoi était constitué le reste de sa garde-robe mais, au commissariat, Troy ne roulait jamais ses manches ni ne portait de chemise sport. D'après Audrey, c'était parce qu'il n'avait pas de poils sur la poitrine.

Selon Barnaby, la raison de cet emmaillotement vestimentaire était plus complexe: il formait un tout cohérent avec les rapports méticuleux du sergent et l'ordre scrupuleux dans lequel il maintenait le lieu de travail. Le deuxième mouvement de Troy quand il arrivait le matin, après avoir suspendu sa veste sur un cintre et avant de demander du café, c'était d'aligner les paniers métalliques sur son bureau et d'empiler avec soin les papiers. Parfois, il frottait une tache invisible avec son mouchoir.

Il n'était guère besoin d'un psy professionnel pour déduire que tout cela avait un rapport avec la maîtrise de soi. La vigilance constante qu'il fallait déployer pour garder le désordre à distance. Un peu désinvolte, peut-être, de supposer que ce comportement était la manifestation extérieure d'innombrables rancœurs bouillonnant à l'intérieur. N'y avait-il pas là une touche de la psychologie de bazar du Cheval Ailé ? Grands dieux ! pensa Barnaby, il ne manquerait plus que je lui propose mon soutien psychologique. Il tendit la main pour recevoir la confirmation attendue, à savoir que les fragments de toile du sac de Suhami étaient identiques à la fibre recueillie sur l'arme du crime.

Troy tendit l'enveloppe et alluma le poste de télévision portable pour prendre les nouvelles de onze heures. Il y avait une interview de Mlle Myrtle Tombes, la directrice du bureau de poste de Compton Dando, si astucieusement postée devant une image du Manoir qu'elle semblait se trouver dans l'allée. Elle n'avait rien à dire sur l'affaire Gamelin ni sur les habitants de la maison et le disait avec beaucoup de conviction et de volubilité. Troy éteignit juste à temps pour percevoir un long sifflement, à l'autre bout du bureau.

Barnaby contemplait le papier en face de lui, la bouche entrouverte, les yeux vides. Troy s'approcha, fit glisser le rapport sous les doigts relâchés de son chef, s'assit et lut.

– C'est impossible. (Il secoua la tête.) Ils se sont plantés.

– Les appareils scientifiques. Hautement improbable.

– Pourtant, vous allez faire une contre-vérification, non ?

– Oh oui.

– Ça nous mène où, s'ils ne se sont pas trompés ?

– Dans un foutu pétrin. (Barnaby composa un numéro en tapant brutalement sur les touches, comme pour se venger d'une mortelle insulte.) Et jusqu'au cou.

⋆

Felicity s'était levée et habillée et elle était assise près de la fenêtre ouverte de sa chambre. Elle portait le contenu de son sac en peau de porc: un ensemble de soie grège semé de coquelicots et de fleurs sauvages. Il y avait bien les chaussures assorties, des escarpins en daim vert vif à bout découpé et à talons comme des tours de forage, mais May les avait rangées avec fermeté dans un tiroir et lui avait prêté une paire de mules confortables. Avant de les lui enfiler, elle avait massé les pieds de Felicity avec un peu d'essence parfumée. La peau cuivrée était comme du papier finement ridé; ses chevilles avaient la taille des poignets de May.

– Il faut vous remplumer, avait dit celle-ci en souriant. Plein de légumes frais et du pain maison.

– Oh, je ne peux pas manger de pain, avait répondu Felicity qui s'était aussitôt excusée en ajoutant: Vous êtes très gentille mais il faut que je garde mon trente-huit.

– Et pourquoi donc?

– Eh bien...

Le fait était que toutes les relations de Felicity faisaient du trente-huit, et à l'instant où elles dépassaient, elles se précipitaient en cure de thalasso jusqu'à ce qu'elles aient retrouvé la bonne taille. Face à plus de soixante-dix kilos d'ampleur épanouie et bienveillante, cette explication semblait évidemment tout ensemble médiocre et insultante.

– Je ne sais pas.

– Vous avez un très long chemin à faire, Felicity. Vous avez besoin de toute l'aide que nous pouvons vous apporter mais vous devez aussi vous aider vous-même. Pour le moment, vous êtes très faible, vous ne pouvez pas faire beaucoup, mais ce peu, il faut le faire. C'est votre contribution, vous comprenez?

– Oui, May.

Felicity était troublée par l'idée de contribution ; elle sentait que son esprit, aussi fragile que de la glace, pouvait à tout moment céder sous la pression. À la clinique, où elle avait vécu dorlotée comme dans un rêve, sa contribution avait été uniquement financière. Elle rassembla les vestiges de son courage famélique et demanda ce qu'elle aurait à faire.

– Pour l'instant, simplement manger un peu et vous reposer. Puis, quand vous aurez repris des forces, nous verrons.

Felicity tendit la main. En faisant ce geste, elle fut frappée par un souvenir très net. En rentrant chez elle, après sa première cure de désintoxication, elle s'était tournée vers Guy en faisant précisément ce geste-là. Il l'avait traitée de vampire sentimental et lui avait tourné le dos. Mais May prit la main de Felicity entre les siennes encore légèrement parfumées, y déposa un baiser puis la porta à sa joue. Felicity sentit ses veines se dégeler.

– Vous n'avez plus de ce truc affreux que vous vous rentrez dans le nez ?

– Non, May.

– C'est bien. Le corps est le temple qui abrite votre âme immortelle. N'oubliez jamais ça. Et ne le maltraitez jamais. Maintenant, dit-elle en relâchant doucement la main, je dois aller aider Janet pour le déjeuner. Il y aura de la bonne soupe, vous devriez essayer d'en prendre un peu.

Bien que Janet ait promis, au petit déjeuner, de s'occuper du plat principal, il n'y avait pas trace d'elle dans la cuisine. May commença à préparer la soupe, en coupant des artichauts de Jérusalem et des poireaux. Elle jeta un coup d'œil à l'étagère à épices, en se demandant quelle saveur pourrait bien tenter l'appétit de Felicity. La soupe avait l'air un peu clairette. May s'attarda sur l'éventualité d'y rajouter un soupçon de safran. L'herbier de Frère Athelstan assurait que le safran « réjouissait le cœur de l'homme » mais ajoutait une note de mise en garde, révélant que le mystique norvégien Nils Skatredt, après une nuit pénible passée à avaler des pistils de safran, en 1462, avait fait une overdose et en était mort de rire. May remit en place la petite boîte et prit un flacon de laurier.

Quand la soupe bouillonna gentiment, elle partit à la recherche de Janet. Elle alla d'abord dans sa chambre. Janet n'y était pas mais il y avait une lettre apposée à un exemplaire des *Pensées* de Pascal. May l'ouvrit puis se précipita vers le téléphone le plus proche, décidée, après s'être fait gronder à cause du départ de Trixie, à ne pas se tromper une deuxième fois.

– Elle dit, inspecteur, qu'elle a sa petite idée sur l'endroit où se trouve Trixie et que, si elle n'est pas de retour ce soir – Janet, c'est-à-dire –, elle appellera et nous dira ce qu'il se passe… Pas du tout. C'est un plaisir. Comment allez-vous? Et ce pauvre garçon avec l'…

Mais son correspondant avait raccroché et May alla chercher les autres pour les mettre au parfum.

14

JANET était mal assise, écrasée contre la vitre brûlante d'un bus à impériale à côté d'une dame corpulente pourvue de deux sacs bourrés de provisions. L'un s'étalait quasiment sur les genoux de Janet mais la dame ne chercha nullement à le déplacer ni à s'excuser. En descendant, elle s'aperçut que des tomates écrasées avaient taché sa jupe.

Elle avait troqué son fuseau contre une robe d'été à la dernière minute. Trop longue, ample, bleu électrique imprimé de taches brunes, au col rond, qui dévoilait le creux décharné de sa gorge. Elle avait alors attaché un collier de grosses perles transparentes qui ressemblaient à d'archaïques pastilles pour la toux. Elle remuait constamment les doigts dans la poche de sa robe, car elle y avait glissé les indications pour trouver le *Dix-sept Waterhouse.* (C'était bien l'adresse complète. Un immeuble d'appartements, lui avait-on dit à la poste.) Il y avait aussi un petit sachet rebondi de lavande que Heather lui avait flanqué dans la main alors qu'elle descendait l'escalier en disant : « Ce n'est pas grand-chose, Jan, mais c'est avec tout mon amour. »

Au terminus, Janet descendit, et prit à droite en suivant les indications puis encore à droite. Elle était arrivée aux feux de signalisation quand son œil fut attiré par une exquise petite fenêtre en saillie de style géorgien – un vrai bijou à elle toute seule – à la devanture d'une bijouterie. Elle traversa pour y jeter un coup d'œil.

La vitrine était pratiquement vide, comme il est d'usage lorsque les prix sont immatériels. Un ou deux plis de velours ivoire, une sensationnelle paire de boucles d'oreilles en bronze martelé et une écharpe, comme oubliée là avec désinvolture, une flaque miroitante de vert iridescent et de turquoise vif. Une petite étiquette blanche était tournée à l'envers. À peine consciente de ce qu'elle faisait, Janet entra pour la voir de plus près.

L'écharpe était en pure soie, merveilleusement fine et lisse. Elle l'imagina sur les boucles blondes de Trixie, ombrant de vert son teint crémeux. Son prix : cent vingt livres.

Janet l'acheta et, tout en libellant le chèque, elle essayait de se rappeler le chiffre du crédit sur son dernier relevé de banque. On emballa superbement l'écharpe dans une boîte plate rayée de noir et blanc, tapissée de papier de soie écarlate et nouée d'un ruban rouge vif.

Ravie de son achat, elle s'éloigna en imaginant l'expression de Trixie qui retirait tout excitée le ruban… le couvercle… le papier et, enfin, le ravissant foulard, et elle se sentit brièvement et simplement heureuse. Puis les doutes surgirent.

Avait-elle déjà vu Trixie porter ces couleurs-là ? Trixie aimait les tons pastel : le beige, le rose, le bleu pâle. D'ailleurs, pensa Janet, l'ai-je jamais vue avec une écharpe ? Oh ! Elle s'arrêta net sur le trottoir, un homme la heurta et jura. Quelle folie ! Un gaspillage absurde.

Ce dont Trixie avait besoin, c'était d'argent. Elle était toujours à court. Elle regarderait le cadeau ravissant et penserait : Mon Dieu, tout ce que j'aurais pu faire avec ce fric ! Car elle devinerait le prix, à cinq livres près. Elle connaissait toujours les prix.

Janet restait là à hésiter tandis que les gens se pressaient autour d'elle, que les klaxons retentissaient et qu'elle étouffait dans les gaz d'échappement. Devait-elle aller rendre l'écharpe ? La boutique accepterait-elle ? Mais alors, elle se présenterait au dix-sept Waterhouse les mains vides et elle tenait tant à arriver avec un cadeau. J'aurais dû acheter quelque chose de vraiment utile, se dit-elle avec un regret tardif. À manger. Ou à boire.

Sur le trottoir d'en face, il y avait un Marks and Spencer. Avec la même insouciante impétuosité, elle traversa et, un moment plus tard, se retrouva au rayon alimentation.

Voilà bien longtemps qu'elle n'avait pas mis les pieds chez Marks and Spencer et ce fut comme une révélation. Penchée au-dessus du rayon des surgelés, elle savoura l'air froid sur ses joues brûlantes et prit une boîte scintillante de cristaux : tourte américaine au caramel. Elle ajouta une barquette de glace au citron. Puis elle se tourna vers les plats tout préparés, choisit du canard croustillant à la Pékinoise, des crevettes Won Ton, un steak dans le filet au poivre vert et du saumon en aumônières. Elle empila dans son chariot du vrai café, de la crème fraîche, un fromage rond aux herbes enveloppé de feuilles de vigne et des framboises sauvages. Une grande boîte de chocolats belges. Du pain, bien sûr (une tresse de *ciabatta* italienne), du beurre, des asperges. Au rayon fruits, elle choisit deux mangues, un melon délicieusement parfumé et des grappes de muscat. Puis elle aperçut un chou-fleur : des bouquets serrés, blancs comme neige, des feuilles impeccablement fraîches. En pensant aux pauvres productions d'Arno, pleines de charançons, elle se dit qu'il le lui fallait, ce chou-fleur. Pareil pour le champagne.

En empilant ses achats à la caisse, elle se rendit compte qu'elle aurait été plus avisée de prendre un panier. Elle acheta deux grands sacs solides, qui s'ajoutèrent à sa note : cinquante-quatre livres et dix-sept pence.

Quand elle sortit du magasin climatisé, elle fut saisie. Elle posa ses sacs sur le trottoir brûlant, en s'efforçant d'oublier la circulation bruyante. Elle examina encore une fois son plan pour retrouver ses repères, puis arrêta une femme avec une poussette et lui montra l'adresse.

– Tout droit et tournez dans Caley Street, dit-elle en regardant les courses de Janet. Ça fait une petite trotte.

– Ah oui ?

– Une bonne vingtaine de minutes. Si j'étais vous, je prendrais le bus, dit-elle en indiquant de la tête une queue qui s'étirait tout près. Le cinquante-sept.

Janet attendit donc le cinquante-sept et elle put poser ses sacs dans l'espace derrière la plate-forme. Elle agrippait la boîte noire et blanche d'une main, se tenait à la barre de l'autre. Au quatrième arrêt, le bus se vida à moitié et le contrôleur cria : « On descend ici. »

Elle regarda autour d'elle, perplexe, se tourna et demanda : « Vous êtes sûr que c'est là ? » mais le bus démarrait déjà.

Elle se trouvait devant un terrain vague semé d'ordures, autour duquel s'élevaient cinq grandes tours couleur de cendres. Un gamin passait sur un skateboard et elle l'attrapa par le bras.

– Waterhouse ?

– Savez pas lire ? cria-t-il en pointant du pouce derrière son épaule.

Un panneau en bois aux lettres orange et blanches écaillées montrait le plan de l'endroit. Waterhouse était apparemment l'immeuble le plus éloigné. Elle reprit ses sacs et se remit péniblement en marche.

Au bout de quelques minutes, le bruit de la rue en sourdine, elle prit conscience d'une atmosphère toute différente. Oppressante, confinée, singulière : singulière parce que Janet était environnée de centaines de gens, à quelques mètres d'elle, entassés jusque dans les nuages. Elle renversa la tête et se dévissa le cou pour regarder vers le haut. Aucun signe de vie. Malgré le temps magnifique, pas un chat sur les balcons, peut-être parce que le linge qui y séchait ne laissait aucune place. Personne ne regardait par la fenêtre, non plus. Elle songea que les autres passagers avaient disparu très vite. C'était plutôt étrange.

Elle passa devant des poubelles métalliques, plus grandes qu'elle, nauséabondes, bourdonnantes de mouches, et s'engagea dans une allée. Elle marchait sans faire de bruit pour ne pas attirer l'attention. L'endroit était couvert de graffiti. Tout était très banal. Janet, anxieuse et en nage, fut contente d'atteindre l'autre extrémité.

C'est alors qu'elle reçut un choc. Devant elle, un groupe de jeunes à califourchon sur des motos. La moto la plus proche, grosse et menaçante, d'un noir étincelant, avec un rétroviseur géant, tenait plus de l'arme de guerre que du moyen de transport.

Elle s'arrêta net et eut un coup au cœur. Les garçons la dévisageaient, l'œil dur. L'un d'eux siffla comme un loup et les autres poussèrent des cris d'encouragement. Par pure lâcheté, elle songea à leur demander où était Waterhouse mais se ravisa et continua à marcher. Ils ne lui bloquaient pas le passage. Elle avait à peine fait quelques pas qu'un rugissement formidable déchira l'air. Elle faillit sauter en l'air et lâcha la boîte noire et blanche. Les garçons écroulés de rire en tombèrent presque de leur selle.

Atteignant enfin son but, elle fit un pas sous le surplomb en béton et déposa ses sacs. Autour d'elle, de méchantes portes numérotées de un à quatre. Donc, quatre appartements à chaque niveau. Donc, s'il y avait quatre appartements à chaque niveau, V. serait au cinquième. Janet pressa le bouton 5 et attendit. Elle appuya de nouveau et commençait à s'impatienter quand elle entendit un bruit sourd à sa droite. Une jeune fille apparut, en jean serré et en chaussures pointues, qui descendait un bébé dans une poussette. Un petit gamin suivait en peinant, tout en larmes à la perspective d'être laissé en arrière.

– Vous pouvez attendre jusqu'à Noël, dit la fille.

– Pardon ?

– Ça ne marche pas, hein ? (Elle tira le petit garçon en lui tordant le bras, et lui faisant descendre les deux dernières marches.) Allez... (Elle avait l'air aussi irritée que s'ils revenaient de faire les courses.) Grouille-toi un peu, zut !

Elle s'éloignait. Janet s'écria :

– Vous ne savez pas si les gens du dix-sept sont là ?

Le petit garçon se mit à pleurer pour de bon. La fille ne répondit pas.

Janet s'avança au bas de l'escalier et leva les yeux. Il y avait huit marches, une à angle droit, et huit autres en épingle à cheveu. Cela ne devait pas être trop difficile. Et puis elle n'était pas pressée et elle se sentait suffisamment fraîche. Elle entama son ascension.

À la première «plate-forme», elle dut s'arrêter pour rééquilibrer ses sacs. La bouteille de champagne tapait contre son genou. Elle tourna le sac, respira plusieurs fois profondément et grimpa péniblement encore deux étages. À mi-chemin, la semelle de sa sandale se prit sous le bord d'une marche et elle faillit tomber.

Pantelante, elle fit une seconde halte, et sentit une vive douleur concentrée entre ses omoplates. Elle remarqua alors une tache humide qui s'élargissait sur sa belle boîte, posée sur la barquette de glace. Découragée, elle la fourra sous son bras et reprit l'escalade.

À la halte suivante, elle ressentit un point de côté plus violent encore que sa douleur dans le dos. Ses épaules étaient raidies et endolories, comme rouées de coups, et ses mollets tremblaient. La sueur lui dégouttait dans les yeux.

Elle allait de nouveau déposer ses sacs quand elle remarqua une bouillie à ses pieds: des chips écrasées, des papiers gras, une carcasse de poulet grouillante de mouches, des excréments. Elle se força à monter encore huit marches, s'assit sur la dernière, et posa sa tête douloureuse sur ses genoux, en luttant contre les larmes.

Elle resta assise un long moment, sachant qu'elle ne pourrait pas monter plus haut, du moins ainsi chargée. Peut-être pouvait-elle cacher ses sacs dans un coin. Puis, quand elle aurait dit bonjour à Trixie, elle lui énumérerait les choses délicieuses qu'elle avait apportées et elles descendraient ensemble les chercher. La certitude que Trixie serait là, au dix-sept, avec ou sans le mystérieux V., avait grandi en elle. Elle se voyait avec eux deux riant et mangeant les crevettes Won Ton, buvant le champagne qui moussait dans les flûtes. Elle chercha du regard un endroit pour dissimuler les sacs.

Elle finit par trouver un coin, une sorte de balcon, où elle les poussa. Soudain, à une des fenêtres, un berger allemand surgit en aboyant furieusement et en montrant les dents. Apeurée, Janet s'écarta d'un bond de côté, et fit tomber la boîte par-dessus la rambarde.

En poussant un cri, elle happa l'air, effleura le ruban et la boîte disparut. Elle tomba avec lenteur et légèreté, en tourbillonnant. Alertés par son cri, les garçons levèrent la tête. Janet les vit s'avancer vers l'objet. Ils ressemblaient à un essaim d'insectes.

Elle se détourna et recommença à grimper, soulagée de pouvoir au moins s'appuyer sur la rampe. Avant qu'elle n'atteigne le quatrième niveau, ses sacs avaient disparu. Au cinquième, les garçons avaient démarré leurs machines et slalomaient entre les bornes. Accrochées à leurs antennes, avec leurs fanions menaçant de méga-mort et de destruction, flottaient des lanières de soie bleu-vert.

★

Trixie se pelotonna dans le lit étroit, se pressa contre l'échine de son chéri. Ils avaient fait l'amour et dormi, fait l'amour et dormi. Elle, elle exultait de plaisir; lui, il était plein de gratitude, heureux mais anxieux, doutant encore de la réalité, inquiet à l'idée que sa femme revienne.

Elle les avait surpris, six mois auparavant. Elle avait enfermé Victor dans la salle de bains et tabassé Trixie. Puis après l'avoir flanquée dehors, en sang et couverte de bleus, elle avait délivré Victor et en avait fait de la chair à pâté. C'est qu'elle était forte, la Hedda!

Trixie avait filé chez sa sœur à Hornchurch puis, après avoir aperçu une affiche dans une librairie, s'était réfugiée au Cheval Ailé. Son travail dans une boutique de vêtements n'avait pas été une grande perte mais Victor, c'était autre chose. Elle téléphonait souvent, raccrochait quand Hedda répondait. Elle avait fini par le joindre, lui avait indiqué où elle logeait et il avait déniché un coin pour leurs rendez-vous. Ils s'écrivaient et parfois se téléphonaient, angoissés. Elle ne lui avait jamais reproché son manque de courage, sachant qu'elle avait le même défaut.

Elle l'embrassait maintenant sur ses petites oreilles bien ourlées et vit sa bouche sans fermeté esquisser un sourire, comme s'il se souvenait, dans son sommeil, qu'elle était là. La chambre sentait le renfermé et les épices. Sur la table, des barquettes d'aluminium et des canettes de bière vides. La veille au soir, ils avaient fêté le départ de Hedda. Elle était partie avec un lutteur professionnel à Stamford Hill. Elle avait pris toutes ses affaires, donc ce devait bien être vrai. Mais V. restait inquiet.

Pas Trixie. Elle était entrée en se pavanant joyeusement dans l'appartement, elle embrassait son amant et riait d'un rire tout neuf et fanfaron. À sa troisième bière, elle avait dit : « Qu'est-ce que tu penserais si je te disais que j'ai tué quelqu'un ? » Victor avait ri : « Toi, mon joli petit chat ? » et l'avait prise sur ses genoux. Trixie le laissait la taquiner, tout en songeant : et pourtant c'est vrai. Si Hedda revient, je le lui dirai, et elle verra à ma tête que c'est vrai, et elle nous laissera tranquilles.

En entendant des pas sur le balcon, Victor ouvrit les yeux, vivement alarmé.

– Tout va bien... chut..., dit Trixie, bien que son cœur batte un peu plus vite.

Elle l'enlaça et ils restèrent ainsi sous la couette, absolument immobiles. Ce n'était pas Hedda, les pas étaient trop légers. Peut-être quelqu'un de la mairie. Un fouineur qui voulait leur faire des ennuis.

La boîte aux lettres cliqueta. Trixie étouffa un rire, en se couvrant la bouche avec un coin du drap. Victor murmura : « Chut... » Ils restèrent sans bouger, en retenant leur souffle. Victor chuchota :

– Qu'est-ce qu'on va faire ?

– Rien. Ne t'en fais pas. Il va s'en aller.

Et, au bout d'un long moment et des coups répétés à la porte, en effet, les pas s'éloignèrent.

*

Le groupe de méditation du soir sur la terrasse fut un échec. Tout le monde s'assit sur les dalles ourlées de thym, chacun enfermé dans ses soucis personnels. Quand ce fut terminé, il y eut une petite discussion bien triste sur les funérailles du Maître. Ils avaient tous l'air de penser qu'il valait mieux en finir au plus vite. Suhami dit qu'elle ne supportait pas d'imaginer l'enveloppe corporelle du Maître gisant dans un tiroir métallique, dans le noir. Il aurait dû reposer sous un grand catafalque, au bord de la mer, peut-être, sous un doux soleil. Tout le monde avait voté pour l'incinération.

– C'est ce qu'il aurait souhaité, dit May. Esprit de l'air et de la lumière, tel il était. Dans le souffle du vent.

Ken et Heather lancèrent un coup d'œil timide à leurs souverains. La veille, comme les autres, ils avaient rondement exprimé leur plaisir et leur surprise quand May et Arno leur avaient appris les passionnantes nouvelles mais ils doutaient d'être bien vus, désormais, et qu'on leur fasse encore confiance. Ils avaient le sourire pincé des gens trop serrés dans leurs souliers. À l'intérieur de la maison, le téléphone se mit à sonner et Heather s'écria : « J'y vais, j'y vais ! »

L'assemblée se dispersa. May disparut pour préparer la tisane de Felicity. Suhami alla traire Calypso. Chris voulut la suivre mais fut gentiment éconduit, insista, puis finalement rentra dans la maison, le visage assombri de colère et de désarroi. Heather revint en disant qu'il s'agissait d'une erreur et demanda si Arno voulait bien l'aider à remettre Ken sur ses pieds pour sa petite marche. On lui avait conseillé de faire de l'exercice et, toutes les deux heures, il allait discrètement clopiner. Alors Heather proposa de faire un tour dans le village, puisque le portail était libéré des hordes journalistiques.

Arno les regarda s'éloigner, Ken se plaignant haut et fort que c'était beaucoup trop loin, puis il se dirigea vers la cuisine pour laver la vaisselle du dîner. Il aurait dû être indigné par la conduite des Beavers, mais il se trouvait lui-même dans un état d'esprit si extraordinaire que c'est à peine s'il s'apercevait de la présence des autres, et encore moins de leurs faits et gestes.

Tout avait commencé la veille. Peu de temps après l'exposé remarquable du testament du Maître, Arno avait senti frémir en son sein timoré la brise vivifiante d'une assurance embryonnaire. Il avait été choisi ! Non pour ses qualités remarquables de guide spirituel, évidemment (Arno n'était pas du genre à se faire des illusions), néanmoins, on l'avait jugé capable. Cette nuit-là, avant de se mettre au lit pour sombrer instantanément dans un bienheureux et paisible sommeil, il avait rallongé ses prières en demandant la force et le courage d'endosser ses nouvelles responsabilités.

Il s'était réveillé tout aussi bienheureux et paisible. Mais presque aussitôt, une idée nouvelle, terrible, s'était emparée de lui et l'avait glacé de peur. Il avait bondi de son lit comme si, par un mouvement rapide, il avait pu déjouer cette pensée, s'était habillé à la hâte et précipité à son affaire. Tout au long de la journée, il avait accompli non seulement ses propres tâches mais une bonne partie de celles des autres.

Pourtant, l'activité physique ne lui parut pas la bonne solution. Son corps avait beau être occupé, son esprit continuait à bouillir comme une marmite, et renvoyait sans cesse à la surface cette idée alarmante. La vérité, c'était que son amour passionné pour May avait fini par triompher. En les liant tous deux plus ou moins officiellement, le legs du Maître avait plongé Arno dans un état tel qu'il était sur le point de se déclarer.

Plusieurs occasions s'étaient présentées durant la journée mais aucune ne lui avait semblé propice. À un moment, se rappelant l'adoration que May vouait au bleu indigo, il alla dans le jardin et cueillit toutes les fleurs bleu foncé qu'il put trouver. Il revint, les bras chargés de lupins, de delphiniums, de campanules, puis se retrouva raide de peur à l'idée même de les offrir. Quant à bafouiller une déclaration d'amour… Les fleurs trempaient à présent dans un seau près de l'évier.

Un des problèmes – enfin, le principal problème – était qu'Arno n'était plus capable de s'illusionner sur la pureté, la noblesse et la nature spirituelle de son affection. Il savait désormais qu'il ne lui suffirait plus de partager avec elle dans une heureuse et platonique servitude les douces choses prosaïques de la vie quotidienne. De la vénérer à distance respectueuse. Il voulait davantage.

– Oh ! s'écria Arno tout haut dans la cuisine vide. Je ne vaux pas mieux qu'une bête !

Il avait lutté contre ces débordements. Ses bains étaient plus frais, sa peau rosie par les frictions au loofah. Il s'était appliqué à lire dans l'herbier du Frère Athelstan le chapitre sur l'Évacuation des Humeurs Troubles, où il était préconisé de cueillir des fleurs d'hysope, de les faire sécher au four, de mélanger les restes pourpres à de l'huile d'amandes douces, de s'oindre le ventre de cette pâte et de s'allonger pendant une demi-heure, les pieds surélevés sur un coussin, toutes choses qu'Arno avait accomplies scrupuleusement. Il s'était senti mieux mais sa peau avait viré au bleu.

Il avait essayé de se raisonner, ce qui s'était révélé difficile, de concevoir des pensées revigorantes, ce qui s'était révélé très facile. Quand il tentait d'accéder à sa fontaine de sagesse intérieure, comme l'appelait le Maître, il était toujours pris de vitesse par Priape, qui en troublait la clarté. Alors, en fin de compte, Arno avait été contraint d'accepter cet irrésistible appel du sang, réconforté par la seule certitude qu'au moins il ferait ce qu'il convenait et qu'il garderait ses sentiments pour lui. Ainsi en fut-il. Jusqu'à ce jour.

Ce jour-là, il lui était venu à l'esprit qu'il ne trouverait pas la paix tant qu'il n'aurait pas parlé. Il avait songé aussi que, s'il échouait, elle était perdue pour lui à jamais. Car, malgré l'injonction du Maître, Arno se disait qu'il n'importunerait pas May de sa présence. Tout le jour, comme un fantassin avant une grande bataille, il avait guetté des présages favorables. Après le déjeuner, il avait été gratifié d'un signe. En vidant sa chope d'Acorna, le dépôt, au fond, avait formé un cœur parfait. Ceci l'avait considérablement rasséréné. Il lui sembla que c'était le moment. Il n'aurait à parler qu'une seule fois et, du reste, combien de temps cela prenait-il de dire trois petits mots ? Un rien de temps. Bien sûr, il faudrait y ajouter quelques mots tendres.

En pensant aux mots tendres, Arno eut la chair de

poule. Peut-être pouvait-il glisser son dernier haïku parmi les fleurs. Il sortit le poème de sa poche.

May, déesse, reine du cœur,
Amer est le chemin sans toi.
Sois unie. À moi.

Il avait triché au dernier vers, auquel il manquait une syllabe mais qui, en revanche, avait de la vigueur et du poids. Là-dessus, aucun doute.

Il avait lavé, essuyé les verres qu'il commençait à ranger quand il tomba sur le cognac. Renfoncé, de manière tout à fait pharmaceutique, derrière les flocons d'avoine, les haricots et l'orge. Sans idée vraiment précise, Arno prit la bouteille, qui était bien grande et bien pleine. Il s'en versa dans un petit verre qu'il avala.

L'alcool lui brûla la gorge et le fit tousser, mais il n'y avait pas de doute, une fois la gêne passée, il se sentit mieux. En fait, il se sentit tellement mieux qu'il se décida pour un second. Celui-ci glissa plus facilement, ne provoquant rien de plus désagréable qu'une bonne chaleur rayonnante dans la poitrine. Arno s'était toujours douté que l'alcool produisait les effets qu'il ressentait maintenant : la perte des inhibitions, l'apparition magique de l'assurance dont il avait besoin pour accomplir sa courageuse, sa téméraire sortie. Il opta pour un troisième, puis s'assit d'un seul mouvement en piqué, la tête un peu pâteuse.

Pour on ne sait quelle raison, un souvenir surgit. À une époque, il avait vu une pièce de théâtre amateur ; l'action se déroulait en Russie : deux personnages étaient censés, de l'opinion des autres, être amoureux l'un de l'autre. Elle faisait ses valises pour s'en aller, lui se tenait près de la porte. Elle croyait qu'il allait se déclarer et lui croyait qu'il allait se déclarer, mais il n'en fit rien, et elle s'en allait pour devenir une sorte de gouvernante. Arno avait été très ému par le gâchis pathétique de la situation. Il considéra ce souvenir comme un avertissement et un encouragement.

Au cas où le chagrin lui ôterait ses forces, il prit un autre verre et se dirigea avec quelque difficulté vers la fenêtre. Il l'ouvrit et l'air doux vint lui baigner le visage. C'était agréable mais il aurait eu besoin de quelque chose de plus stimulant. C'est alors qu'il entendit le violoncelle.

Elle était en train de jouer les chakras qui, lui avait-elle expliqué une fois, correspondaient aux sept notes de la gamme. Comment savait-il qu'elle ne jouait pas simplement la gamme, il n'aurait su le dire. Une richesse particulière dans le timbre, peut-être. Une résonance plus profonde dans la pause. Pouvait-on *entendre* les couleurs ? Il s'agrippa au bord de l'évier, tendant l'oreille afin de ne pas manquer le moindre filet du son éclatant.

Il se sentait ivre de joie, gonflé d'une immense confiance. Comme si toute la force dont il aurait besoin pour les soutenir tous les deux, maintenant et dans les années à venir, lui avait été donnée d'un seul coup, d'un seul. Et cette force-là était loin de l'alourdir, il s'élevait avec. Il volait. Il fut soudain tout à fait persuadé qu'elle serait sienne, il le savait ! Toute son extravagance, toute son exubérance, sa fantaisie ! Tandis que flottaient les notes adoucies, Arno, dans un accès frénétique de nympholepsie, recréa sa musicienne bien-aimée et la vit, non pas dans un manoir anglais, mais à califourchon sur un nuage frangé d'or, fendant les cieux coiffée d'un casque étincelant aux cornes étincelantes. C'était le moment, c'était l'occasion capitale. Son *kaïros*.

Galvanisé par ces excès physiques, Arno se mit à tirer les fleurs du seau. Il chercha des yeux quelque chose pour les attacher. Comme rien de la bonne longueur, largeur ou texture ne se présentait, il se contenta d'un torchon. La stratégie était la suivante : lui offrir les fleurs, s'extasier un moment sur la pureté de son âme, les délices de sa conversation et sa beauté éblouissante, s'incliner profondément comme pour recevoir une bénédiction, puis se retirer. Ce ne devait pas être trop difficile. Tout le monde pouvait débiter un brin de cour. Il glissa le poème entre un pied-d'alouette et un delphinium et trotta vers la porte quand la musique s'interrompit au milieu de la gamme (quelque part entre le plexus solaire et le cœur).

Arno s'immobilisa, tout ouïe dans le silence qui se prolongea. Que se passait-il? Était-elle malade? Il sentit un frisson de peur le parcourir jusqu'à ce que la raison reprenne son empire. May n'était jamais malade. Ces membres à la Rubens, ces yeux flamboyants et ce sein brûlant d'un feu inextinguible n'étaient pas seulement sains : ils étaient indestructibles.

Peut-être avait-elle simplement fait une pause pour retendre une corde? Ou pour reposer son bras? Mais en plein milieu de la gamme? Tandis qu'il hésitait, déconcerté, cramponné à son bouquet, un autre son plus étrange lui parvint aux oreilles. Un son aigre-doux, pur, entrecoupé de brefs gargouillis gémissants. Il crut d'abord qu'elle chantait. Il est vrai que le débit était clair et plaintif, étrangement musical, et rappelait les ballades françaises du Moyen Âge accompagnées au luth. Mais une cadence plus sinistre lui fit comprendre l'horrible vérité. Elle ne chantait pas, elle pleurait.

Fou de pitié et de terreur, Arno se rua dans le couloir. May était assise sur la chaise de nourrice, penchée sur son instrument, l'archet en position. Ses joues étaient humides et son profil marqué de chagrin. Arno s'arrêta sur le seuil, le cœur serré à cette vue. Il fut incapable de parler. Il ne pouvait même pas bredouiller une phrase de réconfort, et encore moins prononcer son eulogie chevaleresque.

D'abord, absorbée dans sa peine, elle ne le remarqua pas. Alors, toujours agrippé à son bouquet, Arno fit un pas hésitant en avant. Elle se tourna et dit simplement :

– Oh, Arno, il me manque tellement !

Ce fut suffisant. Libéré, enhardi, Arno s'approcha. En s'écriant : « Ma May chérie », il l'enlaça et se lança dans un discours débordant d'adoration.

Alors, les choses se compliquèrent quelque peu. May se leva, confuse plutôt qu'inquiète ou consternée. En s'accrochant aux voluptueuses épaules drapées de soie, Arno glissa. Il y eut une brève et tumultueuse mêlée de plis ondulants, de petites jambes corpulentes, de spirales de fleurs bleues et de luisant bois de rose, suivie d'un hurlement d'une amplitude primitive, mais il aurait été impossible de dire s'il était provoqué par la joie ou la souffrance.

★

Il était presque sept heures. Barnaby était assis, tête dans les mains, le crâne bourré à exploser d'un kaléidoscope de détails, les idées surchauffées et émoussées. Un labyrinthe de visages, de voix, de croquis, d'images. Mais quel fil le conduirait à la clarté du jour ?

Qu'il y ait une bonne partie de la cargaison à larguer, il n'en doutait pas mais, pour le moment, il n'osait rien jeter. Il souleva et rabaissa ses épaules raidies puis les rejeta en arrière afin de les détendre un peu. Troy regardait sa montre.

– Je suppose qu'ils sont en train de dire leurs psalmodies du soir au Cheval Ailé, dit-il, ou de danser en rond, ou de faire leurs trucs débiles.

– Ne soyez pas comme ça, Troy. Il se peut que vous vous réincarniez vous-même un jour.

– Ce qui me frappe, c'est que la plupart des gens qui se réincarnent n'auraient jamais dû s'incarner du tout.

Barnaby se mit à rire et Troy parut déconcerté. Ça lui prenait au chef, des fois. Il gardait un visage de marbre quand on sortait plein de petits traits spirituels et il se tordait de rire quand on était sérieux.

– Il se fait tard, monsieur.

– Et s'il arrivait encore quelque chose ?

– Vous n'aviez pas dit que c'était l'anniversaire de Cully ? (Barnaby n'aimait pas la lubricité sans fard que trahissait la voix de son sergent quand il prononçait le nom de Cully.) Il va y avoir une réception ?

– Une petite. Elle se fiance.

– Ah ouais ? Qu'est-ce qu'il fait ?

– C'est un acteur.

– Alors, il passe à la télé, dit Troy avec une confiance pleine de simplicité.

Barnaby ne répondit pas. Il contemplait la pile de dépositions. Celle de Gamelin se trouvait sur le dessus. Y avait-il là-dedans, enfouie dans cette page imprimée, ou dans les autres, une ligne qui pouvait être réinterprétée ? Un fait qu'on pouvait voir sous un autre angle.

Troy observait son chef avec compassion.

– Je parie sur ce Maître Rakowkzy. Quand on donne gratuitement un conseil juridique, c'est louche. La plupart des notaires vous font payer cinquante livres juste pour vous péter dans la poche. (Il gloussa.) Et à propos de notaires, vous avez réfléchi sur Gibbs et May Cuttle ? Je veux dire, ils ont un vrai mobile. Un manoir élisabéthain, du terrain, sans parler de la chèvre. Je sais qu'ils ont l'air d'innocents idéalistes...

– Les idéalistes ne sont jamais innocents, dit Barnaby sans lever les yeux. C'est eux qui causent la moitié des problèmes. Vérifiez-moi ça. (Troy prit la déposition de Gamelin, la lut jusqu'au bout et prit un air ébahi.) Ça nous apprend quelque chose sur la scène du meurtre qui n'est pas dans les autres dépositions.

– Non, je ne vois pas, fit Troy en fronçant les sourcils.

– Si. Relisez-la.

Troy relut et relut encore.

– Ohhh... (Il haussa les épaules.) Et qu'est-ce que ça change ?

– Cela montre peut-être, dit Barnaby en reprenant le papier, une autre façon de voir les choses. Ce n'est pas une mauvaise idée, surtout quand on est coincé.

– Juste. (Troy prit les devants pour échapper au sermon imminent sur l'ouverture d'esprit.) Vous ne voulez pas y aller maintenant ?

– Humm... (Barnaby se leva à demi, sans quitter des yeux le bout de papier.) Je crois que nous allons avoir une autre conversation avec ce gamin fou, demain. On va essayer de découvrir pourquoi il est si convaincu que la mort de Craigie était un accident. Et pourquoi il a tellement peur. Gibbs cherchait à nous empêcher de le voir. On prendra quelqu'un d'autre pour assister à l'entretien. Il se peut qu'on ait un peu plus de chance.

– À quelle heure ça commence, les serments ?

– À sept heures et demie.

– Vous arriverez juste à temps, alors.

Barnaby fit « Humm » encore, tambourina sur son bureau, ralluma son ordinateur. Troy n'y comprenait goutte. Traîner au bureau le jour des vingt et un ans de sa fille !

– Je reste. (Un bref regard de surprise.) J'ai manqué le bain du bébé et son coucher, alors il n'y a pas le feu.

– C'est gentil à vous, Gavin, dit Barnaby qui pensait : « Pauvre vieille Maureen. » On n'aura probablement plus rien ce soir. Et, bien sûr, on peut toujours me joindre chez moi. Tout de même, j'apprécie.

– Disons, jusqu'à neuf heures ?

– Parfait. Il se peut que je sois de retour avant.

– Bien sûr, chef, dit Troy qui pensait : « Pauvre vieille Cully. »

Après le départ de Barnaby, il traîna docilement pendant une demi-heure, entrant et sortant du bureau, bavardant avec le personnel de service, prenant quelques appels sans intérêt. Puis, comme il s'ennuyait, il décida d'aller dîner à la cantine. Il laissa des instructions : au cas où sa femme appellerait, on devait dire qu'il était sorti et si quelque chose en rapport avec l'affaire du Cheval Ailé arrivait, on devait le déposer immédiatement sur son bureau. Il s'en alla.

Ce n'était pas tant qu'il ait faim : il y avait une nouvelle caissière à l'équipe de nuit. Gentiment mariée et, d'après les bruits de vestiaires, pas tout à fait contre le fait de virer un peu de bord. Troy chargea son plateau de spaghetti, de frites et d'une chope de thé couleur rouille, et arriva à la caisse. Il remarqua avec plaisir les longs faux cils, le tablier bien tendu et les lèvres rose vif. Brillantes, aussi, comme si elle les léchait souvent. Peut-être qu'elle était impatiente ? Cinquante pence de monnaie. En tendant la pièce, la fille battit des cils.

– Vous devriez donner ça aux chiens aveugles, dit-elle.

– Aux chiens aveugles ? (Troy vit la boîte et y lâcha sa pièce, en considérant son geste comme un investissement.)

Pauvres diables. Et on ne peut même pas leur expliquer, hein ?

Elle eut l'air ahuri. Oh, bon ! Il n'en avait pas après son sens de l'humour.

Un peu plus tard, elle vint débarrasser. Troy tapota la place près de lui et, quand elle se fut assise, il lui dit qu'il aimerait bien être le cuir de sa chaise. Il y eut encore quelques phrases de la même farine et beaucoup de petits gloussements sexy. Tout ça était très plaisant, pour ne pas dire prometteur, et Troy fut très désolé qu'un cri provenant des cuisines la fasse déguerpir. Il commanda une double part de gâteau et lorsqu'il eut fini, une autre tasse de thé, et les deux fois il badina à la caisse. Puis il fuma une clope, la tournant entre ses doigts en regardant la fumée faire des ronds. Tout cela prit un peu de temps et, bien sûr, il le regretta plus tard. Mais comment aurait-il pu savoir qu'il en coûterait une vie ?

⋆

Barnaby arriva chez lui à sept heures et demie tapantes pour découvrir que la double fête était en fait triple, car Nicholas, en dernière année d'école dramatique, venait de remporter la médaille Gielgud tant convoitée.

– Ce qui me plairait vraiment, dit Nicholas, et élargirait un peu mon horizon, ce serait de quitter quelque temps le théâtre traditionnel. Essayer le mime. Ou peut-être le cirque. Ça serait fantastique.

– Pour le mime, il faudrait que tu ailles en Espagne, dit Cully. Ou en France.

– Un de mes suspects a travaillé dans un cirque espagnol, dit Barnaby. Comme dompteur de lions.

– Et il a eu du succès ? demanda Nicholas.

– Nous étions allés voir un spectacle de mime le soir où nous nous sommes fiancés, dit Joyce. Tu te rappelles, Tom ? Au Saville ?

– Bien sûr que je me rappelle. Il se réjouit à ce souvenir si net qui le distrayait, ne serait-ce qu'un instant, de son travail. On avait d'abord dîné à Mon Plaisir.

– Ils étaient bons ? demanda Nicholas. La troupe.

– Il n'y avait qu'un seul mime. Marcel Marceau.

– On dit qu'il est génial, fit Cully.

– En effet, dit Barnaby. Il remplissait la scène de gens. Il leur parlait, il dansait avec eux. On aurait juré qu'ils étaient là. Il y avait une séquence où il marchait contre le vent qui le faisait littéralement tomber.

– Ça alors ! fit Cully.

Nicholas et elle s'étaient arrêtés de manger.

– Le mieux, j'ai trouvé, dit Joyce, c'était la séquence finale. Le fabricant de masques. Il avait sa pile de masques – imaginaires, bien entendu – qu'il essayait, un à un. Son visage à lui était très beau et extraordinairement mobile, comme du caoutchouc. Tous les masques étaient différents. Il les tenait devant lui, rapidement et, à chaque fois, son expression était complètement transformée. Le dernier était terriblement tragique. Et il ne pouvait pas l'enlever. Il tirait, il tirait et finalement il le déchirait sur les côtés, de plus en plus affolé. Mais le masque ne bougeait pas. Mais – et ce qui était incroyable –, alors que le masque ne bougeait pas, on pouvait quand même entrevoir ce qu'il y avait dessous. Voir sa terreur quand il a compris qu'il allait rester comme ça jusqu'à la fin de sa vie.

Un silence total suivit ce récit dramatique. Cully et Nicholas étaient en extase. Barnaby traçait sur la nappe des lignes avec sa fourchette. Finalement, Nicholas déclara :

– Dieu, j'aurais aimé voir ça !

– Il revient de temps en temps. On dit toujours qu'on va y retourner mais on ne trouve jamais le temps. Ce n'est pas vrai, Tom ?

Il y eut un long silence. Cully fit plusieurs passes élégantes devant les yeux de son père. Nicholas se mit à glousser.

– Ne ris pas. C'est un grave délit de se moquer de la police dans cette maison.

– Sérieusement, Tom, dit Joyce, tu vas bien ?

Il semblait si pâle, si refermé sur lui-même, l'œil fixe comme s'il ne la reconnaissait plus. Les trois commencèrent à s'inquiéter pour de bon.

– Oui. (Il les aperçut enfin et remarqua leur inquiétude.) Je suis... désolé. Désolé. Très bien. Bien sûr. Oui. Je vais bien, fit-il en leur souriant. Désolé. Je vais très bien. Oui.

– Non, tu ne vas pas très bien, dit Joyce. Tu marmonnes.

– On devrait retourner à Mon Plaisir, chérie. Pour nos noces d'argent. Allons-y tous.

– Je vais chercher la glace. (Joyce disparut dans la cuisine, en criant par-dessus son épaule :) Cela te calmera.

Elle regardait par le passe-plat quand le téléphone se mit à sonner. Une vibration stridente, et la chaise de Barnaby était vide.

⋆

Tandis que la voiture filait dans la nuit épaisse, les deux hommes faisaient le point. Barnaby avait immédiatement deviné la vérité quand Troy l'avait appelé pour lui communiquer la nouvelle. L'idée qu'il avait eue pendant le dîner lui avait simplement servi à confirmer son hypothèse.

– Curieux, disait Troy.

Il mit le clignotant et ralentit ou plutôt accéléra moins férocement.

Le portail du Manoir était grand ouvert et, à part une unique lumière au rez-de-chaussée, l'endroit était plongé dans l'obscurité. La camionnette manquait. Alors que le véhicule de police s'engageait dans l'allée, la lampe halogène transforma la maison en une coquille aux orbites creuses.

Ils descendirent de voiture et Barnaby frappa de grands coups à la porte tout en sonnant en même temps. N'obtenant aucune réponse, il tourna la poignée et entra. Haussant un sourcil devant cette interprétation désinvolte du règlement de police, Troy était sur ses talons.

– Ohé ? s'écria Barnaby.

Mais l'appel fut avalé par le silence. La maison paraissait déserte.

– Je n'aime pas ça. (Il gagna le pied de l'escalier et

répéta son appel.) Il y a huit personnes qui vivent ici, alors où sont-elles passées ?

– C'est comme ce bateau, chef. Qu'on a retrouvé vide en train de flotter.

– Ils n'ont pas pu tous rentrer dans la camionnette. Et la voiture est toujours là.

– Écoutez !

Troy renversa la tête en arrière et scruta le dôme. Barnaby l'imita.

– Quoi ? Je n'entends rien.

– Un bruit étouffé.

Oui, il entendait, maintenant. Juste au-dessus de leurs têtes. Comme si on traînait quelque chose de lourd. Puis il y eut un choc mat et un grand cri.

– Sur le toit !

Troy se rua dehors, Barnaby le suivit plus lentement. Les deux hommes reculèrent jusqu'à avoir une bonne vue du haut de la maison. Tout paraissait désert.

– Il doit être de l'autre côté. Derrière les cheminées. Je vais faire le tour...

– Non, attendez ! (Barnaby saisit le bras de son sergent.) Regardez... là... dans l'ombre.

Deux silhouettes sombres entremêlées luttaient dangereusement au bord du toit. L'une se dégagea et gagna à quatre pattes une partie pentue, l'autre la poursuivit. Barnaby vit un long rayon de lumière.

– Bon Dieu de merde, il a une barre de fer.

– Par où peut-on monter ?

– Il y a une lucarne, donc sûrement des marches. Vous essayez par la galerie, moi j'essaie en bas.

– Et si on prenait une échelle ?

Les deux hommes couraient maintenant.

– Ça va prendre trop de temps... (Halètement, halètement.) Je ne sais même pas... où regarder... (Barnaby s'accrocha au porche.) Allez-y...

– D'ac.

Troy était au milieu du vestibule quand il entendit un bruit étrange au-dessus de lui. Un craquement, un crépitement, comme si on faisait crisser un énorme ballon de cellophane. Il leva les yeux et Barnaby vit son visage se transformer, se pincer d'horreur et d'incrédulité.

Le sergent bondit en arrière juste à temps. Un nuage de poussière opalescente, des éclats de verre brillant dégringolèrent et, au cœur de cette cascade étincelante, la mince silhouette d'un homme aux cheveux blonds qui se tordait et tournoyait et appelait à grands cris.

15

TOUT le monde était dans la cuisine. Heather avait préparé du thé fort dans la grande théière en émail brun. Ils ne buvaient pas tous. Le dos appuyé à la paillasse, Troy secoua la tête, de même que l'inspecteur. May aussi refusa. Après avoir bassiné le visage d'Andrew, elle était occupée maintenant à appliquer du baume de consoude sur ses pommettes écorchées et sur ses lèvres fendues. Il avalait son thé à petites gorgées, entre deux grimaces, le regard rivé sur Suhami comme s'il attendait qu'elle témoigne un peu d'inquiétude devant son état.

May, Suhami et Arno étaient rentrés quelques secondes après la chute de Tim. En voyant l'Orion, Suhami s'était garée pratiquement sous le porche et précipitée dans la maison.

– Tim...

Elle avait crié, traversé le vestibule comme une flèche, s'était agenouillée près de lui, les mains sur le visage, horrifiée.

– Il n'y a plus rien à faire, mademoiselle, avait dit Troy en essayant de la relever. L'inspecteur est en train d'appeler une ambulance. Ne touchez pas à ça, ajouta-t-il sèchement alors qu'elle tendait la main vers le pied-de-biche.

– Mais… comment est-ce arrivé? demanda-t-elle en levant les yeux vers le trou béant dans la lanterne. Il est tombé? Qu'est-ce qu'il faisait là-haut?

C'est alors qu'Andrew était apparu, se traînant sur la rampe de la galerie. Il saignait, sa chemise et son jean étaient déchirés. Son souffle rauque et saccadé semblait emplir le vestibule tout entier. Il marmottait, les mots devenaient plus audibles au fur et à mesure qu'il approchait.

– Me tuer… essayé de me tuer…

Une demi-heure plus tard, Barnaby répétait la phrase sous forme de question. Il la posa trois fois avant d'obtenir une réponse.

– Pourquoi? Parce qu'il a découvert qui j'étais.

Les mots, qui étaient sortis de ses lèvres enflées, n'étaient pas très distincts. Il y eut un murmure de curiosité perplexe.

May, qui s'essuyait les mains à un torchon de mousseline, demanda:

– Que veux-tu dire, Christopher?

– Je ne m'appelle pas Christopher, mais Andrew Carter. Jim Carter était mon oncle.

La curiosité se changea en consternation. Les autres, suivant l'exemple de Barnaby, commencèrent à poser des questions et il fallut plusieurs bonnes minutes pour les faire taire. Ken fut le dernier à s'incliner, après avoir demandé quelle raison on avait de se faire passer pour un autre.

Andrew expliqua la lettre, les médicaments de son oncle, sa présence à l'enquête, tout.

– Je savais que quelqu'un m'en voulait, conclut-il en s'adressant à Barnaby. Mais je ne savais pas qui. La photo, celle que je vous ai montrée, était cachée sous mes chemises. J'ai découvert qu'on l'avait déplacée. Peu de temps après, j'ai été attaqué. Une masse de fer a été poussée du toit alors que je quittais la maison. J'ai menti aux autres sur l'endroit de sa chute. Ce n'était pas sur la dalle où se tenait May, mais sur celle de derrière.

– Vous ne m'en avez rien dit.

– Mais moi, si, inspecteur ! s'écria May. Je vous l'ai dit quand vous m'avez interrogée, la première fois.

– Je ne crois pas...

– Je m'en souviens parfaitement. Mon accident ? Quand le météore est tombé ?

– Ahhh. Oui.

– Vous m'avez dit d'en revenir aux faits. Je n'ai pas voulu insister. J'ai pensé qu'il devait y avoir une sorte de protocole dans ces affaires. Et dans votre bureau aussi, vous m'avez rembarrée.

Pas de réponse à ça, hein, mon vieux petit coco ? Troy prit secrètement plaisir à l'embarras de son chef, en oubliant qu'il aurait fait exactement la même chose.

– Alors, pourquoi avez-vous gardé le silence ? demanda l'inspecteur en soulignant le « vous », alors qu'il se tournait vers Andrew.

– Je pensais que, si je faisais semblant d'ignorer la vraie raison de l'agression, il croirait que je ne l'avais pas découvert et que je serais ainsi plus en sécurité.

– À moi, ça me paraît un raisonnement un peu embrouillé et dangereux. Et cela ne vous aurait pas empêché de nous en parler.

– Vous seriez venu, vous auriez posé des questions et vendu la mèche.

– Quelle preuve avez-vous qu'il ne s'agissait pas d'un accident ?

– Je suis monté sur le toit tout de suite après. Pas possible que le gros morceau de métal ait roulé tout seul. Il était à peu près à un mètre du bord. Et aussi, calé entre les cheminées, j'ai trouvé un pied-de-biche.

– Celui de ce soir ?

Andrew hocha la tête. Il paraissait épuisé, vidé.

– Je l'ai pris et l'ai caché dans l'étable de Calypso. Hier, il y était encore. Quand j'ai vérifié, ce soir, il avait disparu. J'ai compris que celui qui l'avait pris était celui qui m'avait attaqué. Il s'est avéré qu'il s'agissait de Tim.

Les autres échangèrent des regards de profond désarroi.

– Tu n'aurais jamais dû cacher cela, Christopher. C'est très mal.

– Il faudra qu'on s'habitue à l'appeler Andrew, maintenant, dit Heather.

Et Ken d'ajouter :

– Demain, je me canaliserai pour lui trouver un nom d'étoile.

– Et en plus je n'étais même pas dangereux. J'ai regardé autour de moi, posé des questions, inspecté la chambre de Jim pendant des semaines, et je n'ai rien trouvé.

– C'était toi, alors, au milieu de la nuit ?

– Oui. Excuse-moi si je t'ai fait peur, May. Je t'ai entendue ouvrir la fenêtre pendant que je m'enfuyais.

– Je suis contente que le mystère soit éclairci. Et mon autre mystère, inspecteur... la bribe de conversation que j'ai entendue... les soupçons d'Andrew à propos de la mort de son oncle la rendent encore plus importante, non ?

– Quelle conversation ? dit Andrew dont la fatigue paraissait avoir disparu. Qui était-ce ? Que disait-on ?

– De qui il s'agissait, cela reste encore à éclaircir, monsieur Carter, dit Barnaby. Mais les interlocuteurs semblaient se faire du souci au sujet d'une éventuelle autopsie.

– Je le savais...

– Qui aurait pu vouloir du mal à Jim ? dit Suhami. Il était tellement inoffensif.

– Je te l'ai dit, répondit Andrew. Il a découvert ce qui se passait ici.

– Il ne se passe rien ici, dit Ken, que l'amour, la lumière et la paix.

– Et la guérison, ajouta Heather.

– Plutôt que de se lancer dans de vagues suppositions à ce stade, j'aimerais essayer de faire le point sur ce qui s'est passé ce soir. Pourquoi avez-vous commencé à vous battre ? Que faisiez-vous sur le toit ?

– J'étais dans ma chambre. Ken et Heather étaient allés au village...

– Oh, juste un petit moment, interrompit Heather sur la défensive, pour faire bouger sa jambe.

– Et Suze avait conduit May et Arno à l'hôpital. Il a eu un accident.

Bon sang ! se dit Troy. S'il se passe un jour sans accident, cette bande de tarés va crier à la fin du monde !

– Je m'étais monté une boisson et je lisais dans mon lit. Je n'avais pas vu Tim. Aucun de nous, sauf Arno. Je lisais depuis une demi-heure, je crois, quand j'ai entendu quelqu'un crier mon nom...

– Quel nom ? demanda l'inspecteur.

– Mon vrai nom, *Andrew.* C'était bien ça qui était bizarre. Alors j'ai entendu sa porte s'ouvrir et je suis allé sur le palier. Ça paraît tout à fait idiot maintenant mais je n'ai eu aucun soupçon. C'était seulement ce pauvre vieux Tim. Et il venait vers moi, les cheveux tout emmêlés et les yeux fixes, avec ce pied-de-biche. Il le brandissait, le faisait tourner au-dessus de sa tête. C'était terrifiant. J'ai reculé, ma chambre est à l'autre bout de la galerie et je me suis retrouvé dos à la porte qui mène au toit. Alors c'était grimper ou passer par-dessus la rampe.

Suhami poussa un petit cri de frayeur.

– Bien sûr, sur le toit, j'étais tout aussi coincé. Pas moyen de descendre. J'ai slalomé d'abord entre les cheminées, il continuait à faire des moulinets avec la barre, il y avait des gros morceaux de briques qui volaient quand il donnait des coups. Alors j'ai pensé que si je pouvais la lui prendre, on serait au moins à égalité. Quand la lampe halogène s'est allumée, ça l'a distrait et j'ai tenté le coup. J'ai attrapé la barre et j'ai tenu bon. Mais il ne voulait pas la lâcher. Alors il s'est mis à donner des coups de pied. Il était plus grand que moi... des longues jambes... ça faisait très mal. Alors j'ai reculé et j'ai recommencé mon slalom. J'étais agenouillé derrière une cheminée près de la lanterne, il s'est approché. Il était à quelques centimètres de moi, il regardait partout, il essayait de me repérer. J'ai tendu la main, je lui ai attrapé les chevilles. Je pensais que si je pouvais l'amener à se baisser... Mais il est tombé en arrière... et il est passé à travers le verre...

Les derniers mots étaient à peine audibles. Le beau

visage étroit avait pâli au souvenir de la peur, s'était voilé de détresse. Il leur tourna le dos comme si la confession l'avait marqué et isolé. Il y eut un long silence lourd, que Ken et Heather eux-mêmes hésitèrent à rompre. Finalement, Barnaby déclara :

– Donc, vous êtes convaincu que c'est Riley qui a trouvé la photo et vous a attaqué jeudi ? (Andrew baissa la tête.) Et qui est responsable de la mort de votre oncle ?

– Je crois qu'il avait quelque chose à y voir, oui. Bien qu'à mon avis, l'histoire du whisky, ça le dépasse un peu.

– Je ne peux pas y croire, dit May. C'est tellement affreux.

Les Beavers acquiescèrent de la tête et leurs yeux brillèrent.

Barnaby tourna son attention vers Arno qui jusque-là n'avait pas ouvert la bouche. Il était assis près du fourneau, le pied gauche emmailloté d'un bandage reposant sur une barre de métal. Encore inondé d'effluves éthyliques, il était aussi bourré d'analgésiques et de vaccin antitétanique. Torturé par la réserve ambiguë avec laquelle May avait accueilli ses avances, il se sentait tout cotonneux. Il était presque sûr de n'avoir pas été éconduit même si, avec toutes ces histoires, il était difficile d'en être vraiment certain.

Il s'aperçut qu'une certaine pression s'exerçait sur sa bulle de drogues et de rêveries et il s'efforça de se concentrer. L'inspecteur le regardait fixement, d'une manière qu'il jugea grave et accusatrice. Il eut soudain la nausée. Le moment était venu, alors, il avait toujours su que le moment viendrait.

– Excusez-moi… (Ils le regardaient tous comme cela, maintenant, même May. Oh mon Dieu, même May !) Je n'ai pas entendu, je crois.

Barnaby répéta :

– N'est-il pas temps d'avouer la vérité, monsieur Gibbs ?

– Pourquoi me dites-vous cela ?

Le visage d'Arno était de la couleur de son bandage.

– Je crois que vous connaissez la réponse. (Barnaby attendit un peu puis, voyant que l'autre ne répondait pas, il poursuivit :) Je vous demande cela à cause de votre inquiétude évidente pour le garçon. Vous avez tout fait pour m'empêcher de lui parler et, quand je l'ai interrogé, vous m'avez interrompu de peur qu'il se trahisse. (Le silence se prolongeant, il ajouta :) Allez, monsieur Gibbs. Rien ne peut plus l'atteindre, maintenant.

– Non, dit Arno tristement en levant les yeux. C'est vrai.

Alors il expliqua tout, en s'adressant à Andrew, comme il se devait.

– J'aurais qualifié la mort de ton oncle d'accident, mais je crains qu'un tribunal ne l'ait pas vue ainsi. Le jour où c'est arrivé, nous devions aller en ville tous les trois, comme je l'ai dit à l'enquête. Tim et moi étions en train de mettre des fleurs fraîches dans le Solarium en attendant le Maître qui était allé chercher le manteau de Tim. Soudain on a entendu des éclats de voix. J'ai couru voir ce qui se passait. Le Maître sortait de la chambre de Tim, suivi de Jim. Ils se disputaient. J'étais étonné. Je n'avais jamais entendu Jim élever la voix. En haut de l'escalier, ils se sont arrêtés, Jim barrait le passage du Maître et criait : « Je ne te laisserai pas faire ça. Je dirai à tout le monde ce que je sais, à tout le monde. » Alors il a attrapé le Maître par les épaules comme s'il voulait le secouer. Ensuite, tout s'est passé si vite que je n'ai rien pu faire, j'ai entendu une sorte de... eh bien... de rugissement, si je puis dire, et Tim a foncé dans la galerie, il s'est jeté sur Jim et l'a poussé. Il est tombé en arrière dans l'escalier et s'est brisé le cou. (À mesure qu'il parlait, Arno baissait la tête. Il se força alors à lever les yeux vers Andrew Carter.) Il n'a pas souffert. Je sais que c'est une piètre consolation.

– Bien piètre, en effet.

– Quand on a compris qu'on ne pouvait plus rien faire, et si on avait pu faire quelque chose, je jure qu'on l'aurait fait, on n'a pensé tous les deux qu'à protéger Tim. Nous savions que la police devrait prendre des mesures, alors qu'il n'avait pas eu l'intention de faire vraiment du mal. Le Maître pensait que Tim serait accusé d'homicide involontaire et qu'on le déclarerait « irresponsable », c'est ça ? Dans tous les cas, il serait allé en prison, on l'aurait enfermé dans une cellule avec des gens affreux peut-être, comme ceux qui l'ont agressé avant. Ou on l'aurait placé dans un établissement spécialisé. Drogué pour qu'il se tienne tranquille... pendant des mois, des années avec des fous. Il n'avait que vingt-trois ans ! s'écria Arno avec passion, et il était si heureux ici. Nous pensions que si nous étions vigilants, si on le surveillait étroitement, cela ne se reproduirait plus. Je me rends compte maintenant, dit-il en se tournant vers Barnaby, surtout après ce soir, que j'ai mal agi.

– Très mal, monsieur Gibbs.

Barnaby s'appliqua à garder une voix égale. Il était furieux contre Gibbs, et plus encore contre lui-même. En interrogeant Tim, en voulant le ménager, il avait omis délibérément de prononcer le nom du Maître. Maintenant, trop tard, il était évident que l'accident mentionné par le garçon pétrifié n'était pas le meurtre de Craigie mais la mort de Carter.

– Vous savez que le parjure est un délit.

– Oui..., murmura Arno.

Il paraissait au bord des larmes. Il chercha un mouchoir, les mains tremblantes. Barnaby le regarda froidement. Tout en sachant qu'il n'engagerait pas de poursuites, il estimait que ce ne serait pas un mal de laisser Gibbs mijoter un jour ou deux. Voire même une ou deux semaines.

– Continuez. Que s'est-il passé ensuite ?

– On a amené Tim dans le jardin, il était terrifié, il pleurait, et on a essayé de réfléchir. On a décidé que le moins compliqué, le plus sensé, était d'aller à Causton comme prévu, de faire nos courses puis de rentrer et de faire semblant de découvrir le corps. Le fait que May, Mlle Cuttle, soit rentrée la première nous a causé beaucoup d'émoi.

« Le Maître a pris Tim dans la camionnette et j'allais suivre quand j'ai été saisi d'une frousse terrible. J'étais sûr qu'on ne nous croirait pas. Cela paraissait tellement improbable que quelqu'un tombe dans un escalier qu'il avait descendu des centaines de fois, sans aucune raison. Alors j'ai pensé : et s'il avait bu ? Il y avait une mignonnette de whisky dans la pharmacie. Je l'ai prise et j'ai essayé de lui en verser dans la bouche, j'ai dû lui fermer les lèvres et masser sa gorge pour essayer de le faire descendre. – Arno frissonna. – C'était horrible. Puis j'ai chiffonné le chemin d'escalier pour faire croire qu'il s'était pris le pied dedans.

« Je l'ai dit au Maître sur le trajet du retour. Il a été terriblement contrarié. Il disait que je n'aurais pas dû faire ça. Puis deux jours après, en me voyant si malheureux, il a expliqué pourquoi. Il m'a dit que le médicament que prenait Jim pour son infection interdisait la moindre goutte d'alcool. Il a dit que si on faisait une autopsie...

À ce moment, May poussa un petit cri et regarda d'un air entendu Barnaby, qui lui fit signe de se taire.

– ... et qu'on découvrait cela, on saurait que quelque chose clochait. Quand on a fait l'autopsie, et qu'on n'a rien trouvé, j'ai été tellement soulagé. J'y ai vu comme le signe que, peut-être, je n'avais rien fait de si terrible, après tout.

– Mais, inspecteur, dit May, vous voyez bien que les raisons d'Arno étaient tout à fait altruistes. Il a mal agi, oui, mais pour le bon motif, le plus pur : pour l'amour de son prochain.

Ce soutien inattendu, généreux et complètement immérité toucha profondément Arno. Une vague tumultueuse de gratitude le submergea et lui coupa littéralement le souffle.

Profitant de cette pause naturelle, Heather entreprit de refaire du thé tandis que Ken réinstallait son plâtre sur la chaise dans une position plus confortable et prééminente. Il en était venu à considérer la boule de neige d'Arno comme quelque adversaire poids plume au poteau des héros blessés et n'avait pas l'intention de céder un pouce de terrain.

May rangea le baume et hésita à aller voir comment se portait Felicity. La tisane sédative était légère, et la dormeuse pouvait avoir été réveillée et inquiétée par le bruit. Suhami ramassa les tasses de ceux qui voulaient encore du thé. Elle effleura doucement l'épaule d'Andrew et lui sourit en lui apportant sa chope mais ne put se résoudre à rester à côté de lui. Il avait espéré que son état la bouleverserait au point de raviver son affection. Cette terrible affaire sur le toit, tout ce gâchis sanglant auraient alors valu le coup.

Cette fois, Troy accepta le thé tandis que Barnaby réitérait son refus.

⋆

– La mort de Jim était peut-être accidentelle, dit Heather quand tout le monde fut servi, mais l'agression de Chris, pardon, *Andrew*, ne l'était sûrement pas. Je suppose que Tim a dû y prendre goût. Cela arrive, non ?

– Que c'est méchant de dire ça ! rétorqua Suhami furieuse. Il vient de mourir, pour l'amour du ciel ! Le moins qu'on puisse faire, c'est de parler gentiment de lui.

Heather rougit. On avait entaché sa réputation de fontaine intarissable de compassion.

– Je ne crois pas que tu sois très bien placée pour m'agresser, Suhami. Après tout, si tu n'avais pas été là, le Maître serait encore en vie.

Suhami, le souffle coupé, pâlit.

– Elle était opposée depuis le début à la visite de son père, dit Andrew sèchement. C'est le Maître qui a insisté.

– Vous savez, je pense, dit Barnaby, que la visite de M. Gamelin n'a rien à voir avec le meurtre de Craigie.

Six visages se tournèrent vers lui, ébahis, dont cinq affichant les divers degrés de la surprise. Seule May, qui présumait que la police en était enfin venue à partager sa vue céleste des choses, hocha la tête avec sérénité. Suhami s'assit gauchement en avant, en serrant ses doigts fins.

– Vous voulez dire… vous pensez qu'il pourrait n'être pas coupable ?

– Il n'y a aucun doute, mademoiselle Gamelin. Il n'était absolument pas coupable. Il s'est malheureusement trouvé au mauvais endroit au mauvais moment.

– Alors, c'était aussi Tim ? demanda Heather. Dans une sorte de crise de folie ?

– Tout à fait impossible, dit Arno. Il était complètement dévoué au Maître. Vous avez vu son chagrin.

– Des gens comme ça, ça peut changer, dit Ken. Ils peuvent se retourner contre ceux qu'ils aiment. Comme les chiens.

– Ce n'était pas un chien ! s'ecria May.

– Peut-être était-ce Trixie ? dit Andrew. Peut-être est-ce pour cela qu'elle s'est enfuie ?

– Quel mobile aurait pu avoir Trixie ? dit Ken, puis en s'adressant à Barnaby : Vous auriez dû me dire que vous ne pensiez pas Gamelin coupable. J'aurais pu canaliser Hilarion pour vous.

– Vous voulez dire, inspecteur, que mon fonds en fidéicommis n'est peut-être pas le mobile ?

– Ou que tout ça n'était qu'un accident ?

– Oh, non, madame Beavers, le meurtre d'Arthur Craigie était à la fois tout à fait délibéré et opportuniste. Par là j'entends préparé jusqu'à un certain point et puis, quand les choses ont mal tourné, perpétré d'une façon très audacieuse et impulsive.

Il se leva, donnant l'impression qu'il voulait se dégourdir les jambes, mais en réalité il se mit à faire les cent pas. Troy observait ; ce n'est pas qu'il manquait réellement de confiance mais il était tout de même extrêmement tendu. Il s'avançait sur un terrain miné, le chef Des suppositions, des déductions, des soupçons, un certain nombre d'informations en réserve mais pas de preuves tangibles. Si l'intéressé crânait...

– Un des éléments les plus importants de toute affaire criminelle, commença l'inspecteur, les meurtres de hasard exceptés, c'est le caractère de la victime. Quel genre d'homme ou de femme était-elle ? Qu'est-ce qu'elle avait dans le ventre ? On ne peut trouver la réponse qu'en interrogeant les gens qui la connaissaient. Dans cette affaire, tout le monde était unanime. Seul Guy Gamelin s'est refusé à le dépeindre comme un saint, plein de compassion pour son prochain. Et encore, il a admis avoir été sincèrement impressionné au cours de leur unique conversation. En fait, disons-le carrément, le Maître était aimé par tout le monde.

« Mais ce qui était vraiment intéressant chez M. Craigie,

c'est que je n'étais pas en mesure d'en apprendre un peu plus sur lui en fouillant son passé. D'après ce que je constatais, il s'était incarné, il y a deux ans, en voyant à part entière. Or, c'est très étrange. Il n'est guère courant de n'être répertorié nulle part à notre époque informatisée. Si vous avez payé une assurance ou des impôts, si vous avez acheté une maison ou une voiture, ou si vous avez un compte en banque, vous devez être fiché quelque part. Mais pas Arthur Craigie.

– Il avait un compte en banque, dit Ken sur la défensive. À Causton.

– Le Cheval Ailé avait un compte, monsieur Beavers. Ce qui n'est pas tout à fait la même chose. Effacer ses traces avec autant d'efficacité, poursuivit Barnaby, cela exige beaucoup de volonté en sus d'un savoir-faire plutôt louche.

– Je n'aime pas le tour que prend la conversation, inspecteur.

– Noircir le nom d'une personne qui ne peut se défendre est méprisable, dit Heather, qui regarda autour d'elle quand Suhami se mit à rire.

– Une des raisons pour lesquelles nous avons eu tant de mal à retrouver ses traces, c'est qu'il avait pris un pseudonyme, Craigie. Un des nombreux qu'il avait utilisés à sa sortie de prison, il y a juste deux ans, après y avoir passé cinq ans sur les sept de sa condamnation pour fraude. En fait, mademoiselle Gamelin, votre père n'était pas très loin de la vérité quand il a qualifié Craigie d'escroc.

– C'est complètement bidon ! (May se leva, tremblante, proche de la rage. Arno tremblait aussi, en sympathie, plein d'admiration. Son corps astral était radieux. Inondé de bleu.) C'est quelque chose qu'on ne peut pas truquer.

– Je suis sûre que c'est vrai, inspecteur, dit Suhami qui semblait, elle aussi, émue aux larmes. Peut-être avez-vous vérifié mais il a dû y avoir une méprise quelque part. Vous l'avez confondu avec quelqu'un d'autre.

– Remarquez, dit Ken, je suppose que quelqu'un qui veut réussir comme escroc doit être totalement convaincant. C'est l'essentiel du boulot.

Heather hocha la tête. Tous les deux semblaient avoir abandonné leur humilité ostentatoire. Oublieux de son sang qui charriait drogues et alcool, Arno secouait la tête d'un air réprobateur à l'endroit des rebelles et ne tarda pas à le regretter : le résultat fut si spectaculaire qu'il crut un moment que sa tête avait dégringolé.

– Vous voulez dire que quelqu'un de son passé s'est introduit ici, demanda Heather, et l'a attaqué ?

– C'est absurde, dit Andrew. Nous étions les seuls dans la pièce quand il est mort.

– En effet, approuva Barnaby. Bien que Mme Beavers ait en partie raison en supposant la présence de quelqu'un appartenant à son passé. Et il est certain que ce passé a joué un rôle dans sa mort. Pourtant, je suis convaincu que Craigie est mort non parce qu'il était un escroc mais parce qu'*il ne l'était pas.*

– Je le savais ! s'écria May, triomphante. L'aura ne ment jamais.

– Je ne pige pas, dit Andrew. Vous venez de nous dire qu'il était un escroc.

– Laissez-moi poursuivre. Quand j'ai découvert son passé, j'ai naturellement vu le Manoir, acquis avec l'argent d'une escroquerie sans aucun doute, comme l'outil d'une arnaque à grande échelle. Mais, en pénétrant plus avant dans les affaires du Cheval Ailé, j'ai découvert que non seulement tout était parfaitement en règle financièrement mais qu'une saveur d'altruisme flottait sur l'endroit. On donnait des bourses à ceux qui le méritaient et peut-être même à ceux qui ne le méritaient pas. Les gens qui venaient se faire soigner ne payaient pas selon un tarif fixe mais selon leurs moyens. Tous les mois, une somme variable allait aux œuvres de charité. Et pourtant… il y avait quelque chose qui se tramait. Nous avons la lettre de Jim Carter qui le prouve. Et ce soir, grâce au récit de M. Gibbs, ces mots : « Je ne te laisserai pas faire ça. Je dirai à tout le monde ce que je sais. »

« La lettre, écrite si peu de temps avant la mort de M. Carter, m'a paru extrêmement inquiétante. Maintenant que nous savons comment il est mort, elle paraît moins alarmante. La menace verbale demeure pourtant, car je considère ces paroles comme une menace. Que savait Jim Carter et, tout aussi important, que Craigie s'apprêtait-il à faire pour provoquer une réaction aussi violente ?

« Ma conclusion, sur la première partie de la question, est assez prévisible. Jim Carter connaissait le passé de Craigie. La deuxième partie est moins évidente. J'ai pensé qu'il serait utile d'en apprendre davantage sur Carter. Mon sergent et moi-même avons cherché dans sa chambre et ici, bien qu'on ait enlevé ses vêtements et ses affaires personnelles. J'ai trouvé deux choses qui m'ont paru intéressantes.

Il marqua une pause et Troy, adossé au mur, eut un petit hochement de tête, forcé de reconnaître la puissance de la personnalité de son chef et son talent de conteur. Pas un mouvement dans la pièce. Pas un battement de cil. Rien qu'une totale attention.

– La première chose, c'est une boîte à chaussures vide qui avait dû contenir des mocassins italiens extrêmement coûteux. Un choix inattendu pour un homme qui passe sa vie en dévotions. Une petite anomalie mais, comme je l'ai dit, intéressante.

« La deuxième, c'étaient les livres. À première vue, le genre sans surprises. Tous d'occasion, logique, tout le monde n'a pas les moyens de s'acheter des livres neufs. Mais les prix étaient indiqués en monnaie décimale. Or, Andrew nous a dit que son oncle avait toujours lu ce genre de littérature, pourtant aucun des livres n'a pu être acheté avant 1971. En vérité, comme nos services l'ont découvert, aucun n'a été acheté avant 1990. Ils faisaient partie d'un lot provenant de plusieurs librairies d'occasion de Slough et d'Uxbridge. Presque six cents en tout.

– La collection de mon oncle devait probablement se trouver ailleurs, dit Andrew. Peut-être en bas, dans la bibliothèque.

– Mais vous nous avez dit avoir reconnu les livres dans sa chambre, monsieur Carter. Et combien cela vous avait bouleversé de les voir.

– Vous voulez dire qu'ils ont été achetés seulement pour la frime ? demanda Ken.

– Exactement, dit Barnaby, qui avait suffisamment aidé sa femme à monter des scénarios pour son groupe de théâtre pour savoir de quoi il parlait. Mais ce qui était si étrange, dans ces achats en gros, c'est qu'on était venu les chercher. Et dans les deux cas payés non par Craigie mais par Carter.

– Jim ? fit May complètement sidérée. Mais pourquoi donc aurait-il fait cela ?

– Peut-être son neveu va-t-il nous le dire ?

– Aucune idée, rétorqua Andrew en haussant les épaules d'un air d'incompréhension totale. À moins qu'il se soit fait rouler et qu'il ait voulu apporter une contribution.

– Oh, je ne crois pas que votre oncle se serait fait rouler si facilement. Ce serait plutôt le contraire.

– Je ne sais pas ce que vous voulez dire, inspecteur, mais je sais bien que je n'ai pas l'intention de rester là à vous écouter dire du mal de lui.

Il descendit de la table et se dirigeait vers la porte quand Barnaby reprit la parole.

– Pourquoi avez-vous teint vos cheveux, monsieur Carter ?

– Nous avons déjà discuté de ça dans votre bureau. Je ne voulais pas qu'on fasse le rapport avec mon oncle.

– Mais la ressemblance était négligeable. J'ai eu du mal à la voir.

– Moi, je croyais que ça se voyait, d'accord ? Et j'ai voulu me protéger. Bon Dieu, j'ai failli être tué il y a trois jours, je suis agressé aujourd'hui par un fou avec une barre de fer. On s'attendrait à un peu de sympathie et de compréhension. Pas à être cuisiné, merde !

– Si blond sur la photo, hein ? Presque blanc, très frappant. Quiconque vous aurait connu enfant, comme Craigie par exemple, vous aurait reconnu facilement.

– Enf...

Andrew regarda autour de lui, invitant tout le monde à partager son incrédulité.

– Quel âge aviez-vous ? Huit, neuf ? Quand ils travaillaient ensemble ? (Andrew secouait la tête à la manière des gens confrontés à l'incroyable.) Selon moi, c'est pour cette raison que vous ne vouliez pas de la présence de la police après la mort de votre oncle. Non parce que les gens ici auraient pu être alertés mais à cause de ce que nous aurions pu découvrir.

– C'est vraiment n'importe quoi !

– Je crois qu'Andrew a raison, dit May. Durant la première réunion à laquelle j'ai assisté, Jim était sur l'estrade ; il a raconté à quel point la rencontre avec le Maître avait changé sa vie. C'est pour cela que je suis entrée dans la communauté. J'ai été tellement émue par son témoignage.

– On peut voir ce vieux truc, mademoiselle Cuttle, sur n'importe quel marché. Un filou qui vend de la camelote et un autre dans la foule qui crie que la camelote a changé sa vie. Dites-moi, n'avez-vous pas trouvé que la vie au Cheval Ailé avait légèrement augmenté depuis votre arrivée ?

May parut déconcertée devant ce brusque changement de sujet.

– Je dois admettre que si. Et on m'a demandé d'augmenter mes tarifs d'ateliers, plus que je ne l'aurais souhaité. Arno... tu es arrivé peu de temps après moi. Je ne sais pas si...

– Oui. Je me rappelle avoir vu une note dans la vitrine d'une agence de voyages juste après avoir réservé mon premier week-end. J'aurais pu m'offrir une semaine en Espagne pour le même prix. Mais je n'en ai pas regretté un penny.

Il coula un regard oblique vers May, rougit et rentra les orteils en dedans, du moins les cinq qui étaient encore mobiles.

– Mais n'était-ce pas juste avant que l'endroit soit vraiment installé ? demanda Heather. Quand nous sommes arrivés, un an plus tard, les prix étaient beaucoup plus raisonnables.

– Sinon, nous n'aurions pas pu venir, expliqua Ken.

- Je ne crois pas que cela ait été une question d'installation, monsieur Beavers. Je crois que le but était de soutirer le plus d'argent possible au plus grand nombre de gens possible.

– Alors, qu'est-ce qui a cloché? demanda Ken, en s'empressant de corriger. Ou qui s'est arrangé, devrais-je dire.

– J'ai la conviction – et le fait n'est pas sans précédent bien que rarissime quand le criminel s'attarde au jeu –, j'ai la conviction que Craigie a subi une réelle transformation, peut-être grâce à ses lectures, ses fausses prières, ses méditations, peut-être parce qu'il était au contact constant de gens qui essayaient sincèrement de vivre une vie spirituelle. Pas une grande conversion à la saint Paul, mais quelque chose de plus lent et cependant de tout à fait authentique. En d'autres termes, le masque est devenu l'homme.

– Je le savais, dit May à mi-voix. Il n'aurait pu enseigner comme il le faisait...

– Ni nous aimer comme il nous aimait, interrompit Suhami.

– Et il y a Tim, dit Arno. Il sentait les gens. Il *comprenait* leur vraie nature. Sous cet aspect, c'était un enfant, et on ne les trompe pas facilement.

Barnaby ne releva pas. Ce n'était pas le moment de discuter sur la facilité tragique avec laquelle on trompe les enfants. Il poursuivit :

– Alors, Craigie est tombé malade. Et à la fin, cela ne fait aucun doute, il savait qu'il ne guérirait pas. Et ceci nous amène à ce «quelque chose de terrible» que Carter mentionne dans la lettre à son neveu. Le mot *confiance* ne cessait de me tracasser, je n'arrivais pas à comprendre pourquoi. Je savais tout ce qu'il y avait à savoir sur l'héritage de Mlle Gamelin et quel rapport il avait avec l'affaire, mais ce n'était pas cela. Alors, je me suis souvenu de notre premier interrogatoire, monsieur Gibbs, et j'ai compris qu'il ne s'agissait pas d'un seul fonds mais de deux.

– Vraiment? fit Arno en fronçant les sourcils. Je ne vois pas... à moins que vous parliez du fonds de charité...

– Exactement, dit l'inspecteur. Craigie désirait léguer la maison et l'organisation de manière que personne, individuellement, ne puisse contrôler le tout. Ceci faisait enrager Carter qui, j'en suis bien certain, malgré tout ce que m'a dit son neveu, avait placé l'argent de la vente de sa maison dans l'affaire. Près de deux cent mille livres. L'altercation qu'a surprise M. Gibbs n'était probablement pas la première, tant s'en faut.

– Pourtant, il ne l'a pas fait, dit Arno. Je veux dire, il n'a pas adopté le statut d'association caritative.

– Il n'en avait pas besoin, dit l'inspecteur, après l'accident de Carter.

– Alors, maintenant, c'est un accident? s'exclama Andrew qui s'était empourpré. Vous êtes aussi nul que les incompétents qui ont mené l'enquête du coroner.

– Ce n'est pas une bonne idée de vous réclamer de la loi, monsieur Carter.

– Allons donc, la loi ne brille pas particulièrement avec vous, si? Comment savez-vous sur quoi portait la dispute? Même Arno qui les a entendus et qui vit ici n'en sait rien. Et que Riley ait tué mon oncle, qu'il ait tenté deux fois de me tuer, ça, ça me paraît avoir été abordé bien légèrement. Vous semblez avoir oublié qu'on a failli enquêter sur ma mort, ce soir. Et si vous n'étiez pas arrivé, tout ça aurait été effacé aussi.

– C'est injuste, dit May. Tim a seulement voulu empêcher ton oncle d'attaquer le Maître.

– Nous n'avons que la parole d'Arno.

– Sa parole, dit May avec loyauté. Elle me suffit.

– La brebis galeuse. C'est ainsi que vous vous êtes qualifié de façon assez désarmante dans mon bureau, monsieur Carter, si je ne me trompe. (Un haussement d'épaules indifférent.) Votre ex-copain Stowe, à propos, avait non seulement perdu son portefeuille pour de bon mais il a été délesté de cinq mille livres le temps qu'il fasse opposition à sa carte Visa et American Express. Un des achats, c'était une veste en daim.

– Eh bien, ce n'est pas celle-là. Je l'ai eue à Aquascutum, il y a des mois.

– Cela ne devrait pas être difficile à prouver.

– Si vous avez du temps à perdre.

– Que vouliez-vous dire, inspecteur? demanda Suhami

qu: regardait Andrew Carter avec un écœurement inquiet. Qu and vous parliez de se réclamer de la loi?

- Je parle de meurtre, mademoiselle Gamelin.

Il accentua le mot avec dureté mais son regard n'était pas dénué de sympathie quand il se posa sur la fille en sari vert pâle.

– De *meurtre*? Le visage crispé, elle murmura: «Ce n est pas possible», et se mit à trembler.

Heather se précipita, toute affairée, et enfouit Suhami dans ses mamelles gigantesques.

– Bien sûr que ce n'est pas possible, dit Andrew avec dédain. Je ne me suis pas approché de lui. Ce n'est pas parce que vous avez abandonné la piste Gamelin que vous allez me mettre ça sur le dos. Pour commencer, quel mobile aurais-je eu?

– Un mélange, le mobile dominant, je pense, étant la vengeance. Une des rares choses vraies que vous m'ayez dites dans mon bureau était que vous éprouviez une profonde affection pour votre oncle. Vous connaissiez l'organisation ici, puisque vous m'avez dit que vous aviez gardé le contact, vous saviez que les choses allaient mal. Pourquoi étiez-vous si sûr que Craigie avait tué votre oncle? Avez-vous cru à une dispute entre voleurs?

– Pas plus de voleurs que de disputes entre voleurs. Du moins en ce qui concernait Jim. Il m'avait écrit dans une de ses lettres que l'homme qui dirigeait les affaires était devenu un maniaque religieux. Eh bien, on sait très bien comment ces gens-là peuvent tourner. La moitié des psychopathes prétendent que c'est Dieu qui leur ordonne de se débarrasser des prostituées, des homos ou des culs-de-jatte à la retraite.

Il s'interrompit pour allumer une cigarette. Heather se mit à tousser et à battre l'air de la main.

– Vous avez raison pour la dispute, pourtant. Jim sentait que l'homme était un poseur. Et ce n'est que sur les instances répétées de mon oncle que les prix ont commencé à baisser.

– Vous avez de la présence d'esprit, mon garçon, dit Barnaby. Ça, je vous l'accorde.

– Vous avez dit le mobile dominant, dit Ken qui toussait exagérément. Quels sont les autres ?

– L'argent, comme c'est si souvent le cas. D'abord, à cause de la substitution de la maison que M. Carter, étant le seul héritier de son oncle, considère sans nul doute comme son dû. (Il ménagea une pause pour encourager une réaction qui ne vint pas.) Ensuite, bien sûr, le fameux fidéicommis. Mlle Gamelin allait en faire don. Carter était dans une position difficile. Il lui avait fait la cour depuis son arrivée, pourtant il n'y avait pas d'engagement définitif, et encore moins de cloches nuptiales. Peut-être, sous l'influence de Craigie, était-elle toujours attirée par une vie de réclusion, peut-être même de célibat. Raison de plus pour le tuer, sa mort aurait pu faire avancer vos projets.

– Il n'y avait aucun «projet». Je suis tombé amoureux. (Son regard furieux allait de Barnaby à Troy.) Vous ne voyez pas que vous la bouleversez ? À débiter tous ces foutus mensonges.

Suhami observait Andrew. Elle ne vit aucune trace de remords. Mais, s'il s'agissait de foutus mensonges, il n'y avait pas lieu d'éprouver de remords. Sa propre réaction à toutes ces révélations était des plus singulières. Après le premier choc, le désarroi et l'incrédulité, elle se surprit à ne rien ressentir du tout. Un grand vide béant semblait s'être ouvert autour d'elle. Que Christopher soit vraiment tombé amoureux d'elle lui paraissait n'avoir aucune importance. Elle rappela doucement en elle le souvenir des émotions passées, ce moment dans l'étable où elle avait déliré de joie. La scène lui paraissait maintenant agréable, sans plus. Pour la première fois de sa vie, alors que les choses tournaient vraiment mal, elle n'était pas effondrée, en loques. C'était un mystère, et bien consolant.

– Pardonnez-moi, inspecteur, dit Arno, mais ce que vous suggérez est impossible. Comme Andrew l'a déjà expliqué, et nous pouvons tous confirmer, il ne s'est pas approché de l'estrade. Vous entendez qu'il avait un complice ?

- Un complice involontaire. Pas pour le meurtre lui-même, mais il fallait qu'il introduise le couteau et le gant dans le Solarium. Il était habillé – certainement pour renforcer son «alibi» – de telle façon qu'il lui était impossible de les cacher sur lui.

– Mais comment quelqu'un a-t-il pu apporter le couteau sans le savoir?

– Dans un sac, dit Barnaby. On a retrouvé un fil sur le manche qui le prouve. Où étiez-vous placé sur l'estrade, monsieur Carter?

Andrew ne répondit pas. Suhami dit:

– Il était à côté de moi.

– Pourtant, après être allé chercher la cape de Mlle Cuttle, vous n'y êtes pas retourné?

– May traverse souvent des moments pénibles pendant ses régressions. J'ai pensé que je pourrais l'aider en restant près d'elle.

– Vous faisiez ça avant?

– Non, mais rien que ce fait-là suffit à flanquer votre hypothèse par terre. Quand vous vous préparez à tuer quelqu'un, vous vous rapprochez autant que possible de votre victime.

– Ah, mais vous n'aviez pas le choix. Parce que vous vous étiez trompé de sac en mettant le couteau. Ce n'est qu'en l'ouvrant pour sortir la cape que vous avez compris votre erreur.

– Dans *mon* sac!

La voix de May éclata avec une splendeur toute bracknellienne[1].

– Il a cru que c'était celui de Mlle Gamelin. Ils se ressemblent beaucoup.

Suhami poussa un gémissement et les mamelles de Heather bondirent une nouvelle fois à la rescousse.

– Il a fait ceci à la dernière minute, peut-être même l'a-t-il porté lui-même pour être certain qu'elle ne l'ouvrirait pas.

1. Allusion à la fameuse réplique de lady Bracknell dans la pièce d'Oscar Wilde, *De l'importance d'être constant*: «Un sac à main?», prononcée avec une immense surprise.

– Oui, c'est juste, s'écria Ken. Il l'a porté pour elle. Je me souviens.

– Mais bien sûr ! dit Andrew.

– Il comptait sur un remue-ménage qui a bien eu lieu mais évidemment il s'attendait à être près de Craigie à ce moment-là. Comme je l'ai dit, c'était un crime en partie prémédité et en partie impulsif.

– Je ne vois pas comment il aurait pu glisser un couteau dans le sac au dernier moment, inspecteur, dit Arno. Comment l'aurait-il apporté ? Et le couteau n'était pas sur la table.

– Oui, cela m'a un peu déboussolé. Puis je me suis rappelé que Guy Gamelin s'était plaint de n'avoir pas été autorisé à s'asseoir à côté de sa fille parce que, selon la règle de la communauté, chacun a sa place attitrée. Il y avait un coussin à la place de M. Carter. Le couteau a été caché dessous plus tôt dans la journée. Et le gant aussi, bien entendu.

– Et bêtement j'ai pris le gauche, alors que je suis droitier, dit Andrew avec mépris.

– Simplement un indice supplémentaire pour brouiller la piste. Je crois que vous l'avez mis à l'envers puis remis à l'endroit. Vous ne pouviez savoir naturellement que Guy Gamelin était gaucher. Cela a dû vous paraître un vrai bonus. Il s'est trouvé que Gamelin a essayé de s'en débarrasser derrière le rideau et qu'il a été repéré. Si cela n'avait pas été le cas, je suis bien certain que vous vous seriez débrouillé, d'une façon ou d'une autre, pour attirer notre attention sur ce point. Peut-être par le biais de Mlle Gamelin qui était déjà parfaitement convaincue de la culpabilité de son père.

– Tout ça, ce ne sont que des suppositions. Vous êtes coincé, inspecteur, vous ne pouvez résoudre le problème, alors vous avez imaginé toute cette histoire. Et si vous dites maintenant que je l'ai tué en allant rallumer la lumière, réfléchissez-y à deux fois. À aucun moment je ne me suis approché de lui. Pas plus, comme vous l'avez évidemment oublié, que je ne faisais partie du groupe que Craigie a désigné avant de mourir.

– Cela n'a pas d'importance, car Craigie ne désignait personne, dit Barnaby.

– Si, Gamelin. Demandez aux autres.

– Apparemment, oui, mais en y réfléchissant encore ce soir, j'ai été frappé par une différence très intéressante entre Guy Gamelin et le reste du groupe. Il était le seul debout.

– Et alors ?

– Ce qui fait qu'il était dans la direction.

– Dans la direction de quoi, inspecteur ? demanda Arno.

– Je crois que Craigie indiquait la direction d'où le couteau avait été lancé.

Il s'ensuivit un beau tohu-bohu. Le mot « lancé » fut répété à plusieurs reprises avec des degrés variés d'incrédulité. Heather abandonna Suhami et se précipita toute excitée vers Ken. Andrew éclata de rire.

– Oh, ça, c'est génial ! Dans le noir ? À trois mètres de distance ?

– Pas dans le noir, dans la semi-obscurité. Et il portait une robe d'un blanc éclatant.

– Impossible.

– Pas pour quelqu'un qui a gagné sa vie comme lanceur de couteaux. (Le brouhaha s'éteignit dans un silence sidéré.) Vous ne nous aviez pas dit ça, n'est-ce pas, monsieur Carter ?

– Il y a plein de choses que je ne vous ai pas dites.

– Ça, c'est sûr, dit Troy.

– C'était imprudent de mentionner votre séjour à Blackpool, parce que nous avons contacté vos employeurs qui nous ont appris que, à part votre talent de dompteur de lions qui ne leur servait pas à grand-chose, vous aviez aussi proposé d'avaler du feu et d'exécuter un numéro de couteaux.

– Les forains disent n'importe quoi.

Barnaby garda le silence un petit moment. Andrew Carter finit par reprendre la parole.

– C'est tout ? C'est tout ce que vous avez comme preuves contre moi ? Eh bien, ce que je peux dire, c'est que si, par miracle, l'affaire allait jusqu'au tribunal, le jury sera tellement écroulé de rire qu'il en tombera de son banc.

Là, pour le *miracle*, il a raison, pensa Troy. Fasciné, totalement convaincu, il avait écouté le chef dévoiler l'affaire mais à présent que le récit ensorcelant était achevé, qu'avaient-ils ? Qu'avaient-ils vraiment ? Un fil de sac retrouvé sur un couteau. Tout le reste était conjecture. Pas d'empreintes sur l'arme du crime. Un seul geste audacieux pendant que tout le monde regardait ailleurs. Carter n'avait qu'à s'en tenir à ses dénégations étonnées et un bon avocat le faisait sortir avant qu'on ait pu dire ouf. Il le savait, ce salaud. Regardez-le hausser les épaules, secouer la tête, sourire ! Il ne craquerait pas. Il ne commettrait pas d'erreurs. Et même s'ils arrivaient à lui dénicher un antécédent... alors quoi ? Cela prouverait seulement qu'il n'avait pas la blancheur Persil. Et la diffamation, ça pouvait mener loin. Troy chercha le regard de son chef mais Barnaby, impassible, contemplait le sol dallé. Enfin, il se leva.

– Comment avez-vous fait sortir le gamin de sa chambre ? demanda-t-il.

Zut alors ! Il est vraiment désespéré. Il a visé les problèmes, ça colle pas avec le premier, alors le voilà sur le second qui est encore plus impossible. Riley a déjà attaqué Carter une fois et a failli le tuer. La légitime défense, c'est la conclusion courue d'avance. Il ne sera même pas accusé d'homicide involontaire. L'expression de Troy ne trahissait rien de ces réflexions mais il avait le cœur lourd. Qu'est-ce qu'il avait dit, le chef, hier : dans le pétrin, jusqu'au cou ? Sacrément raison. Il éprouva un brusque élan de fraternité à l'égard de Barnaby. Presque d'affection. Cette sorte d'émotion empathique était tellement étrangère à sa façon de penser qu'il fut soulagé de la voir disparaître aussi rapidement et mystérieusement qu'elle avait surgi.

La tension dans la pièce avait baissé, principalement à cause de l'éclat de rire d'Andrew apparemment sincère. May rompit un long silence embarrassé en demandant à Arno comment allait son pied. Suhami leur tourna le dos à tous. Heather ramassa les tasses et les rapporta à l'évier. Troy fut le seul à voir la porte s'ouvrir lentement.

Barnaby répéta la question :

– *Comment avez-vous fait sortir le gamin de sa chambre ?*

– Il a imité la voix d'Arno.

Felicity portait son ensemble aux coquelicots et ses mules empruntées. Elle était livide mais les mots étaient fermes et distincts. Dans la pièce, la pression remonta d'un coup.

– Venez vous asseoir, madame Gamelin.

Le pouls lent de Barnaby se remit en marche, il avança une chaise. Elle pénétra dans la pièce, mais elle semblait hésitante, apeurée. Après l'avoir fait asseoir, l'inspecteur se percha au bord de la table, et cacha Andrew Carter derrière sa silhouette massive.

– Dites-moi ce qui s'est passé.

– Je me suis réveillée, j'avais envie d'aller aux toilettes. J'ai mis un peignoir et j'ouvrais la porte quand je l'ai vu... lui...

– Andrew Carter ?

– Christopher.

– Où ça ?

– Agenouillé à la serrure de la porte de Tim. Il avait les lèvres tout près. Il disait : « C'est Arno. Je t'apporte ton dîner. » Sa voix était complètement différente. C'était étrange. Il n'avait pas de plateau ni rien sauf cette terrible barre de fer qu'il appuyait contre le mur. Alors, quand Tim a ouvert, Christopher l'a empoigné, l'a tiré hors de la chambre et... il a commencé à le frapper avec. J'aurais dû aller chercher du secours... je sais, j'aurais dû. Mais j'avais tellement peur. Je suis rentrée dans ma chambre. Je n'ai même pas appelé la police. Je suis désolée... tellement désolée.

– De toute façon, nous étions en chemin, madame Gamelin.

– Oh, c'est vrai ?

– Absolument.

– Alors je me sens moins... J'ai entendu un bruit de verre cassé. Est-ce qu'il va bien ? Tim ?

Il y eut un silence profondément gêné. Heather s'approcha de Felicity et dit :

– Vous ne voulez pas une bonne tasse d'Acorna? Avec plein de miel?

Troy se demanda s'il s'agissait du même résidu de vidange qu'on lui avait proposé la nuit du meurtre. Si oui, voilà qui allait probablement la ratiboiser définitivement, Felicity. Et ça, pas question, hein! parce qu'ils allaient avoir besoin d'elle pour le procès. Quel sacré coup de pot! Et elle disait la vérité, ça se voyait sur la figure de Carter, même s'il avait été vite à se ressaisir. Maintenant, on l'informe bien gentiment de ses droits, on l'arrête bien proprement, et au paddock! Le chef s'était levé, il allait ajouter quelque chose mais May le devança.

– Ce que vous avez dit tout à l'heure à propos de la mort du Maître me conduit à me demander si je n'aurais pas dû être plus explicite durant notre premier entretien.

– Dans quel sens, mademoiselle?

– Eh bien, j'ai tout vu, vous comprenez.

La terre s'ouvrit sous les pieds de Barnaby. Je ne veux pas écouter ça, se dit-il *in petto*, on n'en parle plus.

– Tout est dans ma déposition. (La seule qu'il ne s'était pas donné la peine de relire, il s'en souvenait comme d'un fatras d'âneries surnaturelles, qui ne voulait rien dire.) Une flèche d'argent? Qui volait par-dessus les têtes?

Oh, bon Dieu! Oh, bordel de merde! Il ne savait pas s'il devait en rire ou en pleurer. En pleurer, bien sûr. Quoi d'autre? Une autre vie disparue. L'inspecteur éprouva tout à coup un sentiment fulgurant de honte. Il se souvint du virulent reproche de Joyce, il n'écoutait jamais, il se souvint qu'il avait voulu empêcher Troy d'explorer la piste de l'escroc. Il avait toujours raison, lui! Heureusement, le sergent était tout de même allé de l'avant, sinon...

Mes artères se sclérosent, pensa Barnaby. Et je n'aime pas ça. Il se rendit compte que May lui parlait.

– Malheureusement, à ce moment-là, j'ai senti que vous n'étiez pas mûr pour un savoir ésotérique plus étendu. Mais peut-être me suis-je trompée.

Oui, peut-être, espèce de vieille chouette ahurie, pensa Troy, en remarquant l'air abattu, anéanti du chef. La réaction du sergent n'était pas entièrement de sympathie. On lui avait assez souvent seriné qu'il fallait garder l'esprit ouvert pour qu'il ne ressente pas une pointe de satisfaction. Il était aussi indéniable que cette découverte allégeait un peu le propre sentiment de culpabilité de Troy. Sa seule excuse, au cas où Barnaby remarquerait l'intervalle entre l'heure d'entrée de l'information de Blackpool et le coup de fil de son sergent, aurait été l'agressif : « Comment je pouvais le savoir ? » Ce qui, naturellement, n'était absolument pas une excuse. Or, il y avait eu un coup de semonce : si le chef avait fait plus attention à la déposition de May Cuttle, non seulement le garçon aurait été sauvé mais on aurait aussi épargné beaucoup de temps et d'argent.

On informa Andrew Carter de ses droits. Troy boutonna sa veste, et s'avança, prêt pour les ennuis. Mais il n'y en eut point et, cinq minutes plus tard, les trois hommes étaient en route vers le commissariat.

Troy conduisait. Barnaby était à l'arrière, un Andrew Carter renfrogné à côté de lui. Il avait démenti avec véhémence le récit de Felicity, prétendant qu'elle avait eu une hallucination. On voyait bien qu'elle avait le cerveau dérangé après des années de biture et de drogue.

– Nous allons relever les empreintes sur la barre.

– Allez-y, relevez. Je vous ai déjà dit que je l'avais empoignée quand j'étais sur le toit. Et que je l'avais rapportée dans ma chambre la fois d'avant.

– Si c'est tout ce que vous avez fait, c'est tout ce qu'on trouvera.

L'inspecteur scruta le visage de Carter. Il ne vit qu'un petit sourire suffisant et provocant. L'homme s'adossa aux coussins, les jambes croisées. Alors qu'il tirait sur son pied, sa manche de veste se releva un peu et Barnaby aperçut l'étincelant bracelet de lumière à son poignet.

- Où avez-vous eu ça ?

– Cadeau. De ma presque fiancee

– Elle l'a échappé belle.

– Moi aussi. Elle est complètement parano, cette fille. Toujours à bavasser sur sa vie intérieure. Je peux fumer ?

– Pas pour le moment. Dites-moi, juste par curiosité, saviez-vous qu'elle vivait au Cheval Ailé avant votre arrivée?

Carter ne répondit pas tout de suite, comme s'il pesait les conséquences que pourrait avoir une réponse sincère, puis il déclara:

– Oui. Mon oncle me l'avait écrit. Il l'avait reconnue.

– D'après une gravure dans des textes sacrés bouddhistes, j'imagine?

– Ce n'est pas un crime de chercher à se marier avec une femme riche. Sinon, la moitié de la population masculine serait en cabane demain.

– Vous avez déjà été en cabane?

– Bien sûr que non.

– Vous avez dit que vous faisiez «marcher» les salles de jeux. C'est de l'argot de voleurs, ça.

– Un lapsus.

⋆

Dans les semaines qui précédèrent le procès, beaucoup d'éléments nouveaux s'accumulèrent sur les deux Carter. Confronté à des faits qui rendaient ses protestations franchement intenables, Andrew Carter, sur l'avis du meilleur avocat que la vente de sa montre pouvait lui procurer, décida de plaider coupable pour le meurtre d'Arthur Craigie.

En complétant le contexte, il admit que son oncle, après avoir regardé une émission de télévision américaine qui montrait un gourou grassouillet avec sa flottille de Rolls fournies par ses sous-fifres adorateurs, avait rendu visite à son ancien acolyte à la prison d'Albany et lui avait vendu l'idée qu'ils devraient mettre en commun leurs ressources et monter le même genre d'établissement dans ce pays. Ainsi avaient-ils procédé, et l'on fit grand cas, au procès, de l'annexion délibérée de la part de Carter, laissant l'accusé, en tant qu'héritier légal, quasi dans la misère.

Andrew Carter – mince, les joues hâves, les yeux caves – expliqua, de touchante façon mais en faisant un faux témoignage, que, la nuit du meurtre, il avait été poussé à révéler sa véritable identité et avait mendié ne fût-ce qu'une petite somme d'argent pour compenser la part qui lui appartenait de droit et moralement, mais en vain. Craigie, dit-il devant la cour, s'était contenté de lui rire au nez.

L'avocat de la défense, le brillant Gerard Malloy-Malloy, dans une plaidoirie éblouissante, s'étendit longuement sur le caractère de la victime. Il révéla un tel fatras d'escroqueries et de tromperies cruelles que tout le monde finit par s'étonner qu'on n'eût pas assassiné Craigie beaucoup plus tôt.

Carter plaida «non coupable» pour le meurtre de Timothy Justin Riley, et fut confirmé par la cour. Le passé d'instabilité, de dépendance à la drogue de Felicity ajouté au fait qu'elle ait pris une potion somnifère à peine une heure avant d'avoir soi-disant vu Carter attirer Riley hors de sa chambre rendirent son témoignage peu fiable. L'avocat la fit hésiter et fondre en larmes en moins de deux. Et toutes les empreintes brouillées sur la barre ne servirent qu'à prouver que les deux hommes l'avaient tenue en main.

On fournit des témoignages sur l'agressivité et la violence du comportement de Riley. Il avait causé la mort de l'oncle de l'accusé, il avait tenté d'assassiner l'accusé qui n'en avait réchappé que grâce à sa présence d'esprit. (À ce point, on montra la masse de métal tombée du toit.)

Personne sauf Andrew Carter ne sut jamais pourquoi il fallait que Tim mourût. Troy avait mis le doigt là-dessus en faisant toutes sortes d'hypothèses. Le fait était que, entraîné malgré lui dans la ruée vers May, Tim avait été angoissé d'être séparé de son Maître bien-aimé et retournait près de lui quand le couteau avait été lancé. Il avait vu le couteau, s'était retourné, avait vu le meurtrier, qui l'avait vu à son tour.

Carter fut condamné à huit ans de prison, il ne purgea que six ans et demi. Ayant laissé le surplus de l'argent de la montre dans les mains d'un astucieux spécialiste en investissements, il se retrouva avec une somme joliment arrondie quand il fut libéré conditionnellement. Quelques semaines plus tard, il fuyait le pays avec l'argent caché dans sa ceinture.

Pendant plusieurs mois, il voyagea en Europe, en menant la belle vie, dépensant et jouant jusqu'à ce qu'à Marseille de sérieux ennuis au poker le forcent à s'en aller. Il s'envola pour l'Amérique, choisit d'atterrir à San Diego, attiré par le soleil. Il loua une voiture et remonta la côte. Malheureusement, juste à la sortie de Sausalito, il fut attaqué, battu sauvagement et dépouillé de tout ce qu'il possédait par un couple de *mafiosi*, déguisés en chamanes New Age.

Épilogue

SYLVIE Gamelin quitta le Manoir quelques jours après la conclusion de l'affaire. Elle refusa les clés de la maison de Londres que lui offrait sa mère et s'installa dans un hôtel anonyme à Victoria. Là, elle resta dans sa chambre pendant plus d'un mois, à se reposer, ne sortant que pour prendre ses repas au restaurant de l'hôtel et, une fois, pour rendre visite au notaire de la famille.

Les révélations sur Arthur Craigie (comme elle ne pouvait s'empêcher de l'appeler désormais quand elle pensait à lui) l'avaient profondément bouleversée. Tout en admettant la sincérité de sa conversion (conversion qui avait eu lieu avant leur rencontre), Sylvie ne pouvait pas cependant considérer ses enseignements avec l'admiration inconditionnelle de naguère. Ce qui augmentait d'autant le chagrin causé par sa mort et ajoutait à son trouble; elle se sentait incapable de le pleurer proprement.

Sa longue retraite à l'hôtel l'aida à éclaircir ses sentiments et elle commença peu à peu à comprendre que la vérité de l'enseignement dont elle avait bénéficié était indépendante de la moralité de son mentor; que les expériences qu'elle avait vécues durant ses méditations n'étaient pas des fantaisies complaisantes dues à son imagination. Quoique mystérieuses, elles étaient réelles et l'encourageaient à rechercher un mode de vie comportant une certaine forme de discipline spirituelle.

Ce fut durant cette période que lui parvint une lettre de Willoughby Greatorex, réexpédiée du Cheval Ailé, lui demandant de venir le voir. Elle s'y rendit avec réticence, s'attendant à un sermon avunculaire sur la façon dont elle devait disposer de son legs. Mais l'objet de la visite était la lecture du testament de son père. Guy avait laissé tout ce qu'il possédait à sa fille. Bien qu'elle eût toujours su que telle était son intention, elle fut consternée devant le fait accompli. Puis sir Willoughby lui tendit une grande enveloppe en papier kraft en disant que son père avait souhaité qu'elle lui fût remise. Il ignorait ce qu'elle contenait.

De retour dans sa chambre, Sylvie rangea l'enveloppe au fond de son placard et essaya de l'oublier. Elle n'avait pas besoin de souvenirs de son père. Sa plus grande préoccupation, durant cette période d'introspection solitaire, c'était qu'innocent du meurtre dont elle l'avait si véhémentement accusé, Guy était mort en sachant qu'elle le croyait coupable. Et, bien que ses sentiments à son égard n'aient pas changé, elle regrettait amèrement cette méprise. À plusieurs reprises, alors qu'elle tâchait tranquillement de remettre un peu d'ordre dans ses pensées, elle avait essayé de «l'atteindre» en fermant les yeux et en se concentrant si intensément sur son image que la tête avait commencé à lui tourner. Mais cette activité mentale demeura vaine. Guy resta résolument inatteignable et donc, probablement, ignorant des remords de sa fille.

Elle finit par ouvrir l'enveloppe, en versant le contenu sur le lit. Elle s'était attendue à trouver des titres d'actions, des polices d'assurances et fut déconcertée devant les feuilles de papier pliées, les photos, les bouts de tickets et les programmes qui tombèrent sur la couette. Elle prit une feuille sur le dessus et la défroissa.

C'était un bulletin scolaire; Noël 1983. Il y en avait beaucoup d'autres. Tous, en fait, à partir de cette date jusqu'à son départ de la maison. Plus des dessins, des cartes et des croquis scientifiques, un col bordé de dentelle avec les initiales «S.G.» maladroitement brodées qui avait mystérieusement disparu le jour où elle l'avait rapporté à la maison. Il y avait des partitions de musique ; l'une d'elles, «The Robin's Return», avait été annotée aux marqueurs de couleur. Une mèche de cheveux entortillée sur un élastique. Elle se rappela qu'elle avait voulu qu'on lui coupe les cheveux, qui lui arrivaient à la taille, simplement parce que son père avait dit aimer les cheveux longs. Elle trouva des moitiés de tickets attachées à une carte postale d'un gorille sur laquelle était écrit *Notre journée au Zoo.*

Elle s'assit, fouilla dans la pile, sans toujours lire, parfois en jetant à peine un coup d'œil. Mais, petit à petit, enfin, elle en vint à connaître l'étendue de la solitude et de la souffrance de son père. Elle s'en imprégna, les laissa se mêler à sa propre solitude, à sa propre souffrance. Enfin, elle découvrit une petite enveloppe cachetée libellée à son nom. Elle contenait une lettre qui implorait son pardon. Il comprenait que ses protestations d'affection étaient malvenues mais à présent qu'il n'était plus là, peut-être pouvait-elle les accepter en toute sécurité, en tenant compte de la sincérité et de l'affection avec lesquelles elles avaient été prodiguées. Il ne souhaitait que son bonheur. Elle avait été la seule joie imméritée de sa vie. Il était, pour toujours, son père dévoué.

Sylvie tint la lettre un long moment. Elle resta parfaitement immobile jusqu'à ce que l'obscurité envahisse sa chambre, dessinant son profil en ombre chinoise sur le rougeoiement des réverbères de la rue. Elle se sentait bouleversée, taraudée de remords. Elle repensa à ces années d'éloignement et, à la lumière de la lettre et de tous ces poignants souvenirs qu'il avait conservés, elle ne ressentit plus les assiduités de son père comme malveillantes et oppressantes. Elle se rappela qu'il avait rôdé en face de son appartement, qu'il avait essayé de se cacher quand elle était sortie, et qu'elle avait appelé au secours dans la rue.

Or, qu'avait-il fait, après tout, de si terrible? Il l'avait négligée, comme probablement des milliers de parents occupés négligent leurs enfants puis essayent de se rattraper ; il en avait fait trop, comme dans tous les autres domaines de sa vie, parce qu'il ne pouvait s'en empêcher. En tenant le feuillet dans sa main, elle trouva étonnant d'avoir été capable d'endurcir son cœur contre lui avec tant de facilité et de constance.

Le Maître avait dit : « Essayez de vous connaître l'un l'autre dans ce que vous avez d'éternel. » Elle n'avait pas du tout essayé de connaître son père, et maintenant, tout ce qu'elle avait, c'était cette lettre, et tout ce qu'elle pouvait faire, c'était se lamenter pour l'avoir exclu.

Cette prise de conscience la rendit si malheureuse qu'elle se sentit poussée à sortir et à errer dans les rues avoisinantes. Elle marchait sur des tas de feuilles jaunies, mouillées, faisant à peine attention aux passants et à ce qui l'entourait, se reposant brièvement sur un banc avant de reprendre sa marche forcenée. Elle marchait jusqu'à épuisement puis revenait à l'hôtel et dormait. Une fois, elle passa tout l'après-midi dans un jardin public, cachée parmi les arbustes, s'efforçant de vider son esprit en se concentrant sur sa respiration comme elle l'avait appris, mais sans beaucoup de succès. Le regret, la plus étouffante, la plus stérile des émotions, la consumait au point d'assécher le présent, de lui retirer lumière et chaleur, et rendait impossible la perspective d'un avenir paisible.

Elle était passée plusieurs fois devant le 58 Eccleston Square avant de se rendre compte que c'était le siège de la Société Bouddhiste, puis encore bien d'autres fois avant de sonner et de pousser la porte laquée de noir. Mais, après sa première visite, elle vint presque chaque après-midi, passant son temps dans la bibliothèque à lire un peu mais surtout à demeurer dans le silence. D'abord, elle évita de regarder la statue qui lui rappelait la scène grotesque du Manoir. Mais, au fil des visites, elle se sentit plus à l'aise, sinon en paix, et le souvenir surgit plus rarement.

Elle commença à assister au cours de méditation du samedi et entra dans un cercle de discussion hebdomadaire, dirigé une fois par Thannisara, une nonne bouddhiste.

Attirée par son attention soutenue, par sa grâce et son chaud regard, et par le fait qu'elle riait beaucoup, Sylvie alla passer quelques jours à Amaravati, un monastère bouddhiste près de Great Gaddesden auquel la Vénérable Sœur était attachée.

Après plusieurs retraites, elle acheta une maisonnette dans le voisinage et, petit à petit, moins postulante qu'auxiliaire laïque, elle passa beaucoup de temps à Amaravati. Elle travaillait aux cuisines ou dans le jardin et, durant les journées portes ouvertes ou les retraites familiales, elle aimait à s'occuper des enfants. Sa vie, intérieure et extérieure, finit par se mêler étroitement et harmonieusement à celle de la communauté et elle s'en trouva satisfaite.

Une fois par semaine, elle rencontrait Sœur Thannisara. À ces occasions, comme si la présence de cette femme lui accordait une sorte de dispense, Sylvie bredouillait des lamentations douloureuses et s'accusait ou bien se répandait en reproches virulents contre le monde entier. Elle revenait sans cesse sur le même sujet jusqu'à ce que, peu à peu, les mots deviennent nuls et vides, comme des cendres dans la bouche.

Le sentiment de culpabilité finit par s'écouler, goutte à goutte, et son esprit, au lieu de souffrir d'une plaie suppurante, s'éclaircit, purgé de toutes les matières mortes. Elle commença à réfléchir à l'éventualité d'une visite à sa mère. Mais durant tout ce temps elle pensa à peine à Andrew Carter et, au bout de six mois, elle l'avait quasiment oublié.

⋆

Quant à Ken et Heather, qu'en dire que le lecteur (à condition qu'il ait un poste de télévision) ne sache déjà ? Peut-être suffira-t-il de brefs détails concernant le départ du couple. Celui-ci eut lieu au lendemain de la mort de Tim Riley.

Les Beavers apparurent – ou plutôt se présentèrent – au petit déjeuner, sur le sol de pierre, tête baissée en manière de sacrifice, épaules voûtées, mains jointes comme liées par une chaîne invisible. On aurait pu graver « Calais » sur leurs cœurs. Ils dirent qu'ils avaient perdu le sommeil depuis qu'ils avaient cédé à la cupidité et que leur détresse était si douloureuse qu'ils n'avaient pas d'autre choix que de quitter le Manoir pour de bon.

Les autres essayèrent de les dissuader. Le pardon était à l'évidence au programme, et sans conditions. Ken s'écria : « Oh ! nous sommes sur des charbons ardents ! » mais ne se laissa pas émouvoir. Ils firent leurs paquets et s'en allèrent dans l'heure qui suivit, en boitillant dans l'allée, et même le plâtre de Ken avait l'air penaud. Ils ne jetèrent pas un regard en arrière.

Le week-end suivant, les *Nouvelles du Monde* (qui avait appelé pendant la soirée de méditation sur la terrasse et avait doublé la mise du *Daily Pitch*) publiait la première partie de leur article exclusif. Ils n'omirent rien, inventèrent beaucoup.

On fit grand cas de la visite de Heather sur Vénus. Et aussi de l'aide qu'elle recevait quotidiennement d'Élohim variés et d'autres petits esprits fugaces. Tout cela présenté sous le titre « Élémental, mon cher Watson ». Deux semaines plus tard, ils étaient invités à *Wogan*[1] où, très probablement, l'intention première était de s'amuser gentiment à leurs dépens. Si tel était le cas, la plaisanterie tomba à plat, car, au milieu de l'émission, Ken entra soudain en transe, et canalisa Hilarion et les Hordes Cristallines avec tant d'autorité et de dynamisme que les standards furent aussitôt submergés d'appels de gens désireux de prendre rendez-vous. Et quand le premier message parvint de l'au-delà (c'était Cosmo Lang, feu l'archevêque de Canterbury, qui voulait s'excuser de la part qu'il avait prise dans la suppression du Rapport de l'Église sur le Spiritualisme et la Communication), le studio connut un moment de folie.

Après quoi, ce ne fut qu'une question de temps. En quelques jours, Ken et Heather avaient été pris sous l'aile

1. Terry Wogan, fameux présentateur de télévision qui interroge des personnalités célèbres et les fait parler d'elles-mêmes.

protectrice de Baz Badaistan, qui venait en seconde position après Malcolm McLaren pour la promotion commerciale. Ils canalisèrent bientôt devant un nombreux public partout dans le pays. Ces séances se concluaient toujours par une démonstration de guérison. Avec un sourire céleste, Heather plaçait les bouts de ses doigts sur le front des patients qui alors tombaient invariablement dans les bras de Ken. S'ils tardaient à tomber, Heather augmentait la pression des doigts jusqu'au résultat souhaité.

Dès le début, leur émission de télévision avec participation du public, *Le Parfait Médium*, connut un énorme succès. Ken et Heather, en caftans brodés de pierres et de sequins, rivalisaient sur le Klapomètre Karmique et pulvérisaient les taux d'écoute de *Coronation Street*[1]. Heather terminait toujours par un petit accord de guitare et une chanson «Secouez Un Peu l'Éther Et Souriez, Souriez, Souriez» qui grimpa au premier rang du hit-parade.

Malgré leur volonté de ne pas s'encombrer de pensées terre à terre et de biens matériels, les Beavers accumulèrent si rapidement ces derniers qu'ils durent faire l'acquisition d'un appartement de luxe avec terrasse sur Canary Wharf pour les y caser. Là, une gouvernante et une secrétaire s'occupaient de tout, car Heather et Ken étaient trop accaparés par les décrets cosmiques et les divinations, les réunions d'affaires et les projets d'une seconde série d'émissions, pour s'embarrasser des affaires quotidiennes. L'année prochaine : l'Europe et les États-Unis.

*

Le soixante-seize Beauclerc Gardens était un haut bâtiment étroit de trois niveaux pourvu de balcons raffinés comme ceux qu'on trouve à La Nouvelle-Orléans. On ne pouvait le manquer car il était peint en bleu indigo et un soleil jaune brillant souriait depuis le toit.

1. Une des émissions les plus populaires de la TV britannique.

Il appartenait à la Loge du Cheval Ailé, une association consacrée à la méditation et à la guérison, et considérée par conséquent comme tout à fait banale à Holland Park. D'un autre côté, le village de Compton Dando, où le groupe séjournait auparavant, avait murmuré «bon débarras» en apprenant la nouvelle de son départ. Un ou deux villageois allant même jusqu'à se signer, tout excités, à l'arrivée des camions de déménagement.

La nouvelle maison était divisée en quatre parties bien distinctes. Sous-sol: deux grandes pièces pour les entretiens, l'aide psychologique et les ateliers de groupe. Rez-de-chaussée: accueil, vente de livres et bibliothèque. Premier étage: salles de traitements. Dernier étage: logements privés. Ce qui comprenait un grand salon confortable, une petite chambre à coucher avec douche et une cuisine équipée.

Janet vivait dans l'appartement qui avait été spécialement reconverti et ne payait pas de loyer en échange de vingt-cinq heures de travail administratif par semaine. En fait, Janet en faisait beaucoup plus, s'étant découvert à la fois talent et goût pour ce travail. Elle s'occupait du salon d'accueil, belle pièce haute de plafond remplie de fleurs, avec une souplesse et une précision dignes d'un capitaine de navire. Jusque-là, elle avait refusé toutes les propositions d'une assistante rémunérée. Il y avait trois téléphones et un ordinateur sur son vaste bureau en cuir. Sur le mur, les affiches des événements à venir et un grand calendrier constellé d'épingles à tête colorée.

Ce qui avait le plus surpris Janet dans son nouveau personnage, c'était la facilité avec laquelle elle s'était adaptée à l'accueil. Rencontrer des gens, renseigner, suggérer divers cours et méthodes de traitement. Elle jouait un rôle, bien sûr. La vraie Janet (l'ancienne Janet) caustique qui observait en retrait, en secouant souvent la tête, aurait été nulle dans ce domaine. Elle secouait la tête, aussi, devant ses jupes de tweed soyeux et ses pulls moulants ; quant à la coiffure... Felicity était responsable du changement, qui avait avancé avec tact que des falzars en velours côtelé et une tignasse indisciplinée n'étaient peut-être pas tout à fait de mise pour une réceptionniste.

Janet sortait assez souvent, à présent. Quand elle avait emménagé à Londres, elle craignait de quitter la maison, redoutant et espérant à la fois une rencontre avec Trixie. (Slough n'était pas si loin.) Quand enfin elle sortit faire des courses, elle «voyait» Trixie à chaque fois. Un jour, elle courut après une fille blonde en béret de tricot et la suivit dans un grand magasin jusqu'à ce que la fille, qui n'était pas du tout Trixie, ait menacé d'appeler le responsable.

Mais son appréhension finit par s'estomper et lorsqu'elle voyait quelqu'un qui ressemblait vaguement à son ancienne amie, elle regardait ailleurs. Ou même traversait la rue pour éviter une rencontre. Le temps avait placé sa fascination passée dans une perspective plus saine. Elle comprit quelle image pathétique elle avait dû donner d'elle-même et frémissait en y pensant. Quant à sa vie de tous les jours, elle persistait à croire que le bonheur n'était pas son lot. Mais elle n'était pas malheureuse et de temps à autre elle connaissait des moments de satisfaction.

Une amitié hésitante, maladroite et malgré tout obstinée était née entre Felicity et Janet. Elles bavardaient à l'occasion, parfois longuement, elles discutaient de questions philosophiques, qui intriguaient Felicity et auxquelles Janet n'avait pas de réponse. À la fin du printemps, elles assistèrent à une représentation théâtrale en plein air et, une fois, Janet proposa un concert au Festival Hall. Elle choisit un programme beaucoup plus léger que celui qu'elle aurait aimé. Mais Felicity ne connaissait rien à la musique classique et Janet ne voulait surtout pas la décourager. Elle fut enchantée quand, après avoir emprunté des cassettes et des disques, Felicity dit qu'elle aimait bien Palestrina. Elles avaient dîné un soir, sur le balcon de Janet, au crépuscule, en écoutant la *Missa Brevis*.

L'aspect de Felicity avait beaucoup changé. Elle s'était remplumée et ses cheveux, laissés naturels, étaient à présent couleur d'étain et tressés en une natte brillante à la française. Sa transformation intérieure, bien que continue, était timide, hésitante et souvent inquiétante. Mais la main de May était toujours là pour la retenir quand elle trébuchait, ce qui lui arrivait tout le temps.

Ils partageaient une maison à deux pas du numéro soixante-seize qui avait été aussi achetée avec l'argent du Manoir. La vente avait rapporté plus d'un million de livres dont quatre cent mille avaient été investies, en tout bien tout honneur, les intérêts servant à régler les dépenses quotidiennes, les salaires modestes, les projets bénévoles et les bourses pour les gens nécessiteux, qui semblaient être nombreux. Les quatre membres de l'association s'accordaient à penser que, si la diffusion de la lumière était essentielle, l'aide pratique l'était plus encore. De temps à autre, rarement, on abusait de leur bonté mais leur cœur collectif serein et de bonne composition restait ferme dans l'adversité qui, de toute façon, était relative par rapport à ce qu'ils avaient connu dans le passé récent.

Arno avait un appartement avec jardin-terrasse dans cette seconde maison qui était aussi le foyer d'un élégant chat tigré. Bien que d'ascendance roturière, il avait des manières des plus exquises, à la fois timides et raffinées. Il s'appelait « Calyso II », d'après la chèvre qui broutait à présent, aussi hautaine que jamais, sur une colline du pays de Galles.

Arno était au comble de la félicité. En fait, il avait parfois l'impression qu'il allait exploser tant sa joie était intense. À sa grande surprise et à son soulagement, sa déclaration fleurie d'amour éternel n'avait pas appelé le bannissement. Et quand, sobre et désespérément contrit, il avait promis de retirer sa demande en mariage et de ne plus jamais aborder le sujet, il avait essuyé une aimable et douce réprimande. Il crut d'abord qu'elle s'était montrée simplement compatissante car il souffrait beaucoup de la blessure occasionnée par la pointe du violoncelle bien-aimé qui lui avait transpercé le pied. Mais des conversations ultérieures lui apprirent bientôt qu'elle lui vouait aussi, depuis un certain temps, une sérieuse affection.

Un an plus tard, au jour où s'achève notre histoire, quatre personnes se rassemblèrent dans le hall du bureau d'état civil de Chelsea. Felicity en robe longue arc-en-ciel et Janet, vêtue de soie lilas, tenant serré un bouquet de roses en bouton. Arno portait son plus beau costume, si bien repassé à la vapeur qu'il luisait. La mariée arriva, radieuse, avec un énorme bouquet de fleurs de toutes les nuances de bleu imaginables.

Alors que la colonne miroitante de satin blanc et de dentelles, couronnée de fleurs d'oranger et de voiles mousseux, foulait majestueusement le tapis pour venir relâcher à ses côtés, Arno imprima à sa barbe remise à neuf par le henné le plus triomphant des angles.

Cinq minutes après, tout était fini. Tout le monde s'embrassa et le marié, heureux au-delà de ses plus fols espoirs, sortit au bras de sa femme légitime. May Cuttle (nom d'étoile « Pacifica ») était finalement devenue et pour toujours May Gibbs. Et la reine des Walkyries d'Arno.

Impression réalisée sur CAMERON par

BUSSIÈRE CAMEDAN IMPRIMERIES

GROUPE CPI

à Saint-Amand-Montrond (Cher)
pour le compte de Pygmalion
Département des Éditions Flammarion
en mai 2004

N° d'édition : 879. N° d'impression : 042379/4
Dépôt légal : mai 2004.

Imprimé en France